KB154071

전갈

김원일 소설전집 9

전갈

1판 1쇄 발행 | 2014년 7월 5일

지은이 | 김원일
펴낸이 | 정홍수
편집 | 김현숙 박지아
펴낸곳 | (주)도서출판 강
출판등록 | 2000년 8월 9일(제2000-185호)

주소 | 서울시 마포구 동교로17안길 21(우 121-842)
전화 | 02-325-9566~7
팩시밀리 | 02-325-8486
전자우편 | gangpub@hanmail.net

값 14,000원
ISBN 978-89-8218-194-8 04810
    978-89-8218-133-7(세트)

이 도서의 국립중앙도서관 출판시도서목록(CIP)은 서지정보유통지원시스템 홈페이지 (http://seoji.nl.go.kr)와 국가자료공동목록시스템(http://www.nl.go.kr/kolisnet)에서 이용하실 수 있습니다.(CIP제어번호: CIP2014018642)

김 원 일
소 설
전 9 집

김원일 장편소설

전갈

강

일러두기

1. 이 소설전집의 맞춤법 및 외래어 표기는 현행 맞춤법통일안에 따랐다.
2. 수록된 모든 작품은 최종적인 개고와 수정을 거쳤다.
3. 권별 장편소설 배열과 중단편소설집 배열은 발표 순서에 따르는 것을 원칙으로 하
   였으나, 여러 권짜리 소설 『늘푸른 소나무』와 『불의 제전』은 장편소설 끝자리에 배
   치하였고, 연작소설은 별도로 묶었다.

김 원 일
소   설
전 9 집

차   례

1

출감자는 아홉 명이었다. 나는 출감자들 꼬리에 붙어 교도소 정문을 나섰다. 아침부터 햇살이 따가워 눈을 제대로 뜰 수 없었다. 사물이 하얗게 바래 보였고 사람들 모습이 일렁거렸다. 제각기 가족과 친지들이 몰려왔다. 조용하던 교도소 앞 공터가 갑자기 부산스러워졌다. 비둘기들이 교도소 담을 넘어 구름 한 점 없는 하늘로 날아올랐다. 안에 있었던 삼 년 동안은 새들 신세가 부러웠는데 바깥세상에 나섰어도 마찬가지였다. 저들은 숙식을 염려하지 않고도 살아갈 수 있지만 앞으로 내 처지는 그렇지가 못했다. 사회에 복귀하면 몇 달쯤은 벌이에 나서지 않고도 버텨낼 돈을 마련해야 된다고 생각했던 게, 비둘기가 엉뚱한 상상을 떨어뜨린 셈이다. 삼 년 동안 귀 따갑게 듣던 '갱생'이란 말대로 새 출발을 하겠다고 결심했으나 사회 복귀 첫걸음이 무겁고, 기분이 서글펐다.

바퀴 달린 백을 끌고 걷자 용모 단정한 젊은이가 내 쪽으로 다가왔다. 넥타이 매고 긴팔 와이셔츠 입은 사무원 타입이었다. 그가 내게 예의를 갖추어 절을 했다. 신세대답게 머리칼을 치켜 깎았고 얼굴선이 고왔다.

"강박사님 맞죠? 고생 많으셨습니다."

그가 박사란 호칭을 쓰자 나를 두고 '강박'이라 불렀던 나상길 사장이 떠올랐다.

"회장님 심부름으로 왔습니다."

"회장님이라니?"

"나상길 회장님이십니다."

압구정동에 부동산컨설팅 회사 '화이트하우스'를 운영하며 수하에 조폭 수준의 조직을 거느렸던 나상길 사장이 이제 회장님으로 불린다니 그동안 사업을 키웠구나 하는 생각이 들었다. 나상길 사장이 화이트하우스를 설립한 지는 사 년이 채 못 되었고, 그전까지 압구정동에서는 그가 관리하는 조직을 '마초파'라 불렀다. 나 사장이 압구정동 일대의 마약 공급에 손대어 붙여진 별칭이었다.

"김영갑입니다. 화이트하우스에서 부장으로 일하지요."

삼십대 초반에 부장이라니, 회장 신임이 돈독한 모양이다.

"회장님이 마중을 오시기로 했는데 중요한 약속이 잡혀 제가 대신 왔습니다. 박사님, 이쪽으로 잠시만⋯⋯"

김부장이 플라타너스 그늘에 대기한 승용차로 나를 이끌었다. 나는 안나를 찾다가 생각지 못했던 명희 누나가 교도소 담 그늘에서 있음을 보았다. 어질증으로 누나 자태가 흔들렸다. 김부장이 승용차 뒷문을 열고 휴대용 소형 백을 집어내어 내게 건넸다.

"육백 들었습니다. 회장님이 용돈으로 쓰시라며. 휴대폰도 장만했는데, 회장님이 축하 말씀을 남겼습니다."

예상치 못했던 나상길 사장의 선심인 셈인데, 입 다물고 삼 년을 감옥에서 얌전히 썩어준 대가였다. 나사장과는 인연이 다했다고 생각해왔기에 이런 돈은 거절해야 마땅한데 구실이 떠오르지 않았다. 아니, 마음보다 손이 먼저 나갔다. 죄수복 벗고 사회로 나왔으니 내게는 무엇보다 당장 돈이 필요했다. 비둘기가 내 사정을 미리 알고 지갑을 떨어뜨리고 갔나, 하는 생각이 스쳤으나, '갱생'이란 내 결심을 흐지부지 와해시킬 미끼가 아닌지 기분이 찜찜하기도 했다.

사람 뇌 속엔 기억의 저장 칩이 있기에 잊자고 한들 지워질 리 없지만, 교도소에 있는 삼 년 동안 나는 '분당 노부부 납치 사건'을 잊으려 애써왔다. 그 사건에 연루된 자를 미워하지 않으려 잊고 지내왔다. 분당 거주 노부부를 납치한 뒤 일차분 이억 원 갈취에 성공하자 나는 안나와 만주 선양행 비행기 편으로 국내를 빠져나갔다. 예정된 계획대로라면 한명수 계장은 지체 없이 노부부를 풀어주고 사건에서 손을 털었어야 했다. 내가 만주로 떠나버리자, 한계장이 과욕을 부려 노부부의 장자인 건설회사 회장을 상대로 이차분 오억 원을 더 요구했다. 더는 끌려다닐 수 없다고 판단한 회장이 그동안 쉬쉬해왔던 납치 사건 전말을 성남경찰서에 신고했다. 형사반 강력계가 공개수사 체제로 들어가자 오억 원 협박은 공수표가 되었고 한계장과 행동책 용털, 가자미가 검거되었다. 한계장은, 일차분으로 받아낸 이억 원은 주범이 따로 있다고 담당

수사관에게 나를 찔렀다. 그 결과, 나는 만주에서 돌아오는 길로 공항에서 검거되었다. 폭력서클 조직, 공갈 협박, 금전 갈취 사주에 절도범으로 형을 살았던 전과가 있었기에 그동안 삼 년을 교도소에서 썩었다. 의리를 중히 여기는 이 세계의 질서를 감안한다면 한계장의 밀고는 배신 행위였다. 그러나 나는 한계장은 물론 나사장을 원망하지 않았다. 따지자면 나사장 밑에 몸담았던 게 내 불찰이었다. 나사장과는 인연이 끝났다고 여겼는데 인편에 돈을 보낸 걸 보면 뒤가 구린 구석이 있기 때문이다. 삼 년 콩밥 먹은 대가로 육백 먹고 조용히 떨어져라? 그런데 웬 휴대폰까지? 곰파면 골치만 아플 것 같아 생각을 접고, 휴대용 백을 큰 백에 쑤셔넣었다.

김부장이, 회장님이 조만간 박사님을 한번 만났으면 한다며 깍듯이 목례를 하곤 승용차 뒷자리에 몸을 실었다. 늦게 올 수도 있어 혹시나 하고 안나를 찾았으나 보이지 않았다.

"재필아, 나야."

명희 누나가 봉충다리로 다가왔다. 누나는 품 넓은 면바지에 홑조끼 차림이었다. 핸드백 대신 배낭을 메고 다니는 버릇은 여전했다. 우리 남매는 몸집이 컸는데, 누나는 투포환 선수 출신답게 당당한 여장부였다.

누나를 만나면 어릴 적 울산 시절이 떠올라 기분을 잡치곤 했다. 그동안 누나는 내 생일에 맞추어 세 차례 면회를 왔다. 처음 면회 왔을 때는 할머니와 함께였다. "네놈과 인연을 영 끊으려 예까지 찾아왔다. 다시는 종호를 찾지 말고 밀양에도 나타나지 마!" 할머니는 그 말만 하곤 창구 앞을 떠났다. 그날 나는, 왜 밀양에까지 연락했냐며 누나에게 면박을 주었다.

"누구니? 대기업 사원 폼이야." 누나가 저만큼 멀어지는 검정 중형차 꽁무니를 보며 물었다.

"모르는 사람인걸."

"모르는 사람이 왜 마중 왔어?"

"대신 심부름 왔대."

"뭘 주는 것 같던데? 그 세계와 연고를 끊지 않았구나?"

대답하기 귀찮아 말하지 않았다. 김영갑 부장이란 자가 절할 때 허리까지 꺾지는 않았다. 나상길 사장이 회장으로 앉자 예전 조폭 인사법은 관두라고 아랫것들에게 말했을 것이다. 그러나 몸담아온 세계가 그쪽이니 양지에서 버젓이 기업체를 운영한다 해도 여전히 음지를 훑고 있을 터였다. 나는 이제 냄새나는 그런 쪽 사업은 생각하기조차 싫었다.

"앞으로 건달패와는 상종하지 마."

"새 출발 해야지. 당분간은 도서관 같은 데 박힐 작정이야."

말을 하고 보니 나와는 영 어울리지 않는 발언인 셈이다.

아침부터 더위가 쪘다. 교도소 양쪽으로 트인 길엔 이따금 차들만 지나쳤지 통행인이 없었다. 길 건너는 논밭이라 끓는 볕 아래 작물이 한창 키를 세웠다. 잎이 늘어진 옥수수밭이 눈에 띄었다. 감방에 있을 때 여름철이면 찐 옥수수를 먹고 싶을 때가 더러 있었다. 중학 시절 할머니는 마암산 자락에 밭 한 뙈기를 사서 고추 농사를 지었고 옥수수를 심었다. 엄마가 찐 옥수수를 시장에 내다 팔았다. 할머니는 솥에서 갓 쪄낸 굵은 옥수수를 내게 주며, 아비를 보더라도 네놈만은 정신 좀 차리라고 말하곤 했다.

길갓집들은 저만큼 떨어진 데서부터 시작되었다. 누나와 나는 앞서가는 일행을 뒤따랐다. 가로수에 붙어 여름을 울어대는 매미 소리가 시끄러웠다. 작년 늦가을인가, 밤이면 뺑끼통의 음습한 곳에서 귀뚜라미가 줄기차게 울어 신경을 긁어댔다. 밤새도록 잠을 자지 않고 똥통을 지키고 앉아 보이는 족족 수십 마리나 죽이기도 했다.

"뭐가 들었기에, 백이 무거워 보이네?"

"안에서 읽은 책이야."

"웬 공부까지. 우리 집안에 학자 났네."

비꼬는 소리 같지만 누나 목소리가 밝았다. 면회 온 누나에게 교도소에서 공부해 대입 검정고시에 합격했다는 말은 하지 않았다. 나는 밀양에서 중학교를 마치고 상경한 뒤, 일 년이 지나서야 부천공단 신발공장 미싱사로 일하던 누나를 만났다.

"넌 감방살이하느라 흰둥이가 됐고, 난 동남아 출신 여공이야. 내 얼굴 많이 탔지?"

자형은 개신교 목사로 안산시에서 외국인 노동자 인권 찾아주기에 뛰는 한편 상가 건물 지하를 빌려 교회를 운영하고 있었다. 누나는 자형을 도와 불법체류 노동자 쪽방을 돌며 대모 노릇을 한다고 했다.

"저기 찻집 있네. 더위나 식히고 가." 봉충다리를 잽싸게 옮겨 누나가 찻집 문을 밀었다.

간밤에 잠을 제대로 못 잔데다 누나를 만나자 머리가 더 아팠다.

여기서 심해지면 체내 세로토닌 농도가 저하되어 조절 불가능한 초조함으로 골이 아팠고 가슴 답답한 통증이 왔다. 조울병 징후로, 상비약 프로작을 먹어야 진정이 되었다. 감방살이할 때 만사가 귀찮다는 말을 입에 달고 산 녀석이 있었지만, 감정 상태가 이렇게 미끄러지면 나야말로 만사가 귀찮았다. 어느새 기분이 저기압에 빠져들고 있었다. 마음대로 다닐 수 있는 자유와 넉넉해진 주머니 사정을 따질 때, 그동안 그런 결핍에 시달려왔던 만큼 욕망을 충족할 수 있다는 기대감과 지금 내 감정 상태가 상반된 게 바로 내 병이다. 나는 늘 내 유전인자, 염색체를 의심할 수밖에 없다.

나는 누나를 뒤따라 찻집으로 들어섰다. 에어컨이 가동되어 실내가 시원했다. 휴대폰으로 누군가와 큰 소리로 석방 기쁨을 나누던 개코가 나를 보곤 알은체 양미간을 찡긋했다. 내가 냉커피를 시키자, 누나가 뭘 그렇게 비싼 걸 시키냐며 눈을 흘겼다. 나는 나상길 회장이 준 돈에서 백만 원쯤 떼어 자형 교회에 헌금하는 셈치고 누나에게 주기로 작정했다. 누나는 조카 셋을 두었는데 한창 학자금이 들 나이였다. 빠듯한 생활 형편이 짐작이 갔다.

"나이 서른다섯이잖아. 이제 마음잡고 정착을 해."

"빵(감방)이나 나를 정착시켰지 어디든 정착해선 못 살아."

"종호 봐서라도 안정해야지. 지난봄 부산에서 있었던 총회 집회에 갔다 상경 길에 밀양에 들르니 친탁했는지 종호가 또래 애들보다 엄청 크더라. 학교 다니는 줄 알고 몇 학년이냐고 물었더니 내년에야 입학한대."

"죽일 년." 내 입에서 무심결에 흘러나온 말이다.

"종호 엄마? 네가 처자식 팽개치고선 그런 말이 당해?"

"그 얘긴 관둬."

나는 더 말하고 싶지 않았다.

이 년 감옥 생활, 만기 출소 뒤 여섯 달 만에 다시 감옥행 삼 년, 나는 꼬박 다섯 해를 사회와 격리된 채 수감 상태로 보냈으니 내가 처자식을 버린 게 아니라 인간이 만든 법규가 가족을 갈라놓은 셈이다. 그렇다고, 당신이 모범 시민으로 살았다면 가족을 보살폈겠느냐고 묻는다면 떳떳하게 대답할 입장도 아니다. 나는 종호 어미를 사랑한 적 없었다. 한 시절, 그년에게 눈깔 뒤집혀 코뚜레 꿰인 채 끌려다녔다. 단언하건대, 나는 누구를 사랑한 적도, 누구로부터 사랑받아본 적도 없다.

감옥 생활을 시작한 지 달포, 면회가 있다는 전갈에 창구로 나가보니 종호 어미였다. 머리칼을 브라운으로 염색하고 보석 박힌 링을 귓바퀴에 달고 있었다. 해장국집 주모로 어울리지 않아 내 눈을 의심하게 했다. "나 국밥집 문 닫았어. 키울 처지가 못 돼 당신 애는 밀양 노친네한테 맡겼구. 앞으론 자식은 물론 당신도 안 찾을 테니 상종도 이것으로 끝이야. 서무과에 이혼 서류 맡겼으니 지장이나 찍어놔줘." 작정하고 온 듯 종호 어미가 속사포로 그 말만 뱉곤 창구를 떠났다. 이별장치곤 허망했다. 그 아비에 그 자식 아니랄까봐 어쩌면 이렇게도 내가 아비 전철을 밟느냐란 자격지심이 들었다. 감방으로 돌아오자 분노가 끓어올랐다. 곪은 뾰루지가 터지듯 잠복된 내 병이 독소를 터뜨렸다. 탈옥해서라도 그년 죽이고 다시 감방으로 돌아오겠다는 격정 끝에 발광이 시작되

14

었다. 주먹으로 벽을 치고 머리를 박아 피투성이가 되었다. 내 자학을 말릴 감방 동료가 없었다. 교도관 여럿이 몰려와 무차별 몽둥이질로 나를 제압하곤 수갑을 채웠다. 나는 징벌방에 옮겨졌고, 거기서도 식음 전폐한 발광이 계속되었다. 결국 의사 소견서가 붙여져 정신질환자를 별도로 관리하는 공주교도소로 이감되었다. 나는 특수 감방에서 정신보건법 제24조에 의한 정신질환자 일차 입원 기간인 여섯 달을 보냈다. 삼 개월 동안은 손발과 가슴이 묶인 채 열십자로 누워 지내야 하는 '강박조치(RT)'를 받았다. 전기충격 치료와 심리 치료를 받으며 독거감방에 늘어져 있다, 뿌리 없는 푸새가 되어 안양교도소 일반 감방으로 돌아왔다. 신경안정제를 복용하며 차츰 마음의 안정을 찾아갔으나 거식증과 실어증으로 한 달을 앓았다. 몸이 장작개비처럼 말라갔다. 내 마음이 돌아서지 않았다면 발광이 다시 시작되었을 것이다. 종호 어미를 향한 증오의 감정을 놓아버리자, 안나가 차입해준 책과 교도소 비치용 책을 읽기 시작했다. 일주일에 두세 권씩 닥치는 대로 읽어치웠다. 독서가 잡념을 잊게 했다. 그제야 살아서 바깥세상으로 나가야 한다는 한 가닥 용기가 생겼다. 감방 생활에 적응되자 내친김에 자격증이나 따보자며 나는 입시반에 들어갔다. 내 그런 감방생활 전말을 면회 온 누나에게는 말하지 않았다.

"지난주에 할머니께 전화 냈어. 당숙모님이 생일상 차려줘서 한술 떴다 하시더라. 할머니 연세가 얼마인지 알잖아. 이젠 종호를 네가 거두어야 해." 내가 입 다물고 있자, 복장 터지겠다는 듯 누나가 다그쳤다. "할머닌 관두고라도 종호를 어떡하겠어?"

"내 처지론 맡을 능력이 못 돼."

"새 출발 한다 했잖아?"

"종호 문제완 상관없어."

"네 한 몸만 살겠다는 거냐? 맡을 능력 없다고 자식 안 맡겠다는 아비가 어딨어?"

"누나가 알잖아. 난 환자야. 걔를 맡아 키울 자신이 없어."

나보다 아홉 살 위인 이복누나는 언제부턴가 부모인 듯 내 후견인으로 나섰다. 누나 입장에서 보면 이해가 갈 만했다. 누나에게는 헤어진 친동기가 있었다. 내게는 이복형이 되는 셈인데, 이복형 두 살 땐가 친엄마가 죽자 아비는 이복형을 부산의 입양 전문 기관에 넘겨버렸다. 뒷날, 누나가 가정을 꾸려 안정하자 본격적으로 친동기를 수소문하기 시작했다. 누나는 부산 입양 기관을 찾아가 뉴저지 주로 기록된 장필 형 양부모 미국 주소를 알아냈다. 양부모는 직업상 이동이 잦아 몇 년 만에야 알래스카에 거주하는 그들과 연락이 닿은 끝에, 미국 명 에드워드 캉이 열여섯 살 때 가출한 뒤 소식 단절이란 회신만 받았다. 이복형 쪽에서도 입양 전 가족을 찾겠다는 연락이 없었다. 남매가 서로 소식을 모른 채 사십 년에 이르렀고, 그 맺힌 한 탓에 누나가 내게 쏟는 애정이 각별했다. 누나는 하늘 아래 어딘가에 살고 있을 장필 형을 찾지 못한 대신 나를 대하는 태도가 천사표인 듯 한결같았다. 그러나 목사 사모 아니랄까봐 누나가 나를 죄악의 소굴에서 건져내겠다고 작심하며 덤비는 건 질색이었다. 그 점이 내 심기를 건드려 우리는 만나면 다투었다. 아무리 이복동생이라지만 어린것 버려두고 가출해선 철들어 왜 핏줄 찾느냐며, 앞으론 다시 나타나지 말라고 막말까지 한 적도 있었다. 돌아서던 내 뒷모습이 손발에 박인 못이 되어 일주일간 금식기도로 철야했다고 누나가 뒷날 말하며, 내 앞에서 펑펑 울었다.

"세상이 막돼먹었대도 조상 없는 후손이 어딨니? 종혼 집안 장손이야. 교인들은 나를 강철 같은 여편네라지만 걔를 생각하면 눈물만 쏟아져."

"그 말 하겠다고 이 무더운 날 마중 왔어?"

"그래, 종호 문제 땜에 왔다, 왜?"

누나 말에 나는 더 참지 못해 자리 차고 일어났다. 누구에게 간섭받는 건 질색이었다. 잠시 진정되었던 머리가 다시 아팠다.

"그따위 소리나 하겠다면 다신 내 앞에 나타나지 마. 내가 빵에서 뒈졌다 치면 그만 아냐. 나도 누나 안 찾을게."

"안 찾아도 되니, 잠시만 앉아봐."

누나가 내 셔츠 자락을 당겨 내렸다. 남매 말싸움에 찻집 안 사람들이 이쪽에 눈을 주었다. 건너편 자리에서 개코가 나를 돌아보곤 담배 연기를 뻐끔거렸다. 이젠 담배 피워도 된다는 사실을 뒤늦게 깨닫자 나는 카운터에 담배와 라이터를 주문했다.

"삼 년 동안 못 피웠을 텐데 이참에 끊어."

"내 문제에 간섭 말랬잖아!"

내 목청이 높아지자 누나가 말없이 커피잔에 꽂힌 빨대를 빨다 한참 만에야 낮은 소리로 다시 그 말을 꺼냈다.

"할머니 연세가 올해 여든다섯이야. 그 연세에 증손잔들 어떻게 돌보며 학교나마 제대로 보내겠어? 만약 할머니 돌아가시면 누가 종호를 맡아? 부모 없이 크는 그 애가 불쌍치도 않아?"

"입양이라도 보낼까." 나는 부러 누나 심기를 건드렸다.

"나잇살 먹은 너를 간섭해서 미안하다만, 재필아, 부탁한다. 무슨 계획이 있는지 모르겠으나 밀양부터 다녀와. 선대 묘도 거기 있잖니." 누나 목소리가 절절했다.

"할머니가 날 제대로 맞을까?" 내 목소리가 눅어들었다.

"기대가 컸기에 원망도 그만큼 커 그랬을 거야. 다 널 사랑하는 탓이야. 전화 내면 네 안부부터 물으셔."

"무슨 말인지 알아."

"할머니와 종호는 내가 맡을 수도 있어. 남도 돌보는데 내가 왜 못 맡아. 그러나 사지육신 멀쩡한 네가 있는데 중뿔나게 나선다는 게…… 정상적인 생활인이 되는 길은 제 식구를 챙겨 감쌀 때라고 봐."

내가 감방살이했던 지난 삼 년 사이 할머니가 별세했다면 종호는 고아원이나 보육 시설에 넘겨져 타국에 입양되었을 수도 있었다. 밀양에 친척붙이가 몇 가구 있지만 이제 연로하여 종호를 맡을 만한 분이 없다. 종호와 할머니 얼굴이 옥살이 중 때때로 떠올라 울적했으나 내가 해결할 수 없다고 단념한 지 오래고, 해결하려 궁리하지도 않았기에 한참 뒤면 자연스럽게 잊혀졌다. 출옥하면 그들을 맡아 거두겠다고 마음먹은 적이 없었다. 그들이 이 지상에 없듯 잊으려 했다. 내 경우에는 가족이 사랑의 대상이기는커녕 증오나 슬픔 덩어리로 비쳤다. 중학교 시절 김천 소년교도소에서 지낸 다섯 달을 빼고도 나는 두 차례에 걸쳐 도합 오 년을 감방에서 지냈고, 마약중독 수감자로 교도소에서 보낸 기간만도 두 차례로 일 년이 넘었다. 도합 칠 년의 감금 생활은, 한마디로 나를 정육점 갈고리에 걸린 통돼지 꼴로 만들었다. 지방 덩어리 살코기라도 그 세월 동안을 매달아놓는다면 수분과 지방분이 죄 빠져 명태가 되듯, 나는 삭막한 인간이 되었다. 피붙이든 누구든, 설령 인간이 아니라 해도 생명체란 누가 돌보고 자시고 할 것 없이 제명대로 살다 때 되면 죽게 마련이란 생각이 굳어졌다. 그러다 나라는 인간이 왜 이런 냉혈동물 심보를 가지게 되었나를 곱씹게 되었다. 부모로부터 물려받았을 유전인자 탓이 아닐까란 생각에 의심이 멈추더니 요지부동이었다. 친자냐 아니냐는 디엔에이 검사가 증명한다. 나는 부모 염색체를, 아비는 할아버지와 할머니의 염색체를 물려받았을 것이다.

집안 관혼상제 때 어쩌다 찍은 사진을 보면 뒷줄 구석에 박힌 할아버지 얼굴이 있었다. 그런 사진 몇 장 외, 나는 생전에 할아버지를 본 적 없었다. 산적 두목 같은 용모의 당신은 내게 수수께끼 같은 인물이다. 언제부턴가 나는 할아버지란 실체에 의문을 품기 시작했다. 아마 마약 중독으로 헤매던 때부터였을 것이다. 더 윗대까지는 따지지 않더라도 할아버지 그분을 알게 되면 나라는 실체도 알 것 같았다. 나는 할머니와 아비를 비롯한 밀양 친척붙이가 더러 할아버지 이름을 입에 올려 그분 일화를 두고 쑤군거리는 소리를 들으며 자랐다. 할아버지를 대한독립군 출신으로 치켜세울 때는 무용담이 과장되었고, 당신을 비하할 때는 반벙어리에 빨갱이였다며 돌아서서 쑤군거렸다. 평판은 상반된 두 견해로 나뉘었다. 내가 만주와 러시아 극동 지방 연해주를 둘러본 것도 따지고 보면 할아버지가 거쳐간 족적을 내 눈으로 확인하고 싶어서였다. 감옥에서 할아버지 생애를 노트에 정리할 때, 나는 가족이 무엇인가를 생각했다. 아직 앞날이 창창한 나이에 한이 맺힌다고 말한다면 애늙은이나 할 소리지만, 가족은 내게 한덩어리였다. 할아버지 족적을 따라가자 차츰 내 마음이 변해갔다. 내가 변하고 있음을, 나는 그 변화를 감지했다. 출감하면 어머니 무덤과 밀양을 둘러보기로 마음먹었다. 내가 성장한 토양인 울산과 밀양은 생각하기조차 역겨운, 정나미 떨어지는 지방이다. 울산은 어머니 고향이요 내가 태어난 곳이고, 밀양은 할아버지 고향이요 선대가 살아온 지방이다. 어머니 태반에서 내가 생겨났기에 그 무덤을 둘러보고 싶었고, 할아버지 이력에 대해 좀더 자세히 알아보려면 할머니와 친척붙이 증언이 필요했기에 어차피 밀양으로 가보아야 했다. 그러나 솔직히 말해 밀양에 떨어뜨린 종호를 맡아 데리고 살겠다는 생각은 아예 하지 않았다.

"얼마 안 되는 돈이야." 누나가 배낭에서 편지 봉투를 꺼냈다.

"안 줘도 돼. 그냥 넣어 가."

"밀양 가면 할아버지 묘소에 간단한 상차림이라도 해." 누나가 내 눈치를 살피며 덧붙였다. "네가 아무리 부정한대도 어쨌든 아버지 아니니. 내 대신 아버지 묘소도 들여다봐줘. 내 성의야."

누나는 오른손이 멀쩡했던 아비의 울산 시절 초기, 건설 역군 노동자로 가정을 챙겼던 그 시절을 생의 첫 기억으로 간직하고 있어 아비를 보는 관점이 나와는 사뭇 달랐다. 내가 아비를 두고 악담을 퍼부을 때마다, "넌 태어나기 전이라 몰라. 첨부터 아버지가 그런 분은 아니었어" 하고 애써 아비를 두둔했던 것이다.

"넣어 가래도. 내게 돈 있어."

"내려가는 길에 울산 엄마 묘도 둘러봐."

"그럴 생각이야."

"불쌍한 분. 내겐 잘해주셨는데⋯⋯" 설움에 잠기던 누나 목소리가 갑자기 돌변했다. "이 돈 꼭 받아 챙겨!"

누나의 강단진 명령에 나는 더 고집을 부리지 않고 봉투를 바지 주머니에 담았다. 담배 연기를 폐 깊숙이 삼키자 첫 맛은 어지럽고 속이 메스꺼웠다. 담배를 거푸 빨자 예전 맛이 살아났다. 혼미함이 격한 감정을 허물며 가슴과 머릿속을 채웠다. 내겐 마약에 취해 살던 한 시절이 있었다. 그 시절, 마약에 의지하지 않았다면 지금쯤 이 세상에 살아 있지 않을 것이다. 나는 자살미수 상습범이었다.

화장실에 다녀오겠다며 누나가 자리를 떴다. 그 기회를 이용해 여행용 백에서 김부장이 준 휴대용 백을 꺼냈다. 묶음 돈 여섯 다발에 휴대폰과 충전기가 들어 있었다. 나는 휴대폰을 바지 주머니에 넣고 백만 원 한 다발을 여행용 백 안주머니에 꽂았다.

"내가 잘못 들었나, 당분간 도서관에 박히겠다고 했지? 고시텔 같은 데서 살 작정이니?" 화장실을 다녀온 누나가 물었다.

말싸움이 언제였나 싶게 누나가 웃음을 물자, 내 마음도 풀어졌다. 우리 사이가 늘 그랬다. 싸우다가도 감정이 눅어지면 조금 전

다툼을 금세 잊었다. 담배 연기가 마음을 안정시켜주었다.

"할아버지 생애를 정리해볼까 해."

"아버지가 할아버지를 원망했고 너도 아버지를 욕질하더니, 무슨 마음으로?"

"왜 그런 마음이 들었는지 모르겠어. 무엇에 씌었는지, 만주와 연해주를 둘러보고 온 후 할아버지가 시도 때도 없이 나타나. 그 양반이 나한테 무슨 말을 남기고 싶어하는 것 같아."

"그 백에 든 게 할아버지 연구에 관한 책이니?"

"그런 책도 있지."

"출판할 작정이야?"

"누가 읽어준다고 출판까지. 책으로 낼 분량도 안 될 거야."

"그럼 뭐야?"

"그냥 정리해보고 싶어서. 처음은 내 정신병이 집안 유전인자 탓이 아닐까 하는 생각이 들어 파보려 했는데, 그 양반이 자꾸만 나를 당겨. 네 자신을 위해서 나를 기록해보라고."

"철학자 같은 소릴 하네."

"어쨌든 내가 하고 싶어 시작했으니깐."

할아버지 행적을 좇아 스무 날간 만주 지린성과 러시아 땅 연해주 일대의 여행을 끝내고 귀국하던 길에 나는 인천공항에 대기 중이던 성남경찰서 형사 둘에게 검거되었다.

"온 김에 잘됐다. 그 배낭 나한테 줘. 대신 이 큰 백은 누나가 가지고. 만주서 들고 왔던 백이라 눈만 가도 속이 뒤집혀."

나는 여행용 백을 통로에 눕히고 담긴 내용물을 뒤졌다. 출감 때 주민등록증과 함께 인수한 소지품 보퉁이와 상비약 봉투를 꺼내 휴대용 소형 백에 담았다. 검정고시를 위해 공부했던 노트 중 할아버지에 관해 써둔 노트 한 권과 할아버지 생애 정리에 참고가 되었던 책 몇 권을 추려냈다. 누나에게 넘겨질 백만 원을 찔러둔 백 안주머니는 지퍼를 채웠다. 뚱해하던 누나가 그제야 자기 배낭에 든 성경책을 비롯한 자잘한 소지품을 무릎에 쏟아냈다. 나는 누나에게서 넘겨받은 배낭에 따로 챙긴 내 사물을 담았고, 누나는 내 여행용 백에 자기 잡동사니를 쓸어넣었다.

"안에 든 것 다 버려. 백은 새것이니 그런대로 쓸 만할 거야."

"그 배낭 메고 다닌 지 육칠 년 됐을걸. 이제 보니 낡았네."

"낡은 게 정이 드는 법이지." 누나도 몸이 크지만 아무래도 나를 당할 수 없기에 나는 배낭 멜빵을 한껏 뽑았다.

"등산모 쓴다면 네가 메도 어울린다." 누나가 웃었다.

내 아이디어였으나 가방을 바꾸고 보니 누나와의 유대가 한결 공고해진 듯했다.

"어쨌든 할아버지 생애를 정리해보겠다니 장하긴 하다만……" 누나 목소리가 츱츱했다.

할아버지는 1958년, 내가 태어나기 십이 년 전에 별세했다.

아비가 지 아비를 두고 이기죽거렸듯, 할아버지의 기구한 생애는 실패한 삶으로 귀결되었다. 내가 서울로 올라온 해니 1987년 초봄 어느 날이었다. 건넌방에 두더지처럼 박혀 지내던 아비가 무슨 마음에선지 할아버지를 두고 고무손을 내저으며 이런 말을 횡설수설했다. "그 영감, 독립군 출신 좋아하네. 하루삥(하얼빈) 시절,

니뽄도 차고 일본군 복장 하고 나타나 뻐겼지. 왜놈 병정 아비 악귀에 씌어 내 신세가 이 꼴이 됐어. 이놈아, 남천강(밀양강)에 어서 나가봐. 낚시질하고 있으면 끌고 와. 내가 그 영감 모가지를 물어뜯을 테야."

정신이 오락가락하던 아비 말이어서 그때는 긴가민가했다. 그즈음 할머니가 하얼빈에서 십 년간 겪었던 생활에 대해 몇 마디씩 흘리곤 했다. "가정이 뭐니? 그 양반은 가정을 지킬 위인이 못돼. 가정을 지키자면 안들(처)이 해주는 더운 밥 먹고 일정한 수입을 집안에 들여놓아야 하는데, 그래 본 적이 없어. 늘 나가 살았고, 난 식당 식모 노릇 하느라 애 둘은 천둥벌거숭이로 저들끼리 그냥 컸지." 할머니 말이었다.

할아버지가 일본 관동군 731부대 위병소 초병으로 있었다는 사실은, 처음 털어놓는 비밀이라며 할머니가 누나에게 귀띔했고, 누나가 내게 말해준 것이 칠팔 년 전이었다.

"해삼위라면 블라디보스토크 아냐? 일본 헌병대 자리도 찾아봤겠구나? 흔적은 남았더니?" 가문을 챙기려는 누나이기에 할아버지 이력을 대충 알고 묻는 말이었다.

"벌써 칠십여 년 세월이 흘렀잖아. 남았을 리 없지."

"하얼빈은?"

"중국 땅으로 다시 넘어와서 귀국 전에 들렀어."

"생체 실험 했다는 관동군 부대 자리도?"

"중국이 기념관으로 만들어놨더군."

할머니는 함경북도 회령 부근 산골 출신이고 아비는 하얼빈에서 태어났다. 일본이 패망한 1945년까지 그들은 하얼빈에서 살았다.

*

하룻밤이라도 안산 집에서 쉬다 가라는 누나 말을 뿌리치고 나는 시내로 가는 버스 정류장에 멈춰 섰다. 안산시 방면은 서울시와 반대 방향이었다.

"할머닌 옛집 지키다 할아버지와 합장하겠다니 어쩔 수 없지만, 정 뭣하면 종호는 나한테 맡겨. 내가 우리 애들과 함께 공부시킬 테니. 안산시에 와서 실로암교회나 실로암공동체를 찾아오면 돼."

누나가 말했다.

나는 아무 말도 하지 않았다.

누나가 다리 절며 백을 끌고 건널목을 건넜다. 아무리 깡다구세다 해도 누나는 내게 늘 가련한 존재로 비쳤다. 1979년 '와이에이치 사건' 때 누나는 신민당사 농성장 사층에서 투신했으나 목숨은 건진 대신 오른쪽 종지뼈며 정강이뼈가 바스라져 서너 차례 수술을 받았으나 장애인이 되고 말았다. 누나는 도시산업선교회 전도사였던 자형을 만나 결혼했다. 신의 점지함이 있었던지 정상인이 장애인 여성을 선택했던 것이다.

나는 출감 날 안나가 마중을 나올 거라고 기대했다. 만약 그녀가 오지 않는다면 출감하는 대로 그녀가 일하는 업소로 찾아갈 작정이었다. 법무부 호텔에서 썩은 하사금 몇 푼으로는 열흘 넘기기가 힘든 터라 당장 돈이 궁한 참인데, 뜻밖에 돈이 생겼으니 안나에게 구차한 말을 꺼내지 않아도 되었다. 그러나 출감 전부터 그러기로 마음먹었으니, 그녀를 만나보고 서울을 떠나기로 했다. 만주로 떠나기 전 나상길 사장과 자리 같이한 적도 있어 화이트하우스 직영점인 '블랙립스'에 취업했을 터였다.

할아버지의 마음이 되어 국경도시 후린의 우수리 강물에 손을 적셔본 날 밤, 안나는 북간도 일대를 돌아본 아흐레 동안의 여행을 지겨워하다 더는 참을 수 없다며 당장 귀국하자고 말했다. 낮 동안 땡볕 더위와 일교차 심한 밤의 냉기, 청결치 못한 음식, 파리와 모기떼, 바퀴벌레까지 설치는 조악한 숙박 시설, 특히 재래식 변소의 불결함, 도무지 구경거리라곤 없는 일정을 두고 안나는 만주로 들어온 지 닷새 뒤부터 불평을 늘어놓았다. 여자 바가지 긁는 소리를 내가 못 참아하는 줄 알면서도 안나는 자기 주장이 강해 제 성깔을 억제치 못했다. 여름 감기까지 걸려 코를 훌쩍이며 쏘아붙였다. "당장 비행기 예약하지 않는다면 혼자서라도 귀국하겠어요. 오빠 따라다니는 것도 한계가 있지, 더는 못 참겠어요." 안나는 자기 짐을 챙겼다. 화가 난 나는 몇 차례 손찌검을 했다. 고분고분 맞고 있을 안나가 아니었기에 호텔 방 보온통을 내던지며 대들었다. 술김에 그녀의 멱살을 쥐고 침대에 내던졌다. "너 따위 정신병자는 다시 상종 않겠어!" 안나는 여행용 자기 백을 끌고 호텔 방을 떠났다. 그녀는 그길로 혼자 귀국했는데, 나와 떨어짐으로써 인천공항 검문에서 무사히 빠져나갔으니 전화위복이 된 셈이었다. 안나는 예명이었고 본명이 안옥나였기에 신원조회 명단에서 누락된 모양이었다. 안나가 떠나버리자 나는 만주 지린성 후린의 조선족 안내인을 달고 국경을 넘어 러시아 연해주 달레네첸스크로 들어갔다. 사회주의에서 시장경제체제로 선회한 뒤 중국도 그랬지만 러시아야말로 여권은 형식에 불과했고 돈이면 모든 게 해결되었다.

살 섞은 정이 남았던지 옥살이를 시작한 지 한 달 뒤, 안나가 교도소로 나를 만나러 왔다. 그 뒤 네댓 차례 더 면회를 왔다. 그녀는 내가 부탁한 책을 차입해주었다. 대입 검정고시용 교재는 교도소 도서관에 있었기에, 주로 할아버지 생애를 이해하는 데 필요한 책과 정신질환에 관한 책이었다. 지난 늦봄에 그녀가 마지막 면회를 와서 말했다. "방 안에 처박혀 올빼미처럼 낮엔 자고 밤엔 비디오만 보다 보니 나도 모르는 새 신용불량자가 됐지 뭐예요. 집으로 기어들긴 싫구, 집에 기댈 나이도 넘었구요. 요즘은 신촌에 있는 블랙립스에 마담으로 출근해요. 화이트하우스 직영점이지요. 석방되면 한번 들르든지……"

나는 버스 편에 서울 강남으로 나왔다. 버스가 강남역에서 왔던 길로 유턴하기에 하차했다. 늘 눈앞에 삼삼하던 우족 수육을 실컷 먹고 싶었으나 그런 식당이 눈에 띄지 않았고 갑자기 허기증이 안달 쳤다. 삼계탕 전문 식당이 있기에 찾아들었다. 공깃밥 한 그릇을 더 시켜 먹자 홀쭉하던 배가 엔간히 찼다. 식객들 사이에 섞여 배를 불리니 그제야 죄수에서 민간인으로 바뀐 신분이 실감났다. 맥줏집이라면 안나 출근이 직장 퇴근 시간대라 우선 눅눅한 몸부터 닦기로 했다.

"체격 한번 좋습니다. 무슨 운동 하십니까?" 때밀이가 물었다.

"예전엔 좀 했지."

내 키가 일 미터 구십 센티미터에 감방 생활로 체중이 줄었어도 평균 구십 킬로그램은 유지했다. 이십대 후반 한때는 백이십 킬로그램까지 나간 적도 있었다.

목욕을 자주 못했기에 체적으로 따져서도 떨어져 나온 때가 한 됫박은 될 터였다. 배코머리에 우람한 체격이라 때밀이는 나를 조폭쯤으로 여겼던지 아무 말 없이 용을 쓰며 때를 밀었다.

삼 년 묵은 때를 벗긴 뒤 수면실 바닥에서 눈을 붙인 게 네댓 시간 좋이 곯아떨어졌다. 탈의실로 나오자 판매대에 팬티, 러닝셔츠, 양말 따위를 팔기에 여태 입었던 찌든 속옷을 폐기 처분했다. 소매 긴 셔츠에 청바지를 꿰고 거리로 나왔을 때는 해가 빌딩 사이로 빠진 뒤였다. 밀린 잠을 잤음인지 머리가 덜 아프고 마음도 엔간히 안정을 찾았다.

나는 신촌 유흥가를 한 바퀴 돈 끝에 블랙립스를 찾아냈다. 백평 남짓의 일층 맥주홀로 무대에 스크린과 노래방 기기가 설치되었고, 화장실로 가다 보니 뒤쪽으로 룸이 여러 개였다. 온통 검은 실내 디자인이 감방을 연상케 했다. 어린 시절엔 어둠이 두려웠지만 언제부턴가 어둠만이 나를 보호해준다 믿었다.

안나는 출근 전이었다. 당분간은 술을 입에 대지 않기로 했는데 웨이터가 냉수 컵을 탁자에 놓으며 주문 받겠다고 말했다. 꼭 뭘 마셔야 되느냐고 묻자, 웨이터가 자리를 떴다. 내 목소리가 무거운 저음이라 덩치와 목소리에 상대가 먼저 압도되곤 했다.

아무래도 역으로 나가봐야 되겠다며 초조함을 담배로 달랠 때에야 안나가 나타났다. 배꼽 보이는 꽃무늬 민소매 셔츠에 청바지 입은 그녀가 나를 보고, 어머 하고 놀라더니 언제 나왔냐며 다가왔다. 늘씬하게 빠진 몸에 속눈썹 세운 눈매는 여전히 시원했다.

"광복절 특사로 나올지 모른다고 생각했죠."

"만기 출소야."

"오빠 얼굴 헬쑥해졌네. 꺽다리 다 됐어. 그동안 고생했으니 당분간 쉬세요."

"누가 밥 먹여준다고?"

안나가 말을 아꼈다. 마땅히 갈 곳 없는 내 처지를 아는지라 찍자 붙으면 골칫거리란 걱정쯤 들 만도 했다. 내가 못 이긴 척 쳐들어간다 해도 그녀가 내칠 입장은 아니었다. 몇 달간 그녀는 내 원룸에서 껴붙어 살았고, 내가 옥살이 시작한 뒤 원룸은 자기 차지가 되었다. 보증금 중 이백만 원까지 빼내 썼다니 내게 빚을 지고 있었다.

"그 원룸에 그냥 살지?"

"눌러 있죠 뭘. 보증금 백에 월세 육십으로."

우리는 잠시 말이 없었다. 감옥에 있을 때는 비둘기 신세가 부러웠으나 세상으로 나와도 삶은 역시 마찬가지일 것이다. 안나를 보자 산다는 게 지겨웠다. 알코올에 절어 사는 화류계 생활로 전전하다 보니 목과 눈가에 잔주름이 잡히기 시작한 안나나, 김천소년교도소 생활을 합쳐 교도소에서만 보낸 칠 년 세월로 청춘이 작살난 나나 피차일반이었다.

"이 카페, 나회장 자주 들러?"

"요즘은 통 안 와요. 이 카펜 비서실에서 직접 관리해요."

"비서실 담당 부장이 김영갑 아냐?"

"빵에서도 정보 하나는 빠삭하네. 그 곱상한 얼짱이 알오티시 출신이라나. 배우 뺨치는 처에 똘똘이 남자 애 둘을 둔 신세대 가장이지요. 오빠 빵깐 가고 입사했는데 회장 심복으로 벼락 승진했죠." 안나가 말을 바꾸었다. "언젠가 회장님이 오셨는데, 분당 사건을 두고 강박 고생시켜 미안하다구 합디다. 지난 삼 년 사이 회사가 많이 컸어요. 일팀이 금융이구, 이팀이 건설을 담당하구, 삼팀이 성인 게임장 사업까지 벌이니……"

말이 금융업이지 사채놀이로 돈 굴리기요, 건설업은 재개발사업 이권 개입이나 딱지 장사일 터였다. 성인 게임장 사업이란 서민들 푼돈 훑는 도박장을 두고 하는 말이었다.

"만나보실래요? 연락할 길이 있어요."

"나도 연락은 돼. 그냥 물어봤어."

휴대폰에 회장이 메시지를 남겼다니 직통 전화번호쯤 입력되어 있을 것이다.

"회장님이 반가워하실 텐데."

"나도 예전 생활 청산했는데, 뭘 만나."

"어디로 갈 작정이에요?"

"울산 거쳐 밀양으로."

"할머니가 아들을 거둔다 했죠? 밀양에 눌러살 작정이에요?"

"모르겠어."

"언젠가, 영흥도에 횟집이나 열고 살겠다지 않았어요?"

"인간 종자들 보기 싫어 한땐 그런 꿈도 꿨지."

"케이원이나 이종격투기 보면 오빠가 떠올라. 그런 것 잘할 것 같아서."

"웃기는 소리 마. 내 나이가 몇인데."

"모두들 운동 부족으로 비만해지니 체육 시설이며 헬스클럽이 늘었죠. 지도할 강사가 귀하다나."

짜증이 난 나는, 역으로 나가봐야겠다고 말했다. 안나가 잠시 기다리라 말하곤 핸드백 들고 자리를 떴다. 한참 뒤 안나가 돌아왔다.

"돈이 필요할 것 같아 카드로 일백 뺐어요."

주는 돈은 일단 거두고 볼 일이다. 내가 원룸 보증금 말은 꺼내지도 않았는데 안나가 일부나마 빚 갚겠다고 지레 선심을 썼다. 나회장이 육백을 주지 않았다면 나는 안나에게 삼백쯤 융통해달라고 떼쓸 작정이었다. 나는 자리에서 일어섰다.

"오빠, 식사라도 하고 떠나요. 제가 맛있는 웰빙식당 알아요."

"시간 끌면 밤차 못 타. 마음먹은 김에 내려가야지."

나는 안나와 그 짓만은 죽이 잘 맞았다. 한창나이에 그 짓 즐기지 않은 남녀가 있을까만, 분탕질 치다 밤을 새운 적도 있었다. 넉살떨며 노닥거리다 보면 그 짓에 빠져들 수도 있었다.

나는 배낭 메고 블랙립스를 나섰다. 바깥은 어둠이 내렸으나 바람 한 점 없고 더위는 여전했다. 인도에는 어깨 부딪칠 정도로 젊은 남녀가 밀려다녔다. 맨살 허리통 드러낸 계집애들이 큰 젖과 빵빵한 엉덩이를 흔들며 앞을 지나쳤다. 내가 교도소에 있는 사이 대통령 선거가 있었고 진보주의자 대통령이 당선되었다. 있는 자 재물 거두어 빈자 구휼하겠다는 대통령의 평등논리 개혁정책에 놀라 가진 자들이 투자를 기피하고 지갑을 닫자 경기 침체가 왔다. 감방에서도 그런 바깥소식에는 밝아, 불황으로 자영업자가 죽을 쑤고 청년 실업자가 거리에 넘친다는 말이 심심찮게 들렸다. 그러나 막상 바깥세상으로 나오니 신촌 바닥은 부모 잘 만난 애들 소비처라 여전히 흥청거렸다. 대도시 유흥가는 중독성을 가진 낙지류의 유기체로, 허영심 찬 젊은 애들 몸통을 감아선 내장까지 녹인다. 그러나 내 경우, 감옥에서 썩을 만큼 썩었고 이제는 도시의 그늘을 파 뒤지기에도 지쳤다. 나는 앞으로 그야말로 갱신하지 않으면 안 된다.

*

서울역으로 나오자 무일푼으로 상경했던 열여덟 살 적이 생각났다. 요양원에 있던 엄마가 생을 마감한 해였고, 내가 중학교를 졸업한 1987년이었다. 서울역과 남대문시장에서 삐끼를 시작으로, 명동 바닥을 훑으며 공갈 협박을 일삼는 건달로, 을지로 3가 시절에는 권투도장을 들랑거리며 집털이로 나섰다. 그럴 사이, 감옥 생활로 보낸 기간을 빼고 서울을 터 삼아 보낸 세월이 빠르게 흘러갔다.

역사 안을 둘러보니 케이티엑스란 초고속 기차가 세 시간대에 부산 도착이었다. 삼 년 사이 세상이 많이 변했음이 실감났다. 나는 케이티엑스를 타기로 하고 이십시 출발 이십일시 사십분 대구 도착 기차표를 끊었다. 내 좌석은 기차 진행 방향과 반대쪽이었다. 승차 시간이 남아 가락국수에 김밥으로 저녁을 때웠다. 누나 말이 떠올라 스포츠 용품점에 들러 검정색 벙거지를 사서 배코 머리통에 얹으니 배낭과 잘 어울렸다.

정각에 출발한 기차가 서울역을 빠져나가자, 바지 주머니에서 휴대폰 신호음이 울렸다.

"낮에 본 김영갑입니다. 잠시만, 회장님 바꿀게요."

"삼 년 동안 고생 많았어. 내 메시지 들었는가?"

"아직 못 켜봤어요."

"왜 그래? 회사에 들르지도 않구."

지금은 기차 안이고 고향에 가는 길이라고 말했다.

"고향이 밀양이랬지. 그럼 언제 올라와?"

"예정이 없습니다."

"고생했으니 고향서 보약 좀 챙겨. 상경하면 사무실에 들르구. 난 강박이 필요해. 자넨 의리 있는 사나이니깐. 내 말 알겠지?"

내가 침묵하는 사이 전화가 끊겼다. 아비가 자신을 두고 툭하면 '싸나이'라고 주절대던 헛소리가 생각났다. 아직도 내 밀고가 염려스러운지 말로나마 뒷배를 봐주겠다는 나회장이지만 나는 관심이 없다. 그런 일에 다시 뛰어들고 싶지 않았고, 감방에 있을 때도 생각해본 적 없었다.

차창으로 빌딩 불빛이 빠르게 물러났다. 터널이 나서자 현실을 지우며 지난날이 어둠 속에 샛눈을 떴다.

종호 어미를 처음 만나기는 일식당이었으나, 그녀가 내 의식에 박히기는 병원이었다. 정신이 돌아온 순간, 눈앞에 희미하게 한 모습이 어른거렸다. 나는 그 모습을 저승길을 인도하는 안내자로 알았다. 눈앞에 어른거리는 저승사자는 사람 모습이 아니었다. 입술이 파랬고 얼굴이 붉었다. 뒷날 종호 어미가, 정신이 돌아왔느냐고 물었다는데, 당시 나는 저승사자만 보았을 뿐 다시 의식을 잃었다.

　　그날, 나는 낮부터 일식당 다다미방에서 혼자 술을 마셨다. 많이 취했던 모양이다. 내가 무슨 짓을 하는지도 모른 채 데운 정종에 카페인을 치사량만큼 입속에 털어넣었다. 우울증 환자의 자살은 순간적이라 명확한 동기를 밝히지 못하는 경우가 많다. 이유를 대자면 다른 세상으로 사라지고 싶다는 유혹 탓일 것이다. 손님방에 기척이 없어 여종업원이 문을 여니 내가 탁자에 머리 박은 채 거품 게우며 신음하고 있었던 모양이다. 여종업원이 구급차를 불러 병원 응급실로 이송했고, 나는 사흘 뒤에 깨어났다. "형편이 괜찮은가 본데 왜 자살해요?" 침상에 누운 나를 찾아온 일식당 여종업원이 물었다. 내 지갑에는 십만 원짜리 수표 스물몇 장과 현찰이 있었다는 것이다. 주머니가 넉넉해 흔전만전 돈을 쓸 때면 그 틈새를 비집고 드는 게 자살의 유혹이었다. 자살의 유혹은 불특정인을 향해 칼을 들이대는 정신병자와 흡사한 데가 있었다. 그런데 여종업원 뒤에 서 있는 눈매 사나운 사내 둘이 눈에 들어왔다. 그들이 누구인가 나는 금방 알아챘다. 마약 전담 형사였다. 주치의는 내가 다량의 극약을 먹고 자살을 기도했는데 그 약물 성분이

34

카페인이라고 경찰에 신고했던 것이다. 나는 퇴원 즉시 마약상습범으로 구속되었다. 이십 일간 구치소 생활을 거쳐 마약사범을 별도 관리하는 교도소에서 여섯 달을 보냈다. 결과적으로 자살 기도가 마약을 끊게 했으니 전화위복이 된 셈이었다.

바깥세상으로 나오자 일식당을 찾아가 나를 병원으로 이송한 여종업원을 만났다. 별 빠지지 않는 용모였다. 그런데도 그녀 인상이 저승사자로 비쳤던 첫 모습으로 내 마음을 물어뜯었다. 그녀는 성질이 급했고 재바른 게 병적이라 잠시도 손 재워놓지 못한채 설치는 체질이었다. 그녀와 나는 어느 구석도 맞는 게 없었는데, 나는 그녀에게 감전되었다. 그녀를 위해 돈을 펑펑 썼다. 백화점에서 옷을 사주고 호텔 레스토랑에서 식사를 했다. 그녀는 애를 배자 일식당 종업원을 그만두었고, 우리는 살림을 차렸다. 살아오며 내 의견이 아닌 남의 주장을 대책 없이 따르기는 난생처음이었다. 나는 코뚜레 꿰인 짐승이 되어 그녀가 부리는 마술에 홀림당했다. 그때까지 그녀는 일정한 직업도 없는 내가 어떻게 돈을 만지는지 눈치채지 못했다. 부모로부터 받은 유산을 은행에 예치해 두고 쓰는 줄로만 알았다. 애를 가지자 안 떼겠다며 내 호적에 올리겠다고 했다. 그녀가 하자는 대로 내버려두었다. 나는 돈이 필요했기에 다시 집털이로 나섰다. 그녀와의 동거는 일 년 남짓 만에 끝났다. '성북동 절도 사건'으로 검거되어 쇠고랑을 찼기 때문이었다.

그때가 네 해 전이었고, 나상길 사장은 영등포교도소에서 감방동기로 만났다. 나사장은 나보다 열일곱 살 위였으니 아버지뻘에 가까웠다. 나사장은 업무상 배임, 문서위조죄로 삼 년 선고를 받고 일 년 육 개월째 복역 중이었다. 중소기업 건설회사 사장에게 사채를 쓰게 하고 조직원을 동원해서 사장을 납치 감금한 뒤 차용금의 이십 배가 넘는 일산 상가 건물을 빼앗은 배후 총책이었다. 건물을 매각하는 과정에서 팀장 최부장이란 자가 자기 몫을 챙겨주지 않자 나사장을 배신했다. 최부장은 검찰에 나사장을 찌른 뒤 가족을 달고 미국으로 줄행랑을 놓았다. 나사장은 감방에서도, 미국 땅을 다 뒤져서라도 최부장을 찾아내어 작살내겠다며 이를 갈았다.

나상길 사장은 평범한 외모였고 목소리가 상냥했다. 자신은 웃지 않고 은근슬쩍 와이담을 풀어놓았고, 사식 차입 양이 많아 감방에서 범털로 존경받았다. 교도관을 매수했는지 감방 밖으로 불려 나가면 큰딸애와 통화하고 왔다고 말하기도 했다. "딸만 넷으로 꽃밭에서 살았는데, 이게 무슨 꼴이야." 통화를 하고 오면 그때만은 풀이 죽었다. 나사장은 마약의 유통 경로와 환각 중독증에 밝은 내게 마초파 수장으로서 공범의식을 느꼈던지, 아니면 내 털거지와 과묵함이 마음에 들었던지, 자넨 '물건'이라고 말했다. 내가 꼿꼿이 앉아 책만 읽어대자 나를 '강박'이라 부르며, 내 박식함을 인정했다. 내가 세상에 나와 배운 게 있다면 감방에서 읽은 책을 통해서였다.

나는 성북동 절도 사건으로 이 년 선고를 받고 다섯 달째 복역 중이었다. "혼자 월담했다구? 아무리 고급 주택이라도 집털이는 쩨쩨하잖아. 박사 주제에 덩칫값 못하구 치사하게 뭘 그런 짓 해.

나한테 오라구. 물 좋은 데서 놀게 해줄 테니." 우울증이 밀려들면 안절부절못하는 나를 두고 나사장이 말했다. 둘은 묶인 개 신세로 신상 이야기를 나누며 감방 생활을 때워나갔다. "여기 들어와 이런 얘기 하긴 뭣하지만 오십년대 한 시절 우리 집은 기사 둔 자가용까지 있었지. 당시에 자가용 있는 집이 어땠는지 상상이 안 가지? 그만큼 대단한 집안이었어. 아버지가 자유당 시절 건달로 정치판에 붙어 주야장천 요릿집 기생방에서 지새우느라 그 많던 집안 재산을 다 말아먹었지. 군인들이 정권을 잡자 정치깡패로 옥살이하고 나와선 시름시름 앓다 돌아가셨어. 장안에서 떵떵거렸던 부자가 하루아침에 망해버렸으니…… 재산이란 게 그래, 관리를 잘못하면 손가락 사이 물 빠지듯 당대에 작살나는 법이거든. 대학에 들어가자마자 계집애 하나를 만났는데 덜컥 애를 배 집을 나와 살림부터 차렸지. 어떻게 알고 모친이 찾아와선 집안 망신시킨다며 애 엄마를 내쫓아버려 하는 수 없이 집으로 들어갔지. 학교도 작파하고 그때부터 아버지가 관리했던 명동 깡패판에 껴붙어, 어떡하든 돈 벌어 망한 집안을 재건하기로 결심했어. 명문가로 복권시키기로 말이야. 자본주의란 말 그대로 자본, 즉 돈이 말해주잖아?" 명문가란 수단 방법을 가리지 않는 치부에 있습니까? 하고 묻고 싶었으나 나는 묻지 않았다.

　나상길 사장과 나는 비슷한 시기에 출감했다. 출감하는 날 처가 아장아장 걷는 종호를 데리고 마중 와주었다. 처는 영등포시장 어귀에 해장국집을 열고 있었는데, 반반한 용모에 손맛이 있어 손님이 꾀었다. 일 마치고 앞치마 전대 풀어 하루 벌이 푼돈을 수북이 쌓아놓고 간추릴 때는, 돈맛에 길든 티가 났다. 처는 나를 받지 않겠다는 듯 첫날부터 요를 따로 폈고 그 사이에 종호를 눕혔다. 바삐 싸대다 보니 나 따위는 안중에 없었다. 처는 내 전력을 눈치 챘고 어떡하든 나와는 손을 털기로 작심하고 있었다. 끼니 때 되어 식당에 손님이 몰리면 덩치 큰 나는 앉아 있을 자리가 없어 종호 데리고 길거리로 나섰고, 반지하방에 처박혀 빈둥거리기는 감옥이듯 견뎌내기 힘들었다. 자주 다투자 나는 기물을 부수고 처를 손찌검했다. 끝내 지하방을 뛰쳐나왔다. 처가 종호 데리고 어떻게 살든 다시 찾지 않기로 했다. 짐이 되기 싫었고 짐을 벗고 싶었다. 처음 상경해 삐끼 노릇을 했던 서울역으로 나갔다. 한눈파는 여행객의 짐을 빼돌렸다. 출감 때는 손 씻고 살려 했으나 어쩔 수 없이 그 짓에 손대는 자신이 싫었다.

그때 떠오른 게 나상길 사장이었다. 압구정동에 사무실을 둔 나 사장을 찾았다. 나사장은 마초파 딱지를 떼고 부동산컨설팅 회사 화이트하우스를 차려 사업에 바빴다. 나사장은 감방 동기인 나를 반겼다. 말 꺼내기 전에 내 처지를 한눈에 감 잡고 사무실과 가까운 역삼동에 보증금 삼백만 원에 월 오십만 원, 열 평짜리 원룸을 얻어주었다. 나는 나사장 아래 별 하는 일 없이 건달로 빈둥거렸다. 낮에는 헬스클럽에서 운동으로 때웠고, 저녁에는 물 좋은 술자리에 끼였다. "강박은 어깨 펴고 내 뒤에만 버티고 있어" 하고 말했듯, 나사장은 채무자를 사무실로 불러 채권자 행세할 때 나를 뒤에 세웠다. 재개발사업에 뛰어드는 한편 사채놀이로 자금을 불리고 있었다.

"나이 삼십 넘었잖아. 나무도 나이테가 말해주는데 강박이 애들과 비비고 놀 수야 없지. 신설 회사라 중견 간부도 필요하구." 나사장이 내 신분을 격상시켜 부장 직위를 주었다. 부장은 팀장 격이었다. 화이트하우스 조직 체계가 사원, 계장, 부장, 이사로 나름 직급이 있기도 했으나 조폭 떨거지를 모아 만든 회사라 상명하복이 철저했다. 나사장 아래서 석 달이 지나자, 조직 생활이 적성에 맞지 않아 몸을 빼려 할 즈음 안나를 만났다. 그녀는 자신이 대학 물도 먹었다고 말했는데 어떤 경로로 미끄럼을 탔는지 화이트하우스 단골인 단란주점 새끼마담이었다. 세번째 만났을 때 몸을 섞었다. 내가 먼저 유혹하지 않았다. 평소 나는 여자 사귀는 데 서툴렀고 마약에는 손댔으나 그 짓은 별로 즐기지 않았는데, 그날따라 그녀가 싫지 않았다. 내 몸을 탐내던 안나가 내 원룸으로 자기 짐 챙겨 들어오기는 열흘 뒤였다. 나는 멍청한 상태로 조금씩 무너져갔고 아무것도 아닌 일에 신경이 곤두섰다. 예전엔 그럴 때 마약이 필요했으나 용케 참아냈다. 그게 스트레스가 됐는지 발작적으로 폭언과 폭음을 일삼았다. 한차례 술판을 뒤엎고 박부장을 패대기치는 난동을 부리기도 했다. 그 자리에 나사장은 없었다. 나사장은 술판에 자주 끼지 않았고 해 빠지면 늘 집으로 직행했다. 그는 딸 넷 꽃밭에서 놀기를 즐기는 만큼 가정적이었다.

"강박, 놀기 심심해서 판 깼냐? 내가 일거리 하나 물어주지." 이튿날, 나사장이 말했다. "기획실에서 물고 왔는데, 두 번 성공한 케이스지. 검토해서 계획 짜봐. 안나한텐 말하지 마. 여잔 그런 일은 모를수록 좋아." 나사장이 서류 봉투를 내게 넘겼다. 에이포 용지 두 장짜리 내용을 읽었다. 한 장은 재산 규모 천억대인 건설회사의 용인 지역 아파트 건축에 따른 토지 매입비와 분양가 조작, 용인 지역 타 건설회사와 평당 가격 담합, 관련 공무원 뇌물 수수가 낱낱이 적혀 있었다. 한 장은 건설회사 회장인 장남과는 따로 분당에 거주하는 회장 부모의 개인 주택 약도였다. 분당 사는 노부부를 납치 감금해 건설회사 비리 폭로를 미끼로 회장인 장자에게 거액을 협박 갈취한다는 시나리오 대본인 셈이었다. 나사장이 내 의견을 물었다. "어때? 투자 없이 이억쯤은 챙길 수 있잖아. 난 의자 돌릴 테니 이 건은 강박이 맡아. 싫다면 관둬도 돼. 나는 싫다는 일에 억지 부리진 않아. 무리하게 밀어붙이면 구경꾼까지 오물을 쓰지." 나사장은 내가 결코 발 빼지 않으리라 간파했던 것이다. 상대방 마음을 넘겨짚는 나사장의 노회한 머리 회전이었다. 화이트하우스에서 발 빼지 않고 어정거린 걸 후회했으나 나는 물러서고 싶지 않았다. "안해본 일인데, 맡죠 뭘." 놀고 있으니 한 건쯤 맡아 그런 녀석 돈은 후려내도 괜찮다고 판단했다. 나사장에게 진 신세를 갚겠다는 부담감이 작용했을 수도 있었다. 나는 그 일 끝내고 분배금을 쥐면 화이트하우스를 떠나기로 했다. 쫓기는 몸으로 몇 달 숨어 보낸 적 있던 영흥도로 들어가 장사야 되든 말든 횟집 열어 세상 등진 채 어영부영 한세월 보내고 싶었다. 안나가 따라붙으면 데려갈 작정이었다.

　내가 분당 노부부 납치의 팀장을 맡자 기획실에서 똘마니 셋을 붙여주었다. 한계장, 용털, 가자미였다. 사시미란 별명의 칼잡이 한계장은 나보다 세 살 아래로 폭력 전과 삼 범이었고, 용털과

가자미는 조직에 들어온 지 이 년차였다. 넷은 며칠 만에 계획을 마무리했다. 분당 개인 주택에 사는 일흔 중반의 노부부는 장자를 회장에 앉혀 경영권 넘겨준 뒤 가정부와 기사 겸 정원사를 두어 노후 생활을 보내고 있었다. 별장형 호화 이층 저택은 보안경비 시스템이 작동되어 가택 침입 납치에는 부담이 따랐다. 노부부가 아침 일곱시쯤에 뒷동산을 한 시간가량 산책하기에 납치는 그 시간대가 맞춤했다. 노부부 납치 날과 맞추어 세무서, 검찰, 청와대 민원실에 들이밀 건설회사 비리 내용을 견본으로, 그 협박장을 강남 서초동의 고급 빌라에 사는 건설회사 회장 집에 용털을 택배원으로 가장해 굴비 상자에 담아 배달했다. 분당 노부모 납치에 성공하면 건설회사 비리 폭로를 미끼로 일차분 이억 원, 노부모와 맞교환 조건으로 이차분 오억 원을 협박할 작정이었다. 장자인 회장도 회사 비리 폭로 입막음과 부모 구출이 화급하기에 일차 요구액 수수까지는 납치 사실을 경찰에 알리지 않고 협상에 응할 것이란 피해자 심리를 역이용하기로 했다. 그러므로 일차분 목표가 달성되면 지체 없이 노부부를 풀어줄 작정이었다. 이차분 요구액 오억 원은 애초 받아내려 하지 않았던, 공갈에 그칠 협박인 셈이다. 나는 지휘봉만 잡았지 노부부 납치에는 뛰지 않았다. 아침 산책에 나서서 동산 길에 오르는 노부부를 한계장과 가자미가 납치했다. 용털이 대기시킨 승용차로 노부부를 인천 송도 소재 모텔에 감금한 뒤, 한계장이 건설회사 회장과 서울 외곽 산장 찻집에서 협상을 벌였다. 경찰에 신고하지 말고 사건을 조용히 해결하라는 노인의 육성 녹음테이프를 들려주며 일차분 이억 원을 이틀 내 현찰로 가져올 것을 한계장이 요구했다. 나는 그 협상에 얼굴을 내밀지 않았다. 너무 고분고분 타협에 응해 이쪽이 오히려 민망할 정도라는 한계장의 성공 타전을 받았다. 일차분 이억 원을 현찰로 받아내어 노숙자 주민등록증을 이용한 대포계좌로 입금했다는 전갈을 받자, 나는 준비해둔 여권으로 안나를 달고 인천공항을 빠져나갔다. 안나는 저간의 그런 사건을 눈치채지 못하고 있었다. 내가 만주 지린성을 떠돌 동안 한계장은 오억 원에 욕심이 동했든지, 아니면 나사장 지시가 있었든지, 예정된 시나리오 후반부를 뜯어고쳐 노파만 풀어주고 노인은 인질로 잡았다. 나와 안나가 대한독립군이 일본군을 상대로 전투를 벌인 격전지를 돌고 있을 때, 한계장이 오억 원을 두고 협상 테이블에서 돈 액수를 밀고 당기던 끝에, 손가락이 절단된 노인 사진을 장자 앞으로 우송했다. 부친 생사에 위협을 느낀 회장이 급기야 관할 경찰서에 사건 전모를 털어놓고 수사를 의뢰했다. 한계장과 용털, 가자미가 검거되고 노인은 무사히 풀려났다. 대포계좌에서 빼내고 남겨둔 일차분 일억오천만 원도 압수되었다. 그 돈이 세탁을 거쳐 마지막 계좌에 안착했다면 나사장도 꼬리가 잡혔을 터였다. 나사장은 구린 냄새가 완전 가실 때까지 일차분 돈을 손대지 않았던 것이다.

*

속도감에 따른 진동 없이 어둠을 차고 나가는 케이티엑스가 빠르긴 빨랐다. 대구역에 정시에 도착하자 이십 분 뒤 울산으로 연결되는 마지막 기차 편이 있었다. 울산역에 도착하기는 밤 열한시를 넘겨서다. 울산 마지막 걸음이 언제였나 싶게 많은 햇수가 흘러 낯선 지방에 떨어진 느낌이었다. 사람 꼬이는 곳이면 어디나 낡은 저층 건물은 부수고 번듯한 새 고층 건물로 그 자리를 채워, 울산 역전도 내가 마지막 보았던 1980년대 초반과는 판이하게 바뀌어 있었다. 역 앞 고층 건물은 옥상에 설치된 대형 멀티비전과 색색의 네온사인이 휘황했다.

낮 더위가 한풀 꺾여 서늘한 바람이 역 광장에 넘쳤다. 태화강 너머 바다 쪽에서 불어오는 소금기 섞인 바람이었다. 선선한 느낌도 잠시였다. 바람에 섞인 지독한 냄새가 골을 때려, 어린 시절로 나를 돌려세웠다. 낯선 울산 모습 그 뒤쪽, 되돌아가고 싶지 않은 시절의 기억이 명치를 쳤다. 그 기억은 냄새를 매개로 떠올랐는데 하수구 냄새였다. 냄새는 아비 몸에서 나는 악취였다.

서비스 만점인 어린 계집애를 붙여주겠다고 따라붙는 삐끼를 내치며 나는 역 광장을 가로질렀다. 온천 표시 붉은 네온사인이 눈에 띄었다. 역 부근 건물 지상 사오층이 이십사 시간 찜질방이었다. 그런 곳이 내게는 일반 숙박업소보다 익숙했다.

울산에서 보낸 어렴풋한 어린 시절 기억을 파며 뒤척이다 잠이 들었으나 악몽으로 숙면이 되지 못했다. 가위눌린 꿈의 연속이었다. 찜질방에 화재가 나자 비상등마저 나가버렸다. 깜깜한 복도는 금방 화학제품 내장재에서 내뿜는 독가스로 가득 찼다. 비명소리가 낭자한 가운데 혼비백산한 투숙객들이 알몸인 채 한길로 뛰어내렸다. 불길 사이로 아비 모습이 설핏 보였는데, 거구의 당신이 팬티 바람인 채 창밖으로 몸을 던졌다. 불길이 방 안을 채우자 나역시 다급했다. 할아버지에 관해 기록해둔 노트만은 건져야 했다. 배낭을 어깨에 메는 순간, 독가스가 코로 스며들어 숨길을 막았다. 놀라 눈을 뜨니 꿈이었다. 온몸이 땀에 젖어 있었다. 벽시계를 보니 날이 샐 시간이었다.

나는 출근 시간대에 거리로 나섰다. 쾌청한 날씨임에도 기분이 우울해 아침밥 먹을 생각이 없었다. 편의점에 들러 어머니 묘에 상차림 할 제수거리를 살폈다. 상석에 진설했다 어차피 내가 먹게 될 거라서 햇반과 봉지 김치, 생수 따위를 샀다. 거리로 나와 택시를 잡았다.

"봉대산 동쪽 공동묘지로 갑시다."

아침부터 웬 공동묘지행 손님이냔 듯 기사는, 현대중공업 위쪽 말이지요 하며 백미러로 나를 흘낏거렸다.

"공동묘지가 이전된다는 소문 들었나요?" 차를 몰며 기사가 물었다.

"금시초문인데? 이전한다면 어디로?"

"북구 새바지산 골짜기 어디를 물색하는 모양인데 혐오 시설이라 그곳 주민들 반대로 어정쩡한 상태라고 하대요. 봉대산이 시민 공원이 됐는데 공동묘지가 있는 게 흉물스럽긴 하지요."

봉대산 공동묘지는 내가 태어나기 전 1960년대 중반부터 형성되기 시작했다. 1962년 제일차 경제개발 오개년 계획 국책사업으로 울산이 특정 공업지구로 지정되자 고래잡이 전진기지 장생포를 낀 조용한 지방 군청 소재지는 천지개벽 시대를 맞았다. 읍이

시로 승격되고 울산군에 속했던 동해안 강동면과 청량면 일대가 시로 편입되었다. '딱정벌레 군단'이라 불린 불도저들이 태화강 유역 하안평야 농경지를 갈아엎었다. 산업도로가 바둑판 꼴로 길을 내고 대단위 공장 부지가 조성되었다. 장생포 일대에는 울산항 건설을 위한 매립공사가 시작되어 바위와 자갈을 실어 나르는 덤프트럭이 흙먼지를 일으키며 줄을 이었다. 반실업 상태로 빈둥거리던 청장년들이 일터를 찾아 울산으로 꾸역꾸역 몰려들었다. 숙련공이 아니라도 노동력만 있으면 토목공사, 항만공사, 건설공사 어디든 일자리는 널려 있었다. 그들을 상대하는 밥장수, 물장수가 왕파리처럼 꾀어들었다. 일용 노무자들은 황량한 들판에 세워진 가건물에서 침식 제공을 받으며 날이 새기가 바쁘게 공사 현장으로 나섰다. 간이 막사가 곳곳에 지어졌다. 굴착기로 땅을 파고, 동산을 갈아엎고, 캐낸 돌덩이와 바위를 지렛대로 옮겼다. 발파 작업으로 여기저기서 폭발음이 터졌다. 노무자들은 엉성한 발판을 딛고 층층을 오르내리며 모래와 자갈을 날랐다. 모두들 단군 이래 최대 공사라 했다. 그러나 어느 공사 현장에도 안전수칙 따위는 없었다. 미숙련공들이 사고로 죽고 다치기는 당연했다. 그 시절, 안전불감증으로 공사 현장에서는 하루에도 수십 명씩 사상자가 속출했다. 안전사고로 죽은 자에겐 몇 푼 위로금이 가족 손에 쥐여졌을 뿐, 경제 건설에 혈안이 된 군사정권 아래 어디 대놓고 하소연할 데도 없었다. 사고사로 죽은 자들은 서둘러 봉대산 국유지에 매장되기 시작했다. 판때기 관조차 마련 못해 지게에 시신을 얹어, 장례 절차도 없이 치워냈다. 봉대산 묘지들이 들어선 뒤, 장정 아들 따라 울산으로 들어와서 죽은 늙은이도 거기에 함께 묻혔다. 봉대산 묘지가 포화 상태에 이르자 1980년대 중반에 매장이 금지되기까지, 지푸라기 같은 민초 수천 구의 시신이 무주고혼이 되었다.

택시가 태화강에 걸린 명촌대교를 건너 강변도로를 따라 우회전했다. 강둑을 가로정원으로 가꾸어 잔디밭 사이 팬지 꽃밭을 만들었다. 분홍색, 진자주, 보라색, 흰색 꽃이 아침 햇살에 이슬 앉은 이파리를 말리며 빛을 튀겼다. 나는 울산만으로 강폭 넓혀 흐르는 태화강에 무심한 시선을 던졌다. 강물은 잔주름을 잡으며 어린 시절의 두려움과 슬픔을 싣고 하구로 느리게 흘렀다. 강 건너 어천동과 매암동 일대 석유화학공단에 우후죽순으로 솟은 공장 굴뚝은 아침부터 매연을 뿜어냈다. 1975년부터 조성되기 시작한 온산공업단지였다.

"울산에 언제 와보고 처음입니까?" 무료했던지 기사가 내게 말을 붙였다.

"중학 졸업 때니 이십 년 넘었군요."

"그렇다면 동부동만 들어서도 놀랄 겁니다. 주전고개 앞쪽은 대단위 아파트촌으로 변한 지 오래됐어요. 안이포에서 주전동 해안까지 횟집이 즐비해 불야성을 이루고요. 염포동이나 주전동에 살았습니까?"

"봉대산 아래 난민촌, 거기서 태어났어요."

"그 산동네 난민촌 말이지요? 구십년대 말에 재개발되어 아파트촌으로 변했죠. 위쪽에 있던 산동네 판잣집들은 봉대산공원으로 편입되었고요."

"자취조차 없어졌단 말이군요." 묵은 체증이 내려가듯 속이 후련했다. "내가 태어나기 전이지만, 울산이 공업특정지구로 지정되자 공사장 일터 찾아 몰려온 빈민들이 얼기설기 불량 주택을 짓고 기거했지요. 상하수도나 변소 없는 하꼬방이 하루에 몇 채씩 지어졌어요."

"다 못살았던 시절, 예전 얘기지요."

기사 말이 맞았다. 염포산 자락을 타고 오른 고층 아파트들이 당고개를 넘어서자 대단위 아파트촌을 형성하고 있었다. 서부동 오거리는 예전 자취가 사라져버렸다. 고층 건물이 즐비한 낯선 도시 풍경인데, 아침부터 교통 체증을 빚고 있었다. 불경기라 아우성치면서도 대중교통은 마다하고 차부터 끌고 나선다는 기사의 투덜거림을 들으며 나는 눈을 감았다. 머릿속이 지끈거렸다. 시속 따라 모든 것이 변했는데 예전이나 지금이나 변하지 않는 건 나밖에 없었다.

형제섬 앞 갯가 오두막집에 살았던 외삼촌이 여태 생존해 있다면 터줏대감으로 횟집 문을 열고, 오래 살다 보니 내가 사장 소리다 듣는구먼 하며 나를 맞아줄까? 부질없는 생각이었다. 그분이 세상 떠난 지도 오래전이다. 엄마가 돌아가실 때쯤 바다에 목줄 매고 살았던 외갓집은 그나마 거덜나버렸다. 울산이 공업도시로 변하기 전 한갓진 갯가 어부였던 외삼촌은 공장 폐수가 근해를 망쳐 고기 씨가 말랐다며, 치솟는 공장 굴뚝을 볼 때마다 못마땅해했다. 해조류, 어패류가 전멸되고 굴 양식장이 황폐화되었다는 것이다. 죽어도 고향 바닷가에 뼈를 묻겠다며 엄마가 고향 찾아 돌아왔을 땐 외삼촌은 거룻배 부리기도 손 놓은 채 술에 찌들어 폐인이 되어 있었고, 외숙모는 어판장에서 날품을 팔아 생계를 이어갔다. 예전에 엄마가 그랬듯 외가 조카들은 중학교 마치기가 바쁘게 공장에 일터를 잡아 뿔뿔이 집을 떠났다.

택시 기사가 성묘 잘하라며 묘지들이 부스럼처럼 들어찬 공동묘지 입구 공터에 나를 내려주었다. 나는 아카시아 숲길을 쉬엄쉬엄 올랐다. 숲이 끝나자 비탈진 언덕에는 잔디마저 허물어져 맨살 드러낸 묘지들이 여기저기 엎어져 있었다. 다복솔, 찔레, 억새풀이 골짜기를 타고 올랐고 칡넝쿨이 기세 좋게 묏등을 휘감으며 줄기 끝을 쳐들고 있었다. 하도 배가 고파 누나 따라 봉대산으로 올라 칡을 캐먹던 어느 해 봄철이 생각났다. 칡넝쿨은 가느다란 줄기와 달리 뿌리가 굵었다. 썩은 송장을 자양분 삼은지도 몰랐다. 누나가 호미로 칡을 캐다 호미 끝에 무엇이 걸렸는지, 바위가 아니고 널이라며 놀란 적도 있었다. 어느 해 겨울이던가, 자고 나니 간다 온다 말없이 누나가 사라졌다. 가출해버린 누나는 그길로 영영 돌아오지 않았다.

바다가 내려다보이는 산자락, 공동묘지 한쪽에 엄마 무덤이 있었다. 나무 비석의 묘비명마저 흐릿해 내가 아니면 찾지 못할 정도였다. 아니, 나 아니면 아무도 찾을 자가 없는 무덤이기도 했다. 봉분 뗏장이 죄 벗겨졌고 흙도 뭉개져 무덤이 반쯤 깎인 상태였다.

나는 비닐봉지를 풀어 상석에 상차림을 했다. 엄마는 내가 김천소년교도소에서 풀려나온 이듬해 2월 별세했지만, 지금껏 살았어도 인간 구실 못하는 나를 바로 보지 않았을 것이다. "한 판에서 찍어낸 듯 아비를 어쩜 그토록 닮아?"하며 혀를 찰 엄마 모습이 눈에 선했다. 나는 엄마의 사랑을 받지 못한 채 유소년기를 보냈다. 자식을 사랑하지 않는 엄마가 어디 있을까만, 엄마는 하나 자식마저 사랑할 마음의 여유가 없었다. 자기 한 몸 추스르기도 힘에 부쳐 자식 챙길 틈이 없었다. "차라리 네가 안 생겨났다면 얼마나 좋았을까"하고 울며 말한 적도 여러 번이었다. 집안은 늘 풍랑 센 바다의 조각배처럼 흔들렸다.

엄마 무덤에 절하며, 불효자를 용서하란 말은 읊기 싫었다. 전과자로 전전해온 내 꼴을 안 보고 가신 게 차라리 잘된 일인지 몰랐다. 엄마 무덤에 참례를 마치고 나는 묏등에 박힌 잡초를 뽑았다. 가족이란 단어조차 내겐 그 연상 작용이 슬픔과 분노를 환기시키는 질료이지만, 엄마 무덤은 당신의 생전 모습과 닮아 볼썽사납게 초라했다. 엄마 무덤에 번듯한 묘비라도 세워드리고 싶은 마음인데 어디에 묘지 관리를 의뢰해야 할지 방책이 서지 않았다. 택시에서 내린 곳에 묘지 관리사무소나 점방조차 눈에 띄지 않았다. 외가가 있던 갯뜰로 나서본들 부탁할 만한 일가붙이가 없었다. 도시 산업화에 밀려 그들은 생업을 잃은 채 고향을 떠나버렸고 낯빤드러운 장사치들이 쳐들어와 횟집 열고 있을 터였다. 조만간 공동묘지가 이전될 거라던 택시 기사 말이 뒤늦게 생각났다.

나는 무덤 옆에 비켜 앉아 담배를 피워 물었다. 뿌리엉겅퀴 잔가지가 바닷바람에 떨고 있는 저 멀리로 둥그렇게 반원을 그린 동해가 활짝 펼쳐져 있었다. 눈부신 양광 아래 드넓은 바다는 잔잔했다. 잘게 부서져 반짝이는 너울이 눈에 시었다. 갯뜰도, 형제섬도, 꽃바위도 눈에 잡히지 않았다. 나는 북쪽 해안으로 시선을 돌렸다. 바암추등대가 있는 시래바위 어름의 벼랑 가까이에 있었던 '천국요양원'을 눈겨룸했으나 역시 눈에 들어오지 않았다. 1987년, 엄마는 그 요양원에 있다가 그곳에서 절통한 생을 마감했다.

내가 여기서 태어나 살기는 일곱 살까지로 초등학교 입학 전이어서 몇 가지 선명한 장면을 빼고는 유년의 기억이 흐릿할 수밖에 없다. "나 고향 갈래. 네 아비하고는 같이 못 살아. 한 지붕 밑에선 살 수 없어. 나 고향 앞바다로 보내줘." 밀양에서 날만 새면 눈물지으며 하소연하던 그 시절, 엄마는 차츰 정신이 흐려갔다. 멀쩡하다가도 실성 증세를 보여 홀연히 밖으로 나가 해질녘까지 강둑에 앉아 있곤 했다. 소금물로 밥을 짓는 망령을 부리자 할머니가 엄마 소원대로 울산 땅 갯뜰 외삼촌 집으로 데려다주었다. 당시 나는 김천 소년교도소에 있었다. 외할머니는 세상 뜬 지 한참 지났고, 살림이 거덜난 외삼촌도 실성한 누이를 받아 거느릴 수 없었다. 외삼촌은 술에 빠져 살았고 어판장에 나다니던 외숙모 역시 엄마를 챙겨줄 여유가 없었다. 실성한 누이를 보다 못한 외삼촌이 시래바위 쪽 천국요양원에 엄마를 의탁시켰다. 요양원은 외갓집에서 북으로 한 마장 거리 해안에 있었다. 건물은 세 동이 모두였는데, 전쟁 때 미국 선교 단체가 전쟁고아를 수용하려 처음 문을 열었고, 이를 어느 기독교 교단이 인계받아 운영하던 요양원이었다. 주로 치매환자, 정신이상자, 중병에 든 무의탁 환자를 수용하고 있었다. 중학 졸업을 앞두고 나는 요양원에 있다는 엄마를 만나러 갔다. 면회 갔을 때 엄마는 아들조차 알아보지 못했고, 너무 깡말라 해골이 다 된 모습이었다. 나를 본 엄마 얼굴에 황기가 번지더니 도망치듯 방구석에 웅크리고 돌아앉아 울부짖었다. "가라니깐. 안 볼 테야, 가라구! 저 사람 쫓아줘요!" 엄마는 아비의 악령에 사로잡혀 자식을 아비로 착각했는지 몰랐다. 엄마는 요양원에 들어간 지 석 달 만에 당신 소원대로 생을 마쳤다. 마흔 살을 겨우 넘겼고, 병명은 거식증에 따른 영양실조였다.

2

1968년 정초, 특수공작 임무를 띤 무장공비 서른한 명이 청와대 기습을 목표로 서울 심장부까지 출현한 사건이 있은 뒤, 무장간첩 침투 루트로 이용되는 동해안 해안 경비가 안보 차원에서 강화되었다. 동해안 휴전선부터 부산에 이르는 긴 해안선에 철조망이 겹으로 쳐지고 요소마다 동해안경비사령부 예하 부대 병력이 해안선을 감시했다. 중공업단지가 밀집한 동남 해안을 낀 울산시야말로 국가 동력인 공업 시설을 보호한다는 차원에서 해안선 경비가 필수였다.

현대중공업이 위치한 미포항에서부터 포항까지도 해안선에는 철조망에 쳐졌고 일몰 후 바닷가는 민간인 통행이 금지되었다. 바닷가 모래톱 끝나는 데서부터 어른 키 두 배 높이로 철조망이 긴 울을 쳤다. 해안 토치카에서 내쏘는 탐조등이 빈 바다를 훑어나갔다. 철조망 밖으로 난 포장 안 된 산업도로는 밤이 깊어도 사람들

내왕이 다문다문했다. 바다를 낀 동구 지역 일대의 공단 일터에서 야근 끝내고 봉대산 난민촌이나 갯마을로 귀가하는 근로자, 노점상, 행상인의 발길이 이어졌다. 적재한 트럭이 전조등을 밝혀 달려오면 난폭 운전에 다칠까봐 야근 끝내고 돌아가던 이들이 길섶으로 몸을 붙이곤 했다. 한쪽은 철조망 친 바다를 끼고 있어 전망이 트였으나 내륙 쪽은 조각낸 따비밭 아니면 허리 휜 해송이 울을 친 동산이었다. 산업도로가 직선으로 길을 내다보니 바다를 벗어나 동산을 차고 나가는 부분도 있었다.

1969년, 길가 도랑이나 둠벙에 개구리 울음소리가 요란한 5월 초순이었다. 물오른 푸나무들이 한껏 기를 펴 녹음을 푸르게 떨쳤고 과수원에는 능금꽃과 배꽃이, 동산에는 철쭉, 찔레꽃이 만개한 좋은 절기였다. 훈풍 속에 산야에는 꽃향기가 은은했다. 그날 낮, 중부 지방에 집중 폭우가 쏟아져 서울에서만도 사망자 열한 명에 부상자가 다수 났다는 뉴스가 속보로 전파를 탔다. 울산 지방도 대낮에 대기가 저물녘 같게 컴컴해지고 세찬 소나기가 퍼부었다. 두 시간 동안 퍼부은 강우량이 백오십 밀리미터를 넘기는, 근년에 없었던 폭우였다. 저녁 들어 구름의 이동이 빠르더니 낮에 퍼부은 장대비가 언제였나 싶게 날이 개었고 하늘에는 별빛이 살아났다. 포항과 연결되는 산업도로도 낮에 내린 장대비로 봇도랑에 차고 넘친 물이 해안까지 넘어와 질주하는 대형차 바퀴가 웅덩이를 건널 때는 사방으로 흙물을 튀겼다.

밤 깊은 시간에 강천동이 그 처녀와 길을 함께 걷게 되기가 여러 차례였다. 그동안은 제 또래와 함께 길을 걸었으나 이번은 동행할 동무를 놓쳤는지 혼자였다. 처녀는 소매 긴 블라우스에 치마 차림이었다. 강천동이 장화 신은 발을 질벅이며 처녀 뒤를 따랐다. 처녀는 자기 뒤에 야전잠바 입은 덩치 큰 사내가 주전동 주유소께부터 줄곧 뒤따라오고 있음을 알고 있었다. 질척한 땅을 차듯 밟는 뒤쪽 남자 발소리가 불길하게 느껴져 그녀 심장이 연방 널뛰었다.

철조망 쳐진 바다를 버리고 호젓한 동산 샛길로 들어섰을 때부터 처녀는 뛰다시피 잰걸음을 놓았다. 그녀가 빨리 걷자 팔에 걸친 비닐 백에서 양은 도시락 빈 반찬통이 달그락댔다. 밤길 걷다 만난 사내는 짐승보다 무섭다는 엄마 말을 새기자 처녀 새가슴이 연방 뛰어 숨길마저 새근거렸다. 처녀 잰걸음을 강천동이 보폭 큰 걸음으로 따라잡았다.

"어느 공장인데, 거긴 한 달에 며칠 야근이야?" 강천동이 말을 걸었다.

겁에 질린 처녀는 입술이 얼어붙어 아무 말도 할 수 없었다.

"뭘 그렇게 떨어? 나 무장공비 아니라고."

사내 몸에서 풍기는 악취에 처녀가 코를 막았다.

"보자 하니 난민촌 처녀는 아니고, 어디야?"

봉대산 남녘 완만한 비탈에는 울산에만 가면 일자리가 널렸고 노임이 흔전만전 뿌려진다는 소문 따라 몰려든 노무자와 날품팔이들이 튼 둥지가 어느덧 마을을 형성하고 있었다. 처음은 판자때기로 얼기설기 지은 날림집 댓 가구가 들어섰으나 몇 년 새 부스럼 번지듯 사오십 호로 불어났다. 그제야 작년부터 동구청에서 불량 주택 단속반원 몇을 감시차 내보내 날림집이 더 못 들어서게 단속하고 있었다. 전기와 상하수도 시설을 갖추지 못했음은 물론 지번 없는 그 마을을 사람들은 봉대산 난민촌이라 불렀다. 강천동은 난민촌에 정착한 첫 이주자 중 하나였다.

"갯뜰 처녀로군. 울산공단 들어서자 촌 계집애들까지 죄 공장에 취직하는 좋은 세월이 됐어. 그러다 돈맛 알면 술상머리로 빠져 젓가락 장단 치며 「대머리 총각」이나 뽑아 제끼고……" 강천동이 지분거렸다.

"무슨 소리 하는 거예요?" 겨우 입을 뗀 처녀 말이 모깃소리 같았다.

"어른 말씀에 웬 시비야?" 강천동이 윽박지르자 처녀가 움칠했다. "난민촌 공순이들은 착실히 인사 차리는데, 갯가 촌년이 터줏대감을 영 우습게 보는구먼."

강천동이 주위를 살폈으나 고즈넉한 어둠뿐 아무것도 눈에 띄지 않았다. 처녀의 가쁜 숨소리가 귀에 닿았다.

"이거 안 되겠어. 손맛 좀 봐줘야겠군."

강천동이 다짜고짜 무쇠 번철 같은 왼손바닥으로 처녀 뺨을 후려쳤다. 비명을 지른 가녀린 처녀 몸이 휘청거렸다. 팔에 걸린 백이 땅바닥에 내동댕이쳐지자 양은 도시락이 쇳소리를 냈다.

"넌 이제 어차피 내 거야. 그렇게 정해졌어."

강천동이 이기죽거리며 처녀 뒷목을 틀어쥐었다. 미처 몸을 피할 틈도 없이 한순간에 당한 일이라 처녀는 목이 졸려 비명조차 지를 수 없었다. 강천동은 처녀 모가지를 틀어쥔 채 마치 시신 치우듯 질질 끌고 물이 분 개골창을 건너 잡목 우거진 숲으로 들어갔다. 수풀 이파리에 담긴 빗물로 처녀 옷과 강천동 아랫도리가 젖었다. 사내는 젖은 풀숲에 처녀를 부려놓았다. 처녀는 고통과 놀람으로 혼절해버렸다.

처녀가 으스스한 한기를 느끼며 깨어나기는 한참 뒤였다. 그녀 치마가 허리 위로 뒤집어졌고 고쟁이와 팬티는 한쪽 발목에 걸려 있었다. 아카시아 잎새 사이로 하현달이 모습을 드러냈다. 적요한 밤을 두드리며 풀벌레 울음소리가 애잔했다. 처녀 입에서 울음이 터졌다. 그녀는 옷매무새를 수습하고 일어나 앉아 얼굴을 감싸고 흐느꼈다. 처녀는 자기 몸을 더럽힌 남자를 알지 못했다. 밤길에 더러 동행했을 뿐 얼굴조차 기억나지 않았다. 작업복에 늘 장화를 신고 있었다. 남자는 장사처럼 몸집이 컸고 힘이 셌다. 남자가 폭력을 쓸 때 왼손을 사용했고 프라이팬으로 내리치듯 그 손길이 무작했다. 남자 몸에서 풍기던 악취가 후각에 남아 있었다. 역한 수채 냄새였다. 눈물 콧물이 범벅이 된 채 훌쩍이며 떨다 처녀는 그 냄새에 전염된 듯 갑자기 토하기 시작했다. 야식으로 먹었던 라면 가락까지 토해냈다. 자기 몸에서도 수채 냄새가 났고 하복부로 그 악취가 유입되어 온몸이 올챙이처럼 탱탱해지는 착각에 빠졌다.

"이제 정신 차렸군. 이거 미안해서 어떡하나?" 어둠 속에 담뱃불이 살아났다. "나 난민촌에 사는 싸나이 강천동이라고."

강천동이 처녀 옆에 쪼그려 앉았다. 처녀는 몸을 한껏 옹크린 채 아무 대답도 못하고 떨었다.

"나 이래 봬도 떳떳한 직업 있겠다, 이 나이에 집까지 장만해둔 총각이라고." 강천동이 흐느끼는 처녀 등을 다독거렸다. "아까 미안했어. 내 본심은 그렇잖은데, 마음에 둔 여자를 자기 사람으로 만들려면 그럴 수밖에 없잖겠어? 번갯불에 콩 구워 먹는다는 말도 있잖아. 남녀 사이란 다 그렇게 맺어지니 이해하라고. 처녀는 날 몰랐어도 난 처녀를 쭉 보아왔어. 저런 색시를 안사람으로 맞으면 좋겠다고 생각해왔단 말이야. 천생연분이 따로 있나, 이렇게 만나 한솥밥 먹게 되는 거지. 많이 아파?" 담배 연기를 처녀 얼굴에 끼얹으며 강천동이 주접을 떨었다.

그제야 처녀 입에서 그동안 막혔던 울음이 터졌다. 억울함과 수치심으로 쏟아지는 울음을 강천동이 큰 손으로 막았다. 그는 그녀를 불끈 안아들고 더 깊은 숲속으로 들어갔다. 처녀는 비명 지를 기력도, 현기증으로 손끝조차 움직일 수 없었다. 맛본 김에 작살내겠다는 듯 강천동이 바지 허리띠를 다시 풀었다.

만주 하얼빈에서 태어나 해방을 맞은 그해 겨울, 선대 고향인 밀양으로 돌아와 성장한 강천동은 어릴 적부터 말만 번드레하게 할 뿐 무엇 하나 제대로 잘하는 게 없었다. 몸집은 유달리 컸으나 학교 성적은 늘 꼴찌를 맴돌았고 공부에 취미가 없었다. 불량배들과 어울리더니 중학교를 졸업하자 진학을 포기했다. 예림리에서는 똑똑하기로 소문난 '하루뺑댁'은 하나뿐인 자식이 고등학교 진학마저 스스로 작파하자 애가 타서 꾸짖고 타일렀으나 천동은 들은 척도 하지 않았다. 그의 아비는 주야장천 낚시질만 다녔지 집안일에는 일절 나 몰라라 했다. 천동이 술 담배질 하며 건달로 빈둥거리자 하루뺑댁이, "힘 하나는 장사가 아닌가. 제발 우리 애를 맡아 사람 만들어주게" 하며 자식을 장조카가 운영하던 정미소에 맡겼다. 천동은 용돈이 궁한 터라 군에 입대할 동안 정미소 일꾼으로 일했다. 밀양강 건너 읍내 장터까지 매일 자전거로 출퇴근했으나 주사가 심해 술을 과음한 이튿날이면 종일 토하며 일도 쉬었다. 나이가 되어 입대해서 전방 근무 소총병으로 근무할 때 부친 강치무가 별세했다. 그럭저럭 복무를 마치자 군대가 사람 만든다는 말대로 제법 의젓한 꼴로 밀양으로 돌아와 다시 정미소 일꾼이 되었다. 몸집이 크고 힘이 장사라 쌀가마 져 나르는 데는 그를 당할 자가 없었다. 천동은 나이가 차자 가산리 처녀와 맞선을 보아 장가를 들었다.

울산이 특정공업지구로 지정된 이듬해인 1963년, 가지산 너머 갯가 쪽에 노임 좋은 일터가 널렸다는 소문이 밀양 읍내에 퍼졌다. 반거충이로 날수를 보내던 읍내 청장년이 너도나도 표충사 가는 길로 나서서 가지산을 넘었다. 강천동 처가 두 살 난 딸애에 이어 둘째 애를 가졌을 때였다. "만날 방앗간 일해봐야 그 나물에 그 밥 아냐. 나도 울산으로 들어갈 테야. 노동판이라면 내 체격이 일등이지." 강천동은 울산에서 안정된 일터만 잡으면 식구를 부르겠다며 큰소리치곤 어미와 처자식을 남겨두고 울산공단 개발 현장에 맨몸으로 뛰어들었다.

강천동은 가설 텐트에서 숙식을 제공받으며 토목공사 현장 막일에 나섰다. 공단 하수로에 시멘트 토관 묻는 일이었다. 하루 내 흙 파서 뒤지는 막노동판이지만 실한 일꾼인 그는 남 두 몫 일을 해냈다. 힘으로 때우는 일에 이력이 난 그는 일 년 육 개월 만에 품

팔이 노동자에서 고정급을 받는 공장 노동자로 자리를 옮겼다. 건축자재를 생산하는 프레스공장 취업이었다. 그사이 처가 아들을 낳았다기에 그는 울산 태화강 하구 위쪽 연암동에 방 한 칸을 얻어 밀양에 있는 처자식을 불러들였다. 그는 평소에도 엄마에게는 불만이 많았던 터라 엄마는 밀양 땅에 남겨두었다. "하루삥 시절 엄마는 나를 개만도 못하게 길거리에 버려두고 키웠어. 나와 동생은 쓰레기통 뒤져 먹고 자랐지." 천동이 자주 하던 말이었다. 그의 모친 하루삥댁은 마암산 밑 예림리에 홀로 남아 밀양강변 푸성귀 재배하는 비닐하우스에 나가 일품을 팔았다.

퇴근길에 동료들과 막걸리 사발 추렴이나 할까 강천동은 직장과 가정에 충실했다. 그는 살림 사는 재미를 알았다. 주전부릿감을 사들고 귀가해 한창 재롱을 떠는 딸애의 환심을 샀다. "내게도 볕들 날이 온 게야. 명희가 학교 입학할 삼사 년만 버텨내면 내 집 가질 수도 있어." 안살림만 살 뿐 동네 시장 벗어나면 동서남북조차 가리지 못하는 처에게 큰소리쳤다.

강천동의 보람찬 인생은 울산으로 들어온 지 세 해째, 거기까지가 다였다. 프레스 사출기에 오른쪽 손을 손목째 날려버린 것이다. 한 번 실수가 그의 삶을 송두리째 꺾어버렸다. 봉합수술을 시도했으나 실패로 끝났고, 그는 고무손 의수(義手)를 단 채 직장을 잃었다. 가난한 살림살이는 사글세 내기조차 벅찰 수밖에 없었다. 회사를 상대로 여덟 달에 걸친 실랑이질 끝에 산재보상금 칠십만 원을 받아냈다. 그는 눈여겨봐두었던 봉대산으로 들어가 무작정 함석지붕 올린 무허가 판잣집을 지었다. 건축자재를 지겟짐 지고 산으로 들어가 부엌 딸린 방 한 칸 막살이 집을 이틀 만에 뚝딱 해치 웠던 것이다. 눈비 피해 몸 누일 공간은 어떻게 마련했어도 오른 손잡이였던 터에 오른손 없는 장애인으로 노동판에 나가 할 수 있 는 일은 별반 없었다. 왼손만 사용해 몸으로 때우는 공사판 허드 레 일감을 찾아다녔다. 가진 건 노동력뿐인 하층민의 도시 생활이 야 힘들 수밖에 없었지만, 장애인 빈민에게 세상살이는 한층 매정 했다. 강천동은 누구 앞에서나 허리 굽실거리며 일감을 찾아 안해 본 일이 없었다. 노동판을 전전할 동안 그는 몸만 아니라 마음마 저 차츰 황폐해갔다.

객지살이에 돈 떨어지면 이웃에서 꾸어다 쓰게 되고, 빌려주는 사람이 진절머리 내면 굶고 살 수 없으니 거지로 나서게 되고, 거 지 신세 면하려면 처자를 거리로 내보내 몸 팔게 하거나 남의 재 물을 훔치는 길밖에 없다. 강천동 처야말로 세상 물정 모르는 순 박한 농촌 아낙이라 집안에 들어앉아 애 거두며 밥 짓고 빨래하는 재주밖에 없었다. 네 식구가 막다른 처지에 몰리니 강천동이 식구 와 함께 바다에 뛰어들 용기라도 있어야 하는데, 그는 인생을 차 마 그렇게 하직하고 싶지 않았다.

강천동은 이러지도 저러지도 못한 채, 폭음이 늘었고 밀양을 떠 난 걸 후회하는 나날이었다. 그러나 알거지로 처자식 달고 부칠 밭 한 뙈기 없는 밀양으로 다시 기어들 수는 없었다. 세상이 자신 을 받아주지 않는다며 주사를 부리는 날이 늘어갔다. 처와 자식에 게 손찌검을 하기도 했다. 아들 장필이가 젖을 떼고 쪼작걸음을 걸을 때, 늘 헛배가 찬다며 속앓이로 시달리던 처가 무슨 약을 잘

못 먹었는지 토사곽란 끝에 덜컥 숨을 놓았다. 죽기 전날 밤 강씨네 방에서 주정 부리는 소리가 들렸다는 이웃의 수군거림이 있었다. 힘이 장사라 강씨가 주사를 부릴 때면 아무도 나설 수 없었다고 했다. 왕진 온 의사에 따르면 명회 엄마 사인은 심장마비였다. 처를 잃자 강천동 성정은 더 거칠어져 갔다.

*

꿀단지에 모여드는 개미처럼 무작정 유입되는 인구로 울산시 주택난이 한계에 부닥쳤다. 그러나 주택 사정이 아무리 심각하다해도 공장에서 월급 받는 근로자가 식솔 이끌고 봉대산 난민촌까지 들어오지는 않았다. 전기와 수도가 없는데다 학교, 상설 시장, 병원, 약국이 가까이 있을 리 없었다. 학교 갈 자식을 둔 집은 아이의 통학 거리가 멀었다. 봉대산에서 동부동 초등학교까지는 산허리를 도는 오솔길이 이 킬로미터에 가까웠다. 그래서 그들은 서부동, 동부동 연립주택이나 여염집에 아쉬운 대로 방 한 칸을 세 얻어 살았다. 여염집에는 평균 대여섯 세대가 방 한 칸을 빌려 수도와 변소를 공동으로 썼다. 임시변통으로 방문 앞에 판자때기 부엌을 만들어 살림부터 차렸던 것이다. 본채 처마를 잇대어 방을 들이거나 별채를 얼기설기 지어 한 울타리 안에 열 가구가 북적대는 여염집도 있었다. 공급이 수요에 턱없이 달리니 주택난 해결은 공업도시로 발돋움한 울산시가 떠안게 된 가장 화급한 난제였다.

안팎으로 생활은 고되었으나 달마다 통장의 돈이 조금씩 불어

나는 만큼 타지에서 들어온 그들은 조만간에 자기 집을 갖는다는 기대에 부풀어 있었다. 봉대산 난민촌은 거기서도 밀린 빈민이 비바람 가릴 데를 찾아 모여들어 싼값에 세를 얻었다. 하루 벌어 하루를 살면서도 그들 역시 언젠가는 난민촌을 탈출할 날을 믿었기에 희망의 끈은 놓지 않았다. 울산시는 계속 공장이 증설되거나 하청업체가 생겨났고, 사람 꾀는 곳이면 덩달아 따라오는 갖가지 장사 직종도 생겨났기에 몸만 성하면 일거리는 지천으로 널려 있었다. 울산시가 특정공업지구로 지정되고 육칠 년 사이 서민의 꿈과 희망이 현실로 바뀌는 사례를 그들은 직접 목격하거나 듣고 있었던 만큼, 자기네들도 곧 거머쥐게 될 소망으로 여겼다.

봉대산 난민촌 입구의 리어카에 카바이드 불이 밝았다. 포장마차에 술에 곤드레가 된 몇 취객이 남아 있었다. 하청업체 임시직 근로자 둘에, 공단 주변을 떠도는 품팔이 지게꾼이었다. 포장마차 도마의자에 강천동이 막걸리 한 되를 시켜놓고 취객을 상대로 떠벌리는 참이었다. 그의 말에 따르면, 학력 따지지 않고 마구잡이로 사람 부리던 시절은 이제 끝장났다고 했다. 최소한 고등학교 물은 먹었어야 월급쟁이 공원이라도 되는데 겨우 중학교를 마친 자기는 언제 도시 빈민 신세를 벗어날지 모른다고 자탄했다.

"……거기다 난 운전대도 못 잡는 병신이 됐잖아. 울산 땅에 들어와 칠 년 구른 끝에 병신 된 것하고 나잇살 먹은 것 외 남은 게 뭐 있어? 한창 일할 나이 서른넷에 난 벌써 인생 종착역이야. 못난 놈은 촌것 그대로 태어난 데 눌러앉아 정미소 일이나 봐주며 살아야 하는데, 고향 떠난 게 후회돼. 나 같은 병신한텐 내일이 없어. 오늘 살고 담날 아침에 눈 떠지면 아직 안 죽었구나 하고 또 하루 살 궁리하는 팔자가 됐으니……"

강천동이 막걸리잔을 비워내곤 빈 잔을 옆자리에 넘겼다.

"산업화 좋아하네. 돈 왕창 챙기는 놈 따로 있고 우리 같은 쫄자는 만날 입 살기에 헐떡이니. 형님, 몸 처지가 그러니 남 밑에 있다간 세월만 잡아먹지 헛고생이오. 무슨 일이든 남 눈치 안 보고 명령 안 받는 독자적인 장사를 물색해봐요." 설비공 신참인 이씨가 말했다.

"마누라라도 있어야 이런 술장사라도 독자적으로 벌여보지. 기둥서방으로 내가 뒤에서 버티면 누가 찍자 놓겠어." 말 기운을 차린 강천동이 껄껄거리다 주모를 보았다. "구포댁, 안 그래?"

"강씨 보면 지레 겁먹어 술이나 제대로 팔아주겠어?"

강천동은 봉대산 난민촌에서 호가 난 왈패였다. 정신 멀쩡할 때는 수더분한 익살꾼이었으나 술에 취해 주사를 부리면 개망나니였다. 큰 몸집에 힘이 장사라 아무도 그의 언동을 말리려 들지 않았고 제풀에 지치기를 기다리는 게 상책이었다. 미포파출소를 제 집 드나들 듯해 구청에서 파견된 힘깨나 쓰는 불량주택 단속반원도 그 앞에선 몸을 사렸다.

"구포댁, 나도 이제 홀아비 생활을 끝장냈어. 참한 처녀를 하나 건졌거든."

"돈뭉치 안긴다 해도 강씨한테 딸 내줄 집 있을까."

"내가 빈말하나 어디 두고 보라구." 강천동이 이씨가 넘긴 잔을 비워냈다.

"이씨도 이제 엔간히 퍼마시고 집에 들어가봐. 낮에 온 장대비로 결딴난 집이 수두룩하대." 구포댁이 하품을 하며 말했다.

"강씨, 우리 동네 전기 들어온다는 소식 사실 맞지? 언제부터 전깃불 밑에서 밥 먹고 라디오 듣게 돼?" 지게꾼 천씨가 물었다.

"장마 오기 전에 전봇대가 골목마다 들어설 테니 두고 봐. 측량사들 깃발에 줄자 들고 나다니는 것 못 봤어? 난민촌 주택개선대책위원인 내 공도 무시 못해."

"형님 집도 전깃불 환하게 들어오면 집값 뛰겠수. 우리보다 처지가 낫소." 처자식 달린 설비공 이씨는 사글세를 살고 있었다.

"좆 빠는 소리 하네. 그따위 판잣집도 집이야? 그나마 내가 봉대산에 먼저 들어와 집터 금 긋고 무허가로 뚝딱 지붕 올린 덕분이긴 하지만."

"그게 어딘데요. 그런 방도 세 못 얻어 줄을 선답디다."

"똥물보다 더한 폐기물을 막대기로 쑤셔대는 내 꼴 안 되려면 자네도 기술을 익혀. 어영부영 살다 나잇살 먹으면 끝장이야."

"돈 벌 길이야 환한데 자금이 있어야죠. 서부동 쪽으로 나가 새시 점방을 독자적으로 내면 돈 되겠습디다. 나무 문짝은 한물갔고 새시 문짝에 새시 창문 달지 않는 집이 어딨어요? 물건 달려 팔래도 못 판대요."

"눈깔 없는 돈이지만 우리 같은 떨거지들한텐 안 붙어. 돈도 사람 가려 붙어. 새시 얘긴 꺼내지도 마. 내가 프레스 공장에서 손목 잘린 놈 아냐. 새시 점방도 대리점에 보증금 걸어놔야 물건 빼내

온대." 이씨가 수꿀해하며 대답을 못하자 강천동이 한숨을 달았다. "촌놈들한테 공갈치는 이따위 짓도 더 못해먹겠기에 그저께 염직 공장 공원 모집 방을 보고 전하동을 찾았지. 면접하더니 한칼에 퇴짜야. 학력이야 안 따져도 오른손 없는 병신은 받아줄 수 없다니, 싸나이 신세가 말이 아니야."

농촌의 단조로운 생활 여건이 식물성 체질이라면, 꿈틀대는 도시의 생활 여건은 동물성 체질이다. 농촌은 아직 개천물이 맑아 피라미가 놀지만 도시는 맨홀 아래가 시궁창이요 쥐를 비롯한 노린재류가 기생한다. 도시는 한번 흡입한 사람은 낙향시키지 않고 그런 곳에라도 기어들게 만든다. 입이 포도청이라 강천동이 도시에서 살아남자니 오수 흐르는 지하세계가 제격이었다. 그는 공정 과정에 필수인 공업용수 처리 라인에서 생겨난 폐기물을 전담 처리하는 '영진산업'에 외근직 일자리를 얻었다. 영진산업은 폐기물 정화 시설과 소각 처리 시설을 갖추었으나 이는 관의 단속을 눈속임하기 위한 위장된 환경개선 시설물이었다. 영진산업은 화학공장, 프린트공장, 도금공장, 염색공장을 돌며 매일 쏟아내는 수십 드럼의 중금속 폐기물을 수거해 자사 대형 정화조 시설에 수용하여 매립하거나 하수를 통해 무단 방류했다.

강천동은 오늘도 소낙비가 쏟아질 때를 이용해 정화조 3호 중금속 폐기물을 하수를 통해 무단 방류하는 작업에 나선 뒤, 폐기물 드럼통을 실은 트럭 꽁무니에 앉아 장대비 맞아가며 언양 쪽을 다녀왔다. 영진산업은 그쪽 상북면에 만여 평 임야를 소유하고 있었는데, 거기에 대형 웅덩이 파놓고 폐기물을 임시 저장했다. 말이 임시 저장이지 증발이나 침전을 기다리며 방치하는 짓거리였다. 오늘같이 폭우가 쏟아지면 웅덩이 폐기물이 부근 하천으로 넘쳐 났다. 넘쳐나는 정도가 아니라 지하로 낸 비밀 하수관을 열어 고의로 방류했다.

아랫마을 농사꾼들이 폐기물 처리 비밀 통로는 캐내지 못했지만 하천이 오염되어 죽은 물고기가 떠오르고 농지 작물이 제대로 성장을 못하고 곯아가자 그 원인이 하천 상류에 있는 영진산업의 폐기물 유수와 침전 탓이라고 항의하는 사태가 잦았다. 그 맞대응에 회사 측은 강천동을 책임자로 등 떠밀어 내세웠다. 이용해먹고 이용당하는 먹이사슬에 강천동은 총알받이로 나섰다. 고무손으로는 이 바닥에 살아남을 수 없음을 체득한 그이기에 먹고살자니 허풍이 늘었다. 그는 이제 소읍 방앗간 일꾼이 아니었다. 산업사회 역군으로 불철주야 노동 현장에서 뛰다 오른손까지 잃어 불구가 된 자신의 처지를 팔았다. "농촌 춘궁기를 없앤 조국 근대화 경제 발전이 누구 덕인 줄 알아?" "친척이나 자식 중 울산공단에 취직 안 한 놈 있으면 나서봐!" 하며 팔부터 걷어붙였다. 큰소리치다 보면 간이 더 커져 권력을 빙자한 협박조차 서슴지 않았다. "이런 항의 뒤에는 선동자가 따로 있어. 국책 기간산업을 약점 잡아 항의하는 게 오늘날 시국에 말이나 되는 소리야! 조국 근대화 목표 달성을 막는 놈 꼴 좀 보자. 어디 나서봐! 그런 불평분자가 바로 빨갱이야. 중앙정보부 울산 분실이 뭐 하는 덴 줄은 알고들 있지? 영진산업 에서 뒷조사를 의뢰할 테니 그리들 알아!" 덩칫값 하며 말발 세우기에는 제격이었기에 강천동은 그나마 일자리에서 버텨낼 수 있었다. 중앙정보부라면 말 한마디로 끝장을 보는 무시무시한 기관이었다.

밤이 깊었다. 도랑물 흘러내리는 소리가 기운찼다. 봉대산 난민촌은 창 밝은 집이 없었다. 코앞을 분간할 수 없게 사방이 칠흑이었다. 고주망태가 된 강천동이, "갯뜰에 사는 계집애가 틀림없어. 애 배면 어쩌겠다는 거야? 나한테 시집 안 오고 못 배길걸……" 하고 토막말을 중얼거리다 기분이 좋은지 킬킬거렸다. 그는 질척한 골목길로 어뜩비뜩 들어서며 균형을 잡느라 연방 고무손을 내둘렀다.

"한 많은 이 세상 냉정한 세상, 정을 두고 몸만 가니 눈물만 나네, 아무렴 그렇지 그렇구말구……" 기분이 좋을 때나 슬픔이 복받칠 때나 그가 자주 흥얼거리는 「한오백년」이었다.

어둠 속에 전짓불이 일렁이며 다가왔다. 난민촌은 쌀과 연탄은 이웃에서 꿀 수 있지만 장화와 전지 없이 살 수 없다고 호가 난 마을이었다.

"아버지, 저예요."

명희였다. 명희는 지난달에 동부초등학교에 입학했으나 삼학년이래도 곧이들을 만큼 또래보다 숙성했다. 엄마 없이 홀아비 구박을 도맡아 받으며 자라 철든 애처럼 눈치가 빨랐다.

"안 자고 아비 마중 나왔구나." 강천동이 비틀걸음을 멈추었다.

명희는 장대한 아버지를 부축할 수 없어 허리춤 잡고 전짓불 밝힌 흙탕길로 이끌었다. 오늘은 아버지 기분이 좋은 모양이라고 생각했다. 괜한 트집 부리지 않고 쉬 잠들리라 여겨졌다.

명희는 아무리 밤이 깊어도 전짓불 챙겨 아버지를 마중 나와야 했다. 어둡기도 하지만 술에 만취된 강천동이 제집을 찾지 못해 골목길 아무 데나 퍼질러 앉아 동네가 시끄럽게 딸애 이름을 불러 댔고, 잠 깬 이웃의 부축을 받아야 겨우 제집에 기어들었던 것이다. 지난겨울엔 술에 만취된 강천동이 골목길에 쓰러져 잠이 든 통에 늦게 귀가하던 땜장이 장씨 눈에 띄었기에 망정이지 얼어 죽을 뻔 했던 적도 있었다. 그래서 명희는 깊은 밤까지 아버지가 돌아오지 않으면 아무리 졸음이 오더라도 골목 어귀에서 아버지를 장맞이 해야 했다. 언젠가 포장마차 있는 데까지 나가, 술 그만 자시고 집 에 가자고 아버지를 채근한 적이 있었다. 계집애가 어디까지 와서 아비를 간섭하느냐며 멱살잡이를 당한 뒤부터 명희는 그 부근은 얼씬하지 않았다.

강천동 집은 판자로 담을 쳤으나 대문이 없었다. 방 두 칸 부엌 하나가 고작이었다. 강천동이 방 앞 쪽마루에 주저앉자 명희가 진 흙투성이인 아버지 장화를 벗겼다. 명희가 쓰러지려는 아버지를 방으로 끌어들였다. 강천동은 방으로 무릎걸음 하자마자 그대로 쓰러졌다. 명희는 아버지 머리에 베개를 베어주고 이불을 덮어주 었다. 강천동은 금방 코를 골아가며 잠이 들었다. 잠자리에 든 명 희는 별 탈 없이 하루가 끝났음을 알고 눈을 감았다. 아버지를 기 다릴 땐 졸음이 퍼부었는데 막상 잠을 청하니 정신이 말짱해졌다.

명희는 엄마와 동생과 함께 살던 적이 그리웠다. 그때는 아버지 오른손이 멀쩡했다. 퇴근길에 아버지가 사들고 왔던 통닭, 붕어빵,

박하사탕을 명희는 첫 기억으로 간직하고 있었다. 그때만 해도 이웃으로부터 몸집이 크다고 '강장군'으로 불려 부러움을 샀던 아버지였다. 아버지가 지청구를 놓아도 엄마는 대꾸하는 법 없이 얌전했다. 엄마는 어디선가 헌 실을 구해와 자기 양말이며 장갑을 짜주었다. 아버지가 오른손을 잃고 실의에 찬 나날을 보내면서부터 집안 분위기가 싸늘해졌다. 명희가 여섯 살 적 여름에 엄마가 돌아가셨다. 엄마가 돌아가신 뒤 아버지는 다른 사람인 듯 변했다. 술을 마시지 않는 날이 없었고 걸핏하면, 나는 맨홀 아래 사는 쥐라고 한탄하며 「한오백년」을 흥얼거리다 잠이 들곤 했다.

지난 설 무렵에 폐렴으로 돌아가셨지만, 옆방엔 노랑할미가 미포동 석연공장 공원이던 손자 뒷바라지를 해주며 살았다. "어리니 엄마 생각이 나겠지만 세월이 흘러 젖몽오리 생길 때쯤이면 엄마 생각도 잊게 돼. 세월이 약이란다." 노랑할미가 말했다. 노랑할미는 엄마를 대신해 집안 살림을 맡은 명희가 기특하다며 안살림을 돌보아주었다. 노랑할미가, "네 아비는 강장군이 아니라 똥장군이야" 하고 말한 적이 있었다. 아버지는 정신 멀쩡할 땐 말이 헤픈 수다쟁이지만 술에 만취되면 시빗거리만 찾았다. 세상에 복수심밖에 남지 않았다고 푸념했다. 아무도 불같은 아버지 성질을 건드릴 수 없었기에 복수심의 대상이 안 되려면 피하는 수밖에 없었다.

명희는 미국으로 입양 간 동생 모습 또한 엄마 얼굴처럼 또렷이 기억하고 있었다. 어느 날 초저녁, 아버지가 쪽마루에 나앉아 노랑할미에게 하던 말을 방에 있던 명희가 들었다. "두어 해 더 키우면 딸년은 부엌일이라도 시켜먹겠지만 이 어린것은 어찌 키우겠어요? 밀양에 할미가 있지만 어린 걸 맡길 수도 없고." 명희 옆에 잠이 든 장필은 여린 숨을 쉬고 있었다. "자네한테 이기는 녀석도 있긴 있군. 그래서 장필이를 어쩌겠다는 거냐?" 노랑할미가 물었다. "입양 기관에 맡기는 게 상책이다 싶어요. 돈도 얼마 준다니깐 그 돈으로 집수리도 좀 해야겠고." 이튿날 아침, 젖도 제대로 못 먹고 자라 거미발 같은 다리로 걷던 장필은 아버지 손에 끌려 집을 떠났다. 장필을 데리고 나서며 아버지가 명희에게 말했다. "오늘은 먼저 자. 아비 늦게 돌아올 거야. 노랑할미가 네 밥은 챙겨주기로 했다." 하늘 파랗던 새봄인데 함석지붕을 날릴 듯 바닷바람이 드센 쌀쌀한 날이었다. "엄마, 가. 엄마, 가" 하며 구제품 털옷에 죽은 엄마가 짜주었던 털목도리를 두르고 장필은 고사리손을 흔들며 아버지 손에 끌려 떠났다. 장필은 누나를 늘 엄마라 불렀다. 아버지가 일 나가면 명희가 동생을 업고 기른 탓이다. 세 살 터울의 남동생은 엄마가 돌아가신 후 이태 만에 그렇게 헤어졌다. 동생이 떠난 날, 명희는 하루 내 눈이 붓도록 울었다. 끼니때마다 밥을 풀죽으로 끓여 먹이며 키운 동생이었다. 아버지가 일 나가면 동생 업고 봉대산에 올라 먼 바다를 보며 엄마를 부르며 울기도 했는데, 그 동생이 바다 건너 미국 땅으로 떠났다고 했다. 명치에 파란 심줄이 얼비쳐 보이던 동생이 떠난 뒤 명희는 장필을 다시는 볼 수 없었다.

이튿날 아침, 명희는 부엌으로 나갔다. 부엌이 방 두 개 사이 가운데에 있었다. 부엌 옆으로 방 하나를 달아내어 세를 놓았기 때문이다. 각각 방 쪽에 연탄아궁이와 세간 놓는 부뚜막이 있어 부엌을 세 든 옆방과 같이 사용했다.

"명희가 일찍 일어났네. 어젯밤에 아버지가 늦게 들어오시는 것 같더구나." 부엌에 먼저 나와 콩나물을 무치던 새댁이 말했다.

"저도 어제 콩나물 샀어요. 콩나물국 끓이려던 참이에요."

"잘됐다. 내가 끓여주마."

노랑할미가 세상을 뜬 뒤 석연공장 공원은 옆방을 뺐고, 새로 들어온 세입자가 젊은 부부였다. 남자는 중소건설업체가 동부동에 짓는 연립주택 공사판 노동자였는데 밥 대어 먹던 함바 새댁과 눈이 맞아 보증금 삼천 원, 월세 칠백 원으로 살림을 차린 참이었다. 새댁은 애를 밴 채 여전히 식당 종업원으로 나가고 있었다.

명희는 공부하던 밥상을 들고 나와 아침상을 보았다. 밥 두 공기에 찬이래야 아버지 야전잠바 주머니에서 뒤져낸 비닐봉지의 김치에 콩나물국이 다였다. 처가 죽고 난 뒤, 강천동은 어느 식당에서 점심을 먹든 남긴 찬을 비닐봉지에 담아오곤 했다. 반찬을 만들기에는 명희가 어린 탓이었다. 명희가 밥상을 들고 방으로 들어간 그때까지 강천동은 잠들어 있었다.

"아버지 일 나가야지요."

명희가 아버지를 흔들어 깨웠다. 강천동이 부스스 눈을 떴다.

"그래, 일 나가야지. 일을 해야 돈을 벌지."

강천동은 자리 차고 일어나 뜰로 나가선 양동이 물을 대야에 퍼내어 세수를 했다. 난민촌은 수도가 가설되지 않아 봉대산 중턱에 있는 약수터에서 길어온 약수는 식용으로, 개울물을 웅덩이에 모아선 허드렛물로 썼다.

왼손 숟가락질로 콩나물국에 밥을 말며 강천동이 딸을 보았다.

"아버지가 말이다, 새엄마를 얻게 됐어."

"새엄마요?" 명희가 밥을 먹다 말고 물었다.

"너도 올해부턴 학교 공부 해야 하니 집안 살림 살 사람이 따로 있어야지."

명희는 대답을 못했다. 새엄마가 오면 무엇이 어떻게 변하며 자기가 어떻게 될지, 거기까지 생각이 미치지 못했다.

"오는 공일날, 아버지가 양복 차려입고 갯뜰로 새엄마 모시러 간다. 새엄마가 들어오면 밥 짓고 빨래하는 거야 새엄마가 할 테고, 너한테도 잘 대해줄 거다." 강천동이 딸애를 넌지시 건너다보았다. "그렇게 되면 명색이 신혼 방인데 너와 한방 쓰기가 무엇하고……"

명희 귀에는 아버지 말이 들리지 않았다. 어서 책보 챙겨 한동네에서 같이 입학한 옥자와 함께 학교에 가고 싶은 마음밖에 없었다.

*

공휴일을 맞아 강천동이 모처럼 양복 빼입고 넥타이 매고선 갯마을 갯뜰로 들어갔다. 그가 청혼차 이민구 집에 걸음하기는 두번째였다. 강천동은 마을 고샅길에서 만나는 사람들이 자신을 알아보든 말든 인사 차리며 방파제 쪽으로 빠져나갔다. 해거름이라 바다는 갈매기의 사냥질이 한창이었다. 그는 마을 끄트머리에 있는 이민구 집 마당으로 큰기침하며 들어섰다. 낮은 토담 안 세 칸 일자 함석집은 방문이 닫혔는데, 부엌 앞에 누렁이 한 마리가 어슬렁거리다 그를 보자 꼬리 사리며 마루 밑으로 기어들었다. 강천동이 이민구 집을 처음 찾았을 때 누렁이가 낯선 객을 보고 짖다 발길질에 주둥이를 차인 터라, 마루 밑에서 앓는 소리만 흘렸다. 부엌 옆 토담 앞에 석류나무 한 그루가 섰는데 붉은 꽃잎이 지고 있었다.

"안녕하십니까? 강천동이 왔습니다."

부엌은 저녁밥을 짓는지 보꾹에 연기가 자욱했다. 강천동이 부엌 안을 들여다보았다. 부엌 앞에 쪼그려 앉은 필순의 모친 둘안댁이 강천동의 인사에 들은 척 않고 부지깽이로 아궁이에 솔가리만 들이밀었다.

"아직도 연탄 안 때는군요. 조만간에 제가 연탄 아궁이를 놓아드리겠습니다. 연탄 아궁이 놓으면 스물네 시간 아랫목이 쩔쩔 끓는데다 낮에도 국을 데워 자실 수 있지요. 연탄 때면 빈대와 이가 몽땅 없어집니다."

강천동이 너스레 떨었으나 둘안댁은 들은 척 않았다.

"발 없는 고기야 물리게 잡수시겠지만 네 발 달린 고기도 먹어야 힘을 쓰지요. 장모님 고깃국 끓여 잡수시라고 쇠고기 한 칼 사왔습니다." 강천동이 신문지에 싼 쇠고기 뭉치를 마루에 놓았다. "자, 사위 큰절 받으십시오."

강천동이 땅바닥에 무릎을 꿇어 너부죽이 절을 했다. 그가 양복바지에 묻은 흙을 털 때 안방 문이 열렸다. 헐렁한 남방에 조끼 걸치고 국방색 바지 입은 사내가 마루로 나섰다. 필순의 오라비인 체구 깡마른 이민구였다. 그의 어린 자식 둘도 마루로 나서서 아버지 뒤에 섰다.

"형님, 안녕하셨습니까? 오늘은 기어이 담판 지으려 왔습니다." 강천동이 담 너머 이웃이 들어라 큰 소리로 말했다.

"담판 지으려? 내 당신과는 상종하지 않겠다고 지난번에 말했잖은가."

"소맷자락만 스쳐도 인연이라는데, 형님 말씀이 조금 살벌합니다. 어떤 점이 부족하다고 보자마자 자리 권하기는커녕 냉대부터 합니까? 이유라도 좀 알아야겠습니다." 강천동이 마루 끝에 다리 포개어 앉았다. "형님이 아실는지 모르겠는데 영진산업이라고 울산서는 알아주는 설비업체의 의젓한 정식 사원이겠다, 몸 실한 장골이겠다, 이 나이에 벌써 집칸까지 장만했습니다. 이쯤이면 일등 사윗감은 못 되더라도 이등 사윗감은 되잖습니까."

"누가 당신 이력 듣겠다고 했나. 어따 대고 공갈까지 쳐."

"필순씨 지금 방에 있는 모양인데 얼굴이라도 보여주세요. 뭐니 뭐니 해도 장본인 의견이 우선 아닙니까."

강천동이 이민구 말은 무시하곤 댓돌 한쪽에 치워진 여자용 운동화에 눈을 주었다. 둘안댁이 난감한 표정으로 마당에 나섰다.

"이 사람이 귓구멍에 말뚝 박았는가. 말귀를 못 알아들어?"

"말귀 못 알아듣다니요? 누가 뭐래도 이 혼사는 반드시 성사시키겠습니다. 목에 칼침 받는 한이 있더라도 필순씨는 어느 누구한테도 양보할 수 없습니다!" 강천동이 여태 숙부드럽던 태도를 달리해 성깔을 냈다. 그가 둘안댁을 보고 말했다. "모친, 제 말 틀렸습니까? 따님은 강천동이 책임지겠다니간요. 처녀 따먹고선 책임 못 지겠다고 나자빠지는 놈들이 판치는 세상에, 따님 신상을 책임 지겠다고 나서는 사위를 업어주진 못할망정 이렇게 내쳐도 됩니까?"

"동네방네 시끄럽게 왜 이렇게 생떼를 써. 필순이는 집에 없어. 공장서 아직 안 돌아왔어." 둘안댁이 말했다.

골목에는 마을 아낙과 아이 여럿이 구경거리가 났다며 집 안을 넘보고 있었다. 이민구가 장화를 신고 마당으로 나섰다.

"창피해서 안 되겠군. 나가세. 나가서 말해."

"누이는 누가 뭐래도 이제 제 안사람입니다. 제 집으로 보내줘야 합니다." 강천동이 골목길에 대고 큰 소리로 말했다.

이민구가 강천동의 소매를 끌었다. 그는 어판장 쪽으로 앞서 걷다 오징어 배 따는 일을 마치고 귀가하는 처를 만났다. 민구 처가 강천동을 알아보았으나 시선을 피하며 길을 내주었다.

이민구와 강천동은 어판장 못미처에 있는 통술집 목로에 마주 앉았다.

"형님과 첫 술자린데, 아줌마, 회무침 한 접시 내주구려."

"강씨, 보게. 누이가 공장 일도 못 나간 채 이틀을 식음 전폐하고 울며 지새다 서까래에 목매는 걸 겨우 살려놓았다고 말했잖아. 차라리 죽으면 죽었지 자네를 안 보겠대. 살이 꼈는지 자네 안 보겠다는 걸 난들 어떡해. 누이와 자넨 맞는 구석이 없어. 나이 차이로 보나⋯⋯"

이민구는 자식까지 딸린 고무손 불구자한테 하나 누이를 내놓을 수 없다는 말은 차마 할 수 없었다.

"상처한 홀아비라고요? 이 손이 고무손이라고 이러십니까?" 강천동이 이민구 말을 자르곤 고무손을 코앞에 불쑥 들이밀었다. "다른 건 약점으로 인정해도 이 손 두고 그렇게 생각한다면 정말 못 참습니다. 이 손을 두고 험담하는 놈은 목뼈를 분질러버리지 않곤 못 배깁니다. 나도 사람 좋다는 소리 듣지만, 참는 데도 한계가 있습니다!"

강천동이 제풀에 화를 내며 넥타이 조임 부분을 풀어젖혔다. 막걸리 주전자와 술국이 나오자 강천동이 이민구 잔에 술을 쳤다.

"형님, 제가 흥분해 언성 높여 죄송합니다." 강천동이 금방 성질을 누그러뜨렸다. "형님께 이렇게 통사정하며 매달리잖습니까. 필순씨를 제게 보내줘요. 혼숫감 싸 지고 오지 않아도 됩니다. 몸만 보낸다면 필순씨 입 하나는 제가 책임지겠습니다."

"벽창혼가, 이 사람이 말귀를 못 알아들어. 한마디로 강씨는 내 누이 배필감이 아니란 말일세. 혼사란 인륜대사인데 억지 쓴다고 될 일인가."

"배필감이 따로 있습니까? 태어날 때 배필감부터 정합니까? 이런 말까지는 하고 싶지 않지만, 이미 동네가 다 아는 사실 아닙니까? 중신아비가 나섰다 칩시다. 그 사람이 벽창훕니까? 갯뜰 필순씨가 이러쿵저러쿵하다는 소문쯤은 알 게 아닙니까. 아닌 말로, 누이가 애라도 밴다면 어따 팔아먹겠습니까?" 강천동이 막걸리잔을 목구멍에 털어 붓곤 목청을 높였다. "싸나이 강천동은 한번 한다면 하는 사람입니다! 사내장부가 칼을 뽑았다면 썩은 무라도 잘라야지, 그냥 칼집에 못 꽂습니다. 이래 봬도 대한독립군 후손으로 명예가 있습니다!"

강천동의 땡고함에 이민구가 기가 막힌다는 듯 한숨만 내쉬더니 술잔 내려다보며 말을 잃었다. 주모가 회무침을 내왔으나 그는 젓가락 들 마음이 없었다.

"형님, 이 고무손 보십시오. 밀양서 가지산 넘어 울산공단으로 들어올 땐 자못 희망에 부풀었지요. 울산공단 건설 초기엔 처자식 위해 비지땀 흘리며 누구보다 열심히 일했습니다. 일 년 반을 컨테이너 숙소에 잠자며 토목공사 현장에서 막노동했지요. 몸 하나 튼튼하니 야근 일도 마다 않고 남 두 몫 일을 해냈습니다. 일 년 반 만에 주당 아닌 월급 받는 의젓한 공원이 되자, 열심히 일한 대가로 월급 받는 재미도 알았어요." 강천동이 자작으로 술을 쳐 한 잔을 비우더니 덩치와 어울리지 않게 울먹이기 시작했다. "울산 들어온 지 삼 년째, 무슨 액운이 끼었던지 졸지에 오른손을 프레스 기계에 날리곤 어진 처마저 잃었습니다. 전 이제 이 세상에 무서운 게 아무것도 없어요. 돈이면 처녀 불알도 살 수 있는 더러운 세상에서 살아남자니 악밖에 남지 않았어요. 제가 밀양 살 땐 근면한 청년 소리도 들었습니다. 그러나 이 꼴이 된 후 세상이 나를 병신이라고 괄시할 때는 참을 수 없습니다. 나 죽으면 그만 아냐, 하며 막가는 놈입니다!"

비장한 어투로 말을 맺으며 강천동이 왼손 주먹으로 술상을 내리쳤다. 주전자가 들썩했다.

"제정신이 아니구먼. 누구 앞에서 주정이야."

"내가 흥분했군. 이거 죄송합니다." 그는 이민구에게 간살을 떨었다. "형님, 이 강천동도 누구보다 열심히 살아보겠다고 노력하는 인간입니다. 잡초는 뽑아내고 밟아 문질러도 실뿌리 한 가닥만 남았으면 잎이 납니다. 저는 잡촙니다. 제발 절 내치지 말고 한식구로 받아주십시오. 처남 한번 잘 됐다는 소문이 갯뜰에 쫙 퍼지게, 제가 필순씨와 잘살아보겠습니다. 한번 한 약속은 꼭 실천하는 싸나이입니다."

*

강천동은 일주일이 멀다 하고 갯뜰로 들어와 이민구와 둘안댁에게 이필순을 내놓으라며 어르다 말이 안 먹히면 맞대놓고 으름장을 놓았다. 이민구네 식구는 동네 사람 보기가 창피해 얼굴 들고 다닐 수 없을 지경이었다. 갯뜰 아이들에게조차 둘안댁 딸이 공장에 다니다 고릴라 같은 사내에게 겁탈당했다는 소문이 나버렸다.

방어동에 있는 화학섬유 공장 한성폴리에스터 직포과에서 샤링(실밥 제거) 일을 하던 필순은 직장마저 그만두어야 했다. 출근 시간대는 물론이고 퇴근 때면 강천동이 공장 정문 앞에 장맞이하고 있는 통에 뒷문으로 빠져나가기도 여러 차례였으나, 갯뜰 집으로 들어오는 길목에서 붙잡히게 마련이었다. 만나기만 하면 함께 귀가하는 직장 친구가 있건 말건 강천동은 필순의 팔을 낚아챘다. "필순이가 싫다는데 왜 그래요?" 하고 친구가 한마디 했다가도 아가리를 찢어놓겠다는 천동의 위세에 질겁하여 자리를 피했다. 천동은 파랗게 질린 필순을 길섶에 주저앉히곤 자기 청혼을 받아달라고 통사정한다. 만약 다른 남자와 결혼설이 돈다면 그놈을 절름발이로 만들겠다는 협박도 서슴지 않았다.

이필순은 공장 일 나서면 강천동을 만날까 무섭기도 했지만 불면, 두통, 가슴 두근거림, 식욕 부진에 시달려 직장에 출근해도 어질증으로 작업을 제대로 못할 정도였다. 직포과 주임이 공원의 작업 감독차 순시하다 자기 이름만 불러도 그녀는 경기 들린 듯 놀라곤 했다. 공황증이 심해지자 그녀는 더 일을 할 수 없어 회사에 사표를 내고 집 안에 틀어박혀버렸다.

딸이 건넌방에 들어앉아 식음을 놓은 채 넋 놓고 앉아 하루를 보내거나 질기게 흐느끼는 울음소리를 들 때, 둘안댁 앙가슴은 타는 숯등걸이 되었다. 그나마 딸이 처음처럼 자살 소동을 벌이지 않는 게 다행이었으나 저 꼴로 지내다간 제명대로 못 살겠다 싶어 조석으로 미음이며 어죽을 쑤어 방 안에 들이밀었다. 동네가 창피해서 이사를 가려 해도 누대에 걸쳐 살아온 갯가를 떠나 강천동 눈에 안 띄는 어디로 가서 숨어 살아야 할는지 막막했다. 이민구역시 마찬가지였다. 손때 탄 거룻배만 보아도 그 배 부려 식구 건사하는 갯뜰 앞바다를 떠날 수 없었기에 억장이 무너졌다.

참다못한 이민구가 동부경찰서나 염포동 지서에 강천동을 강간, 폭행, 공갈협박, 무단 주거침입을 걸어 고소장 내려 했으나 말이 쉽지 이 또한 망설여졌다. 조용한 시골 읍이었던 울산이 십 년 채 못 되어 산업도시로 영역이 확장되고 개미떼 모이듯 인구가 늘어나자 자고 나면 사건 사고가 다발로 터졌다. 강도, 절도, 사기 따위의 도시형 범죄에 사업장 노동쟁의와 안전사고가 폭주했는데, 행정과 치안이 이를 따라잡지 못했다. 일손이 턱없이 모자라다 보니 폭행 사건, 강간 사건은 경찰서마다 산적해 서류 검토조차 못한 미해결 사건으로 남아도는 형편이었다.

이장과 동네 사람, 친척 모두도 이민구에게 섣부른 고소를 만류했다. 필순이를 다른 데 시집 보내기가 힘들 만큼 집안 망신을 산 마당에 고소부터 해서 뭘 어쩌자는 것이며, 당사자가 결혼하겠다고 당당히 나서는데 강간죄가 성립되겠느냐는 것이다. 설령 강씨가 재판 받고 감옥 살고 나오더라도 또 갯뜰로 찾아와 행패 부리면 그때는 무슨 방책이 있겠느냐고 이민구를 설득했다.

경험으로 터득한 바다 생태계에나 소상할까 세상일에는 미련한 물고기와 진배없는 이민구로서는 생각할수록 앞날 창창한 누이 신세가 가련했다. 한마을에서 자란 떠꺼머리총각들에게 눈 한 번 맞추는 걸 본 적 없는 얌전한 누이한테 왜 이런 횡액이 닥쳤는지 하늘의 뜻을 알 수 없었다. 그는 술이 늘었고 아침에도 기동을 못해 노질을 쉬는 날이 많았다.

꽁치와 방어잡이가 제철을 만나는 5월 하순이면 갯뜰 어촌계에서 미역 수하양식(垂下養殖) 일에 공동으로 나섰다. 천연산 미역은 그 절기에 수확하나 근년에 들어 재배하기 시작한 양식 미역은 오뉴월에 미역귀에 해주자(海走子)를 인위적으로 방출시켜 배우체(配偶體)를 배양하는 방법으로 양식해서 그해 섣달에 수확했다. 전 자리 벌이니 파장이라고, 근년 들어 양식 미역으로 재미를 본다 싶었는데 울산공단 폐수가 유입되는 탓인지 작년에는 수확이 시원치 못했다. 이민구가 미역밭에 쓸 뗏목 엮는 일을 마치고 돌아와 저녁밥 먹고 나서였다. 둘안댁이, 필순이가 보잔다며 아들을 건넌방으로 불렀다.

건넌방 방구들 지킴이로 있던 필순이 엄마와 오라비를 앞에 두고 한쪽 무릎 세워 앉아 어렵게 말문을 열었다.

"제 한 몸 희생되면 집안이 평안할 게 아닙니까. 이미 버린 몸이니 강씨 그분 집에 제 발로 찾아 들어가겠어요. 다음부턴 저를 버린 여식으로 여겨주세요." 핏기 없는 필순의 여윈 뺨에 눈물이 고랑져 흘렀다.

이민구와 둘안댁은 방구들이 꺼져라 한숨만 쉴 뿐 쓰다 달다 한마디 말도 못했다. 필순의 사주가 그렇게 정해졌다면 제 팔자라 수긍할 수밖에 없었다.

며칠 뒤, 새벽밥 지어 먹자 마을 사람이 볼세라 이민구가 앞서고 옷 보퉁이 품에 안은 필순이 뒤를 따르며 갯뜰을 빠져나갔다.

"강씨 성질내미가 그렇더라도 비위 맞춰가며 잘살아라. 남남으로 만났어도 부부란 자식 낳고 살다 보면 없던 정도 드는 법이다."

소나무 둔덕까지 따라나온 둘안댁이 딸을 다독거리며 배웅했다. 그네는 설움이 목울대에 걸려, 아무리 참고 살아보려 해도 그 작자와 정 살 수 없으면 갯뜰로 다시 돌아오라는 말은 차마 할 수 없었다.

갯뜰에서 봉대산 초입까지는 한 마장 남짓한 거리라 남매가 봉대산 난민촌에 도착했을 때는 동해를 가르고 솟아오른 해가 한 뼘 남짓했다. 이민구가 등굣길이 바쁜 초등학생 하나를 잡고 몸집 우람한 강씨 집이 어디냐고 물었다. 학생이 망설임 없이 그 집을 일러주었다. 직장을 다닌다고 했기에 출근 전에 강천동을 만나기 위해 남매가 새벽에 나선 걸음이기도 했다.

"강씨 있는가?"

이민구가 열린 함석 대문 안을 기웃이 들여다보았다.

"이게 누구신가."

강천동이 뒤꼍에서 함박웃음을 물고 나왔다. 러닝셔츠 바람에 흙 묻은 왼손을 바지에 털며 흥감 떨던 그는 이민구 뒤에 고개 빠뜨리고 들어서는 필순을 보았다.

"진작 말씀하셨다면 제가 신부 모시러 갯뜰로 들어갈 텐데 손수 걸음하시다니, 황공무지로소이다. 누추하지만 어서 방으로 드십시오."

강천동이 설레발치며 이민구 남매를 방으로 맞아들였다. 명희는 아침밥 먹자 등굣길 나섰기에 집에 없었다. 방 안은 치우지 않은 밥상에, 구석에 뭉쳐진 때 탄 이불이며 벗어놓은 옷가지로 쓰레기장이었다. 그보다도 홀아비 냄새보다 더 지독한 수채 냄새가 방 안에 진동했다. 그런데 방 안쪽 벽이 크게 뚫려 가마니를 쳐두었는데 발쯤 보이는 뒤안은 헛간인지 컴컴했다. 이민구는 저 고릴라가 술김에 뭘 내던져 벽에 구멍이 났나 싶었다.

강천동이 방 안에 널린 것을 대충 구석으로 밀치곤 방문을 열어놓아 방 안이 밝은데도 형광등 스위치를 눌러 불을 켰다. 열흘 전

봉대산 난민촌에도 전등이 들어왔기에 과시 삼아 해본 짓거리였다. 강천동이 작업복 윗도리를 걸치자 단추 잠글 새도 없이, 절 받으시라며 넙죽 엎드려 이민구에게 큰절을 올렸다.

"이제야말로 진짜 형님이군요. 그런데 대접할 게 없어 어쩐담. 연락 주시고 오셨다면 준비라도 했을 텐데, 빈객을 이래 맞아서야 되겠습니까. 저도 그런 법도쯤은 아는데 말입니다."

"됐소. 그쯤 해도 알겠으니." 이민구가 큰기침을 했다. "우리 필순이 데려왔으니 모쪼록 잘 거두어주시오. 아무리 갯가 뱃놈 집 여식이라지만 우리 집에선 시내 중학교까지 보내며 애지중지 키웠소. 잔병은 없었으나 보다시피 몸이 약한데다 마음 여린 착한 애니 강씨가 잘 보듬어주오."

"제가 형님께 약속하지 않았습니까. 어련히 알아서 하려고요. 안심 놓으십시오. 처남 잘 됐다는 본때를 보일 테니깐요."

"필순아, 이제부터 너는 이 집 식구다. 서방 잘 받들어 모시고 지난날을 원망 말 것이며 행복하게 살아야 한다."

이민구가 뒤쪽에 무릎 세워 앉은 누이 쪽을 처연히 돌아보았다. 고개 빠뜨린 이필순은 대답이 없었다.

"형님, 여부 있습니까. 저도 술 작작 마시고 오늘부턴 일찍 들어옵니다. 신부를 맞았으니 마음잡고 착실히 살아얍죠" 하더니, 강천동이 가마니로 벽을 가린 뒤쪽을 돌아보았다. "필순씨 맞으려고 뒤쪽에 방 한 칸을 들이는 공사 중입니다. 지붕은 없었습니다. 제가 출근하고 나면 미장이가 와서 방바닥이며 벽을 마쳐놓기로 했습니다. 명색이 신접살림인데, 도배도 깨끗이 새로 해야지요."

강천동이 벽에 걸린 시계를 보더니 이민구에게, "출근해야 하는데 이거 어떡하지요?" 하고 난색을 지었다. 이민구가, 같이 나서자며 자리에서 일어났다.

"필순씨, 그럼 나가보리다. 저녁에 일찍 들어올게요. 들어오는 길에 케이크라도 한 통 사들고 와야지."

강천동이 이불 밑에 찔러둔 양말을 찾아 신었다. 양말에서 풍기는 고린내가 필순의 코에 묻어왔다. 강천동이 문께에 던져둔 흙투성이 야구모를 쓰곤 이민구를 따라나서서 쪽마루에 걸터앉아 장화를 발에 끼웠다. 이민구와 강천동이, 날 잡아 간단한 예식이라도 치러야 하지 않겠느냐는 말을 나누며 집을 나섰다.

이필순은 한동안 넋 놓고 앉아 열린 방 밖만 멍하니 내다보고 있었다. 앞집 루핑 지붕 너머로 멀리 공단 굴뚝들이 보였고 하늘에는 첫여름 뭉게구름이 한가로이 떠 있었다. 필순의 눈물 괸 눈에 도시락 든 젊은 내외가 좁아터진 마당을 질러가며 힐끔 곁눈질하는 게 보였다. 옆방에 세 들어 사는 내외로 출근길에 나선 참이었다. 그들은 새로 이 집 안방 차지할 여자가 누구인지 대충 알고 있었다. 강천동이 홀아비 궁상을 떨치고 조만간 색시를 데려올 거라고 난민촌 동네에 왜자했던 것이다.

당장 무슨 일부터 어떻게 손써야 할지 몰라 필순이 빈집 지킴이로 망연자실 앉아 있자, 난민촌에 사는 미장이 안씨가 연장통을 메고 대문 안으로 들어섰다.

"조만간 새댁이 올 거라더니 딸애 방 꾸미기도 전에 일찍도 왔구려. 나 이 동네 사는 미장이 안가올시다."

"딸애는 어디 갔나요? 몇 살입니까?"

"학교 갔나 봐요. 올해 입학했을걸. 눈치 빠르고 야무진 애니 친자식으로 여겨 잘 거두시우."

안씨 말에 필순은 자신이 어느새 이 집 안주인이 되었음을 홀연히 깨달았다. 그제야 그녀는 정신을 가다듬곤 가져온 보퉁이를 풀어 허드레옷으로 갈아입었다. 그녀는 어지러운 방부터 치우기 시작했다. 집안일에 나서고 보니 일감이 지천으로 널려 잠시도 허리 펼 짬이 없었다. 방을 대충 치우니 빨랫감만도 다라이에 가득 넘쳤다. 안씨 말이, 난민촌 사람들은 빨랫감을 개울에 나가 빤다고 했다. 그녀는 빨랫비누와 방망이를 찾아 다라이에 담아 이고 봉대산 골짜기 개울을 찾아 나섰다. 집에서는 속옷을 모아두었다 한꺼번에 양잿물에 삶아 빠는데 그녀는 급한 대로 빨랫돌에 치대기로 빨았다. 오라비 팬티는 장가들기 전에도 엄마가 빨았기에 그녀가 남정네 팬티를 빨아보기는 처음이었다. 강씨 속옷을 치대며 빨자 이젠 속절없이 그 사람 아내가 되었음을 마음에 새기지 않을 수 없었다. 하루아침에 변해버린 자기 신세를 생각하니 설움이 복받쳤다.

이필순이 다라이 이고 집으로 돌아와 옷가지를 빨랫줄에 널자, 어느덧 한낮을 넘겼다. 식욕이 없어 점심도 굶은 채 부엌세간 정리에 나서서 더께로 때가 앉은 그릇을 수세미로 윤이 나게 닦았다.

이필순은 어차피 강씨 집 귀신 되기로 들어왔으니, 자신을 두고 이웃이 입방아 찧든 말든 귀 막고, 눈총 피하고, 입 봉한 채, 전처 소생 거느리고 삼중고(三重苦)를 이겨내리라 다짐했다.

3

　예정대로라면 나는 엄마 묘에 참례하곤 울산을 떠나 그길로 밀
양으로 가야 했다. 밀양에 머물 날수는 기껏해야 일주일 정도일
터였다. 내가 당분간 살 곳은 아무래도 생존의 복마전인 서울이었
다. 상경하는 길로 남산 국립도서관 아래쪽 남대문시장 부근의 쪽
방이나 고시텔에 투숙해선 도서관과 숙소를 오가며 노트에 끄적
거려놓은 할아버지 생애에 살을 붙여가며 차근차근 정리해볼 작
정이었다.

　시간에 매인 몸이 아닌데도 나는 어쩔 수 없이 하룻밤을 울산에
서 보낼 수밖에 없었다. 하루를 지체하게 된 사정을 어떻게 설명
해야 될까. 삼 년 만에 바깥세상으로 나오자 누추한 기억의 창고
인 출생지를 찾은 탓에 기분이 하강 국면으로 떨어졌다는 이유를
댈 수 있다. 밀양 땅을 밟고 싶지 않다는 잠복된 거부반응이 지체
하게 했음도 사실이다. 그러나 그 정도로 내 심리 상태를 표현하

기에는 미흡하다. 묵은 상처를 긁을 때 다시 촉발된 가려움증으로 상처의 화농을 박박 긁어도 성이 안 차는 그런 덧남이랄까. 내 마음이 울증의 바닥으로 추락했다. 따지고 보면 그 모든 게 지상에서 벌써 사라진 아비와 엄마가 남기고 간, 머릿속에 송진처럼 붙은 기억이 가역반응을 일으킨 탓이라 볼 수밖에 없다. 그 기억에서 벗어나려는 안간힘이 오히려 어린 시절을 재생시켜 들쑤셨고, 서른다섯 해 생애와 뒤죽박죽 섞이더니 분열증을 일으켰다. 슬픔과 분노가 배출구를 찾을 수 없자 탈진 상태라 걷기조차 힘에 부쳤다. 빈곤이 우울증을 유발한다는 말대로, 빈곤과 공포 자체였던 어린 시절의 추억이 나를 자실(自失)케 한 셈이다.

봉대산 공동묘지에서 하산할 때 나는 무력증에 빠져 발이 허공을 딛는 듯했다. 더위로 흘리는 땀과 의식이 만들어내는 땀이 피부에서 마찰을 일으켰다. 연립주택이 있는 데까지 내려와 길가에 주저앉자 약 기운 떨어진 마약중독자처럼 떨며, 정제 프로작을 입에 털어넣었다. 무력증을 이기는 데는 항우울제에 의존하는 외 달리 방법이 없었다. 나는 체내 세로토닌 농도를 올려주는 프로작, 노르트립틸린을 상비하고 있었다. 의식의 탈진으로 꼼짝달싹하기 싫었고, 밀양으로 지금 출발해야 한다는 생각은 사라졌다. 하룻밤을 쉬어야겠다며 찾아든 게 갯뜰이었다.

외갓집이 있던 한갓진 갯마을은 방파제가 조성된 바다를 끼고 내륙으로 시가지를 뻗어, 행정상 울산광역시 동구 염포동에 속해 있었다. 어린 시절에 엄마 따라 들렀던 눈에 익은 갯뜰 모습은 자취를 찾을 수 없었다. 마을 입구 언덕배기에 섰던 몇 그루 소나무들,

모래흙 바닥에 고기비늘이 반짝이고 시멘트 담장에 물이끼가 끼었던 골목길, 간짓대에 널어 말리던 잡고기, 헐벗은 아이들이 뛰놀고 아기 업은 늙은이가 어정대던 선창 앞거리, 윙윙대던 왕파리떼, 어느 것 하나 흔적조차 없어진 채 갯뜰은 바다를 낀 도시 일부로 편입되어 있었다.

나는 방파제 앞 모텔로 찾아들었다. 바다로 창이 난 이층 방이었다. 에어컨을 가동시키고 바닥에 쓰러지듯 누웠다. 심장을 널판자로 누르는 듯한 통증이 왔다. 숨길을 조정하며 눈을 감았다. 약기운이 퍼져 혼곤한 잠에 빠져들었다. 한차례 눈을 떴을 때는 창밖 하늘이 검붉은 놀빛을 띠고 있었다. 다시 잠이 들었는데, 아침까지 가수 상태로 보냈다. 분열증 증세가 계속되어 여러 환상을 체험하기도 했다. 환상 중에는 아비로부터 빗자루로 두들겨 맞는 어린 내 모습도 있었다. 어린 시절 난민촌 함석집이 배경이었고 사방이 놀빛으로 검붉었다. 골방에 숨어서, 빨리 도망치라고 외치는 명희 누나도 보였다. 자식 패지 말고 나를 죽여달라고 소리치는 엄마 모습도 지나쳤다. 나는 환상을 떨치고 깨어나 거친 숨을 몰아쉬었다. 그 시절의 잠복된 의식이 나를 감금한 채 해방시켜주지 않음을 알았다.

이튿날 아침도 기동을 못한 채 늘어져 있었다. 감정 조절 기능이 회복되면 숙취 끝에 눈을 떴을 때처럼 권태가 뒤따른다. 혼자 투숙한 손님이 하룻밤을 자고 나서도 방에서 나올 기척이 없자, 정오에 들어 방문 밖에서 손기척이 났다. 배불뚝이가 방문을 열더니 의심점이라도 찾아낼 듯 방 안을 둘러보곤, 아침밥은 그렇다

치고 점심식사도 안하냐고 물었다. 신경 전달 물질의 수치가 낮아지고 위장의 분비 활동이 저하된 탓인지 식욕을 느낄 수 없었다. 나는 컨디션이 좋지 않다고 말했다. 하룻밤을 더 쓸 것이냐고 배불뚝이가 물었다. 떠나야 하니 곧 내려가겠다고 말했다.

잠시 뒤, 바지 주머니의 휴대폰이 울렸다.

"재필이 오빠 휴대폰 맞죠? 나 안나예요."

대답조차 하고 싶지 않게 기력이 빠져 있었다.

"오빠, 거기 밀양이에요? 지금 뭐 하구 있어요? 다름이 아니라……"

휴대폰 배터리가 다했는지 전화가 끊겼다. 김영갑 부장을 통해 안나가 내 휴대폰 전화번호를 알아냈을 것이다. 당분간 나는 그녀를 만날 필요가 없었다. 지금 마음 같아서는 아주 보지 않아도 그만이었다. 나는 휴대용 백에서 충전기를 꺼내 전기 코드에 휴대폰을 연결해 점등시켰다. 잠시 뒤 다시 신호음이 울렸으나 받지 않았다.

밀양이냐고 묻던 안나 말이 귓가에 맴돌자, 그러고 보니 오늘쯤은 내가 밀양에 있어야 했다. 정신을 차리고 일어나 앉았다. 밀양으로 나서야 한다며, 창 앞에 섰다. 여름 한낮의 바다를 바라보았다. 바람기가 있는데 바다는 미동조차 하지 않았다. 햇살이 상승하는 증기와 부딪쳐 증기 미립자가 빛을 튀겨 먼 바다가 뿌옇게 흐렸다. 하늘과 바다의 경계가 지워져 수평선이 흐릿했다. 방조제 쪽에 갈매기 몇 마리가 날고 있었다. 바암추등대가 창 귀퉁이 멀리로 가물거렸다. 등대 주변 언덕으로 누나와 함께 토끼풀을 뜯으러 갔던 어린 시절이 생각났다. 리어카로 고물을 수집하던 길씨네 집에서 누나가 토끼 새끼 두 마리를 얻어와 사과 궤짝에 넣어 길렀다. 누나가 망태기에 토끼풀 줄기를 뜯어 담으며, "재필아, 이파리 네 개짜리 토끼풀을 찾아봐. 네 잎 토끼풀을 찾으면 아버지가 술 안 마시고 정신 차릴지 몰라" 하고 말했다. 아무리 살펴도 한 줄기에 잎이 네 개 붙은 토끼풀은 찾을 수 없었다. 그해 겨울, 토끼가 통통하게 살이 올랐을 때 토끼장을 기웃거리던 아비가 토끼 두 마리를 잡아선 이웃 떨거지 술꾼을 불러모아 먹어치웠다.

나는 도무지 기운을 차릴 수 없었는데, 감방에 있을 때 팔굽혀펴기로 날마다 체력을 다졌던 한때가 떠올랐다. 팔굽혀펴기 일백 회만 아니라 앉아서 허리 굽혔다 펴기, 발 높이 차기를 거르지 않았다. 체력 단련이란 내 경우에는 정신 건강에 더 유용했다. 한정된 공간인 감옥에서 무력증을 극복하는 데는 운동 말고 다른 할 것이 없기도 했다. 아침식사 전 팔운동과 허리운동, 취침 전 물구나무서기와 다리운동을 거르지 않았다. 운동은 숙면과 우울증 극복에 도움이 되었다. 자기학대에 길들여진 체질이 그렇듯 나는 무력증을 운동으로 극복했다.

모텔 방에서 이게 무슨 짓거린지, 간단한 맨손체조를 한 뒤 팔굽혀펴기를 시작했다. 팔굽혀펴기를 하며 수를 세었다. 스무 번을 넘기자 이마에 땀이 솟고 마흔 번에 이르자 온몸이 땀으로 젖었다. 예순다섯을 세고 나자 팔이 떨렸으나 모질음 써가며 팔꿈치 관절을 꺾었다. 여든까지 세자 더는 팔이 윗몸을 지탱하지 못해 방바닥에 엎어졌다. 힘을 쏟은 탓인지 혼곤한 휴식이 찾아왔다. 나는 한동안 엎드려 있었다.

벙거지 눌러쓰고 배낭을 걸쳐 거리로 나섰을 때는 해가 바다 쪽으로 설핏 기울어 있었다. 햇살이 따가웠으나 바닷바람은 시원했다. 어제 엄마 무덤 앞에서 제수 차림 했던 음식에 입 댄 뒤 아무것도 먹은 게 없어 속이 쓰렸다. 해안도로에는 널린 게 횟집 겸한 식당이라 아무 음식점이나 들어서면 되었으나 식욕이 동하지 않았다.

모텔을 나섰을 때 택시 편에 밀양까지 가기로 했기에 빈 택시를 잡았다. 창틀에 손을 걸쳐 졸던 택시 기사가 밀양까지 가자는 내 말에 웬 떡이냔 듯, 시 경계를 넘어도 미터기 요금을 적용하겠다고 말했다. 나는 뒷좌석 등받이에 기대고 눈을 감았다. 기사가 창문을 닫고 에어컨을 작동했다. 바깥을 살펴보면 아무리 변했기로서니 외갓집이 있던 부근은 짐작할 수 있었겠으나 나는 눈을 뜨지 않았다.

내가 잠시 졸았던 모양이다. 가로는 상가지대였고 차가 밀렸다. 기사에게 아직도 울산 시내냐고 물으니, 여기만 빠지면 언양까지는 잘 뚫린 사차선이라고 말했다. '언양 불고기'가 지금도 유명하냐고 물었다. 예전만큼은 못하지만 명성은 남아 있다고 했다. 언양에서 배를 채운 뒤 가지산을 걸어서 넘기로 순간적으로 결정했다.

"불고기집 앞에 내려주시오."

"밀양까지 간담서요?"

"아침도 아직 못 먹었소."

언양에서 밀양까지는 해발 천사백 미터에 이르는 가지산에 걸린 산간도로를 넘어야 하는, 백 리 넘는 이수다. 8월 염천에 그 먼 고갯길을 걸어서 넘자면 내일 새벽에나 밀양에 들어설 터였다. 그러나 석남사에서부터 산내면 남명리까지 사오십 리쯤은 도보로 넘고 싶었다. 엄마 정신이 이상해져 요양소로 보냈다는 외삼촌 편지를 받고 엄마를 만나러 울산으로 들어갔을 때, 나는 강추위를 무릅쓰고 도보로 그 산길을 넘은 적이 있었다. 힘이 넘쳐나던 나이라 추위쯤은 아무렇지 않았고 석남고개부터 시작되는 내리막길은 행군하듯 구보로 뛰었다.

자기네가 원조집이라는 비슷한 간판 내건 불고기 전문 식당들이 가로에 즐비했다. 밀양까지 장거리 손님을 놓쳐 아쉬워하는 기사를 뒤로하고 그중 한 식당에 들어섰다. 몇 테이블에 손님이 있었고 숯불에 타는 불고기 양념 냄새가 구미를 자극했다. 나는 불고기 삼 인분을 시켰다.

"소주도 한 병 주시오."

내 입에서 자연스럽게 그 말이 떨어져, 당분간은 술을 입에 대지 않기로 약속한 게 공염불이 된 셈이다.

"손님 들어설 때 체격이 커서 삼 인분짜리라고 짐작했지요."

집게로 집어 벌겋게 핀 숯을 테이블 구멍에 걸치며 허리 굵은 아줌마가 너스레를 떨었다. 나는 담배를 피워 물었다.

"김두한 나오는 드라마 있었잖아요? 배우 같으셔."

"나갈 때 택시나 불러줘요. 석남사까지 가야 하니."

소문대로 언양 불고기는 육질이 연하고 양념간이 입맛을 돋우었다. 소주 한 병을 비우자 취기가 올랐다. 삼 년 만에 입에 대어

본 술이다. 모텔 방에 늘어져 누웠을 때와는 다른 느낌으로 머릿속이 자우룩했다. "금주하지 않으면 필경 술이 당신 목숨을 빼앗을 거요. 명대로 살겠다면 내 말 명심해요." 공주교도소에 있을 때 심리 치료를 담당했던 의무관 조언이었다. 그 말이 맞았다. 사회란 개인을 태엽으로 조여 조직체에 순응하게 강제하는데, 알코올이 피 속에 번지면 태엽이 느슨해져버린다. 술의 마취가 자연방임 상태로 풀어놓으면 곧잘 개망나니 짓을 한다. 아비가 좋은 사례고 아비 피가 내 속에도 흐른다. 술의 마취는 잠재된 폭력성을 충동하고, 내 경우 자살이란 유혹이 그물을 친다.

공깃밥은 숟가락도 대지 않은 채 식당을 나섰다. 바깥에는 주인이 불러놓은 택시가 대기하고 있었다. 택시에 올라 석남사까지 가자고 기사에게 말했다. 시간은 오후 세시가 조금 넘었다. 해 지기 전에 밀양 시내에 들 수 있을 것 같았다. 택시는 만당걸을 끼고 포장 잘된 24번 국도를 따라 북상했다.

석남사 입구가 보이자 나는 택시에서 내렸다. 해발 오륙백 미터는 올라와 살에 닿는 공기가 서늘했다. 도시의 더위를 피해 절 찾아 구경 나온 사람이 많았다. 사방의 산이 하늘을 가렸고 숲이 울창했다. 경사진 오르막으로 걸음을 내디뎠다. 삼 년 만에 우리 산야를 내 다리로 활보한다는 만족감이 다리에 힘을 실었다. 기분이 상승기류를 탔고 술기운이 힘을 돋우었다. 차편에 실려 가지산을 넘기보다 도보를 택한 게 잘 내린 결정이었다.

산길을 오르자 처음은 오금이 당겼으나 걸을수록 다리에 힘이 붙었다. 이따금 장거리행 버스, 개인 승용차, 화물차가 오갈 뿐 산간도로를 단독으로 걸어 오르는 사람은 아무도 없었다. 나와 동행이 있다면 숲을 뒤지다 창공으로 솟아오르는 새들이었다. 멧새와 박새, 꼬리 긴 딱새도 눈에 띄었다. 다람쥐, 청설모, 꿩, 토끼가 길 앞쪽을 뛰어 건너기도 했다. 겉옷까지 땀에 젖기 시작했다. 삼 년 동안 살갗 아래 괴었던 썩은 수분이 땀구멍을 통해 빠져나가는 상쾌함이 느껴졌다. 소나무, 상수리나무, 신갈나무, 잣나무, 왕벚나무에 진달래와 철쭉 군락이 한껏 가지를 펼친 여름철의 짙푸름에 마음이 트였다. 숲 그늘에는 자귀나무 붉은 꽃과 노란 개상사화가 자태를 드러냈다. 내가 우리나라 나무와 풀, 곤충과 새를 얼추 알기는 김천 소년교도소 도서실에서 들추었던 『원색 자연도감』 덕분이다.

한 시간 정도 걸으니 석남고개 마루턱, 석남터널까지 올랐다. 가지산 턱밑까지 오른 셈이다. 울산광역시와 경상남도 밀양시 경계점이란 팻말 앞에 승합차 세워놓고 전 벌인 장사치들이 있었다. 앞서 온 승용차의 객들이 커피를 마시거나 산나물과 산열매로 담근 민속주를 흥정하고 있었다. 나는 얼음 생수로 갈증을 풀었다. 술기운은 말짱 달아났다. 눈 아래를 조망하니 첩첩 연봉을 거느린 산들이 장관이었다. 산은 온대성 밀림으로 덮여 있었다. 주목은 살아서 천 년, 죽어서도 천 년을 산다고 했는데 눈 아래 백운산 쪽 능선에는 주목 고사목이 군락을 이루었다. 버드나무가 대종을 이룬 만주와 연해주에서 보았던 대평원을 떠올리자 오밀조밀한 우리나라 땅의 아름다움을 실감할 수 있었다.

수억만 년 전 만주 땅 대평원 심부에서 들끓던 용암이 어느 한

94

순간 충돌을 일으켜 지상으로 융기했다. 백두산은 그렇게 솟았고 용솟음치며 남으로 흘러내린 백두대간이 반도 땅의 등뼈가 되었다. 금강산, 설악산을 만들며 흘러내린 등뼈가 밀양과 울산을 경계로 천 미터가 넘는 산들을 세웠으니 가지산, 운문산, 신불산, 천황산, 재약산 연봉은 대륙이 바다로 발목을 담그기 전 마지막으로 솟은 산들이다.

1950년 전쟁이 나기 전 한 시절, 그 연봉마다 밤이면 봉홧불이 타올랐다고 했다. 남한 전역에 좌익 소탕령이 내려지자 후미진 산채로 들어간 이들을 두고 산 아래 사람들은 야산대(野山隊)라 불렀다. 그들은 밤이면 산간 마을로 내려와 양식감을 조달하는 한편, 산채에서 봉홧불을 올렸다고 당시 밀양군 단장면과 산외면 주민들이 증언했다. 산짐승처럼 거칫한 야산대 무리 속에 할아버지도 끼여 있었다.

밀양 땅 단장면으로 들어서서 내리막길을 걸어서 내려오기 한 시간, 해발 칠백 미터 지점의 제일관광휴게소란 팻말을 건 대형 주차장에는 각종 차량과 물맞이 나선 사람들로 붐볐다. 백운산과 능동산 골짜기에 있는 '호박소' 계곡이었다. 구룡소폭포에서 흘러내린 물이 제법 크고 깊은 웅덩이를 만들었는데, 호박처럼 생겼다 해서 붙여진 이름이었다.

차편을 이용해 곧장 밀양 시내로 들어갈까 하다 좀더 걷기로 했다. 한참을 내려오자 삼복에는 얼음방울이 맺히고 겨울이면 더운 김이 오르는 골짜기가 시례빙곡(詩禮氷谷)이었다. 너도나도 차를 끌고 나와 사람 떼거리로 난장판이었다. 한여름에도 얼음이 어는 골짜기가 있다니 더위 식히려 나선 관광객들이었다.

  이십 리쯤을 내처 걸어 면 소재지인 산내까지 내려오자 나는 면 사무소 앞에 대기 중인 택시를 탔다. 밀양 시내까지는 이십오 킬로미터였다. 택시는 동천을 끼고 시원하게 뚫린 도로를 달렸다. 골짜기에 그늘이 내렸고 물가 갈대밭을 따라 해오라기 몇 마리가 날고 있었다.

  "시내 어딘데요?" 택시 기사가 물었다.

  "마암산 밑 예림리요."

  택시가 교동으로 들어섰다. 사차선으로 넓게 닦인 도로변에는 삼사층짜리 각종 편의시설 상가가 줄을 이었다. 폐광된 춘복광산 터인 언덕은 고층 아파트가 임립했다. 내가 밀양을 떠났던 십팔 년 전만 해도 인도가 따로 없는 도로변은 일층짜리 점포가 고작이었다. 택시가 시내 중심가를 관통하자 큰 건물이 많아 현대식 도시 티가 났다. 시로 승격되기 전 읍이었던 시절의 밀양은 한갓진 농산물 집산지였다. 표충사, 영남루, 「밀양아리랑」 정도가 알려졌을 뿐이다.

  1987년 봄 밀양을 떠난 뒤 그동안 내가 여기를 다녀가기는 고작 한 번이었다. 누나가 아비 죽음을 알려왔던 1994년 가을 어느 날이었다. 용케 전화 연락이 닿아, 밤차 편에 밀양으로 같이 가자고 누나가 말했다. 울먹이는 누나의 말을 듣는 순간, 왕가시가 뽑히듯 목구멍이 후련했다. 첫 느낌은, 그 인간이 드디어 죽었다는 감회였다. 당시 빈둥거리던 처지였으나 누나와의 동행을 사양했다. 그날 밤, 나는 대취했고 팔뚝에 필로폰 주사까지 찔렀다. 몽유병자이듯, 이상한 일은 다음에 벌어졌다. "밀양 다 왔습니다. 상갓집이 어딥니까?" 하는 말에 눈을 떠보니 택시 안이었고, 바깥은 한낮이었다. 나이 든 택시 기사 말로는 새벽 첫 손님으로 내가 택시 뒷좌석에 오르더니, 하루 일당 다 쳐줄 테니 경남 밀양으로 가자며 두툼한 지갑을 조수석에 던져놓았다는 것이다. 아비가 죽었다며 펑펑 울더니 곯아떨어졌다고 기사가 말했다. "나도 살아생전 부모님 봉양을 잘 못해 후회막급이지만, 자면서도 시종 울더군요" 하고 기사가 말하더니, 차비는 자기가 제했다며 지갑을 돌려주었다. 내가 밀양행을 결정한 행위를 이해할 수 없었지만 무의식중에서도 아비 죽음을 두고 애통해했다니, 망상이라면 모를까 믿을 수 없었다. 비몽사몽간에 울었다면 아비 죽음이 애통했다기보다, 아비와 함께 보냈던 시절이 서러워 울었을 것이다. 어쨌든 그날 일은 미스터리였다.

"여기가 예림리 맞소?"

나는 차창 밖 주위를 살폈다. 낯선 도시 일각이었다.

"오랜만에 오셨군요. 이쪽이 신시가지로 변해 밀양경찰서가 이쪽으로 이전해 온 지가 몇 해 됐습니다."

나는 요금을 지불하고 택시에서 내렸다. 네거리를 싸고 있는 도로변에는 신축 건물이 늘어섰다. 건물 뒤 검푸른 숲에 싸인 마암산 능선만이 눈에 익을 뿐이다. 이 시간쯤, 이 위치라면 서남쪽으로 푸르스름한 이내에 잠긴 들녘과 점점이 흩어진 마을 불빛과 맞닥뜨려야 제격인데 택시는 도심에 나를 떨어뜨렸다. 아비 장례 참석차 예림리에 들른 게 십일 년 전이고 그때도 스치고 간 정도였으니, 울산시만 변한 게 아니라 이쪽도 엄청 변한 셈이다. 예전에는 마을 앞으로 이차선 도로가 있었고 그 길로 곧장 내려가면 낙동강과 닿는 하남(수산)이었다. 편의점이 있어 담배 한 갑을 사며 예림리 변화를 두고 주인장과 몇 마디 말을 나누었다.

"예림교 건너 밀양역엔 케이티엑스가 선답니다. 이쪽도 이젠 예전 모습을 찾아볼 수 없지요."

"예림초등학교는 그대로 있지요?"

"학교야 그대로지요. 아래쪽엔 농협공판장이 들어섰어요."

편의점에서 나오자 예림초등학교로 방향을 잡아 밀양강 쪽으로 빠졌다. 차와 통행인이 꼬리를 잇는 예림교 앞을 지나자 예전의 갈대와 잡초 무성하던 강둑길은 가로등 밝힌 산책로로 정비되어 있었다. 더위 피해 강바람 맞으러 나온 사람이 많았다.

산책로가 끝난 지점부터 인가와 사람 발길이 뜸했고 강변 풍경이 저물녘 그늘 속에 제 모습을 드러냈다. 강 건너 산세의 흐름이 옛 자태 그대로 내 눈에 들어왔다. 완만하게 선을 그은 등마루가 눈에 익었다. 인적 끊긴 강변길 따라 한참 걷자 마암산 자락 야트막한 둔덕 아래 모여 앉은 예닐곱 채 여염집이 예전 그 터에 붙박여 있었다. 모든 게 변했는데도 예나 지금이나 그곳만이 개발을 모른 채 철책 안 비무장지대처럼 남아 있다는 게 신기했다. 탕아의 귀향이듯 나는 걸음을 옮겼다. 마을길 안쪽, 그중 첫 집이 우리 집이다. 기분이 하강 국면이라 발걸음이 무거울 수밖에 없는데, 자석이 뒤 허리춤을 당기듯 걸음이 더디게 떼어졌다. 찌르레기가 울어댔다. 마을 앞 논은 갈아엎어져 택지로 변했고 한쪽에 건축용 자재와 폐타이어가 쌓여 있었다.

1945년 일본이 패망한 그해 겨울, 만주 하얼빈에서 할아버지는 처자를 데리고 환고향하여 예림리에 집터를 구입해 초가를 지었다고 했다. 할머니는 아직 그 옛집을 지키고 있었다. 집은 마당이 넓었다. 함석지붕의 기역자형 집은 대청 양쪽으로 안방과 건넌방이 있었고, 안방에서 꺾어진 재래식 부엌이 모두였다.

나는 집 안으로 들어섰다. 반쯤 열린 철대문 안 대문간 옆에 선 감나무 두 그루는 무성한 잎을 펼친 채 예전 자리를 지키고 있었다. 어릴 적에도 가을이면 많은 감이 열렸고, 할머니와 엄마는 곶감 만드는 일로 가을을 마무리하곤 했다. 늦가을 햇볕 좋은 건넌방 앞에 주렴처럼 매달린 붉은 감이 지금도 눈에 선하다.

위채 마루와 방문 열어둔 안방은 형광등이 밝았다. 부엌 딸린 방 한 칸짜리 아래채가 새로 들어섰는데, 쪽마루에 네댓 살쯤 된 남매가 나앉아 다리를 간동거리며 재담을 떨고 있었다.

"할머니."

내 말에 아래채 사내아이가 위채에 대고 손님 왔다며 외쳤다. 마당을 질러 댓돌 앞에 섰다. 한 아이가 안방에서 대청으로 나섰다.

"할머니 있니?"

누나 말처럼 키가 큼직한 그 애가 종호임이 분명했다. 아들을 앞에 두었으나 내가 누구임을 밝히기가 난처했다. 자식인데도 그 어떤 감흥은커녕 남의 애 보듯 서먹했다. 굵은 눈썹과 큰 눈이 나를 닮았고, 제 어미처럼 하관이 뾰조록했다.

"할머니, 손님 왔어요." 종호가 안방에 대고 말했다.

나를 알아보지 못한 아들의 '손님'이란 말에 서글픔이 마음 한 자락을 훑었다. 할머니가 러닝셔츠에 고쟁이 바람으로 마루에 나섰다. 그새 더 늙어 몽당 머리칼이 새하얗고 허리가 반쯤 접혀 꼬부장했다.

"재필입니다."

할머니는 나를 보고도 아무 말이 없었다. 나는 벙거지를 벗었다.

"재필이라니깐요."

"말 안해도 알아." 할머니 표정이 굳어지더니 목소리에 찬바람이 돌았다. "네가 왜 여길 와? 찾지 말랬잖아."

냉담한 할머니 말에, 당신 정신이 아직도 말짱함을 알았다. 여든 중반임에도 목소리에 힘이 있었고 발음이 분명했다.

"제가 못 올 곳에 왔나요?"

"감옥소서 나온 모양이군. 서울서 주먹질하고 살지 무슨 낯짝으로 밀양 땅을 찾아?"

할머니가 내 알머리를 찬찬히 보았다. 나는 아무 말도 할 수 없었다. 할머니는 아비 장례식 날을 떠올린 모양이었다. 그날, 술에 취한 나는 제정신이 아니었다. 친척들이 보는 앞에서 미친개가 따로 없었다. 나는 장례식을 쑥대밭으로 만들었다. 아비 관이 마당을 나서자 술 취한 내 눈이 뒤집혔다. 아비 시신이라도 찔러봐야 분이 풀리겠다며 부엌에서 식칼을 들고 나와 휘둘렀으니, 누나가 제 몸 상하기를 마다 않고 막지 않았다면 친족 시신 훼손죄로 쇠고랑을 찼을 것이다. 식칼을 내동댕이치고 나는 밀양을 떠났다.

"그래도 아비라고 자식 보러 왔냐? 이 애 데려갈 생각은 아예 마. 네놈 밑에서 뭘 배울 게 있다고." 할머니가 옆에 선 종호 어깨에 팔을 둘렀다. "애야, 똑똑히 봐. 이 작자가 네 애비란다."

종호가 눈을 내리깔고 묵묵히 서 있었다. 나 역시 자식 앞에 할 말이 없었다. 머리통을 한 대 맞은 듯 얼떨떨했고, 아비가 떠올랐다. 내가 어쩜 아비와 이렇게도 닮았나 싶은 부끄러움이 목울대를 차고 슬픔을 자아올렸다. 이런 감정이야말로 발작적으로 무슨 일이든 저지를 것만 같았다. 살이 떨렸다. 밀양은 결코 내가 올 데가 못 됨을 새삼 곱씹었다.

"한평생 살아오며 세상 풍파를 나만큼 겪은 늙은이도 없을 거다. 죽을 고비마다 다 넘겨왔는데……"

마루에 주저앉은 할머니가 손등으로 눈자위를 훔쳤다. 당신 생애야말로 이 나라 근대 여성 수난사에 대표적인 사례로 꼽힐 만했다. 감옥에 있을 때 할아버지 생애를 간추리다 보니 그 뒤에 그림자로 말없이 존재해온 할머니 삶이 은연중 드러났던 것이다.

"속썩여 죄송합니다." 나는 겨우 한마디 했다.

"네놈 아비와 네놈만 생각하면 복장이 터져. 그래서 내 정신이 아직 흐트러지지 않고 명줄이 이리도 긴 모양이다."

당신 말은, 평생 당해온 고난은 아무것도 아니고 늙마에 하나 손자 온전한 사람 되는 것 봐야 눈감겠다는 투로 들리니, 연세 든 노인의 외곬 생각은 알아줄 만했다.

"중학 시절, 의사가 나를 진찰하곤 정신병이 있다고 말한 것 기억하시지요?" 나도 한마디 하지 않을 수 없었다.

할아버지의 정자와 할머니의 난자가 결합해 아비를 만들었고 아비의 정자와 엄마의 난자가 결합해 나를 만들었다면, 네 사람의 유전인자가 내 속에 고루 섞여 있을 터였다.

"아직도 정신병이 낫지 않아 감옥소를 제집처럼 들랑거려?"

"서울 올라가기 전 할머니께 말했지요? 절 죽은 손자로 취급하라고. 죽겠다고 약 먹었는데 못 죽고 깨어났잖아요." 할머니 말이 비수가 되어 찌르자 마음이 상한 나는 말을 꺼낸 김에 마저 쏟아냈다. "저는 아직 정신병자이니 종호는 할머니가 사시는 동안 키워야죠."

예상은 했지만 할머니의 원망과 냉대에 내 꼴이 참담했다. 더 있다간 무슨 사단을 벌일지 알 수 없었다. 나는 배낭을 벗어놓고 마루에서 일어섰다.

"이 길로 나서겠다는 게냐?"

"잠시 나갔다 올게요."

"억장이 이렇게 무너지니, 네놈을 차라리 안 봄만 못하다."

억장이 무너져 내려앉기는 오히려 내 쪽이었다. 어디에 하소연할 데도 없는 억울함과 설움이 상승 작용하여 마음속에서 불길이 되어 타올랐다. 벙거지 눌러쓰고 마당을 나섰다. 쪽마루에 나앉아 안채를 살피던 아래채 남매가 영문을 몰라하며 나를 지켜보았다. 대문을 나서자 속이 끓어 담배부터 물었다.

4.5톤 트럭이 전조등 밝히고 공터로 들어서고 있었다. 트럭이 경적을 울리자 아래채 남매가, 아버지 엄마다 하며 쪼르르 달려나와 나를 앞질러 뛰어갔다. 트럭에서 내린 아낙이 남매를 쓸어안으

며, "종호 형하고 잘 놀았어? 점심밥 챙겨 먹고?" 하며 등을 다독거렸다. 적재함에 천막 씌우고 냉동어물 상자를 실은 트럭이었다. 아낙이 철대문을 활짝 열자 트럭이 고기 비린내를 풍기며 내 옆을 스쳐가 마당으로 들어갔다. 아래채 주인 내외는 트럭에 어물 상자를 싣고 시내 누비는 장사꾼이었다.

예림교 앞 번창한 가로로 나서자 십일 년 만에 걸음하며 빈손으로 할머니를 찾아왔음이 되짚어졌다. 주변에 마켓이나 슈퍼가 있겠으나 선물 상자 사들고 다시 집으로 들어설 마음이 없었다. 나는 시내로 들어가려 택시를 탔다. 당장 다시 할머니와 종호를 대면하고 싶지 않았다. 그들이 잠든 뒤 귀가하자면 시간 때우기에는 술집밖에 없었다. 당구장, 성인오락실, 나이트클럽, 단란주점은 이제 나와 어울리지 않았다.

시내 중심가 백화점 앞에서 하차했다. 앞에 보이는 식당 문을 밀고 들어간 게 술꾼 와글대는 곱창구이집이었다. 대형 선풍기가 회전하며 에어컨 바람을 퍼뜨렸고 석쇠에 얹힌 내장 타는 연기가 회오리를 일으켰다. 드럼통 술상을 차지하고 앉자 소주 한 병과 대창 이 인분을 주문했다. 내가 명보극장 뒤 체육관에 몸담고 있을 때 취직차 상경한 길에 나를 찾아온 밀양 친구와 학교 후배가 여럿 있었다. 다들 제 갈 길 찾아 뿔뿔이 흩어졌지만, 룸살롱에서 나름이 하던 창수는 계집애 붙여주는 짓거리를 배겨내지 못하다 이 년 만에 다시 밀양으로 내려갔다. 창수를 불러낸다면 시간 때우기에 맞춤했으나 전화번호를 몰랐다. 나는 늘 혼자 저작하는 데 익숙했다.

"재필이 아냐?"

소주잔은 성에 안 차 물잔에 소주를 치다 머리를 드니 낯익은 얼굴이었다. 중학교 동창 홍규였다.

"등산모 썼지만 들어올 때 혹시 재필이 아닐까 했는데, 네가 나타날 리 없다 싶어……" 홍규가 맞은편 도마의자에 앉았다. 학교 다닐 때 재담 잘 떨어 '까불이'라 불린 친구였다. "넌 보통 사람보다 몸집이 월등하잖아. 혹시나 했는데 역시나군. 혼자 왔어? 이거 몇 년 만이야."

"오랜만이군. 한잔해."

내 소주잔을 홍규에게 넘겨 술을 쳤다. 지방 소도시 중심가래야 빤해 어차피 아는 얼굴을 이렇게라도 만나기 마련이었다.

"재필이 너 소식은 풍문에 더러 들었지. 서울서 요즘은 어떻게 지내? 참, 할머니가 여기 사시지. 혹시 할머니가?"

"아직 정정하셔." 나는 물잔 술을 비워냈다.

소주를 물 마시듯 마시면 되냐고 홍규가 호들갑을 떨었다. 막가는 인생 아니냐며 나는 실소를 흘렸고 벙거지를 들썩여 홍규에게 알머리를 보였다. 출감 전날 나는 밤송이머리를 아예 밀어버렸던 것이다. 홍규가 어떻게 생각하든 말든 나는 근황을 말하지 않았고, 잠시 침묵이 흘렀다.

"넌 어떻게 지내? 집에서 지물포 했지. 애들도 컸겠다."

"제대하고 빈둥거리다 아버지 하던 일을 거들었지. 올해부턴 지물포를 아예 맡았어. 큰애는 벌써 초등학교 이학년이고. 근조, 학구는 자주 만나. 밀양에 며칠 머문다면 동창들 불러모을까? 재필이 왔다면 쫙 모일 거야. 넌 지금도 우리들 사이엔 영웅이야. '천사회' 때 회장 얘기는 단골 메뉴고."

"손님 있잖아?" 이것저것 캐묻는 친구가 성가셨다. 천사회 시절, 한판 뜨자며 선동에는 늘 앞장섰다 판 벌이면 낯짝 감추던 친구였다.

"저 사람들? 신축 아파트 단지 감독관이야. 아파트 도배 삼분의 일만 따내도 그 돈이 얼만데. 대접은 싸게 하고 나갈 땐 봉투 하나씩 찔러줘야지. 짜게 먹음 물 찾기 마련 아냐." 나를 형사 나부랭이로 여겼던지 이쪽을 힐끗거리는 남방셔츠 차림의 업자 둘을 돌아보며 홍규가 목소리를 낮추었다. "잠시 갔다 올게. 저 사람들 보내고 한잔하자고. 오랜만에 한 시절 대부를 보니 정말 반갑다. 그새 세월 많이 흘렀어."

홍규가 자기 자리로 건너가며 휴대폰으로 어디론가 연락을 했다. 재필이가 드디어 밀양에 나타났다는 그의 칼칼한 목소리가 들렸다. 아무래도 동창 몇은 만나게 될 모양이다. 홍규가 지난 시절을 화제에 올렸는지 남방셔츠짜리가 내 쪽을 흘낏거렸다. 소음 속에 지껄이는 그들 말이 귀에 스쳤다. "주먹이라면 서울에서도 알아준답디다. 성이 강가라 별명이 밀양깡이래요." "양파깡이 아니고 밀양깡이라? 그럼 조폭?" "마약 전과가 있지요. 이종격투기 지도강사라는 소문도 있고……" 내 출현이 술상 안줏감으로 제공되고 있었다. 홍규의 풍문 이면에, 전과자로 전전하며 도시 그늘을 누벼온 내 삶이 하수구 바닥에서 천천히 떠올랐다. 슬픈 감정이 증폭되고 불안이란 독극물 몇 방울이 슬픔에 용해되었다. 나는 주위를 둘러보았다. 취기가 오르자 먹고 마시며 떠드는 주위의 취객들 모습이 흐릿해졌다. 아무도 나를 주목하는 자가 없었으나 눈앞의 광경이 비현실적으로 보였다. 이런 현상을 의학적으로 우울증 환자의 멜랑콜리라 했던가. 슬픔은 환멸을 불러오고, 갑자기 속이 뒤집혔다. 약을 먹어야 증세를 주저앉힐 수 있는데 배낭을 집에 두고 나와버렸다. 구역질이 치받쳐 의자에서 일어섰다. 화장실 세면기 앞에서 구역질했으나 토사물은 나오지 않았다. 화장실을 나섰다.

"정말 강재필 맞네."

"야, 이거 얼마 만이야."

한마디씩 하며 동창 둘이 달려왔다. 근조와 학구였다. 근조는 검정 셔츠에 흰 넥타이를 맸고 고슴도치 머리칼을 젤로 세웠다. 학구는 몸에 붙는 티셔츠 차림이라 탄탄한 가슴과 근육질 팔뚝을 과시했다. 둘은 전형적인 시골 건달 티를 내고 있었다.

내 자리였던 드럼통을 끼고 앉자 근조가 나름이 청년에게 술을 시키고 불판 갈아 새로 막창 오 인분 올리라며 부산을 떨었다. 업자를 보내고 홍규가 합석했다.

학구가 내 근황을 묻기에, 신촌에 있는 헬스클럽 강사로 나간다고 말했다. 명함 있으면 달라는 근조 말에, 몸이 안 좋아 당분간 쉰다고 둘러댔다. 근조는 주류 대리점에 단란주점을 운영하고, 학구는 노래방과 피시방을 운영한다고 했다. 둘 다 천사회 시절부터 공부는 뒷전이었기에 고등학교 졸업 후 군대 다녀와 그냥저냥 밥 먹고 산다고 떠벌렸다.

"재필이 앞이라고 겸손 떠나? 너들이 밀양 유흥업소 갖고 놀잖아." 홍규가 말했다.

술이 한 순배 돌자 화제는 이십 년 전 중학 시절로 옮아갔다. 그들은 당시 일화를 남의 말 꺾어가며 열 내어 떠들었다. 집중적으로 내게 잔을 건넸다. 내가 상경한 뒤, 풍문으로만 전해 들은 이력을 장본인으로부터 듣고 싶어 안달을 냈다. 과거와는 손 씻기로 했으니 지분거릴 애깃거리가 못 되어 나는 말을 아꼈다.

"밀양 언제 내려왔어?" 학구가 물었다.

"오늘 왔어. 밀양도 많이 변했군."

"우리 중학 때만도 읍이었잖아."

"창수는 요즘 뭘 해?"

"한 해 후배 창수? 네가 개 자취방 단골이었지. 마누라 달고 캐나다로 이민 갔어." 근조가 말했다.

"서울서도 못 배겨냈는데 이민까지?"

"인생이 그런 것 아냐. 앞으로 우리도 어떻게 될지 장담 못해."

"밀양에 언제까지 있을 작정이니?" 홍규가 물었다.

"글쎄, 며칠간?"

"몸 안 좋다면 푹 쉬다 올라가. 있는 동안 자주 만나고. 다 빠져나갔지만 동창들 삼분의 일은 아직 밀양에 남았어."

"동창 중 접장이나 도서관 근무하는 녀석 없나?" 내가 물었다.

"선생? 밀양에 누구 있나?" 근조가 학구와 홍규를 둘러보았다.

"영배가 시립도서관에 근무하잖아. 개 불러내." 학구가 말하곤 나를 보았다. "그런데 도서관은 왜?"

"뭘 좀 뒤져볼 게 있어서."

"어울리지 않게, 학자 티 내네" 하더니, 홍규가 휴대폰을 꺼내

들었다.

영배는 집에 있었다. 내가 왔다는 홍규 말에 영배가 곧 나오겠다고 했다. 영배가 동기회 간사라 길흉사가 생기면 개한테 먼저 연락한다고 학구가 말했다. 영배는 천사회 회원이 아니었으나 중학교 삼학년 때 내 짝으로, 내가 김천 소년교도소로 넘어간 뒤 안부 편지를 보내온 친구였으나 상경한 뒤 소식이 끊겼다.

"그 친구 착실하지" 하고 학구가 말하곤, 영배가 며칠 전 도서관 직원들과 함께 자기 노래방에 들렀다고 했다.

한참 뒤, 출입문 쪽을 보며 앉아 있던 학구가 손을 들며, 책창고 오는군, 했다. 영배였다. 영배가 내 손을 잡으며, 오랜만이라며 멋쩍게 웃었다. 다시 술과 안주가 오고 술판이 커졌다. 먼저 온 셋은 불판에 오그라든 막창을 젓가락질하며 술잔을 주고받았다. 그들은 천사회 시절의 향수를 막창 씹듯 씹어댔다.

"재필이 있을 때까지가 천사회 전성시대였지. 쟤가 소년교도소로 넘어가고부터 내리막길 탔어." 근조가 말했다.

"재필이 뒤에 리더가 된 말코가 백사파로 서클 이름을 바꾸더니 결국 망쳐먹었지. 밀양 각 중학교에서 논다 하는 애들을 백네 명까지 모은다고 설쳐댔으니…… 뒷심도 없이 으스대다 결국 하이에나파에 아킬레스건을 날렸잖아." 학구가 말했다.

"그 세계에 오래 발 담그면 끝장엔 결국 망해. 병신 안 되면 감방 가거나 칼침 맞지." 근조가 말했다.

"근조가 철든 소릴 하는군. 말코는 요즘 뭘 해?" 내가 물었다.

"절름발이로 사기 치고 피해 다니다 밀양강에 투신했지. 벌써 오래전이야." 학구가 담배를 꺼내 물더니 말했다. "우리들은 천사회 시대의 끝을 재필이 시대의 끝과 맞물렸다고들 말하지."

학구 말에 나는 실소를 지었다. 그 시절을 회상하자니 감회가 쓸쓸했다. 다시는 돌아오지 않을 시절이었고, 내 정신병은 그때가 시작이었다.

"강재필 회장 귀향을 환영하며 건배!" 근조가 외쳤다.

영배는 저녁밥 먹고 나와 술이 안 당긴다며 한 모금만 마시곤 잔을 놓았다. 말이 없기는 영배와 나였다. 홍규, 근조, 학구는 천사회 시절 얘기도 어지간히 신물이 났는지 불황이라 장사가 삼 년째 내리막길이라며 '참여정부'의 경제 정책을 두고 성토했다. '국민의 정부' 시절 술장사 통금 풀어주고 자영업자 활성화시켜 유흥가 경기가 떴는데, 좋은 시절 다 갔다는 것이다.

"시립도서관엔 책이 몇 권쯤 돼?" 내가 영배에게 물었다.

"십만 권쯤은 되겠지. 도서관 책 이용자가 몇이나 되게. 입시반 애들 공부방이지 뭐. 논술에 필요한 책이나 찾을까."

"밀양 지방이 일제 때 타 지역보다 독립운동과 민족운동이 드세었잖아. 그 방면 연구서는 대충 갖췄겠군?"

"난 관리직이라 잘 모르지만 향토 도서관이니 그런 책이야 있겠지. 우리 도서관 홈페이지 조회하면 찾을 수 있을걸. 우리 쪽에 없다면 밀양도서관 뒤지면 될 테고. 그런데 왜?"

어울리지 않게 웬 도서관이냐는 영배 질문은 당연했다.

"요즘 그런 공부 좀 하지."

"그래?" 놀랍다는 듯 영배 목소리가 한 음절 높았다. "그럼 도서관에 들러. 도와줄 테니." 영배가 내게 명함을 건넸다.

정부가 아파트 값 잡는다고 죄어치니 건설경제가 죽 쑨다는 홍규 말에, "죽이라도 쑤니 다행이다. 물장사는 맹물만 마셔" 하고 근조가 되받았다. 학구는 노래방은 손님이 줄었어도 피시방은 자리가 찬다고 했다. 피시방은 교복짜리들 흡연실로 어린 계집애들까지 빨아대니 뼈야 녹든 말든 나무랄 수 없다는 것이다. "우린 중학교 때 담배 안 피웠니" 하고 홍규가 핀잔을 놓았다.

나는 시틋한 대화가 따분했고 주는 대로 받아 마셔 취기가 올랐다. 내 주머니에서 휴대폰 신호음이 울렸다.

"저예요. 거기 밀양? 아들 만나보구, 아직 안 떠났어요?"

나도 취했는데 안나는 더 취해 혀가 알코올에 절었다. 주위가 시끄러워 자리를 떴다.

"감방도 아닌데 꼴리면 어떻게 풀지? 그게 궁금해." 만취 상태라 안나 말은 스스럼이 없었다.

"단란주점 하는 친구하고 같이 있어. 여기도 물 좋지." 술김이라 적당히 응대해주었다.

"상경하면 김영갑 부장이 오빠 룸 구해준댔어. 어때, 거기서 우리 새로 시작하면? 잘해줄 자신 있어. 아직 쌩쌩해. 참, 내 정신 봐. 화이트하우스가 오빠한테 한 건 맡긴다나 어쩐다나……"

나는 폴더를 닫았다. 한사코 멀어지려는 나를 세상은 끈덕지게 유혹하고 있었다. 눈먼 돈 횡재하지 않는다면 조만간에 빈털터리가 될 테고 세상의 달콤한 부름이 현실감으로 나를 압박할 것이다.

"가야겠는걸. 몸이 좋잖아." 나는 자리로 돌아와 말했다.

110

"내 업소에서 폭탄주 돌려. 쭉 빠진 애도 있으니 너 몸 풀고 싶다면 한 년 끼고 나가도 돼." 근조가 말했다.

"아무래도 쉬어야겠어. 다음에 내가 한잔 사마."

"담에는 동기 몇 더 연락할게. 오늘은 재필이 얼굴 본 거로 끝내자." 영배가 말했다.

근조와 학구가 뒷주머니에서 지갑을 뽑아내며 서로 계산하겠다고 카운터로 앞장섰다.

구이집을 나서자 백화점은 정문 셔터가 내려진 뒤였다. 밤이라 바람기가 있었다. 둘러보니 상가가 철시했고 오늘은 빈손으로 귀가할 수밖에 없었다. 나는 영배에게, 잠시 할 얘기가 있다고 귀엣말로 말했다. 홍규가 할머니 집이 아직 예림동 마암산 밑이냐고 물었다. 내가 그렇다고 하자, 영배가 그쪽 대동아파트가 자기 집이니 함께 가자고 말했다.

"그럼 오늘은 책창고 간사님이 회장님 모시면 되겠네." 학구가 말했다.

홍규가 한길로 내려서서 택시를 잡았다. 영배와 나는 택시에 오르고, 상경하기 전 한 번 더 만나자며 근조가 손을 흔들었다. 셋은 이차 자리로 옮길 모양이었다.

영배와 나는 예림교를 건너 택시에서 내렸다. 취한 것 같은데 한잔 더 할 수 있느냐고 영배가 물었다. 취했지만 정신 잃을 정도는 아니었다.

생맥줏집이 눈에 띄어 거기로 들어갔다. 영배가 오백 시시 두 잔에 마른안주를 시켰다.

"언제부터 밀양 지방 독립운동에 관심이 생겼어?"

영배가 내게 묻고 싶은 말이었고, 내가 영배를 잡은 이유였다.

"나 감방서 삼 년 살고 며칠 전에 나왔어." 잠시 뜸들이다, 꺼낸 김에 말해버리기로 했다. "수양 좀 하고 나왔지. 그런데 말이야, 너 우리 할아버지가 밀양 삼일만세시위에 참가한 뒤 만주로 들어가 신흥무관학교를 거쳐 대한독립군으로 활동한 것 아냐?"

"처음 듣는 말인데?"

"그것 좀 조사해보려고."

"독립유공자로 신청하려?"

"그런 목적은 없고."

"재필이 너 많이 변했다." 영배가 웃었다.

"내일 너 근무처에 들를게. 밀양 지방의 그 방면 자료 좀 챙겨봐 줘." 나는 맥주잔을 들었다. "술이나 들자."

영배가 내 휴대폰 번호를 물었다. 나는 아직 번호를 모르고 있었다. 출감 때 마중 온 누가 이걸 쓰라며 줬다는 내 말에 영배가, 사회생활 새로 시작해야겠다며 휴대폰을 달라고 했다. 그가, 이거 비싼 건데 하며 엄지로 여기저기를 누르더니 전화번호를 일러주었다. 번호 외우기가 좋다며, 끝 번호가 공공공칠이라 했다.

"할아버지에 대해 조사하겠다면 잘됐다. 도서관에 따로 자리 하나 봐줄게. 고향 좋은 게 뭐니. 사는 게 힘들 때 찾을 곳이 고향밖에 더 있어? 내려온 김에 여기서 푹 쉬어."

"서울이란 데가 전국에서 모여든 뜨내기들 판 아냐. 다들 한밑 잡으면 노후엔 고향으로 내려가겠다며 불철주야 뛰지. 내가 발 담았던 세계가 그래. 한탕하면 손 털고 고향에 내려가 유유자적 전원생활 하겠다고."

"고향이 바로 그런 곳이야. 타지로 나가 출세했건 인생 낙오자가 됐건, 고향산천은 그런 것 안 가리고 받아들여."

"말은 좋은데, 사실 난 고향이 없어. 내가 태어난 곳은 울산이야. 거기서 일곱 살 때까지 살았지만 지금은 피붙이가 아무도 살고 있지 않아. 선대 고향인 여기 와서 초등학교에 입학하고, 딱 십년 살았지. 악몽만 남은 울산보다야 그래도 여기가 이것저것 추억이 많은 셈이야. 그런데, 영배 넌 처음 듣는 말이겠지만 내가 교도소에서 산 게 소년교도소를 시작으로 도합 칠 년이야. 울산, 밀양, 서울, 교도소 이렇게 네 군데를 떠돌았지."

"따지자면 네 고향은 울산인 셈이군." 맥주잔을 내려다보며 영배가 시무룩이 말했다.

4

난민촌 사람들은 이필순을 강씨 처, 또는 갯뜰댁이라 불렀다. 날수가 지나자 강씨 처, 갯뜰댁이란 택호는 자연스럽게 지워졌고 발음하기 쉬운 대로 개털댁이라 불리더니, 그네 택호가 아예 개털댁으로 굳어버렸다. 필순은 그 호칭이 싫었는데, 땜장이 처 강동댁만이 명희 엄마라 불러주어 산동네 여편네들 중에 그네와 가까이 지냈다. 마음에 쌓인 말을 강동댁에게 털어놓으면 속이 조금은 후련해졌다.

산기가 있던 개털댁이 방 안에 누워 앞산만한 배를 쓸며 통증을 다스리던 저녁 무렵, 물어 물어서 찾아왔다며 영진산업에서 사람이 왔다. 젊은 직원이 귤 한 상자를 쪽마루에 내려놓았다.

"강씨 신상에 무슨 일 있나요? 사흘째 출근을 안하니 어떻게 된 일인지 알아보려고 들렀습니다. 전에는 이런 일이 없었는데 말입니다."

114

개털댁이 되묻고 싶은 말이었다. 통금 앞둔 시간에 만취 상태로 귀가했을망정 외박이 없던 서방이었다. 지난 열 달 동안 두 번 외박한 적이 있었는데, 한번은 직장 단합대회로 한려수도를 다녀왔으니 외박이랄 수 없었고, 한번은 직장 동료가 교통사고로 죽어 병원 영안실에서 밤을 새웠다고 했다.

신접살림을 차린 뒤 서방은 누누이 다짐했던 대로 직장과 가정에 나름 성실했다. 술에 취해 들어오면 골방에 자는 명희가 잠 깨어 엿듣거나 말거나 시궁창 냄새 전 옷을 벗기 바쁘게 그 육중한 몸으로 짐짝같이 덮쳐오곤 했다. 그럴 때 개털댁은 겁탈당했던 순간이 떠올라 숨도 제대로 못 쉬고 자지러졌지만, 아침에 깨면 서방은 언제 그 짓 했냐는 듯 멀쩡했고 회사에 늦겠다며 부산을 떨었다.

개털댁이 애를 가지자 강천동은 전처소생 장필이를 입양 보낸 게 일생일대의 실수라며, 꼭 아들을 낳아야 한다고 이름까지 먼저 지어두었다. 그는 퇴근길이면 통닭을 사다 날랐고, 입덧이 심해 처가 나물 반찬에 식초를 치자 이를 눈치채어 살구 한 봉지를 사온 적도 있었다.

"여태 집에 안 들어온 적은 없었는데…… 그렇잖아도 오늘쯤 회사로 전화 내려 했어요." 하복부 통증으로 개털댁이 된숨을 내쉬며 말했다.

"이틀째 외박이라? 집안에 그럴 만한 이유라도 있습니까?"

부부싸움 끝에 집을 나가지 않았느냐는 질문 같아 개털댁은, 그저께 아침밥 먹고 일찍 들어오겠다며 출근했다고 말했다.

개털댁에게 강천동은 나이 든 서방이기에 앞서 무서운 짐승처럼 느껴져 살얼음 밟듯 살아온 지난 열 달이었다. 말다툼이란 생각조차 못해 서방이 태방을 놓더라도 일절 말대꾸하지 않았고 매사에 자기 속내를 내보인 적 없이, 서방 하자는 대로 죽어지내온 나날이었다. "당신이 입덧으로 육류를 안 받는 모양이지만 난 달라. 이 덩치로 험한 일 하자면 돼지고기 두루치기 정도는 밥상에 올려야지." 던져주는 봉급이라곤 세끼 밥 먹을 정도였지만, 서방이 이렇게 투정할 때면 처녀 적 직장 생활 하며 시집 밑천 삼아 모아둔 지참금을 헐어 아침밥상에 돼지고기 넣은 김치찌개를 올리곤 했다.

"강씨 귀가하면 회사로 연락하라 하세요."

직원은 그 말을 남기고 떠났다.

개털댁은 산통을 참아가며 어기적 걸음으로 난민촌을 한 바퀴 돌았다. 지난 사흘 동안 서방 본 사람을 수소문했으나 모두가 강씨를 못 보았다고 했다. 강동댁을 만난 김에, 산기가 있어 먼 걸음 하기 무엇하니 염포동 지서에 서방 실종신고를 내달라고 부탁했다. 날이 깜깜해져도 강천동이 돌아오지 않자 숙제를 마친 명희가 동네 입구 포장마차로 나섰다. 명희가 거기서 장맞이하다 통금시간이 되서야 집으로 돌아와 하는 말이, 구포댁은 사흘째 강씨 코빼기도 못 봤다고 했다. 미장이 안씨, 땜장이 장씨, 지게꾼 천씨를 만났는데 그들 역시 같은 말을 하더라는 것이다. 점심과 저녁밥도 굶은 채 산통으로 진땀을 흘리던 개털댁은 명희 말을 귓가로 흘려들으며, 어쩜 내 신세가 여기서 끝장을 보나 보다고 절망했다. 그동안 마음잡아 보였던 서방 행실은 역시 탈을 쓴 가식이었고 허풍

쟁이 팔난봉 본색을 드러냈다 여겨졌다. 강씨 씨손이 배 밖으로 나오면 숨골을 눌러 저세상으로 보내는 게 그 애 장래로 보아 나을지 모른다는 마음까지 들었다. 겁탈당했을 때, 만약 애를 밴다면 더러운 씨를 지우겠다고 옥마음 먹은 적이 있었기 때문이다.

강천동이 나흘째 집에 들어오지 않던 이튿날 정오 무렵, 세 시간을 끈 산고로 산모의 기력이 다해 혼절한 끝에, 새 생명 하나가 세상에 태어났다. 난산이었는데, 아기 울음이 터지지 않았다. 해산바라지로 나섰던 설비공 이씨 모친이 아기를 흔들며 엉덩짝을 때려도 무뇌아이듯 아기가 울지 않았다. 옆에 있던 강동댁이, 사산한 모양이라며 어미라도 살려야 한다고 혼절한 개털댁을 흔들었다. 이씨 모친이 바늘로 아기 손가락을 따자, 그제야 아기가 울음을 터뜨렸다. 아기 울음소리에 정신을 수습한 개털댁이 핏덩이를 품에 안았다.

봉대산에 철쭉꽃이 만개한 1970년 5월 초순, 강재필은 그렇게 세상 밖으로 나왔다. 밀양 강씨 집안의 재(在)자 항렬에 엄마 이름에서 한 글자를 땄는데, 아들을 낳는다면 그렇게 부르겠다고 강천동이 미리 정해둔 이름이었다.

"여러 애를 받아봤지만 이렇게 힘들기는 처음이야. 보통 아기 한 배 반은 되겠다. 이런 큰 애가 아기집을 차지했으니 진통이 질겼고 아기도 첫 숨 트기가 힘들었던 게지." 이씨 모친이 말했다.

"산모가 몸이 약하고 들어앉은 애가 크면 그 뭐랬나, 산부인과에 가서 배를 째고 낳아야 편하다는데, 할 소리 아니지만 산모며 애가 죽는 줄로만 알았어요." 강동댁이 말했다.

오전 수업을 마치고 학교에서 돌아온 명희는 새엄마가 남동생을 낳았음을 알자 미국으로 입양 간 장필이가 돌아온 듯 기뻐했다. 아버지가 알면 얼마나 좋아하시겠냐며 아기 뺨을 콕콕 누르기까지 했다. 사 킬로그램 넘게 나갈 아기는 젖 물릴 때를 빼고는 줄기차게 울어댔다. 명희에게는 그 울음조차도 괴괴하던 집안에 훈기를 보태듯 해 난민촌 또래에게 동생이 생겼다고 자랑했다. 새엄마가 들어온 뒤 아버지 술이 줄었고 부엌일, 집안 청소, 빨래 일을 새엄마가 맡았기에 명희는 즐거운 나날이었는데 이제 동생까지 얻은 셈이다. 말수 적고 얌전한 새엄마가 잘 대해주었기에 명희는 스스럼없이 엄마라 부르며 따랐다.

"도무지 힘을 쓸 수 없으니 네가 갯뜰로 가야겠다."

후더침이 심해 일어나 앉지도 못해 자리에 누웠던 개털댁이 명희를 친정에 심부름 보내기로 했다. 부엌일에 나설 힘도 없었지만 서방 소식도 모른 채 자식을 낳고 보니 외로움이 사무쳤다. 아기가 왜 이렇게 극성스럽게 울어대는지 불안하기도 했다.

둘안댁이 갯뜰로 찾아온 명희를 앞세워 봉대산 난민촌을 찾기는 딸이 해산한 날 저녁이었다. 애를 낳든 말든 걸음하지 말라는 딸의 당부에 마음만 졸이던 둘안댁은 딸네 집에 주려 챙겨놓았던 미역 세 다발, 아기 기저귓감과 속옷, 명태와 가자미 쾌를 싸서 머리에 이고 왔다.

둘안댁이 선걸음에 딸네 집으로 들어서니 아기 울음이 찢어지는데 딸은 초죽음이 되어 늘어져 있었다. 강동댁이 산모를 위해 마련해놓고 간 흰죽은 굳은 채 식어 있었다. 둘안댁이 허겁지겁 쌀을 안치고 미역국을 끓일 때, 딸이 다급하게 엄마를 찾았다. 질긴 울음 끝에 경기 들린 아기가 사지를 떨며 파랗게 넘어가는 참이었다.

"아기가 이럴 때도 있느니라. 애가 그저 크는 줄 아느냐. 사람 하나 제대로 만들기까지 어미가 온갖 풍파를 겪느니라. 이럴 땐 너무 놀라지 말고 바늘로 아기 손가락을 따 피를 내야 한다."

둘안댁이 아기 손가락을 찌르기 전에 침질로 바늘을 소독해주라고 딸에게 이르곤, 아기 손가락을 땄다. 잠시 뒤 경직된 아기 몸이 풀리더니 딸꾹질을 시작했다.

아기에게 젖을 물린 개털댁은 아기 경기가 이녁 탓이라 여겼다. 혼인하여 아기를 배면 영양가 있는 음식을 챙겨 먹고 늘 행복한 생각만 해야 한다는 말을 처녀 적에 들었는데 둘 중 한 가지도 제대로 지킨 게 없었다. 몸이 약한 탓인지 입덧이 심했고 하루도 마음놓고 지낸 날이 없었던 불안한 나날이었다. 그네는 서방이란 작자를 신뢰할 수 없었다. 서방을 평생 의지처로 삼아야 함을 알면서도 마음이 돌아서지 않았다. 처음 보았을 때 섬뜩하던 고무손은 자주 보자 만성이 되었으나 술 취하면 폭행하지 않을까 두려웠고, 딴 여자를 데려와 내쫓김 당하지 않을까 전전긍긍했다. 그런 생각을 하지 않으려 애써도 태생적으로 강박불안증을 타고났는지 늘 안절부절못했고 제풀에 깜짝깜짝 놀라곤 했다. 어미가 심약하면 필경 태아에게도 그 영향이 미쳤을 터였다.

둘안댁이 미역국 끓여 상을 보아서 방으로 들어오자 개털댁은 힘들게 몸을 일으켜 미역국 몇 숟가락을 떠먹곤 숟가락을 놓았다. 둘안댁이 먹는 게 부실하면 젖이 마른다고 했으나, 개털댁은 자식과 함께 죽고 싶은 마음밖에 없다며 눈물만 지었다. 강천동은 그 날도 돌아오지 않았다.

둘안댁은 엿새를 딸네 집에 머물며 산모 시중을 들었다. 그동안 아기는 세 번이나 경기에 들렸고 그럴 때마다 둘안댁이 바늘로 아기 손가락을 따주었다. 그네가 갖은 사설로 달랜 끝에 딸이 기동을 시작해 부엌 출입을 하는 걸 보고서야 갯뜰로 돌아왔다.

매부가 종적을 감춘 지 열흘이 넘도록 땅으로 잦았는지 하늘로 솟았는지 오리무중이란 모친 말을 듣자, 이민구는 영진산업을 찾았다. 그쪽 역시 강씨 소식이 끊긴 지 열이틀째라며 경찰서에 실종신고를 냈다고 했다. 회사 측은, 술 취한 놈이 운전하다 강씨를 치었는데 현장에서 사망하자 기사 놈이 사체를 유기한 모양이라는 엉뚱한 추측까지 달았다. 전화가 있다면 당장 매부 고향으로 연락해볼 텐데 전화 놓고 사는 여염집이 없었다. 이민구는 작년 7월 갯뜰 친정에서 간소하게 치른 혼례식 때 밀양에 산다는 안사돈, 당숙 내외, 고모란 이가 다녀갔기에 편지 내고 기다리기보다 밀양으로 직접 들어가기로 했다. 그는 새벽밥 먹고 집을 나서서 버스와 기차를 갈아탄 끝에 낮참을 넘겨 밀양 예림리 마암산 아래 사는 매부 모친을 만났다.

"천동이가 여긴 안 왔다오. 무슨 낯짝으로 고향에 나타나. 그 자식이 어미를 헌신짝처럼 버리더니 제 손모가지를 날렸지. 나는 그 놈을 잃은 자식으로 여기고 홀로 산다오." 하루뻥댁의 냉담한 말이었다.

강천동이 실종된 지 보름 만이었다. 영진산업으로 전화 한 통이 걸려왔다. 전화를 받은 여직원이 사장 바꿔달라는 남자 목소리에, 전화 낸 분을 누구시라 전할까요 하고 물으니, 거래처 정사장이라면 안다고 말했다. 여직원이 사장실로 전화를 돌려, 황사장이 전화를 받았다.

"황사장, 강천동이란 사람 당신 회사 직원 맞지요? 그 사람 지금 학산동 혜성병원에 입원 중이오." 상대방이 중동무이로 이 말만 했다.

"지금 말씀하는 분은 누구신데……"

황사장 말이 미처 끝나기 전에 저쪽에서 전화를 끊었다. 예감이 이상했으나 사장은 일단 직원을 병원에 보내 사실 여부를 확인케 했다.

통화 내용 그대로 강천동은 혜성병원에 입원 중이었다. 병원을 다녀온 직원 말이, 강씨가 교통사고로 입원해 있다고만 말할 뿐 사고 경위나 누가 입원을 시켰는지 입을 떼지 않더라고 했다. 실종되었던 강씨가 죽지 않고 살아 있다니 다행이라 여긴 사장은 직원을 봉대산 난민촌으로 보내 개털댁에게 그 사실을 알렸다.

회사 직원으로부터 소식을 접한 개털댁은 서방이 딴살림 차렸거나 경찰서 유치장에 갇혔거나, 아닌 말로 객사하거나 하지 않고 살아 있다는 직원 말에도 기쁨이 북받치지 않았다. 서방은 여전히 무서운 존재로 그네 마음에 똬리 틀고 있었다. 이제 첫이레 지난 아기를 업고 명희를 앞세워 집을 나설 때야 지아비 없는 아기를 낳지 않았다는 안도감이 마음을 적셨다. 짐승도 그런데 하물며 아비가 왜 제 자식 태어남을 보고 싶지 않았겠냐는 생각이 들어 자식을 어서 보여주고 싶은 마음에 걸음이 바빴다.

병원은 예전 군청 뒤 학산공원 옆에 있는 오층 건물로 내과, 외과, 성형과, 엑스레이과가 세 개 층을 썼고 입원실은 맨 위 두 층이었다. 강천동이 입원해 있는 병실은 일인용으로 학산공원이 내려다보이는 오층 구석방이었다. 병실에는 환자 이외 아무도 없었다. 강천동은 링거 주사기를 꽂고 침상에 누워 있었다. 얼굴이 부어 대추씨만해진 눈으로 처자식을 멀거니 보기만 했다. 태어난 아들이 처등에 업혔음에도 아무런 반응이 없었다. 목과 머리는 붕대를 감았고 명치에 멍 자국이 있었다. 명희가 아버지 침상 옆으로 달려갔다.

"어디가 아프세요? 왜 집에 안 오고 여기 있나요? 얼마나 기다렸는데 왜 연락도 안했어요? 동생도 생겼는데, 남자 애예요."

명희 말에 강천동은 대꾸가 없었다. 산송장 꼴이었다. 말을 잃은 수염 거칫한 서방이 개털댁에게는 상한 짐승으로 보여 말문이 떨어지지 않았다. 아들을 처음 보는데도 말이 없으니 자기도 할 말이 없었다.

아기가 기를 쓰고 울어대기 시작했다. 개털댁이 보호자용 의자를 당겨선 돌아앉아 젖을 물리자, 자신과 아기 신세가 못내 서러워 쏟아지는 눈물이 아기 얼굴에 떨어졌다. 젖꼭지가 떨어져라 빨아대던 아기가 사레가 들렸는지 먹은 젖을 토해냈다. 순간, 아기의 검은 동자가 흰자위 천장으로 올라붙더니 사지가 뒤틀렸다. 경기가 시작된 것이다. 놀란 개털댁이 앞섶에 꽂은 바늘에 침질을 해서 아기 손가락을 땄다.

122

손기척 없이 문이 열리고 점퍼 차림의 중년 남자가 들어섰다.

"강선생 가족이군요."

"아저씨, 우리 아버지 왜 이렇게 됐어요? 왜 말도 못해요?" 명희가 낯선 사람을 보고 물었다.

"아버지가 많이 다치셨다. 애들은 조용히 해야 해." 남자가 손가락을 입에 대곤 개털댁을 보았다. "아주머니, 강선생은 절대안정이 필요합니다. 만나봤으니 됐습니다. 나가서 자초지종을 말씀드리지요."

아기를 업은 개털댁과 명희가 중년 남자를 따라 병원을 나섰다. 남자는 공원 앞 제과점으로 모녀를 안내했다.

"저는 경찰서 정과장입니다. 강선생이 퇴근길에 뺑소니 사고를 당했습니다. 사고 낸 차량은 지금 수배 중에 있고요. 이 정도만도 천만다행입니다. 일주일 정도 더 입원하면 퇴원할 겁니다. 병원비는 걱정 마십시오. 영진사업에서 일단 대납하기로 결정 보았습니다."

어느 경찰서라고 말하지는 않았으나 정과장은 친절했다. 제과점에서 나올 때 명희에게 크림빵 한 봉지를 사주었다. 명희는 제과점에서 파는 빵을 처음 선물 받은 셈이었다.

개털댁은 날마다 병원으로 나가 병실을 지켰다. 그네가 집으로 돌아가지 않고 하룻밤을 병실에서 보낸 날이었다. 아기를 품에 안은 채 의자에서 말뚝잠을 자던 그네는 서방의 비명에 놀라 눈을 떴다. 악몽에 시달리는지 고함을 지르던 서방이, 살려만 달라고 읊조렸다. 땀에 찬 서방 얼굴을 닦아주자 그제야 숨소리가 낮아졌다. 이튿날, 그네는 간밤에 무슨 꿈을 꾸었느냐고 서방에게 묻지 않았다.

둘안댁과 이민구가 문병차 다녀갔다. 강천동은 태어난 자식을 보고도 반응을 나타내지 않았고 벙어리인 양 말을 잃었다.

부기가 가라앉고 붕대를 풀어 병실에서나마 걸음을 걷게 되자, 강천동은 엿새 만에 퇴원해 집으로 돌아왔다. 그날 저녁, 영진산업에서 상무란 자가 어혈을 푸는 데는 사골이 최고라며 포장한 우족 한 짝을 들고 찾아왔다. 그가 강씨와 조용히 할말이 있다기에 개털댁이 아기를 안고 방에서 나왔다. 쪽마루 한쪽에 걸터앉아 있던 그네 귀에 상무가 하는 말이 스쳤다.

"우리 회사로선 강씨가 꼭 필요한 직원이라고 사장님이 누누이 말씀하셨습니다. 그런데 거기서 강씨를 해고시키라는 명령이 떨어졌으니……"

개털댁은 상무의 그 말에 서방이 직장마저 잃게 되었음을 짐작했다. 상무는 곧 돌아갔다.

"잘렸어. 위로금이라며 칠천 원 던져주고. 겨우 쌀 한 가마 값 아냐." 강천동이 앞에 놓인 봉투를 내려다보며 말했다. 그가 처에게 말 같은 소리를 하기가 실종된 뒤 처음이었다. 개털댁은 실직자가 된 장애인 서방과 앞으로 살아갈 일이 난감했다.

그날 이후 강천동은 바깥나들이 하며 예전 생활로 돌아갔으나 난민촌 술친구 외는 사람을 두려워해 꼬리 사린 개처럼 피했다. 술친구들이 위로주를 샀으나 자신이 당한 교통사고에 대해서는 말을 꺼내지 않았다. 허풍 떠는 버릇이 없어졌다. 아기가 경기 들려 넘어가면, 지랄병(간질병) 징후가 아닌지 모르겠다며 아들을 여전히 본체만체했다.

강천동은 새 일자리를 알아본다며 아침밥 수저 놓기가 바쁘게 시내로 들어갔다 저녁나절에는 힘없이 돌아왔다. 일자리 찾아 점심 굶고 오십 리는 헤매었다며 걸신들린 듯 저녁밥을 먹었으나 반찬 투정을 하지 않았다. 하루는 저녁밥을 먹다, 영진산업이 드디어 문을 닫았다며 망해도 싸다는 말을 흘렸다. 개털댁이, 어장에 일감이 있을지 모르니 갯뜰 오라비를 찾아가보라고 서방에게 말하자, 그런 말 다시 꺼내면 아가리를 찢어 죽이겠다고 땡고함을 질렀다. 네년 데려와 잘사는 꼴 보여주겠다고 장담했는데 내가 무슨 낯짝으로 갯뜰 사람들을 보겠느냐며, 세상이 자기를 망쳐놓았다고 이를 갈았다.

실의에 젖은 강천동은 술이 늘어갔다. 병신이라고 받아주는 일자리가 없다며 귀가해선 짜증을 부렸고 명희를 손찌검했다. 강천동은 퇴직금 조로 받은 돈도 술값으로 탕진해버렸다.

한 달을 넘기자 집에 양식이 떨어졌고 명희가 학교에 낼 돈도 밀렸다. 옆방에서 받는 월세로는 일주일 나기가 고작이어서 개털댁은 지참금을 헐어 썼다. 절약하던 살림살이를 더 줄여 한 끼를 죽으로 때우자, 그네는 그렇잖아도 모자라던 젖이 말라갔다. 나날이 체중을 불려가던 아기는 먹는 젖이 양에 차지 않자 성난 울음이 질겨질 수밖에 없었다. 밤중에도 아기가 울음을 그치지 않고 보채면 강천동이 잠을 털고 일어나, 저놈 생겨나자 내 팔자가 이렇게 꼬인다며 갖다 버리라고 고함을 질렀다. 개털댁이 우는 아기를 안고 마당으로 나설 수밖에 없었고, 아기가 울다 기진해져 울음소리마저 쉴 때쯤이면 방으로 들어와 명희가 쓰는 골방에 끼여 잠을 청했다.

파도가 높고 날씨가 좋지 않아 출어를 포기한 날, 이민구가 매부를 만나러 봉대산 난민촌으로 찾아왔다. 그는 여동생의 딱한 처지를 전해 들어 한번 다녀가기로 벼른 참이었다. 초여름이 닥친 절기로, 비가 내리던 저녁 무렵이었다. 그는 누이에게 모친이 꾸려준 이것저것 먹거리와 살림에 보태라며 돈 몇 푼을 건네주었다. 내리는 빗발만 보며 하루 종일 집 안에 죽치고 앉았던 매부에게 이민구가 술이나 한잔하자며 밖으로 데리고 나왔다. 둘은 약속이나 한 듯 장화를 신고 있었다. 난민촌 입구 포장집 앞에 멈춰 서는 강천동을 이민구가 잡아챘다. 풀이 죽은 매부 앞에 그가 이제 말발을 세웠다.

"이 사람아, 웬 포장집은."

"지금 내 처지론 여기도 과해요."

"몸집이나 작나, 돼지 비계라도 든든히 먹어둬야 체력을 유지할 게 아닌가."

비닐우산 하나로 비를 가린 둘은 한 마장을 못 가 미포동 끄트머리 다세대주택이 들어서는 데까지 왔다. 길가에 새로 문을 연 음식점이 여럿 있어, 이민구는 삼겹살집 문을 밀고 들어갔다. 마루청으로 올라앉자 이민구가 삼겹살 삼 인분에 소주를 시켰다.

소주 두 병을 비우고 세 병째가 왔을 때, 식구까지 하나 늘었는데 호구는 면해야 하니 어떡하든 일자리 잡겠다고 강천동이 말했다. 그는 주위를 둘러보곤 목소리 낮추고 눈빛을 세웠다.

"형님, 제가 당했던 교통사고 말입니다. 한마디로 좆 까는 소립니다. 무슨 놈의 얼어죽을 교통사고야. 그날 출근길에 회사 정문 못미처에서 가죽잠바때기 둘한테 납치당했어요. 끌려간 데가 태화공사란 간판 내단 삼층짜리 건물이었습니다. 말이 공사지 지하실까지 갖춘 중앙정보부 울산 분실이라요. 밖에 나가 이런 소리 안하겠다고 각서 쓰고 나와 형님께 처음 털어놓는 말입니다. 나를 두고 정보부 팔아먹으며 공갈 치고 다닌다고…… 투서질 한 놈이 누군지 대충 짐작이 갑니다. 영진산업이 언양 산골짜기에 폐기물을 불법 처리해온 게 어제오늘 일이 아니지 않습니까."

"자네, 제발 목소리 좀 죽여. 지금이 어느 세상인데 그런 말 함부로 해."

"씨팔, 살다 보니 사람 병신 만드는 데가 따로 있습디다. 사흘 동안 얼마나 맞았던지…… 발가벗겨놓고 불문곡절 패며 한다는 소리가, 울산 앞바다에 수장시키거나 분쇄기에 갈아 닭 모이로 주겠다며 으름장 놓는데, 기도 안 차데요. 몽둥이질에 살점이 퍽퍽 터지는데, 골이 빠지고 뼈가 가루 되는 줄 알았습니다. 지하 고문실엔 나처럼 끌려온 자가 한둘 아닌 모양이던데, 정말 무섭습디다. 나중엔 온몸이 피투성이가 됐어요. 그 흔적 감춘다고 저를 병원에 강제 입원시켰다 내보낸 겁니다."

이민구는 누가 들을까봐 연방 주위를 두리번거렸다. 제복 입은 공장 노동자 몇 패가 있었으나 이쪽 말에 귀기울이는 사람은 없었다. 이민구 눈에 매부의 밀가루 반죽 같은 고무손부터 들어왔다.

"형님한테 첨으로 이렇게 털어놓으니 오장육부가 펑 뚫리듯 속이 다 후련합니다. 혼자 들판에 나가, 임금님 귀는 당나귀 귀라고 외친 놈이 있다지 않습니까." 강천동이 술 한 잔을 호기 있게 마시곤 소매를 걷어붙이며 목청을 높였다. 그는 취해 있었다. "말을 하고 나니 이제야 살 것 같군요. 거기까지 끌려가 끝장 보고 나왔으니 이젠 세상에 무서운 게 없습니다. 언젠가 형님한테 나란 놈이 시궁창 쥐 같은 인생이라 말했죠? 앞으로 죽기 아니면 살기로, 막 나갈 텝니다! 강천동이 이래 봬도 싸나이로, 잡초처럼 생명력 하나는 질긴 놈입니다."

*

7월 들어 성북동, 삼청동, 남산 밑 부자촌만 전문적으로 턴 절도범이 잡혔는데, 그가 훔친 고가의 장물이 공개되어 왕실에나 있었을 법한 귀중품에 서민들 눈이 뒤집혔다. 절도범은 자기가 턴 집들이야말로 아방궁이 따로 없었다고 실토해 서민들 사이에는 그런 집 구경했으면 원이 없겠다며, '도둑촌'이란 유행어가 시중에 나돌았다.

불볕더위가 한동안 이어지다 보면 태풍을 몰아오고 며칠씩 쉼 없이 비가 따르는 장마철도 찾아온다. 세상 형편을 돌아보면 위로는 도둑촌이 있고 아래로는 빈민촌이 있게 마련이다. 빈민촌인 봉대산 난민촌 품팔이꾼들에겐 비 오는 날은 공치는 날이었다. 품팔이꾼은 종일 방구석 차지하고 앉아 건짜증 내며 식구를 들볶았다.

여름이 가도록 일거리를 잡지 못한 강천동이야말로 1970년 그 해 여름은 늘 비 오는 날일 수밖에 없었다. 개털댁은 지참금마저 동이 났다. 집에 양식 떨어지는 날이 잦았다. 개털댁은 방학이라 집에서 놀던 명희를 갯뜰로 보내 얼마간 양식을 얻어왔다. 어느 날, 개털댁이 재필을 업고 동부시장으로 나갔다가 버려져 쌓인 배춧잎과 무청을 비닐봉지에 담아왔다. 그네는 이를 계기로 명희와 자주 시장으로 나가 그걸 주워오거나 식당에서 신김치를 얻어오곤 했다. 식구가 낮이 긴 여름 한철을 하루 두 끼니로 때웠는데, 신김치나 시장에서 주어온 푸성귀 넣고 끓인 국밥과 수제비가 고작이었다.

방 안에 우두커니 앉았다 보니 강천동이 뱉어내는 세상에 대한 원망과 불평이 끝장에는 가족에게 돌아왔다. 난민촌 떨거지와 어울려 고주망태가 되어 들어와선 처에게 트집을 잡거나 명희를 깨워 주사를 부리곤 했다. 서방질해서라도 술 받아 오라고 처에게 폭언하기도 했다. 개털댁은 서방을 마주보고 앉았기에는 애간장이 타 아들 업고 골목으로 나서면, 이렇게 살 바에야 차라리 죽는 게 낫다는 마음뿐이었다. 그네는 빈혈로 어질머리를 앓았고 우울증이 심해졌다.

"아버지, 학교에 안 갈 테야요. 무슨 일을 해서라도 제가 돈 벌 테야요." 가을 학기가 시작되어 학교에 나가던 명희가 잡부금이 밀렸다는 투정 끝에 꺼낸 말이다.

"아가리 찢어졌다고 말 다 했어? 어린것이 술집 작부라도 나서겠다는 거냐? 초등학교도 못 나온 년을 누가 받아준대."

강천동이 딸애 뺨을 때렸다. 개털댁은 명희 말에 정신이 번쩍 들었다. 초등학교 공부조차 시킬 수 없는 부모가 어디 있으며, 어린 자식이 크면 술집에 내보내겠다고 궁리하는 아비 또한 이 세상에 몇이나 되랴 싶었다. 명희를 낳지 않았기에 그 말이 더 폐부를 찔렀다.

"어떡하든 학교는 다녀야 한다. 내가 갯뜰 어판장에서 일해 양식을 안 살망정 네 공부는 시킬 테다. 다시는 그런 말 하면 안 돼. 어디 가서라도 학교에 낼 돈은 빌려오마. 어서 학교에 가." 개털댁은 서럽게 우는 명희를 다독거렸다.

강천동은 집에서 배겨내기 힘들던 참에 딸애 말에 자극을 받아 며칠 뒤 간단한 여장을 꾸렸다. 울산은 쪽이 팔려 일 잡기 힘드니 타지로 나가 날품팔이에 나서보겠다고 했다. 처음은 포항으로 나갔다 일주일 만에 돌아왔고, 두번째는 밀양에 갔다 왔다며 닷새 만에 돌아왔다. 그렇게 집을 비웠다 오면, 그동안 이녁 입도 건사 못했는지 꼴이 말 아니었고 내어놓는 돈도 없었다. 개털댁은 서방이 빈손으로 돌아오더라도 집 떠나 있을 때가 마음 편했다.

어느 날, 개털댁은 두부공장 두부 쪄내는 대형 함석통 땜질 일로 서방이 바쁘다는 강동댁 말을 들었다. 개털댁은 두부공장의 두부 만들 때 찌꺼기로 나오는 비지를 얻어보려 강동댁을 찾았다. 마침 땜장이 장씨가 집에 있었다.

"아주머니, 두부 장수로 나서보면 어때요? 내가 다리를 놓아드리리다." 장씨가 말했다.

개털댁은 재필을 들쳐 업고 두부 장수로 나섰다. 그네는 꼭두새벽에 염포동 두부공장으로 나가 두부 한 판을 받아 염포동과 양정동 일대 골목길을 누비며 두부를 팔고, 오후 서너시에는 저녁 찬거리용으로 두부를 팔았다. 두부를 파니 콩나물을 찾는 집이 많아 콩나물공장에서 콩나물도 받아 합성수지 자배기를 머리통 짜부라지라 이고 요령 흔들며 골목길을 누볐다. 그네는 빈혈로 두 차례나 자배기 두부와 콩나물을 엎지르며 쓰러지기도 했다.

초겨울에 들자, 난민촌 이웃들이 개털댁에게 다리품 팔 게 아니라 시장 귀퉁이에 터 잡고 앉아 장사를 해보라고 권했다. 그런 일이라면 강천동이 나서지 않고는 못 배기는 성미라, 시장판 장사치들과 한판 붙은 끝에 자릿세 내지 않고 엉덩이 붙일 장사 터를 마련할 수 있었다. 개털댁이 아침부터 저녁까지 전 자리를 벌이니 집안 부엌일은 명희가 맡았다. 몸이 약한 그네는 장사일이 고되었으나 그럭저럭 끼니는 해결되어 시름을 놓았다. 사흘이 멀다 하고 자지라져 애를 태웠던 재필이 경기도 뜸해졌다. 젖이 모자라는데도 잘 크는 자식이 그네 삶을 붙잡아주는 힘이었다. 재필은 먹성이 좋아 숟가락으로 받아먹는 엄마 손을 쥐고 놓지 않았다. 비지 그릇을 보면 얼굴 박고 핥아댔다.

어느 날, 강천동이 대나무, 각목, 함석을 날라 와선 하루 종일 마당에서 불편한 손으로 뚝딱거리더니 물지게 비슷한 걸 만들어 냈다. 저녁에 들른 땜장이 장씨가 끈 달린 함석통 두 개를 살펴보더니, 연탄 화력을 살리자면 연통을 달아야 한다며 함석통 옆구리에 연통을 달아내어 니은자로 꺾어 올렸다. 그가 만든 팥죽 장사용 도구는 불 피운 연탄에 팥죽 냄비를 얹는 함석통과, 다른 하나는 그릇과 수저를 넣는 통이었다. 함석통에 고리형 끈을 달아선 대나무 막대를 고리에 꽂아 어깨에 메는, 물지게와 동일한 구조였다. 자재를 구해주고 일을 도와준 장씨를 달고 강천동은 포장집으로 내려갔다. 그때까지 개털댁은 장삿길에서 돌아오지 않았다.

이튿날 아침, 겨울방학을 앞두고 등굣길에 나선 명희가 쪽마루에 있는 이상한 물지게를 보고, 무엇에 쓸 거냐고 물었다.

"일자리가 없어 아비가 생각해낸 게 팥죽 장수다. 엄동 한철은 밤이 길고 모두들 배가 출출하단 말야. 그럴 땐 펄펄 끓는 팥죽 맛이 최고지."

"요즘 세상에 다들 라면 끓여 먹지 누가 팥죽 먹나요?" 명희가 고시랑거렸다.

"장삿길 나서기도 전에 이년이 초부터 쳐!"

강천동이 방에서 달려나와 대문을 나서는 딸애 머리끄덩이를 붙잡아선 개 패듯 때렸다. 한참을 맞다 아비 손에서 벗어나자 명희는 울며 아랫길로 달아났다. 첫추위가 닥쳤는데 명희가 쓰는 골방은 구들을 놓지 않아 홑이불 둘러쓰고 새우잠을 잤기에 심통이 나서 해본 소리였다. 명희는 고집이 세어 식구가 자는 연탄 땐 방에 끼여 자지 않았다.

사흘 뒤부터 강천동은 팥죽 장수로 나섰다. 어둠이 내리면 귀가리개 달린 모자에 목장갑을 끼고 함석통 두 개를 어깨에 메고 집을 나섰다. 그는 영하로 떨어지는 밤 기온을 아랑곳 않고 통금시간까지 팥죽 사라고 외치며 미포동과 서부동 일대를 돌았다. 어느 세월인데 팥죽 팔러 다니는 장사꾼이 아직 있냐며 야간경비 서던 공장 숙직원이나, 여염집 아낙이 밤새워 입시 공부하는 자식 먹이려 팥죽 장수를 부르곤 했다. 그는 통금시간 가까워서야 언 몸으로 귀가했다. 팥죽 사라고 외치는 대신 기운 빠진 쉰 목청으로 「한오백년」을 읊조리며 난민촌 언덕길을 올랐다.

서방이 팥죽 장사라도 하겠다고 나선 게 대견해 개털댁은 장사 일 끝내고 집에 들면, 서방이 팥죽 팔고 돌아올 자정까지 이튿날 팔 팥죽을 쑤어놓았다.

강천동은 넉 달 만에 팥죽 장사를 걷어치웠다. 수고에 비해 벌이가 시원치 않았고, 명희 말처럼 라면보다 인기가 없었던 것이다. 겨울을 넘기고 봄이 오자 그나마 팥죽 장사가 되지 않았다.

강천동이 다음에 잡은 일감이 굴뚝 청소부였다. 어느 날 중소공장이 밀집한 부곡동 길을 걷다 그는 그 많은 굴뚝에서 피어오르는 연기를 보았다. 문득 굴뚝 청소부가 돈벌이가 되겠음을 알았다.

중소기업 공장이 기계를 가동하자면 전기 외 연료로 석탄이나 경유를 쓰게 마련이었다. 연소 과정에서 생기는 분진을 통풍기로 빼내더라도 찌꺼기가 집적되어 완전연소가 안 되면 연도(煙道)인 굴뚝이 자주 막혔다. 소통이 잘되지 않으면 열량이 떨어지고 분진과 그을음을 화구로 뱉어냈다. 굴뚝 청소를 자주 해주어야 했는데 당번제로 정해놓아도 직원들은 누구나 굴뚝 청소를 싫어했다. 마스크야 쓴다지만 옷은 물론이고 노출된 몸이 온통 그을음투성이가 되어 목욕을 해도 흔적이 잘 지워지지 않았다.

굴뚝 청소부가 된 강천동은 쇠털 달린 긴 철사, 대나무테, 도시락이 든 배낭을 메고 하루 종일 징을 치며 시내 공단을 누볐다.

"구울뚝 청소하시오. 굴뚝이란 굴뚝은 화악 뚫어드립니다. 그을음 제거해야 공해단속반에 안 걸립니다. 삼 년 굶은 과부 뭐 뚫듯이 시원하고 화끈하게 뚫어드립니다!"

큰 기업은 강천동을 상대하지 않았으나 울산 시내에는 부곡동을 중심으로 널린 게 하청업체요 제조업 중소기업 공장이었다. 강천동은 평균 하루 한 건, 어떨 때는 서너 건씩 실적을 올렸다. 굴뚝이 많은 공장 일감을 잡으면 이틀, 사흘씩 걸리기도 했다.

굴뚝 청소 일을 맡긴 공장 측은 강천동이 장갑을 껴 몰랐다가 오른손이 없음을 나중에 알았다. 그래서야 어떻게 제대로 일을 하겠느냐며 일을 잘못 맡겼다고 공장 측이 실망하면, 그는 왼손 하나만으로도 양손 있는 사람보다 두 배 일을 한다며 소매 걷어붙여 굵은 팔뚝을 과시했다. 정말 그는 굴뚝 사다리를 타고 삼사십 미터를 기운차게 올라 쇠털 달린 철사나 대나무를 연결한 긴 테를 쑤셔넣었다.

세상의 사물을 보고, 듣고, 느껴, 이를 머릿속에 저장했다가 훗날에 재생하기는 태어나서 네번째 생일은 맞아야 한다.

강재필에게 첫 기억으로 남은 아비 모습은 깜둥이였다. 아비가 다른 어른과 다른 모습에 그는 무서움을 느꼈다. 아비만 보면 겁에 질려 울음을 터뜨렸다. 아비는 얼굴만 아니라 눈동자와 대문니만 빼곤 새까맣지 않은 데가 없었다. 난민촌으로 돌아올 저녁나절이면 검은 털실로 짠 빵모자는 그렇다 치고 얼굴이며 옷까지 새까

맸다.

"아버지가 공장 굴뚝 청소하고 다니니 그래. 씻으면 보통 사람처럼 깨끗해진단다."

명희가 달래도 어린 동생의 울음은 막무가내였다. 명희가 초등학교를 졸업하고 중학교에 막 입학한 해였다.

"아비만 보면 울다니. 이놈, 맞고 싶어?"

강천동이 눈을 부릅떴다. 재필은 그런 아비 모습이 더 무서워 그악스레 울어댔다. 화가 난 강천동이 아들 뺨을 때렸다.

"어린것이 뭘 안다고, 애는 왜 때려요."

서방의 어떤 구박도 참아내고 살았으나 자식에게 손질하는 것만은 못 참아했던 개털댁이었다.

"개털 같은 저년이 자식 편만 드니 애 버릇이 더 나빠져. 아비가 사람 잡아먹는 악귄가."

몸 씻으려 대야에 받아놓았던 물을 강천동이 개털댁에게 퍼질렀다. 집안 분위기가 한순간에 얼음장이 되고, 명희는 방 안으로 숨었다. 강천동은 애초부터 아들을 탐탁지 않게 여겼다. 재필이가 태어날 즈음 정보부 분실로 끌려가 반송장이 되게 얻어터졌고 직장을 잃었기 때문이었다.

재필이 만 다섯 살을 넘길 무렵이었다. 그는 난민촌 애들이 깜둥이새끼라 부르는 소리를 가장 듣기 싫어했다. 딱지치기나 숨바꼭질하고 놀다가도 깜둥이새끼란 말이 떨어지면 놀기가 싫어져 집으로 걸음을 돌렸다. 집에 와봐야 아무도 없었다. 누나는 해가 산 너머로 기울어야 학교가 파했고, 굴뚝 청소부 아버지나 두부

장사 하는 엄마는 해거름이 되어야 돌아왔다. 재필은 늘 혼자 집 지킴이 노릇을 했다.

그해 겨울, 강천동이 공장의 높은 굴뚝에서 떨어지는 사고를 당했다. 살얼음 낀 굴뚝 사다리를 밟고 오르다 중간쯤에서 장화 신은 발이 미끄러지자 사다리 기둥을 움켜잡았던 왼손이 풀려버렸던 것이다. 삼층 높이에서 떨어져 정신을 잃은 그를 아래에서 지켜보던 공원이 엎고 병원으로 달려갔다. 일주일 만에 강천동이 목과 허리에 부목을 댄 채 들것에 실려 집으로 돌아왔다.

"아버지 굴뚝에 또 올라가? 못 올라가겠지?" 아버지 꼴을 본 재필이 엄마에게 이 말부터 물었다.

재필은 아버지가 굴뚝에 못 올라가면 굴뚝 청소부 노릇을 못할 테고 그러면 아버지 얼굴이 새까맣게 되지 않으리라 여겼다. 애들로부터 깜둥이새끼란 놀림을 받지 않게 된다는 게 기뻤다.

강천동은 부목을 풀지 못한 채 의사 지시대로 꼼짝을 않고 방에 누워 지내는 신세가 되었다.

"내 옆에 한시라도 붙어 있지 않으면 이다음에 엄청 맞아. 아비 두고 나갔단 봐라, 가만두지 않겠어. 아주 죽여버릴 테야."

재필은 낮 동안은 오줌도 아버지가 쓰는 바가지에 누며 방에 앉아 있어야 했다. 점심밥을 날랐고 냄새 나는 똥오줌도 받아내어 바깥에 버리는 일이 임무였다. 재필은 누워 있는 아버지 얼굴이 까맣지 않은데다 굴뚝 청소부 노릇을 못하게 된 게 좋아 시키는 일에 고분고분 따랐다.

스무 날 만에 강천동은 부목을 풀고 일어나 앉게 되었다. 그는 목뼈가 굽어진 채 굳어버려 고개를 제대로 들지 못했다. 그러다보니 사람을 볼 때도 흰자위 굴리며 눈을 치켜떠야 했다. 그뿐만 아니었다. 며칠 뒤부터 바깥출입을 하게 되었으나 허리를 곧게 펴지 못해 자세가 꾸부정했다. 성형병원을 찾아갔으나 의사 말이, 목뼈와 허리뼈 성형수술은 엄청난 돈이 들뿐더러 성공률이 희박하다고 했다. 오른손이 없는데다 목과 허리가 정상이 아니니 강천동은 누가 보더라도 완전한 장애인이었다. 큰 덩치에 몸이 앞으로 기울어져 사람이 고릴라 꼴로 변해버렸다.

"나 이 꼴 하고선 살아도 되나? 살 가치가 있어? 정보부로 끌려갔을 때 차라리 맞아 죽는 게 나았어."

목구멍조차 어떻게 됐는지 강천동은 꺽쉰 목청으로 동네 술친구들에게 묻곤 했다. 그는 실의에 빠졌다. 술이 늘었고, 가족에게 주사를 부리고 손찌검하기가 예사였다. 개털댁의 전대를 뒤져 돈을 빼내어선 술로 작살을 냈다. 술에 취하면 쉰 소리로 청승스레 「한오백년」을 불렀다.

"한 많은 이 세상 냉정한 세상, 정을 두고 몸만 가니 눈물만 나네. 아무렴 그렇지 그렇구말구, 한오백년 살자는데 웬 성화요. 청춘에 짓밟힌 애끓는 사랑, 눈물을 흘리며 어데로 가나……"

재필은 아버지가 부르는 구성진 노래를 하도 많이 들어 계속 이어지는 노래 가사를 모두 외웠다. 그는 이제 동네 아이들로부터 깜둥이새끼란 말을 듣지 않게 되었으나 고릴라새끼란 새 별명을 얻었다.

*

　강천동은 잡초 근성이 있어 죽어지낼 사람이 아니었다. 해동이
되고 봉대산 떨기나무들이 잎을 피우자 그는 새로운 일감을 찾아
나들이를 시작했다.

　어느 날, 강천동은 처에게 술값을 뜯으러 동부시장에 들렀다가
시장 바닥 쓰레기를 뒤지고 다니는 비루먹은 개 한 마리를 보았다.
쥐색 털을 한 개를 보자 그의 눈이 번쩍 띄었다. 여위긴 했으나 봉
대산 골짜기 개울가에서 저놈을 잡으면 친구들과 걸쭉한 술판을
벌일 수 있겠다 싶었다. 강천동이 다가가 개 목덜미를 어르자, 개
가 한순간에 떨어대며 꼬리를 사렸다. 고릴라를 닮은 강천동의 큰
덩치가 개 눈에는 개백정으로 비쳤는지 몰랐다.

　강천동은 새끼줄로 개 목을 매어 집으로 끌고 오다 생각을 바꾸
었다. 개를 잡아먹을 게 아니라 살을 붙여 도살해선 고기로 팔면
장사가 되겠다는 생각이 들었다. 울산공단의 그 많은 젊은 공원들
이 퇴근길에 몰려가는 보신탕집이 문전성시로 앉을 자리가 없는
이유를 이제야 알 것 같았다. 육체노동 하는 공원에게 보신탕은
특별 보양식이었다. 강천동은 밑천 들지 않는 그 장사를 왜 진작
생각 못했는지 후회가 되었다.

　"마누라가 개털댁 아냐. 내가 개장수 하라고 붙여진 이름이야."

　강천동은 개백정이 예정된 자신의 직업이라 확신했다. 그는 봉
대산 난민촌을 비켜 개울 건너 공동묘지가 들어선 아래쪽에 개집
여러 채를 지었다. 시내를 돌며 개를 구하러 다니기 시작했다. 거

리를 방황하는 개는 물론이고, 개 짖는 소리가 들리는 집 대문이 열렸을 땐 집 안으로 들어가 보는 사람이 없으면 개를 무작정 끌고 나왔다. 사람이 있을 때는 능청스레, 개를 팔지 않겠느냐고 물었다.

이상한 현상은 개들이 강천동만 보면 주눅이 든다는 점이었다. 짖기는커녕 꼬리 내려 처분에 맡기겠다는 듯 고분고분 따랐다. 봉대산 중턱에 자리한 개집에 개가 늘어나자 개에게 먹일 사료가 문제였다. 강천동은 고물상에 들러 못 쓰게 된 자전거와 수리할 부속품을 구해와 반나절 만에 탈 수 있는 자전거를 만들었다. 그는 자전거 짐받이에 철망집을 싣고 플라스틱 들통을 짐받이 양쪽에 달았다. 철망집에는 수거한 개를 가두었고, 식당을 돌며 음식 찌꺼기를 들통에 모았다.

강천동은 장사가 잘되는 보신탕집 하나를 눈여겨보아 두었다. 하루는 동부시장에서 끌고 와 기르던 개를 목줄 채워 나서서 식당 주인장을 만났다. 집에서 기른 갠데 사겠느냐고 물었다. 병든 개가 아닌지를 살핀 주인이 개 잡는 곳을 일러주며 잡아오면 고기를 근으로 달아 시세대로 쳐서 사겠다고 말했다. 도살쯤은 강천동도 자신이 있었다. 그는 봉대산 골짜기에서 개를 도살해 들통에 담아 보신탕집으로 가져갔더니, 그 장사야말로 목돈이 되었다. 팥죽 장사, 굴뚝 청소로 버는 푼돈은 저리 가라였다. 저울로 달아 서른여덟 근, 현찰로 만구천 원을 손에 쥐니 쌀 한 가마 값이 그 자리에서 떨어졌다. 용접용 가스불에 개 껍질을 그슬리는 보신탕 주인장 솜씨를 보고 털 제거 요령을 익혔다.

강천동은 자전거를 타고 돌아오다 동부시장에 들렀다. 시장 귀퉁이에 두부와 콩나물이 담긴 들통 두 개를 앞에 놓고 맹하니 앉아 있는 처에게 천동이 돈다발 낱장을 흔들어대며 자랑했다.

"개 한 마리 잡아 돈을 쥐니 눈깔 확 뒤집혀. 강천동이 마흔 살 고개에 올라서서야 돈 버는 법을 터득했어. 개털댁, 어때? 개털은 쓸모없지만 껍질은 돈이 돼."

그날 저녁, 강천동은 난민촌 친구를 불러 모아 포장집에서 한턱을 썼다.

1976년 여름, 보신탕이 제 절기를 맞아 강천동은 바빴다. 날마다 개를 도살하니 봉대산 골짜기에는 개 비명소리가 메아리쳤다. 그 소리를 들을 때마다 난민촌 사람들은 강씨가 개를 잡는 줄 알았다. 몸이 바쁜 만큼 돈이 제 발로 들어왔다.

끼닛거리조차 장만하기 힘들던 사람이 갑자기 큰돈을 만지게 되면 돈독이 올라 티가 난다. 강천동이 그랬다. 그는 저녁이면 곧잘 난민촌 떨거지를 모아 개장국을 안주로 술 인심을 썼다. 오늘은 수입을 얼마 올렸다는 그의 수다에 솔깃한 천씨와 이씨가 동업을 하면 어떻겠냐고 제의하자, 강천동은 이제 시작인데 남의 밥줄 가로채지 말라고 단칼에 거절했다. 그는 가난했던 지난 시절을 차츰 잊었고, 돈 말고는 눈에 보이는 게 없었다.

강천동은 팔다 남은 허드레 살코기, 뼛조각, 내장은 집으로 가져왔기에 개장국과 개고기 무침이 날마다 밥상에 올랐다. 고단백질을 장복하는 덕분에 재필은 한 달이 다르게 몸집이며 키가 불어났다. 끼니때마다 개고기가 밥상에 오르자 개털댁과 명희는 누린

내만 맡아도 구역질이 치받쳐 입에 대지를 않았다.

"개를 잡자면 어차피 개와 눈을 맞추는데, 그 탓인지 강씨 눈빛이 이상해졌어. 강씨가 눈 치켜뜨고 사람을 쳐다볼 때면 살기가 느껴져 오싹한 기분이 든단 말이야."

"전엔 강씨 몸에서 시궁창 냄새며 화공약품 냄새가 났는데 요즘은 비릿한 피비린내가 나. 강씨 입고 다니는 옷이 개 피칠갑 아냐. 몸집은 오죽 크냐. 목 뺀 꾸부정한 몰골만 보면 왠지 등골이 서늘해져."

난민촌 사람들이 말했듯, 강천동의 얼굴에 개기름이 올라 개백정 티가 났다. 문제는 그의 행실에 있었다. 가난한 시절에는 세상에 대한 원망을 가족에게 화풀이했는데, 이제 세상이 돈짝만해 보이는지 술걸레가 되어 귀가해선 허풍 떨며 주사를 부렸다. 돈 잘버는데도 개백정에 병신 아비라고 인사조차 제대로 하지 않는다며, 명희나 재필에게 손찌검하기가 예사였다. 그네가 견디다 못해, 술 자셨으면 그냥 주무시지 애들은 왜 패냐고 한마디 하면, 강천동의 거친 성정이 폭발했다. 이웃들이 잠을 못 잘 정도로 처를 족쳐대다 개집에서 자라며 내쫓았다. 강천동은 개집 옆에 사람이 거처할 수 있는 천막을 쳐두고 거기서 술친구들과 술판 벌이다 대취하여 곯아떨어져 밤을 나기도 했다. 쫓겨난 개털댁은 서방이 잠이든 뒤에야 방으로 들어와, 그때까지 겁에 질려 이불 속에서 떨고 있는 아들을 품에 안고 소리 죽여 울었다. 그네는 아들을 다독거려 재운 뒤에야 골방으로 자리 옮겨 명희와 함께 잠을 잤다.

강천동에게 이제 난민촌 입구의 포장마차는 술친구와 어울릴 때

나 고주망태로 귀가하기 전 입가심하는 정도의 술자리에 불과했다. 그는 개고기를 정기적으로 납품하는 보신탕집 주인과 어울려 작부 둔 니나놋집으로 진출했다. 작부가 젓가락으로 술상 치며 부르는「그건 너」,「월남에서 돌아온 김 상사」따위의 유행가가 마음에 들면 한복 저고리 깃 사이에 팁을 찔러주었다. 자신은 십팔번「한오백년」을 궁상맞은 처량한 소리가 아닌 껵 쉬어 쥐어짜듯 애간장 타는 소리로 목청을 뽑아 인기를 끌었다. 술집을 나설 때는 작부를 달고 나와, 몸을 풀어야 한다며 동행에게 작부를 붙여주고 자기도 한 여자를 꿰차 여관으로 직행했다.

강천동은 '하정옥'이란 단골 니나놋집에 춘심이란 작부를 정해두고 주기적으로 몸을 풀었다. 시골에서 돈 벌러 울산공단으로 들어왔다 바람이 나서 술집에 주저앉은 여자였다. 그가 술김에, 하정옥의 춘심이 아랫도리가 쓸 만하더라고 친구들에게 자랑했다. 어느새 난민촌 여편네들까지 고릴라 주제에 돈독 오른 강천동을 사촌이 논 사면 배 아프듯 시기하고 질투했다. 마누라를 시장판에서 두부 장사 시키는 개백정이 딴 여자 보고 다닌다고 소문을 냈다. 개털댁 귀에도 그 말이 들어가지 않을 리 없었다.

개털댁은 서방 얼굴을 맨정신으로는 마주볼 수가 없었다. 그네는 서방과는 한 지붕 밑에 살 수 없다고 낙담해, 집으로 들어오지 않아도 되니 개집 옆 천막에서 자든 술집 여자와 딴살림을 차리든 마음대로 하라고 서방에게 말했다. 그러자 강천동은 처 말대로 마음놓고 외박하기 시작했다. 천막에서 모기장 치고 잠자는 날보다 춘심을 불러내어 여관방에 드는 날이 더 많았다.

서방이 귀가하지 않는 날은 개털댁이 명희를 불러 안방에서 잠을 자게 했다. 한밤이면 골방에 냉기 차는 절기가 찾아온 탓이었다. 그네는 멀리서 들리는 개들의 목청 뽑으며 우는 소리가 소름을 일으켜 잠을 설치는 날이 잦았다.

"오늘은 장사도 쉬련다. 명희야, 엄마 재필이하고 외갓집에 다녀오마."

사는 이유가 뭔지 모르게 마음이 어수선하고 우울한 날은 개털댁이 아들을 데리고 갯뜰을 찾았다.

둘안댁은 딸과 외손자가 오면 버선발로 나서서 반갑게 맞았다. 그네도 사위가 개고기 장사를 시작해서 딸네 집 살림살이가 폈음을 알고 있었다. 그네는 겨울 한철 많이 잡히는 참복으로 미나리와 무 넣고 맑은 복국을 끓였다. 개털댁은 개고기에 질린 터라 엄마가 끓여내는 복국이 그렇게 시원할 수 없었다.

개털댁은 친정에 오면 선착장으로 나가 진종일 넋 놓고 바다만 바라보았다. 파도 센 시퍼런 겨울 바다가 마치 자신의 인생 같았다. 몸을 던져 천 길 물속에 가라앉아 죽고 싶었으나 딸린 자식이 있어 모진 마음을 못 먹게 했다. 그러나 그네는 난민촌으로 돌아올 때까지 엄마에게 서방이 바람을 피운다는 말은 하지 않았다. 봉대산 난민촌으로 떠날 때 약속했듯 자기 한 몸 희생되면 그뿐 엄마 속까지 상하게 하고 싶지 않았다.

재필에게는 고릴라새끼라는 별명에 개백정새끼란 별명 하나가 더 따라붙게 되었다. 또래 동무들보다 한 뼘은 키가 더 큰 재필은 개백정새끼란 소리를 들으면 부끄러워 얼굴이 홍당무가 되었다.

집으로 돌아와선, "난 개백정새끼가 안 될 테야" 하며 울음을 터뜨렸다. 그는 깜둥이새끼나 고릴라새끼라는 말보다 개백정새끼란 말이 더 듣기 싫었고 더 나쁜 욕이라 여겼다.

재필은 아버지가 나무에 개를 매달아놓고 몽둥이로 패서 죽이는 장면을 본 적이 있었다. 도끼 닮은 뭉텅한 식칼을 내리쳐 개 목뼈를 잘라내고 날 선 칼로 다리며 가슴살을 도려낼 때, 죽은 개가 불쌍했다. 피칠갑한 아버지 모습이 무서워 바지에 오줌을 싼 적도 있었다. 서너 차례 그런 장면을 보고 난 뒤 아비가 개를 잡을 때면 무조건 도망질쳤다. 도망쳐도 개들의 비명과 개 피 튄 아버지 얼굴이 덜미를 잡아챌 듯 따라왔다.

"군대에 있을 때 노루며 오소리도 잡아봤지. 아비가 칼 들고 나서면 개들이 꼼짝 못하고 부들부들 떨어. 아비 개 잡는 솜씨 대단하지?"

숫돌에 칼을 갈며 아버지가 물을 때, 재필은 말문이 막혀 대답할 수 없었다. 숫돌에 가는 칼만 보아도 한기가 몰아쳤다. 재필은 말수 적고 겁이 많은 아이로 변해갔다.

재필은 개고기를 먹을 수 없었다. 개고기 냄새만 맡아도 속이 뒤집혀 맹물을 게워냈다. 그럴 적마다 강천동은, 여자들은 그렇다 치고 자지 찬 남자 종자가 개고기를 못 먹는다는 건 '싸나이' 되기를 포기한 거라며 내 새끼가 아니라고 말했다.

난민촌 사람들이 밤이면 강씨 개집에서 들리는 개 짖는 소리에 잠을 설친다는 말이 왜자되었다. 잠귀 밝은 노친네들 사이에 파출소에 신고해야 되겠다는 공론이 있자, 어느 날부터 개들이 낮에도 일절 짖지 않았다. 재필이 누나에게, 개들이 갑자기 왜 짖지 않느냐고 물었다.

"아버지가 개 귓속에다 주사기로 제초제 독약을 쏜단다."

"제초제가 뭔데?"

"어떤 풀이라도 말라 죽게 하는 독약이지. 제초제가 개 귓속에 들어가면 고막이 독약에 녹아버려. 개가 아무 소리도 못 듣는데 어떻게 짖어? 개가 듣지도 짖지도 못하면 살만 디룩디룩 찐대. 그러면 고기 근수가 더 나가게 되지. 주둥이에 호스 대고 물도 강제로 먹여 배를 채워. 저울로 고기를 달 때 근수가 많이 나가야 돈을 많이 받거든."

재필은 누나의 그 말이 끔찍했고, 꿈까지 꾸었다. 네놈 귀에 제초제 독약을 넣겠다며 꾸부정한 아비가 고무팔을 흔들며 주사기를 들고 달려드는 꿈이었다.

가을이 깊어가자 강천동은 중고품 오십 시시짜리 오토바이를 한 대 구입해선 꽁무니에 검은 연기를 흩뜨리며 소리도 요란하게 산동네 언덕길을 과시하듯 오르내렸다. 짐받이에는 여전이 큰 철망집을 싣고 다녔고, 언제나 개 한두 마리가 그 속에 불안한 눈동자를 굴리며 갇혀 있었다.

그가 오토바이를 타고 다니자 그렇잖아도 목과 허리가 굽은 몸이라 바가지형 안전모를 쓰고 오토바이 안장에 올라앉아 핸들을 잡으면 그 폼이 고릴라가 오토바이에 올라앉은 듯 어울렸다. 손목 덮는 크고 두툼한 장갑을 껴 고무손이 드러나지 않게 되자 그는 좀체 장갑을 벗지 않았다.

강천동은 개를 수집하러 오토바이를 타고 시 외곽으로 돌아다녔는데, 갯뜰로도 자주 들랑거렸다. 갯뜰로 들어가면 몸보신하시라며 개고기를 장모에게 안겼고, 새 옷 사 입으시라며 집히는 대로 돈을 주기도 했다. 이민구를 불러내어 미니스커트 입은 처녀애 둔 맥줏집에서 팁을 뿌리며 호탕하게 술을 샀다. 밀양 마암산 밑에 홀로 사는 노친네는 깜박 잊고 그쪽으로는 신경 쓰지도 않았다. 더러 노친네가 떠오르면 돈을 좀 부쳐야지 하고 마음먹었으나 이튿날로 잊어버렸다.

초겨울로 접어들어 봉대산을 붉게 태웠던 단풍도 지고 응달진 개울가에 살얼음이 끼는 절기로 접어들었다. 보신탕이 여름 한철 음식이라 전문 식당도 손님 발길이 뜸해졌고, 식당에 고기를 대어 주는 강천동의 장사도 시들해질 수밖에 없었다. 강천동은 호주머니가 가벼워지자, 이럴 때를 대비해 저축하지 않고 흥청망청 돈을 쓰고 다닌 지난여름 한때가 후회스러웠다.

어느 날 밤, 자정이 가까울 무렵에 강천동이 오토바이를 타고 난민촌으로 돌아오던 길이었다. 그는 술에 취해 있었다. 강천동은 지게에 관을 얹어 봉대산 뒷길로 오르는 한 무리의 행색 초라한 사람들을 보았다. 그의 눈에 돈이 될 만한 일거리가 퍼뜩 떠올랐다.

"돈맛을 아니 돈 되는 게 눈에 띈단 말이야. 봉대산 산동네 터줏대감이 그런 공돈을 놓칠 리 있나. 이놈들, 어디 한번 강천동한테 당해보더라고."

강천동은 오토바이 소리를 죽여 상여꾼 일행을 뒤따랐다. 지게에 관을 얹은 일행이 공동묘지 입구에 이르자 강천동이 지게 앞길을 오토바이로 막고 전조등을 일행 쪽으로 비추었다.

"낳을 땐 돈 안 들어도 송장이 돈 처먹는단 소리 못 들었어? 어디다 함부로 송장 치우겠다고 야밤 행차야! 관리인이 밤샘하며 지키는 줄 몰랐어?" 강천동이 고함을 지르며 우람한 덩치로 관을 패대기칠 듯 설쳤다.

"관을 메고 이 밤중에 어디로 돌아가란 말입니까." "죽어서도 묻힐 데가 없다면 망자인들 그 서러움이 어떡하겠습니까." "우리 처지가 딱하니 제발 선처해주십시오." 죽음도 절통한데 시신이 되어서도 당하는 서러움이라 유족들이 나서서 한마디씩 했다.

"진작 그렇게 나올 일이지. 대낮에 와서 매장비 안 내겠담 관리인한테 찔러줘야 묻힌다는 말 못 들었어? 세상에 공짜가 어디 있어. 난들 흙 파먹고 사나. 한밤중에 잠 안 자고 할 일 없어 근무하는 줄 알아? 눈감아줄 테니 이만 원이면 돼. 그 정도면 공짜야. 처지가 딱해 보여 적게 불렀어." 강천동이 상주에게 흥정 조건을 내놓았다.

"가진 돈 다 털어도 이것밖에 없어서……" 나이 든 이가 나서서 통사정했다.

공갈 한마디로 만오천 원을 챙긴 강천동은 오토바이 몰고 집으로 돌아왔다. 그는 앞으로 완장 차고 몽둥이를 들어야겠다고 생각했다.

이튿날부터 강천동은 재필이를 공동묘지로 오르는 어귀, 개집 부근에 보초로 세웠다. 관을 나르는 자가 있으면 아비한테 당장 연락하라는 통고였다. 집이든 포장마차든 아비가 어디 있는지 찾아보라고 했다.

재필은 깜깜한 밤에 죽은 사람을 널에 담아 산으로 오르는 사람을 보아내기도 무서웠지만 귀먹보가 된 개들이 주위에 서 있다는 게 더 무서웠다. 그러나 아버지 말을 어겼다간 매를 맞게 되니 시키는 일을 하지 않을 수 없었다.

재필은 어둠 속 추위와 무서움에 떨다 관을 나르는 일행을 보면 임무에서 해방된 듯 마을로 한달음에 달려갔다. 아버지가 없을 적도 있었으나 아버지를 찾아내어 그 사실을 알리면, 강천동은 완장을 차고 오토바이에 아들을 뒷자리에 태워선 공동묘지로 내달았다. 겨우 무서움에서 놓여났던 재필은 다시 공포에 질린 채 아버지 등 뒤에 매달려 공동묘지로 가야 했다. 깜깜한 밤에 공동묘지로 간다는 게 너무 겁이 나 재필은 바지에 오줌을 쌌고 똥까지 싼 적도 있었다.

한번은 무릎 꿇고 두 손 비비며, 다른 데는 몰라도 밤중에 묘지에만은 안 따라가겠다고 애원했다.

"안 따라가? 네놈부터 죽여 공동묘지에 묻어버릴 테야!"

강천동이 몽둥이로 자식 종아리를 쳤다. 개털댁이 나서서, 재필이가 공동묘지를 무서워하니 혼자 갔다 오라고 말렸다. 강천동은 네년까지 나서기냐며 처 등짝에 몇 차례 몽둥이질을 하곤, 아들 멱살을 잡아 기어코 오토바이에 태웠다.

"세상 살기가 만만치 않다는 걸 어릴 적부터 봐두는 것도 교육이야. 병신 아비가 어떤 일 해서 너들을 먹여살리는가를 똑똑히

148

봐둬야 해."

재필은 밤마다 악몽에 시달렸다. 머리 풀고 소복한 귀신이 아니면 해골들이 벌이는 잔치마당이었다.

*

박정희 정권이 장기집권 체제로 들어가 초강경 긴급조치를 연달아 발표했다. 노동운동, 반정부 시위에 나선 학생들, 재야인사들을 탄압하는 가운데 철권 공안정국을 이끌어가던 1977년 이른 봄이었다.

명희가 중학교 졸업식을 마친 며칠 뒤였다. 어느 날 새벽, 온다 간다 말없이 명희가 사라졌다. 엄동 한겨울을 냉돌 골방에서 견디어냈으나 방바닥보다 더 차가운 집안 분위기를 못 참아내던 끝에 가출해버린 것이다.

낯선 서울로 일자리 찾아 올라갑니다. 못난 딸 명희를 찾지 마세요. 성공하는 날에 반드시 부모님과 재필이를 찾을게요. 아버지, 제 소원이니 불쌍한 엄마를 더는 울리지 말고 부디 행복하게 사세요.

명희가 집을 떠나며 남긴 쪽지였다.

개털댁은 명희의 가출이 의붓어미가 잘못 거두어준 탓이라 여겨 장사도 나가지 않고 넋 나간 사람으로 하루해를 보냈다. 하나 식구가 빠졌는데도 명희 없는 집이 빈집 같았다. 속상해 눈물지을 때도 크면 돈 벌어 엄마 호강시키고 재필이 공부시키겠다고 위로해주던 잔정 많던 딸이었다. 그동안 딸애로부터 위로를 받기만 했지 어미로서 정을 더 주지 못했음이 괴로웠다. 그네는 명희마저 떠난 집을 바람난 서방 바라보며 지키고 앉았을 이유가 없다고 생각했다. 아비만 보면 공포에 질리는 아들을 두고 볼 수만도 없었다.

명희가 사라진 닷새째 되는 날, 개털댁은 서방과 도저히 더 살 수 없다는 결론을 내렸다. 그네는 옷 보퉁이를 꾸려 재필을 데리고 갯뜰 친정으로 들어갔다. 갯뜰로 들어온 그네는 올케와 울산공단 직공으로 나다니는 조카들 눈치 보며 엄마 방에 찡겨 친정살이를 시작했다.

개털댁이 친정으로 온 지 엿새째 저녁, 강천동이 술에 취한 채 오토바이를 타고 갯뜰로 들어왔다. 그는 둘안댁과 재필을 밖으로 내보내고 처와 마주보고 앉아 담판을 지었다.

"정 내 꼴이 보기 싫다면 당분간 떨어져 살아도 좋아. 그러나 갯뜰은 안 돼. 떵떵거리고 사는 모습 보여주겠다고 동네방네 떠들었는데, 여기 사람들이 날 뭘로 알겠어? 서방이 처자식 내팽개친 개백정으로 취급당해도 좋다는 거야?" 목을 빼고 꾸부정히 앉은 강천동이 흰자위 많은 눈을 치켜뜨고 말했다. "가겠다면 재필이 달고 밀양으로 들어가. 거기서 엄마나 봉양하고 살아. 재필이는 밀양에서 학교에 넣든 말든."

강천동은 그 말을 남기고 갯뜰을 떠났다.

개털댁이 서방 말을 두고 친정 식구와 의논했다. 둘안댁과 이민구가 강서방 말대로 따르는 게 좋겠다는 의견을 냈다. 친정집에 자식 데리고 눌러앉아 있어봐야 어느 세월까지겠으며, 출가외인이 친정에 와서 살면 동네 사람들 앞에 얼굴 들고 다니겠느냐고 둘안댁이 말했다. 사흘거리 강서방이 오토바이 몰고 들이닥쳐 행패를 부릴 텐데 여기 있어도 마음이 편할 거냐고 이민구가 둘안댁 말을 거들었다.

개털댁이 곰곰이 생각해보니 엄마와 오라비 말이 맞았다. 서방이 자주 찾아올 수 없는 먼 데서, 서방 모습과 행실을 안 보고 살았으면 싶었다. 제 아비를 무서워하는 재필이한테도 밀양으로 옮겨 앉는 게 다행스러울 터였다. 두부와 콩나물 장사를 해본 경험을 살린다면 밀양에선들 무슨 일 못하랴 싶었다. 그네는 이제 서방은 없는 사람으로 여기고 하나 자식이나마 열심히 키우기로 마음을 다잡았다.

개털댁이 재필이를 데리고 밀양으로 떠나려면 사철 갈아입을 옷가지라도 챙겨야 했다. 그네가 아들을 달고 봉대산 난민촌 집에 들르니 서방은 출타했는지 아무도 없었다. 그네가 방으로 들어가자 재떨이에 루주 묻은 담배꽁초가 눈에 띄었다. 강동댁 말로는 강씨가 어제 낮에 머리 볶고 화장 짙게 한 여자를 오토바이 꽁무니에 태우고 들어온 것으로 보아 명희 엄마가 떠나면 그 여자와 살림을 차릴 모양이라고 했다.

개털댁은 반닫이에서 옷가지를 꺼내고 부엌에서 숟가락과 밥그릇을 챙겨 보퉁이를 꾸렸다. 그네는 서방에게 잡힐까봐 황망히 삽짝을 나섰다. 아들을 데리고 시내로 나와 부산 가는 시외버스를 탔다. 버스가 출발하자 비로소 안도의 숨을 쉬며 등받이에 머리 기대 눈을 감았다. 헬쑥하게 여윈 땀 찬 그네 얼굴에 헝클어진 머리칼이 달라붙어 있었다.

개털댁과 재필은 사람 복작대는 부산역에 도착했다. 보퉁이 인 그네가 아들 손을 잡고 말했다.

"이제부터 엄마 놓치면 안 돼. 우리는 할머니 사시는 밀양으로 간단다. 거기 가면 네 아비 안 보고 살게 돼."

5

"밥 먹으래요." 종호 목소리였다. 다시 볼멘소리가 들렸다. "할머니가 깨우래요."

눈을 뜨니 모기장 속이었고 방 안이 환했다. 마당 쪽 미닫이문을 열어놓았는데도 바람 한 점 없었고 러닝셔츠가 땀에 채었다. 어림잡아 오전 열시는 넘은 듯했다. 어젯밤, 영업 끝났다는 종업원 말에 영배와 생맥줏집을 나선 게 자정 가까운 시간이었다. 영배가 나를 집까지 데려다주고 갔음이 어렴풋이 생각났다. 일어나 앉아 방 안을 둘러보니 간밤에 건넌방에서 잠을 잤음을 알았다. 아비는 이 방에서 몇 해를 돌부처로 버텨내다 송장으로 이 방을 떠났다. 속이 불편한데 몸 상태는 괜찮았다. 어제 가지산을 걸어서 넘은 게 효과가 있었던 모양이다.

겉옷 꿰고 방을 나서니 마루에 상차림 한 밥상이 놓여 있었다. 세수도 귀찮아 아무데도 시선 주지 않고 포마이카 밥상 앞에 앉았다. 고봉으로 담은 쌀밥에 콩나물국이 올랐다. 엄마가 두부와 콩나물 장사를 했던 어릴 적부터 교도소 끼니까지, 지겹게 먹어온 콩나물국이었다. 열무김치, 간고등어구이, 오이냉채, 가지무침의 정갈한 가정식 밥상을 받기가 얼마 만인가 싶었다. 못난 손자놈 두고 할머니가 그 연세에 따뜻한 밥 한 끼 마련했구나 싶었다. 숟가락질을 하자 목구멍이 아렸다.

식사를 마치고 건넌방과 붙은 화장실을 찾았다. 세수하고 용변을 마친 뒤 나는 벙거지 쓰고 마루로 나섰다. 종호는 대문간 감나무 그늘에 놓인 평상에서 아래채 남매와 놀고 있었다. 할머니가 안방에서 나섰다.

"어딜 가?"

"뒷산에요."

"빈손으로 가려나?" 거기에 선대 묘가 있어 성묘길에 나섰음을 짐작하고 묻는 말이었다.

"슈퍼에 들러 제수거리 사 가지고 갈게요."

"너 왔다고 한실네가 온다고 했어. 어디로 내빼지 마."

한실네란 대고모 딸로 나는 그네를 한실 고모라 불렀다. 대고모 별세 소식은 누나로부터 몇 년 전에 들었지만, 나는 중학 시절 대고모로부터 할아버지에 관한 여러 이야기를 들었다. 대고모는 처녀 시절 얼굴이 예뻐 재색 겸비한 규수로 알려졌다고 했다. 대고모가 별세하자, 서로 의지하고 살았는데 먼저 갔다며 할머니가 서러워하시더라고 교도소로 면회 온 누나가 말했다.

종호와 함께 삽짝을 나섰다. 나는 할말이 없어 입을 다물고 있었다. 내가 거두지 못할 바에야 자식을 냉담하게 대하는 게 나을지 모른다 싶었다. 그게 정을 떼는 방법이라고 여기자, 아비가 정 떼려고 나를 그토록 모질게 대했던가 하는 생각이 들었다. 아닐 것이다. 입양기관에 넘긴 장필 형, 누나, 내 경우를 보더라도 아비는 친자 애정결핍증 인자를 가지고 태어난 사람이었다.

예림초등학교 쪽으로 얼마 못 가 대형 할인마트가 있었다. 울산 봉대산 엄마 묘를 찾을 때처럼 제수거리를 샀다. 들른 김에 이래저래 사야 할 것이 많았다. 내가 갈아입을 것으로 가장 큰 사이즈 러닝셔츠, 팬티를 사곤 할머니 속옷과 종호 속옷도 치수를 보아가며 구입했다. 겉옷은 의류점에 가야 있을까 갖춰놓고 있지 않았다. 문구류 진열대에 들러 할아버지에 관해 메모할 노트며 필기구를 사다 보니 내년이면 학교에 입학할 종호에게 필요한 문구류도 카트에 담았다. 집으로 배달이 된다기에 굴비 한 쾌와 포장된 냉동 새우, 어묵을 담으니 카트가 가득 찼다. 초콜릿과 과자봉지를 카트에 던질 때마다 종호는 눈 동그랗게 뜨고 나를 보았다. 성묘에 가져갈 제수거리를 빼곤 집으로 배달을 부탁했다.

마암산 중턱 동북 방향에 선대 묘가 있었다. 시유지에다 당숙부와 고모부가 나서서, 밀양이 낳은 독립유공자라고 할아버지를 치켜세워 서둘러 매장했다고 들었다. 할아버지 묘 옆에 아비 묘가 끼어들었다. 두 봉분 앞에는 상석 없이 다듬잇돌만한 비석이 서 있었다. 누나가 할아버지와 아비 묘에 세운 비석이었다. 삼 년 전 교도소로 첫 면회 왔을 때 누나가, 작은 성의지만 할아버지와 아버지 묘에 비석 하나씩을 세웠다고 말했다.

항일전선 독립군 전사 강치무 묘(1900년 생, 1958년 몰)
울산공단 건설 노동자 강천동 묘(1936년 생, 1994년 몰)

나는 묘비명을 보며 실소를 지었다. 누나의 조상 받들기 정성은 알아줄 만했으나, 1980년대 한 시절 인천 지역 노동운동 여전사로 군사정권의 탄압에 맞섰던 누나 치기가 엿보이는 묘비명이었다. 할아버지는 어느 정도 타당성이 있겠으나 아비 경우는 과장됐다. 아니, 조상의 알량한 이력을 자랑하려 후손이 새긴 묘비명이었다.

나는 할아버지 묘 앞 잔디밭에 상차림 한 뒤 종호를 옆에 세우고, 나를 따라 절하라며 큰절을 올렸다. 나는 절을 하며, 할아버지 생애를 간략하게나마 정리해보겠다고 입속말로 읊었다. 읊고 나니 과연 그 작업이 우울증에 치료 효과가 있을까가 의심스러웠다. 억하심정, 소영웅심, 그런 단어가 떠올랐다. 아비 묘가 할아버지 묘 옆에 있지만 찾지 않았다. 아비는 묘를 남기지 않았어야 옳았다.

"여긴 절 안해요?" 종호가 처음으로 나와 눈을 맞추었다.

나는 대답하지 않고 할아버지 묘 앞에 앉아 담배를 피워 물었다. 억새풀 사이 건너편에 밀양강이 굽이를 이루어 흘렀다. 밀양강이 밀양 땅 젖줄이듯 이곳 사람은 누구나 밀양강에 얽힌 추억을 지녔다. 나 역시 그랬고, 아비와 할아버지 역시 그랬을 것이다. 할아버지는 거제도 포로수용소에서 돌아온 뒤 낚시질로 한세월을 보내다 세상을 떴다고 할머니가 말했다. 그런 할아버지와 달리 아비는 부산교도소에서 집행유예 삼 년이란 꼬리표를 달고 출감해 예

림리로 돌아온 뒤 마지막 몇 해를 소심증에 들려 정신이 반쯤 나
간 상태로 지냈다. 할아버지나 아비는 고향 떠나 한세월을 객지살
이했으나 마지막에는 고향땅에서 생을 마쳤다. 나 역시 울산이나
밀양에서 생을 하직하게 될까? 어느 곳도 내 생의 종착점이 될 것
같지 않았다.

종호는 내가 시키지 않아도 제수 음식을 비닐봉지에 담았다. 빨
리 집으로 돌아가 마트에서 산 자기 물건을 챙기고 싶은 마음이리
라. 나는 담뱃불을 끄고 일어섰다.

집으로 들어가자 할머니와 한실 고모가 선풍기 바람을 쐬며 마
루에 앉아 있었다. 상수 형님이 부산서 치과를 개업했다는 말을
들었는데, 아들 잘 둔 덕분인지 한실 고모는 부티가 났고 환갑 넘
긴 연세인데 파마머리를 커피색으로 물들였다. 한실 고모가 꽃무
늬 박힌 할머니 속옷을 펴보며, 요즘 나오는 면내의는 곱기도 하
다고 말했다. 할머니는 마트에서 배달된 물건들을 손도 안 댄 채
보기만 했다. 종호가 바삐 제 물건을 챙겼다.

"재필이 왔네. 이게 몇 년 만인가."

한실 고모가 어색하게 웃었다. 친척들이 나를 대할 때는 불에
달군 인두 보듯 조심부터 차렸다.

"내일쯤 고모부님껜 인사 가려 했는데요."

"그래, 오너라. 요즘 그 양반은 노인정 나들이로 소일하지."

고모부는 일제하 밀양 출신으로 독립운동사에 이름을 남긴 무
송 윤씨 문벌 집안이라 할아버지에 관해 들은 바가 있을 터였다.

"거기서 나온 길이라며 돈이 어디서 났냐?" 할머니 목소리는 여

전히 냉담했다.

"누나가 마중 왔더군요."

나는 엉뚱한 소리만 하고 건넌방으로 들어왔다. 두 노친네와 마주보고 앉았자면 세 사람 모두 서먹할 터였다. 나는 방 귀퉁이에 놓인 배낭을 열고 담긴 책을 쏟아냈다. 열어놓은 미닫이 문턱에 기대앉아 할아버지에 관해 써둔 노트 첫 장을 펼쳤다.

강치무(姜致武). 1900년 음력 1월 29일 밀양시 가곡동 출생. 2남 1녀 중 막내. 부친은 소작농 강기흠. 모친 이름은 김끝년······

교도소에서 기록해둔 대한독립군의 장백산록 전투 부분까지 대충 훑어보다 나는 노트를 덮었다. 날씨가 너무 더웠다. 살갗에 달라붙은 러닝셔츠가 젖었다. 할머니와 한실 고모가 나누는 나직한 말소리가 들렸다.

"······재필이가 거기서 나온 길로 아주머니와 자식 찾아왔는데 뭘 그리 서러워합니까. 누구나 다 한을 품고 한세월 살지요."

한실 고모 말에 할머니가 훌쩍였다. 할머니가 한실 고모에게 나를 두고 넋두리를 늘어놓다 내가 나타나자 입을 봉한 모양이었다.

고즈넉한 집안 분위기와 할머니의 침묵이 무거워 더 배겨낼 수 없었다. 영배 근무처인 시립도서관을 찾기로 했다. 나는 책을 밀쳐둔 채 노트와 필기구만 배낭에 담았다. 돈다발은 그대로 들어 있었다. 벙거지 쓰고 마루로 나서자, 땀 찼으면 속옷 갈아입고 나가라고 할머니가 말했다. 그런 말쯤은 고분고분 들어주어야 할 것 같아 마트에서 구입한 러닝셔츠와 팬티를 챙겼다. 건넌방에서 속옷을 갈아입었다.

"너 왔다고 전화 냈더니 시내 나올 일 있다며 천수 아버지가 온 댔어." 댓돌에 내려서는 나를 보고 한실 고모가 말했다. 천수 아버지는 내게 당숙 아저씨였다.

나는 조만간 당숙 아재 집으로 인사 가겠다고 말했다. 당숙 아저씨를 통해 할아버지에 관해 여쭐 게 있었기에 그분을 만나야 했다. 할아버지는 위로 형님 한 분과 아래로 누이가 있었는데, 그 아래 가지 친 여러 자식은 모두 고향을 떠났고 당숙 아저씨, 한실 고모만 밀양을 지키고 있었다. 두 분은 할머니 밀양 생활의 의지 기둥이었다.

급한 볼일을 핑계로 도망치듯 집을 나선 내 행동이 물에 기름 돌듯 했다. 팔순 노인과 맞서는 뒤틀린 내 심보에 마음이 서글펐다. 나는 여전히 가족을 외면하고 싶은 기피증과 적의를 품고 있었다. 외로움, 슬픔, 연민, 증오심이 켜로 쌓이면 정신병이 된다고 어느 책에선가 읽었다.

시립도서관에 들르기 전 영배에게 점심을 같이하자고 전화 내려 했으나 휴대폰이 먹통이었다.

나는 시립도서관까지 걸어서 가기로 했다. 감방살이 시절에 나는 독서로 날수를 죽였으나 다른 이들은 무엇보다 운동 시간을 기다렸다. 걷는 자유는 욕망의 기본이다. 나는 밀양강에 걸린 예림교를 건넜다. 밀양 시내를 굽이도는 밀양강 강안 풍경이 예전과 달랐으나 잔잔한 수면과 강변 가로수로 늘어선 왕벚나무는 옛 모습으로 나를 맞았다. 둔치가 정비되어 산책로에는 보행자가 많았고 축구장에는 더위에 아랑곳 않고 동호인 클럽의 축구경기가 한창이었다. 용두교 건너에 있는 삼문동은 서울 여의도처럼 밀양강에 둘러싸인 호수 부지였다. 오래된 다리인 밀양교를 건너면 예전 읍내 중심부였다.

시립도서관은 영남루 아래 밀양강변에 자리하고 있었다. 주변은 상가 지대였다. 나는 편의점에서 담배와 생수를 사고 점심은 짜장면으로 때웠다.

삼층 건물인 시립도서관에 들어선 나는 수위실에 들러 김영배 근무 부서를 물었다. 영배는 총무과 계장이었다. 사무를 보던 영배가 반갑게 나를 맞았다. 우리는 매점 겸한 구내 분식점으로 자리를 옮겼다. 영배가 자판기에서 커피를 빼왔다.

"네가 오늘 들를 줄 알았지. 일제하 밀양 지역 독립운동 관계 자료를 찾아봐달라고 사서 담당에게 부탁해놓았어." 영배가 말했다. "점심 같이할까 하고 전화 냈더니 불통이더군."

"사회로 복귀하니 서툰 점이 많아."

나는 배낭에서 휴대폰과 충전기를 꺼내 영배에게 충전을 부탁했다.

영배 안내로 열람실로 가서 사서 담당 최주임을 만났다. 최주임은 영배로부터 나를 소개받으며, 듣던 대로 거구군요, 하며 웃었다. 뿌연 살결에 몸집이 듬직한 내 또래였다. 그네는 책 다섯 권을 내게 넘겼다.

"조부님에 대해 조사할 게 있어서요." 최주임에게 말했다.

"향토사를 연구하는 젊은 분을 찾기 힘든데, 반갑습니다. 필요한 책이 있으면 또 부탁하세요."

최주임이 퇴실할 때는 반납해야 한다고 말하곤 걸음을 돌렸다. 주름치마 안에 큰 엉덩이가 눈앞에 그려졌다.

영배가 조용한 방이 있다며 이층 복도 끝 '유암 백정언 서고'란 팻말이 붙은 방으로 나를 데려갔다. 창문 낸 정면을 빼고 책꽂이가 벽을 가렸다. 밀양 출신 유학자 집안에서 기증 받은 한서를 보관한 서고였다. 회의용 책상에 철제 의자가 있어 내가 쓰기에는 맞춤한 방이었다. 영배가 창문을 열었다.

"에어컨이 없어 미안한데, 선풍기를 올려줄게. 건물 전체가 금연이지만 재떨이쯤은 제공해야지."

잠시 뒤 영배가 선풍기와 재떨이를 들여놓아주었다.

최주임이 찾아낸 책은 『밀양 지역 근대민족운동 소사』, 『밀양 지역 국채보상운동 보고서』, 『일합사 비밀결사운동과 밀양청년회』, 『오륙회와 밀양청년동맹』, 『밀양인 무송 윤씨 3열사 윤세용·윤세복·윤세주 소고』였다.

나는 『밀양 지역 근대민족운동 소사』를 펼쳐 읽기 시작했다. 새 노트에 메모해가며 세 시간 남짓 만에 일백오십 쪽 분량의 그 책을 독파했다. 내용을 요약하면 이랬다. 1910년을 기준으로 밀양에 세워진 근대식 학교가 공립밀양보통학교, 동화학교, 사립명원여학교, 진성학교, 서창학교 등 13개에 달했고 학생 수가 칠백 명에 이르렀다. 1910년 조선이 일본에 병탄되자 밀양 지방 민족운동가들이 국권을 회복하려 비밀결사운동을 전개했다. 1915년을 전후

해서 경상우도를 중심으로 '대한광복회', '조선국권회복단'이 결성될 무렵, 밀양에서는 우국지사들이 '일합사'를 조직했다……

영배가 내 휴대폰과 충전기를 들고 왔다.

"어젯밤 맥줏집에서 그 말 들었을 때, 과연 그럴까 했는데 정말 시작하는군." 영배가 책상 맞은편 의자에 앉았다. "고시 공부도 아닌데 뭘 그렇게 열심이야. 쉬어가며 해."

"당분간 여기 출근하면 안 될까? 이용료 낼게."

"그 돈 챙겼다간 공무원 뇌물수수로 걸릴 텐데. 관장님 양해를 구해볼 테니 그냥 써. 관장님도 중학 선배야." 영배가 펼쳐진 내 노트를 건너다보았다. "컴퓨터를 이용하면 편리할 텐데?"

"난 아직 필기가 쉬워."

"컴퓨터가 정보도서관이잖아. 검색해보면 필요한 자료를 빼낼 수 있지. 홈페이지로 들어가면 도서관 자료를 살필 수도 있고."

"이다음에 노트북을 구입할게."

"참, 휴대폰으로 전화 왔었어. 김부장이라던가. 밀양 네 주소 묻더라. 예림초등학교 부근이라 말해줬어."

영배가 서고를 떠나자 나는 부산 모 대학교 석사논문으로 집필된 『일합사 비밀결사운동과 밀양청년회』를 읽기 시작했다. 논문은 2부로 나누어졌는데 1부는 일합사가 주도한 밀양 삼일만세운동 경과였고, 2부는 1920년 봄에 결성된 밀양청년회가 보습교육 기관인 상업야학교를 중심으로 벌인 대중계몽 문화운동 발자취였다.

나는 열어놓은 창문 앞에 서서 더위가 끓는 밀양강 건너 삼문동 쪽을 보았다. 아지랑이 뒤쪽 밀양역 부근에 눈길이 멎었다. 밀양에서 터진 삼일만세시위 때 할아버지가 군중 선두에서 대형 태극기를 흔들며 밀양역으로 진군하는 모습이 환상으로 보였다. 당시 할아버지 나이 열아홉 살이었다. 할아버지는 키가 일 미터 구십 센티미터가 넘는 장대한 체구였다. 열아홉 살에 나는 무엇을 했던가. 남대문시장 일대를 무대로 퍽치기를 일삼던 시절이었다. 낮이면 붐비는 시장통에서 지갑이나 핸드백을 노렸고 밤이면 취객 상대로 금품을 갈취했다. 할아버지 목소리가 환청으로 들렸다. "열아홉 살 어느 날, 나는 부름을 받았어. 그 부름을 좇아 만주 땅 지린성으로 들어갔지……"

갑자기 머릿속이 자욱 흐려졌다. 나는 자리로 돌아와 이마에 손을 짚고 눈을 감았다. 할아버지 목소리가 들렸다. "교도소에서 갱신이란 말 귀 따갑게 들었지? 나를 기록하다 보면 갱신의 길로 들어설 수 있을 거야……" 유성 같은 게 긴 꼬리를 끌고 어두운 공간으로 달아났다. 어지럽고 가슴이 뛰기 시작했다. 배낭에서 생수와 정제 프로작을 꺼냈다.

책상에 엎드려 한 시간 좋이 혼곤한 잠에 떨어졌다. 꿈을 꾸지 않았기에 할아버지 환청과 환상은 나타나지 않았다.

영배가 퇴근 시간에 맞추어 이층 서고로 올라왔다. 공부 웬만큼 했냐고 묻곤 나가서 저녁이나 먹자고 했다. 배낭을 어깨에 걸치고 빌린 책을 열람실에 반납하려 챙기자, 내일도 와서 볼 거라면 여기 둬도 된다고 영배가 말했다.

"최주임 불러내 저녁이나 같이 먹지." 영배가 말하더니 열람실에 전화를 걸었다. "⋯⋯그 집 어때요, 사포초등학교 쪽 해물탕집? 그럼 거기서 봐요. 친구와 난 곧 나서겠습니다."

시립도서관을 나서자 영배가 택시를 잡았다. 길 건너가 시장이요 주위에 널린 게 음식점인데 해물탕 한 끼 먹으려고 택시를 타는 게 의아했다.

"명색 시지만 여전히 읍 시절 분위기야. 여럿이면 몰라도 여성하고 둘이 나란히 걸으면 금방 소문이 돌지." 택시 안에서 영배가 말했다. 최주임과 걷다 뜬소문에 시달렸나 하고 말하려는데 영배가 뒷말을 달았다. "최주임이 싱글이거든. 결혼 이 년차던가, 부군이 교통사고로 운명해 홀몸이지. 미망인이라기엔 너무 싱싱하잖아?"

해물탕집은 제대 사거리를 지나 사포초등학교 뒤쪽 충남산 밑이었다. 내 중학 시절에는 농촌 교외였고 초등학교도 없었는데 거기까지 고층 아파트가 들어서고 있었다. 식당은 규모가 컸다. 우리가 도착해 홀이 아닌 방에 자리를 정한 뒤, 한참 만에야 최주임이 왔다. 영배가 해물탕에 파전과 동동주를 주문했다.

"조부님에 관한 조사라지만 그런 연구 할 분 같진 않은데요?"

최주임 말에 대답하기가 무엇해 내가 가만있자, 독립군 활동 이후의 할아버지에 관해 물었다.

"조부님 후반기 생애는 자료를 정리 중입니다."

"조부님이 밀양 출신 약산 김원봉과는 관련이 없습니까?"

"신흥무관학교 시절, 조부님은 하사관반, 김원봉은 장교반이었다고 들었습니다."

"별세한 부군 전공이 약산 맞지요?" 영배가 최주임에게 물었다.

"그이가 약산 연구로 학위 논문을 준비했어요. 그래서 저도 근대 독립운동사라면 관심이 있지요. 강선생님, 그 방면에 자료가 더 필요하면 찾아드릴게요."

최주임이 나를 선생님이라 부르자 얼떨떨했다.

"최주임 부군이 밀성중학교 역사 선생이셨지. 애들 가르치랴 박사논문 준비하랴, 밀양서 부산에 있는 대학으로 차 몰고 다니다 빗길에 그만…… 학구파로 대학교수감이었는데 말야" 하던 영배가 최주임의 상처를 건드려 미안하다는 듯 다른 말을 꺼냈다. "이젠 좌파 민족운동가가 학위 논문감이 되는 세상이 됐어. 군사정권 시절엔 어림없었지. 예전엔 식견 있는 여기 사람들도 약산 이름이 오르내리면 쉬쉬하며 눈치 봤으니."

해물전골 냄비, 파전, 동동주 담긴 질그릇 동이가 나오자 영배가 잔에 술을 쳤다. 최주임이 잔을 받았다.

약산 김원봉으로 말길을 터 화제는 일제하 밀양 지방 독립운동 전개 과정으로 옮아갔다. 최주임은 그 방면에 아는 게 많았다. 그네가 주로 말했고 내가 거드는 정도였다. 영배는 듣는 입장이었다. 할아버지 혼령이 이끌어 영배와 최주임을 만나게 된 듯했고, 분위기가 무르익었다. 동동주가 두 동이째 나오자 최주임이 자기 주량은 다했다며 술을 사양했다. 영배가 내 이력에 대해선 아무 말도 하지 않아 다행이었다.

우리가 식당을 나섰을 때는 어둠이 내렸다. 최주임이 자전거를 타고 왔기에 식당 밖 한길에서 헤어졌다. 자전거 타는 여성을 오랜만에 보게 되어 펑퍼짐한 엉덩이를 걸쳐 앉은 그네 꽁무니에 잠시 눈을 주었다.

"자전거로 출퇴근하지. 휴일이면 표충사로 자전거 하이킹도 나가는 모양이야. 중소 도시엔 자전거가 편리해 집집마다 한두 대씩은 있어. 그런데 학생은 몰라도 최주임이 자전거 타는 걸 보면 묘한 생각이 들어. 삼십대 중반 미망인 아냐. 우스갯소리겠지만 자전거 안장이 거기를 자극한다나. 직원들의 그런 쑥덕거림 정도는 감잡았을 텐데 모른 체 몰고 다녀. 넌 어떻게 생각해?"

"바깥세상에선 그쯤도 화젯거리가 되는군." 영배 말에 둘 사이가 내연의 관계가 아님이 짚였다. "여기서 마암 사거리까지 걸어가지 뭘."

우리는 여름밤을 천천히 걸었다. 예림서원 돌담길을 거쳐갔다. 눈에 익은 길이고 주위로는 논이었다. 시내 쪽 불빛이 반짝였다.

"언제까지 밀양에 머물 작정이니?"

"일주일 예정했는데 좀더 있을까봐. 도서관도 이용해야겠고." 그 말에 달아 무심코 다음 말이 떨어졌다. "그새 아들놈과 정도 좀붙이고."

술기운일까, 결코 그럴 마음이 없었는데 그 말이 왜 뱉어졌는지 몰랐다. 내 마음이 그새 순치된 탓일까? 정 붙였다 다시 헤어진다면? 초등학교 오학년 땐가, 해거름녘이었다. 꾸부정한 몰골로 마당에 들어선 사내가 아비인 줄을 알자 나는 유령을 본 듯 놀랐다. 거지꼴의 아비를 보고 할머니가 말했다. "저놈이 울산 땅에서 죽어 이 세상에 아예 없다고 잊었는데, 없는 정 붙이려 나타났구나.

앞으로 저놈과 어찌 살꼬."

엄마와 내가 밀양으로 온 뒤 아비는 춘심이란 여자를 집에 들어앉힌 모양이었다. 일 년 된가, 당시만도 가정용 전화가 보급되기 전이라 외삼촌이 엄마 앞으로 편지를 보내왔다. 아비가 술에 취한 채 오토바이를 몰다 자동차와 충돌해 크게 다친 끝에 보름 넘게 입원해 있다 나왔다고 했다. 아비가 집으로 돌아오니 그새 춘심이가 돈 될 만한 것은 몽땅 챙겨 줄행랑을 놓아 밤낮으로 술통에 빠져 산다는 것이다. 외삼촌 편지 마지막 구절이 이랬다.

내가 난민촌으로 찾아가보니 매부가 아직 인간 되기 글러 보였으나 너와 재필이가 불쌍해 다독거려주고 왔다. 개장수는 계속하는데 장사가 그리 신통치 않나봐. 혹시 밀양에 가서 너들 모자를 울산으로 잡아채 오려 할는지 모르겠다. 매부가 무슨 말로 협박하더라도 그 말에 따르면 안 된다. 내가 보건대 매부가 아직 진정으로 개심해 마음잡은 것 같지가 않더구나.

술주정뱅이로 지내던 아비는 주사 끝에 사소한 말다툼이 원인이 되어 땜장이 장씨를 멱살잡이하다 밀쳤고, 넘어진 장씨가 뇌진탕으로 급사한 게 그해 겨울이었다고 했다. 아비는 과실폭행치사죄로 수갑을 차 부산교도소에서 삼 년 반을 썩었다. 그 기간이 아비 생애의 일대 전환기였다. 만기 출소하자 봉대산 산동네에 발붙일 수 없었던 아비가 찾을 곳이라곤 밀양 땅 마암산 산자락밖에 없었다.

영배와 나는 별 대화 없이 마암 사거리에서 헤어졌다. 나는 영
배에게 내일 오전에는 볼일이 있어 점심 먹고 오후에 도서관으로
나가겠다고 말했다.

*

이튿날, 나는 할머니와 종호와 겸상해 아침밥을 먹었다.

"한실 할머니 댁이 가까우니?" 종호에게 물었다.

"다리 건너 제일아파트에 살아요. 제가 어제 할머니 심부름으로
제일아파트에 갔었어요."

"집에 전화 있는데 걸어갔다 오다니?" 종호에게 물었다.

"내가 심부름 보냈다 왜? 전화통에 대고 네놈 왔다는 말이 차마
입 밖에 떨어지지 않아서." 할머니가 발끈했다. "전화 말이 나왔
으니 말인데, 네놈이 집 떠나 언제 집으로 전화 한 통 했냐? 어제
야 제 발로 기어들었잖아."

할머니의 냉담한 말에 내 신경이 다시 팽팽해졌다. 예전처럼 또
밥상 뒤엎어봐, 하듯 할머니가 나를 빤히 바라보았다. 옴팡하게
들어앉은 할머니 눈에 원귀가 서려 있었다. 분노와 비애가 기를
세우며 부딪쳤다. 내가 왔다는 소식을 종호 편에 한실 고모에게
알린 점이나 정성들인 밥상으로 보아 말씀은 저렇게 하지만 속마
음은 그렇지 않다며, 나는 애써 분기를 눌렀다.

"죽일 놈이 접니다. 죄송해요."

나는 젓가락을 놓고 상에서 물러났다. 건넌방으로 들어와 벙거

지 쓰고 배낭 메고선 마루로 나섰다.

"한실 할머니 집에 인사 가야지. 네가 집 좀 가르쳐줘."

나는 종호를 데리고 나섰다. 어제 마트에서 자기 몫을 사준 게 효과가 있었던지 녀석이 씩씩하게 앞장섰다. 오늘도 더위는 대단할 것 같았다. 한동안 말이 없었는데 밀주교를 건널 때였다.

"묻고 싶은 게 있는데요." 종호가 나를 보았다.

"말해봐."

"지금부터…… 아버지라 불러도 돼요?"

코끝이 찡했다. 아비와 나는 이런 절차를 거치지는 않았다. 말을 배우자 자연스럽게 엄마를 엄마라 불렀고 아비를 아버지라 불렀다. 종호는 여태 엄마나 아버지라 불러볼 사람이 없었다. 주위 또래가 엄마 아버지를 예사로 부를 때 녀석은 엄마와 아비를 떠올리며 그리움에 사무쳤을 터였다.

"아버지가 맞으니깐 아버지라 불러야지."

"지금부터 아버지라 부를게요. 할머니도 그렇게 부르라고 했고요." 종호가 다시 씩씩하게 앞장을 섰다. "저기 보이는 저 아파트예요."

제일아파트 단지는 호수 부지 삼문동의 밀양강변에 위치해 전망이 좋았다. 나는 아파트 앞 과일 상점에서 수박과 참외를 사서 아들과 나누어 들고 육층으로 올라갔다. 고모 내외분이 집에 있었다.

"어미 없이 크는 종호를 봐서라도 이제 마음잡고 살아. 예림리 아주머니가 자네 사람 되는 것 봐야 눈감을 거라고 말씀하셔. 하나 손자 두고 한이 맺혀 하시는 말씀이지." 인사 끝에 고모부가 떨떠름한 어조로 말했다. 내가 돈이나 뭘 부탁하러 온 게 아닐까 경계하는 눈치였다.

"열심히 살겠습니다."

"아무렴. 정신 차릴 나이가 됐지."

나는 종호가 지루해할 정도로 세 시간 넘게 한실 고모네 아파트에 머물렀다. 내가 할아버지에 관한 얘기를 꺼내자, 거기에 관심이 있다는 게 무슨 변고냔 듯 놀란 뒤, 고모부의 집안 자랑이 늘어졌던 것이다. 교도소에서 읽은 일제하 독립운동사에서 밝혀진 대로, 고모부 집안의 윗대인 윤세용, 윤세복, 윤세주 세 분이야말로 이 나라 독립운동사에 큰 자취를 남긴 밀양 출신이다.

"사돈어른이 삼일만세운동 후 만주로 망명해 신흥무관학교에 입교하게 된 게 윤 세자 용자 할아버지 영향이라고 들었다. 당시 밀양 젊은이들이 독립운동 하러 만주로 가게 된 게 다 그분 영향이야. 약산 그분도 마찬가지고."

이렇게 시작된 고모부 말은 내가 중간에 끼어들 짬이 없었다. 고모가 식혜를 내어와 목을 축일 때나, 고모가 당신 어머니로부터 들었다는 외삼촌 일화를 얘기할 때나 말을 잠시 중단했을 정도였다. 집안의 말썽꾸러기가 메모까지 해가며 관심을 보이자, 이판에 선대 족적을 교훈 삼아 네놈 행실을 고쳐놓겠다고 작심한 듯 고모부 사설이 이어졌다.

점심으로 손수 칼국수를 준비하겠다는 고모를, 점심을 대접하겠다고 말려 나는 고모부 내외를 아파트 밖으로 모셔 나왔다. 날씨가 더웠고, 고모부가 냉면이 좋다기에 나는 두 분과 종호를 상가 건물 냉면집으로 데려갔다. 네가 무슨 돈이 있냐고 고모가 한 사코 말렸으나 냉면에 불고기를 시켰다.

식사 중에 나는 고모부에게 할아버지 이력에 관해 뭘 좀 써보려 한다고 말했다. 고모부와 고모를 통해 할아버지 이력 중 중요한 부분을 알아냈기 때문이다. 식사를 마치고 나오며 고모에게 당숙 아저씨 집을 물었다. 천수 아버지는 여전히 상동면 면소 부근에 과수원을 하며 살고 있다고 했다. 내친김에 오늘은 시립도서관에 가기를 포기하고 할아버지에 관한 자료 조사를 계속하기로 했다.

고모부 내외는 아파트로 돌아가고, 혼자 집에 갈 수 있다기에 종호는 주전부리할 용돈을 주어 집으로 보냈다. 나는 선물용 오렌지주스 팩을 택시에 싣고 당숙 아저씨를 만나러 나섰다. 아비가 울산으로 오기 전 당숙 아저씨네 정미소에서 일할 적만도 정미소 겸한 안채가 읍내 용평동 시장통에 있었는데 내가 중학교 다닐 때 아저씨는 정미소를 처분하고 재산을 정리해선 상동면에 사과밭을 매입해 교외로 나앉았다.

나는 과수원 일을 하고 있던 당숙 아저씨를 만났다. 마당의 포도나무 그늘 평상에서 아재와 수박화채를 먹으며 말을 나누었다. 아재는 집안 어른들로부터 들은 삼촌에 관한 추억을 생각나는 대로 말해주겠다며 주섬주섬 섬겼다. 아저씨가 들려준 할아버지 어린 시절, 만주 시절, 고향에 정착한 해방 후부터 전쟁 전후 일화는 여태 내가 아는 점 외 새로운 정보가 많았다. 그러나 할아버지가 거제도에서 돌아온 뒤 말년의 밀양 생활은 새겨들을 말이 별로 없었다.

"블라디보스토크에서 나온 임필례 씨 자제분 박문일 씨가 아직 밀양에 사세요? 살아 계신담 칠순이 넘었을 텐데요." 내가 물었다.

"어떻게 해삼위댁을 알아? 그러고 보니 너도 아는 게 많군. 해삼위댁 아들 박씨도 재작년에 돌아가셨지. 자네가 너무 늦게 왔어" 하더니 아저씨가 문득 생각난 듯, "너 아까 해방 후 삼촌 좌익활동에 대해서 물었지? 이젠 그런 말 마음대로 할 세월이 됐으니, 그 양반 한번 찾아가봐. 정한기 씨라고. 그 시절 얘기라면 그 양반이 자기 부친으로부터 들은 게 있을 테니 많이 알걸. 정한기 씨 부친인 정두삼 씨가 삼촌과 함께 신불산으로 들어가 빨치산 생활을 했지. 정한기 씨는 단장면에 살고 있어. 그분도 연세가 칠순은 됐을걸."

당숙 아저씨네 과수원을 나섰을 때, 주머니의 휴대폰 신호음이 울렸다. 영배였다. 오후에 온다더니 왜 도서관에 나타나지 않느냐고 물었다. 시간은 오후 네시를 넘어서고 있었다.

"동창들이 널 좀 보재. 저녁에 만나기로 했는데, 시간 어때?"

나는 오늘은 힘들겠다고 말했다. 더위로 속옷이 행주로 젖었고 머리가 어지러웠다. 감방에 있을 때는 바깥 사람들 하루하루가 생존경쟁의 연속이라 파김치 꼴로 찌들어 산다는 말에, 세상에 나가 분주히 싸대며 파김치 꼴로 찌들어봤으면 좋겠다고 부러웠는데 막상 사회로 나오자 나 자신이 찌든 형편이다. 시내에서 목욕하고 집으로 들어가 할머니께 백배사죄한 뒤 할아버지에 대해 여러 말을 여쭙기로 했다.

나는 차츰 할아버지 생애에 깊이 빠져들고 있었다.

시내로 들어가는 택시가 없어 내리쬐는 땡볕 아래 걷자, 어지러운 머릿속에 할아버지 얼굴이 우련히 떠올랐다. 가로수 아래 퍼질러 앉아 담배를 피워 물었다. 머리가 어질한데, 할아버지가 혀짤배기소리로 나를 불렀다. 당신 말이 환청으로 들렸다. "어서 시작해. 시립도서관에 쓸 자리가 있잖아. 내 생애를 기록해보라고. 시작이 절반이란 말도 있어." 나는 환청에 홀려 자리 털고 일어났다. 시오 리쯤 걸어서야 빈 택시를 잡을 수 있었다. 기사에게 가까운 목욕탕으로 데려다달라고 말했다.

신축 육층 건물에 들어선 사우나탕은 시설이 좋았다. 각종 운동기구가 비치되어 있어 한 시간 넘게 러닝머신과 바벨로 땀을 빼자 그제야 원기가 살아났다. 지난 세월 동안 우울증 치료는 운동밖에 없다며 기를 쓰고 매달려왔다. 이제는 할아버지 생애 정리가 운동을 대신하게 된 셈이다. 사우나탕을 나서자 거리에는 땅거미가 내리고 있었다. 외식으로 저녁을 때우고 수박 한 통을 사서 택시를 잡았다.

집으로 들어가자, 할머니는 마루에 앉아 부채질하며 대문간을 내다보고 있었다. 종호는 보이지 않았다.

"저녁 자셨어요?"

"종호와 한술 떴다. 너는?"

"먹고 왔어요. 종호는 어디 갔나요?"

"마실갔다. 쌈질하는 텔레비전 보러. 아비 닮아 싸움꾼 되려는지 원······"

"당분간 밀양에 있겠어요. 중학교 때 친구 주선으로 시립도서관에 나가기로 했어요. 거기서 뭘 좀 조사할 게 있습니다." 할머니 눈치를 살피며 말을 꺼냈다.

"한실네가 다 말하더라."

"사실은 교도소에 있을 때 제가요, 할아버지 일생을 글로 정리해보기로 마음먹었어요." 그럴싸하게 거짓말을 보태기로 했다. "어느 날 꿈에 할아버지가 나타나 제게 이런 말을 합디다. 할아버지 말씀이, 발작 증세가 있는 네 정신병을 내가 안다. 그 정신병은 어떤 명약보다 마음 닦음이 중요하다. 그러니 내 일생을 잘 조사하다 보면 네 병에 차도가 있을 게다. 꿈에 분명히 그렇게 말씀했어요. 그래서 하는 말인데요, 할머니……"

할머니가 내 말을 자르고 들었다.

"밥해놓고 기다리고 앉았으면 그 양반이 날 저물어서야 돌아왔지. 종일토록 했을 낚시질인데 고기도 몇 마리 못 잡고. 따지고 보면 물고기 많이 잡겠다는 것도 아니었어. 그다음은 네 아비가 울산으로 간 뒤 삽짝 보며 그렇게 기다렸고. 삽짝 내다보는 게 버릇이 됐는데, 네놈이 대를 이어 이 할미를 여태 기다리게 했잖아. 하루뻥 부대 앞에서 종일토록 오라비 소식 기다리다 그 양반을 만났듯, 이 늙은이 평생이 그렇게 누굴 기다리다 마칠 거야……" 할머니 목소리가 처연했다.

나는 배낭에서 백만 원 한 다발을 꺼내어 밀어놓았다.

"거기서 나왔다며 웬 돈이냐?" 할머니가 미심쩍어했다.

"그 안에서도 열심히 일하면 돈 벌 수 있고, 저축해두었다 출감 때 받아 나옵니다. 그 안에 있을 때 공부해 대학 입시 치를 자격증

174

도 땄습니다."

"아래채 집세 받고, 동사무소에서 다달이 몇 푼 나오는 돈이 있다. 그걸로 두 식구 입은 사니 너한테까지 돈 안 받아도 돼."

"여기 있을 동안 제 밥값으로 쓰세요."

할머니가 돈 챙기기를 쑥스러워할까봐 나는 건넌방으로 들어왔다. 감옥소서 공부도 시키나봐, 하고 쭝덜대는 할머니 목소리가 들렸다.

"옷 갈아입어. 반바지와 잠방이는 할아버지가 입던 거다. 장롱 뒤지니 그게 나왔어."

러닝셔츠, 팬티, 반바지, 잠방이가 있었다. 맞춤이 아니면 치수 맞는 옷이 없는데 할아버지가 입었다는 무명옷은 내게 맞았고 그 옷을 입자 기분이 묘했다. 마루로 나오니 할머니는 내가 사온 수박을 잘라 채반에 담고 있었다. 돈은 치웠는지 보이지 않았다. 나는 할머니 앞에 앉았다.

그날 밤, 자정이 가깝도록 나는 수박을 먹으며 할머니로부터 여러 이야기를 들었다. 할머니는 옛 기억을 더듬어가며 살아온 이력을 실타래 풀듯 풀었다. 여든다섯 살 나이에도 말짱한 정신으로 회상해내는 할머니의 기억력이 놀라웠다. 풀어놓은 이야기에는 직접 겪은 일이 아닌, 할아버지로부터 들은 일화도 있었다. 할머니 생애야말로 평범한 여자로서는 겪기 힘든 예외의 경우에 해당될 것이다. 함경북도 회령군의 첩첩한 산골 가리실에서 태어난 할머니가 경상도 밀양 땅에 뿌리내린 이력부터가 흔치 않은 예에 해당될 것이다. 할머니가 부모 따라 북간도로 들어가기는 여덟 살 때였고, 하얼빈 근교에 있던 관동군 731부대 남문 초병이었던 할아버지를 만나기는 1935년 늦가을이었다. 그해 할머니 나이 열여섯 살이었고, 이듬해 아비가 태어났다.

*

이튿날, 잠에서 깨자 안방 다락부터 찾았다. 허리 펴기도 힘든 부엌 위 다락은 잡동사니로 쌓여 있었다. 마당 쪽으로 환기창이 있어 다락 안이 어렴풋이 밝았다. 아무짝에도 쓸모없는, 버리기엔 아까워 보관한 잡동사니를 뒤지며 나는 할아버지의 자취를 찾았다. 한 시간을 뒤졌으나 묵은 책이나 노트, 사진첩 같은 것은 발견되지 않았다. 할아버지는 자신의 모습이나 글을 남기지 않았다. 과거의 흔적을 철저히 파기해버린 셈이다.

아침밥 먹고 나자 나는 시립도서관으로 출근했다. 영배와 식당에서 점심밥 같이 먹고 영남루로 올라갔다. 구내에 있는 밀양 시립박물관을 둘러본 산책 시간을 빼고, 그날 하루 종일 서고에 박혀 할머니가 들려준 이야기 정리에 매달렸다. 영배와 함께 퇴근할 즈음에는 하늘이 어두워지더니 굵은 빗발이 듣기 시작했다. 기상예보에 따르면 태풍을 동반한 장마의 시작이었다.

밤부터 바람이 드세어지더니 세찬 비가 쏟아졌다. 비는 열흘 가까이 쉼 없이 내렸다. 비가 멈출 때도 있었으나 구름층이 두꺼워 햇빛 든 날이 없었다. 도서관 서고로 출근해 글을 쓰거나 책을 읽다 창 앞에 서면 밀양 강물이 둔치까지 삼킨 채 탁류가 굽이를 이루었다. 비 탓에 날씨가 선선해진 열흘 동안의 내 일과는 오전 아홉시에 도서관 서고 출근, 오후 여섯시에 퇴실하는 규칙적인 생활로 일관했다. 하루 한두 차례씩 영배가 서고에 들러 책을 읽거나 노트를 정리하는 나를 보고, 죽을 날 받아놓은 사람처럼 뭘 그렇게 열심이냐고 농담할 정도로 나는 할아버지 생애를 정리하는 작업에 매달렸다.

본격적인 집필에 들어가자 자료 부족으로 필이 멈추기가 한두 번이 아니었다. 그럴 때마다 공란을 둔 채 뒷부분을 먼저 써나가다, 공란이 차츰 늘면 하는 수 없이 일층 열람실에 들러 최주임에게 이런저런 자료를 찾아봐달라고 부탁했다. 그녀는 도움이 될 책을 서고로 가져다주었고, 이메일을 검색해 필요한 자료를 뽑아주었다. 그런 수고의 보답으로 자판기에서 커피나 음료수 캔을 빼어 약소하게나마 대접할 때도 있었다. 그런 기회에 대화 시간도 가졌다. 밀양 출신 독립운동가에 관한 정보나 만주 지방 여행담이 화제에 올랐다. 해외여행이 붐을 이루어 최주임도 북간도 일대와 백두산을 여행한데다 사망한 남편이 약산 김원봉의 자취를 좇아 중국 답사를 여러 차례 한 만큼, 그 방면에 식견이 많았다. 나는 공부가 짧은데다 문장력마저 달려 어려움이 많다는 점을 솔직하게 털어놓았다. 그녀는 대학입시 논술고사에는 문장력이 필수라며 도서관에 있는 책을 추천해주기도 했다.

장맛비가 따르던 어느 날, 서고로 올라온 최주임이 원고 작성에 진땀을 빼는 내가 보기에 딱했던지 조심스럽게 말을 꺼냈다.

"어떻게 들으실지 말하기가 어려운데…… 집필이 힘드시죠?"

"자꾸 귀찮게 해드려 죄송합니다."

"제 말은 그런 뜻으로 물은 게 아닌데요." 최주임이 덧니를 보이며 웃었다.

"영배 군한테 들었는지 모르지만 나라는 인간이 사실은 건달 출신입니다. 대학도 못 나왔고, 글재주도 없고요. 그렇다면?"

"마땅한 젊은이가 있는데 선생님이 그이한테 도움을 청하면 어떨까 해서요. 선생님이 초고를 만들어 넘기면 컴퓨터로 문장을 다듬어 정서해줄 겁니다. 도서관에 나와 소설 공부하는 착실한 청년입니다. 얼마 정도 수고비를 주면 도와줄 것 같은데요?"

나는 최주임 말에 귀가 번쩍 뜨였다. 소설가를 소개해달라고 부탁했다.

그렇게 소개받기가 밀양중학교 오 년 후배인 허문정이었다. 허군은 부산에 있는 대학에서 국문학을 전공한 뒤 낙향하여 밀양 근교에서 아버지 과수원 일을 도우며 소설 공부를 하고 있었다. 밀양문학회 회원으로 지역 문학판에는 이름이 알려져, 지역 문예지 『밀양문학』에 소설을 더러 발표한다고 했다. 중앙 문단에 데뷔할 때까지 결혼을 미루고 있다는 허군은 일주일에 이삼 일 시립도서관에 나와 소설 쓰기를 하고 있었다.

허군은 자기 일을 뒤로 미룬 채 도서관에 나오는 날은 숫제 내가 빌린 서고로 출근했다. 참고할 책을 쌓아놓고 뒤져가며 필요한 부분을 자기 노트북에 옮겼고, 내가 대충 써서 넘겨주는 원고를 정리해선 프린트로 뽑아서 보여주었다. 정리 정도가 아니라 매끄러운 문장으로 내용에 살을 붙였다. 그는 할아버지의 복잡다단한 생애에 흥미를 느끼고 있었다. 그가 그 일을 아르바이트라 생각지 않고 성의껏 도와주는 게 마음의 부담을 줄였다.

나는 최주임에게 허문정을 소개해주어 많은 도움을 받는다고 말했다. 정말 고맙다는 내 말에 진심을 느꼈던지 최주임이 수수께 끼 내듯, 한 분을 더 소개해줄 수도 있다고 말했다.

"노병직 교수님이라고, 작년에 정년 퇴임하셨죠. 남편 학위 논문 지도교수였습니다. 남편 살아 있을 때 부산 장전동 그분 댁을 자주 찾아뵈었지요. 한국근대사 전공이라 강선생 조부님의 생애를 읽는다면 흥미로워하실 겁니다. 허문정 씨가 정리한 원고를 노교수님께 최종 검토해달라고 부탁드리면 틀린 부분을 바로잡아줄 수 있을 거예요."

나는 웬 떡이냐 싶었다. 호박이 넝쿨째 굴러오는 느낌이었다. 내가 어떻게 해야 노교수를 소개받을 수 있냐고 물었다.

"선생님이 원한다면 노교수께 일단 전화부터 내보죠. 원고 검토를 해주실 수 있냐고. 허락하시면 허문정 씨와 함께 교수님 댁을 방문해보시죠. 제가 소개 편지를 써드릴 테니. 이메일로 원고를 보내고 받으면 되지 않겠어요?"

최주임은 부산 노교수 집을 방문하는 데 동행하겠다고 말하지는 않았다. 나를 동행하느라 따라나서는 그런 돌출 행동이 남의 눈에 묘하게 비칠 수 있음을 경계하고 있었다. 아니, 스스로 경계선을 만들어 이를 지키자는 셈이다.

최주임이 노교수에게 전화를 내서 허락을 받았다고 하자, 이틀 뒤 나는 허군과 함께 버스 편에 부산으로 나섰다. 어떻게 사례해야 하느냐를 두고 허군과 의논한 결과 사례금부터 불쑥 내밀기가 무엇하니 우선 백화점에 들러 선물을 사서 가져가기로 했다. 원고 검토가 끝나면 그때 별도로 사례비를 지불하는 게 좋겠다는 허군 말이었다. 나는 허군에게 원고 정리 사례비 착수금 조로 백만 원을 준 바 있었는데, 선뜻 받기가 저어되어 곤혹스러웠던 경험이 되짚어지는 모양이었다.

체구가 왜소한 노병직 교수는 접장 출신답게 온순하고 찬찬한 분이었다. 은퇴하여 한가로우니 원고를 검토해주겠다고 쾌히 승낙했다. 그날 저녁식사와 술을 대접하고 허군과 나는 밤늦게 밀양으로 돌아왔다.

열흘 동안 내 휴대폰으로 안나가 두 차례 전화를 했고, 김영갑 부장 전화가 한 통 있었다. 둘 다 왜 빨리 상경하지 않느냐는 독촉이었다. 김부장은 회장님이 나를 찾는다며 전화로 연결해주겠다고 했으나 거절했다. 밀양에서 할 일이 있어 머무는 참인데 상경하는 대로 회장님을 뵙겠다고 말했다. 누나가 할머니께 전화를 냈기에 나와 한 차례 통화가 이루어졌다. 나는 도서관에 출퇴근하며 할아버지 생애를 정리하고 있다고 말했다. 누나가 네 글 빨리 읽고 싶다며 반가워했고, 상경할 때 종호를 데려와 거처가 마땅치 않으면 안산 자기 집에 맡기라는 말도 했다. 누나는 내가 갱생의 과정을 충실히 밟는다고 판단한 모양이었다. 영배를 통해 동창들이 나를 술집으로 불러내려 극성을 떨었으나 몸이 좋지 않다는 핑계로 거절했다. 가능한 술자리를 피하고 싶었다. 술을 멀리하니 아침 일찍 잠이 깨었고, 종호를 깨워 마암산 능선 따라 한 바퀴 산책하고 돌아오는 시간적 여유를 가질 수 있었다.

장마 끝에 하늘이 활짝 개자 다시 불볕더위가 시작되었다. 그동안은 시원해서 좋았는데 서고에서 작업하자니 선풍기 바람으로 더위를 이겨내기가 고역이었다. 글 쓰는 노트 위로 땀방울이 떨어졌다. 영배가 와서, 사무실 평수에 비해 에어컨 용량이 모자라 자기도 죽을 지경이라며 지구온난화 현상을 두고 불평했다.

"이런다고 누가 월급 챙겨줘? 일도 좋지만 영남루로 올라가 강바람이나 쐬고 와. 쉬어가며 해야 능률이 올라."

"감방에 비하면 천국이야. 난 무슨 일이든 여태 제대로 끝을 맺어본 적이 없어. 하루쯤 손놓아버리면 아주 못할 것 같아."

사실이 그랬다. 나는 살얼음 밟듯 마음의 변화를 늘 짚어가며 작업을 이끌고 있었다. 변덕이 심술을 부릴까 걱정했다. 운동만은 꾸준히 해왔으나 어떤 일이든 끈기가 모자랐다. 상경 이후 여러 직종을 거쳤으나 몇 달을 배겨내지 못해 손 털고 떠났다. 퍽치기, 절도, 강도 행각도 터를 옮겨다녔기에 검거를 면하기도 했다. 그 결과 약물 전과를 포함 전과 삼 범에 그칠 수 있었다.

날마다 매식 행위가 귀찮은데다 할머니께 잘 보이려는 속셈도 있어 나는 집에서 도시락을 싸와 점심을 때웠다. 점심 먹고 나면 식곤증으로 멍청해지곤 했다. 점심을 먹은 후 나른하게 앉아 있던 어느 날, 최주임이 책 한 권과 냉커피 두 잔을 들고 서고로 찾아왔다.

"계장님한테 들으니 점심밥 집에서 싸와 드신다면서요?"

"난생처음 손자 뒷바라지하는 게 즐거운지, 할머니가 싸주는 도시락 잘 먹고 있습니다."

"이 더위에도 순조롭게 진척됩니까?"

"터무니없이 욕심낸 것 같아 후회막급입니다. 허군과 노교수님이 없었다면 진작 포기했을걸요."

"청산리전투 부분 집필은 끝냈습니까?"

"자료도 풍부하고 그 지방을 둘러봤기에 맞춰 넣었습니다."

"혹 참고가 될지 모르겠는데 이 소설 한번 읽어보세요."

최주임이 넘겨준 책은 작가 김동심의『청산리의 혼』이었다.

최주임이 열람실로 내려간 뒤 나는 더위를 핑계로 집필을 쉬며『청산리의 혼』을 읽어나갔다. 소설은 울산 태생인 주인공 S가 대한독립군부대에 투신한 1919년 여름부터 1921년 '자유시 참변'까지를 다루고 있었다. 그 한 해에 S가 겪은 행로가 할아버지와 일치했으나 두 사람의 성장 과정, 성격, 가치관 등은 판이했다. 할아버지 생애 정리에 필요한 부분만 골라 읽다, 퇴근 시간이 되었다. 나는 최주임에게 전화를 냈다.

"책 잘 읽고 있습니다. 도움이 많이 되겠어요."

"쓰기 전에 드리는 건데 늦었죠?" 최주임 목소리가 밝았다.

"써놓은 부분을 고치지요 뭘. 다른 약속 없다면 오늘 제가 저녁 사지요. 날씨도 더운데, 냉면 어떻습니까?"

최주임과 저녁식사를 약속했다. 냉면 잘하는 음식점을 알지 못하기에 약속 장소는 그녀가 정했다. 최주임이 정한 냉면집은 교외 유원지 기회송림에 있는 남천면옥이었다. 밀양 사람들은 밀양강을 남천강이라 부르는데 거기서 따온 상호였다.

먹고살 만하게 되자 어디 가나 유원지 풍경이 변해버렸지만 기회송림도 식당, 편의시설, 숙박업소가 강변 따라 늘어서서 장바닥처럼 붐볐다. 남천면옥은 밀양강변에 풍치림으로 심은 솔밭 언덕에 있었다. 내가 먼저 도착해 대청마루 유리창 옆에 자리를 정했다. 뜰에 심은 조릿대 사이로 노송과 강이 풍경을 만들고 있었다. 기회송림은 초등학교 시절 소풍을 자주 왔던 곳이다. 에어컨의 가동으로 홀이 쾌적했다.

자전거로 가겠으니 조금 늦게 도착할 거라는 말대로 최주임은 한참 만에야 땀에 젖은 얼굴로 나타났다. 홀이 부담스러웠던지 방으로 옮기자고 했다. 방에 자리를 정하자 나는 한우 등심과 소주를 시켰다.

최주임과 나는 할아버지를 두고 여러 말을 나누었다. 몰락한 할아버지의 후반기 생애도 들려주었다.

"……전쟁 당시 만약 밀양이 적화되었다면 할아버진 가족 이끌고 월북했을 겁니다. 할머니가 함경도 출신이라 할아버지 뜻에 동의했고요."

"그렇게 되었다면 선생님 운명도 바뀌었겠군요?"

"태어나지 않았겠지요. 저는 제 출생을 두고 원망한 적이 많았습니다. 중학교 때는 왜 날 낳았냐고 엄마한테 따지며 행패 부리기도 했고요."

집안 기물 부수며 발광하던 한때가 떠올랐다. 그럴 때 나는 제정신이 아니었고, 엄마는 돌아앉아 울기만 했다. 할머니가 빗자루로 나를 때렸다. 아버지는 건넌방에서 숨소리도 내지 않았다. 광기가 가라앉으면 간질병 발작 같게 조금 전의 행동이 꿈처럼 아득하게 여겨졌다. 어머니가 정신이상을 보인 게 어긋나기 시작한 내 행실 탓도 있었다.

"두 번은 말고, 한 번쯤은 살아볼 만한 세상이잖아요?" 최주임이 말했다.

"제겐 한 번도 지겹습니다."

내 말에 갑자기 분위기가 서먹해져버렸다. 최주임이 입을 닫자 나는 자작으로 술잔을 비웠다. 우울증이 도져 여러 번 자살을 기도했다는 말은 하고 싶지 않았다. 그런 발언은 동정심을 유발하고, 그 이유를 물을 때는 설명하기가 어려웠다.

담배를 피워 물고 창밖을 내다보니 솔숲 사이로 보이는 강에 어둠이 내려 물색이 흐렸다. 어질증으로 물속에 잠겨드는 느낌이었고 머릿속이 흐릿했다. 초등학교 시절 여름방학이 끝나면 반에 자리 한둘이 비었다. 밀양강에서 물놀이하다 빠져 죽은 급우 자리였다. 취기가 자살의 유혹을 불러왔다. 자살자의 대부분은 시간이 지나면 저절로 해결될 하찮은 이유로 목숨을 버린다. 매스컴이 자살의 원인을 발표할 때 사람들은, "겨우 그 이유로 죽어?" 하며 쉽게 납득하지 않는다. 그러나 장본인에게는 자신이 현재 당하는 고통을 피해갈 길이 보이지 않는 것이다. 남들은 쉽게 극복할 하찮은 이유가 우울증 환자에게는 생을 버릴 만큼 중요한 이유로 확대된다. 마지막 순간은 무의식적 상태에서 자살을 저지른다. 자살미수로 깨어났던 경험이 있는 나는 그 순간을 잘 안다.

"선생님 표정에서 때때로 그런 걸 느꼈어요." 한참 만에야 최주임이 말했다.

"어떤 점이?" 나는 감상적인 생각에서 깨어나 실소를 지었다.

"서늘한 그늘 같은 것. 그래서 재혼 안하시나요?"

"오히려 묻고 싶은 말입니다. 자녀는 없습니까?"

"학위 논문이 통과될 때까지 피임하기로 그이와 약속했죠."

불판이 치워지고 냉면이 나왔다. 내가 소주 한 병 반, 최주임이
반 병을 비운 셈이다. 은근하게 취기가 올랐다. 냉면을 먹고 자리
에서 일어났다. 남천면옥을 나서자 어둠 속에 더위가 끈적끈적하
게 달라붙었다. 최주임이 자전거를 끌고 왔다. 그녀와 나는 택시
정류장 쪽으로 솔숲 길을 걸어 내려갔다. 소나무 잎새 사이로 강
변모텔, 하늘궁전, 송화장이란 사오층짜리 숙박업소가 색색의 네
온사인을 밝히고 있었다.

"밀양에 언제까지 머물 작정이세요?"

"가을 들면 상경해야지요. 그때까지 원고 정리가 끝날는지 모르
지만."

최주임 옆모습에 네온 불빛이 어룽을 지웠다. 젊은 미망인의 애
수가 은은한 향수 내음과 함께 건너왔다.

"저기서 땀 좀 씻고 가면 어때요?" 네온사인을 보며 내가 말했다.
무심코 던진 말이었으나 나는 조갈증으로 마른침을 삼켰다.

"전 그냥……" 돌부리에 걸렸는지 자전거 핸들이 비틀했다.

나는 최주임을 그냥 보내고 싶지 않았다. 자전거 핸들을 빼앗자
뒤돌아보지 않고 앞서 걸었다. 골목 안쪽 송화장의 가리개 커튼
을 내린 차고 안에 자전거를 세웠다. 차고와 연결된 모텔 뒷문이

있었다. 샤워로 몸을 식히고 귀가하기로 하고 뒷문으로 들어갔다. 최주임이 자전거를 끌고 사라져도 무방했다. 창구에 돈을 지불하고 키를 받았다. 삼층이었다.

방에 들자 에어컨부터 가동시켰다. 옷을 벗고 욕실로 들어가 찬물에 샤워를 하며, 최주임이 자전거를 끌고 갔을 거라고 생각했다. 서운했으나 억지로 붙잡지 않은 게 잘한 듯싶었다. 서로가 섹스의 결핍을 느끼고 있다 해도 강요할 성질이 아니었다. 앞으로도 그녀에게 신세질 일이 남았는데 입장을 난처하게 만들고 싶지는 않다.

샤워 물 쏟아지는 소리에 섞여 무슨 소리가 잠깐 났다. 소리를 들은 듯싶었는데 놓쳤다가 다시 손기척 소리를 들었다. 목욕 수건으로 아랫도리를 가리고 욕실을 나섰다. 문을 여니 최주임이 서 있었다.

나는 실로 오랜만에 여자를 안았다. 상상했던 대로 최주임의 풍만한 몸은 더웠고 골반이 튼튼했다. 첫 관계는 수동적이었으나 두번째는 그녀가 적극적이었다. 육중한 내 체구를 받아 놓아주지 않았다.

여자에게 팔베개를 내어준 채 모텔 방에서 잠든 그날 밤, 나는 비몽사몽간에 홀연히 나타난 환상을 보았다. 삼 년 전 러시아 연해주 달레네첸스크를 마주보는 만주 동북부 국경도시 후린의 숙박업소 마당에서 보았던 밤 풍경과 흡사한 장면이 눈앞에 펼쳐졌다. 저 멀리 러시아와 국경을 이룬 우수리 강변에는 초소가 있는지 불빛이 깜박였고 검은 숲 사이로 회청색 지평선이 그어져 있었다. 희미한 빛살이 하늘과 땅의 경계를 그어놓은 그쪽 들녘에서 후텁

지근한 바람이 건너왔다.

　지루한 버스 여행으로 피곤에 지친 안나는 방을 정하자마자 씻고 쉬겠다 했고, 숙소에서 나와 길거리 식당에서 독주에 취하기는 밤이 깊었을 때였다. 지평선 위, 밤하늘이 그렇게 넓을 수 없었다. 인간이 육안으로 볼 수 있는 별이 만 단위도 안 된다고 했는데, 지평선 위 밤하늘에 박힌 별은 몇만 개도 넘었다. 광대한 우주에 박힌 지구란 별이 그 은하수 중 하나에 불과함을 알았다. 지구에 사는 인간이란 존재는 미생물 입자에 불과했다. 나는 할아버지의 영혼이 별 사이에 숨어 있는 듯 느꼈다. 그날 밤, 반달이 떠올라 대지가 푸르스름한 윤곽을 드러낼 때까지 나는 후린 외곽의 들길을 술에 취한 채 방황했다. 발소리에 판자 울타리 개구멍으로 머리 내밀고 개가 짖던 소리가 그 뒤 오랫동안 남아 있었다. 어릴 적 짖을 줄 모르는 개를 보아온 탓인지도 몰랐다. 이역만리 낯선 땅을 왜 헤매고 다니는가. 이유를 댄다면 할아버지 영혼이 나를 불러 그곳으로 데려갔다고 말할 수밖에 없다. 할아버지가, 여기 와서 내가 거쳐간 자취를 둘러보라며 나를 이끌었다.

　그런데 왜 하필 그날 밤 최주임을 옆에 두고 할아버지 환상을 보았을까. 이유를 댄다면 빨리 강치무 생애를 마쳐야 한다는 조바심이 환상을 불러왔을 거란 정도였다.

　눈을 뜨니 커튼 사이 바깥이 미명으로 터오는데, 침대 옆자리는 비어 있었다.

6

필자 조부 강치무(앞으로 거명되는 이들의 존칭은 생략한다)는 경자년(고종 37년) 정월 스무아흐렛날 경상남도 밀양군 가곡동 용두산 자락에서 밀양 강씨 집안의 4남 2녀 중 4남으로 태어났다. 위로 형 둘과 아래 누이는 홍진 등으로 유아기에 잇달아 사망했다. 가곡동은 고려 때 망우곡이라 불렸는데 고려장(高麗葬) 터에서 유래되었다고도 하고, 멍에실 뒷산이 멍에같이 생겼다 해서 동 이름이 되었다고 전해진다. 밀양 시가지가 고성(古城) 서문 앞을 뚫고 나간 큰길을 경계로 지주가 많이 살았던 서쪽을 노하(路下)라 했고 작인들이 주로 살던 동쪽을 노북(路北)이라 했다. 가곡동은 노북에 해당되는 셈이다.

강치무가 태어난 해는 서력 1900년으로, 서구 열강과 일본의 침탈이 가속화되어 나라 운명이 풍전등화 위기에 처했던 시절이다. 위로 형 둘이 일찍 사망했기에 강치무 형 강치욱이 집안 대를 잇

게 되었다. 누대에 걸쳐 밀양 땅에 터 잡아 살아올 동안 집안은 중농으로 살림이 자족했으나 조선조 중엽에 가세가 기울어 손이 귀하고 집안 형편이 곤궁해졌다. 강치무 조부 대에 이르러 상남면에서 노북으로 이사 온 후 소작붙이로 전락했다.

강치무는 태어날 때 형들과 달리 배내아기가 너무 커 모친이 산욕을 겪었는데, 이웃들이 장군감이라 놀라워해 이름에 무(武)자를 넣었다. 작인 집안 살림이 그렇듯, 강치무는 서당 글조차 읽지 못한 채 성장했다.

1908년에는 밀양 지방 대표적인 향반인 안씨 문중, 이씨 문중, 박씨 문중, 손씨 문중이 중심이 되어 국채보상의연금 모금이 한창이었는데, 이 모금에 성금을 낸 군민이 107인에 달했다. 그해 9월, 기부금을 희사한 밀양 유지들이 사립 동화학교를 설립했다. 이 학교는 애국정신이 투철한 발기인 전홍표가 교장을 맡아 민족교육의 요람으로 키워 중등학교 과정까지 교세를 확장시켰다. 1910년 나라가 일본에 강제 병합된 후 사립학교령에 따라 동화학교는 불령 학교로 낙인찍혀 이듬해 가을 폐교 조치되었다. 짧은 기간 동안 동화학교는 밀양 지방 민족운동과 사회운동에 주도적 역할을 한 많은 인재를 배출했다. 동화학교를 다닌 김원봉, 윤세주, 최수봉, 김소지, 박소종, 정동찬 등은 1910년대 밀양청년회 등 비밀결사운동, 1919년의 삼일만세시위, 1920년대 국내외에 이름을 떨친 '의열단' 투쟁을 주도했으며, 1945년 해방이 될 때까지 향토 발전을 위해 사회운동을 꾸준히 전개했다.

강시욱이 부친을 도와 농사일에 나섰기에 치무는 십오 세(1915

년)에 동화학교 교장을 지냈던 전홍표 댁 심부름꾼 아이로 일하게 되었다. 강치순, 강치욱은 수를 누렸기에 필자의 소년 시절 조부의 일화를 들을 기회가 많았다. 강치순이 둘째 오라비를 두고 회고했다.

초파일날 영남루 뒤 용두사에 둘째 오라비와 불사(佛事)를 구경 갔을 때 우연히 동화학교 교장을 지낸 전홍표 그분을 만났더랬지. 오라비가 한걸음에 돌계단을 세 개씩 건너뛰자 이를 본 전선생이 네 나이 몇이냐고 물어, 오라비가 열다섯 살이라고 대답했지. 힘이 좋고 날렵하니 때를 잘 만났다면 무과시험에 급제하겠군 하며, 오라비에게 누구 집 손이냐고 물으시더라. 집으로 돌아와 아버지께 전홍표 선생을 절에서 만난 걸 말했더니, 이튿날 아버지가 둘째 오라비를 데리고 노북에 사는 전선생 골기와 집으로 찾아갔지. 밀양서는 향반 집안인 전선생 댁은 땅마지기가 많은 지주라, 아버지가 우리 애를 집안 머슴으로 써달라고 부탁하셨어. 아버지 속셈으로는 둘째 오라비를 그 댁 손대기로 맡기면 얼마씩 받을 새경보다 전선생이 글을 많이 알고 사랑채에서 학동을 가르치니 둘째 오라비도 신학문을 접할 길이 트이리라 기대하셨대.

1915년 당시엔 동화학교가 폐교 조치된 후라 전홍표가 자택에 개인 서숙을 열어 인근 아이들을 모아 글을 가르칠 때였다. 강치무는 전씨 댁의 농사일 거드는 곁머슴이라기보다 물지게 져다 나르고 장작도 패며 집안 잔일을 주로 했다. 서당개 삼 년이면 풍월 읊는다는 말대로 한글은 깨쳤겠으나 학문과는 거리가 멀었을 것이다. 그러나 신교육운동의 선각자였던 전홍표 선생을 만나러 출입했던 우국지사를 사랑채로 안내하고, 주인 서찰 심부름을 다니며 밀양 유지도 접했으리라.

전홍표 댁 심부름꾼으로 일한 지 네 해째인 1919년 봄, 강치무가 밀양 삼일만세시위에 적극 가담한 점으로 보아 만세 사건 전인 열예닐곱 살에 이르렀을 때, 나라를 빼앗긴 민족의 설움과 조국 광복의 필요성을 깨달았던 모양이다.

밀양 지방 삼일만세시위는 비밀결사 단체 일합사(一合社)가 있었기에 조직적 봉기가 가능했다. 1915년에 비밀리에 조직된 일합사는 제명 그대로 '조선의 독립을 위해 청춘의 일편단심을 합한다'는 취지 아래 결성되었는데, 신교육을 접한 청소년 다수가 참여했고 전홍표 천거로 정규 교육은 받지 못했을망정 강치무도 회원이 될 수 있었다.

기미년(1919) 3월 1일, 서울 탑골공원에서 조선이 독립국임을 선포하는 선언문 낭독이 있고 학생과 시민이 종로 거리 시위에 들어갔다는 소식은 경부선 열차 편에 밀양에도 알려지게 되었다. 일합사 실무 담당 책임자였던 동화학교 출신 윤세주(일명 윤소용)가 상경해 서울 만세시위 경과 과정을 알아보고 귀향한 후, 일합사 회원들이 밀양 독립만세시위를 계획했다.

밀양 지방 독립만세시위는 3월 13일 밀양 장터에서 첫 봉기한 후 4월 10일을 마지막으로 여섯 차례에 걸쳐 산발적인 시위가 이어졌다. 통계자료에 따르면 군 단위로는 규모가 커 총 참가 인원이 만삼천여 명에 달했다. 밀양 만세시위는 자연발생적이 아닌, 일합사의 조직적 군중 동원이었다.

필자가 중학교 재학 때까지 수를 누린 강치욱이 아우 제삿날 마암산 밑 예림리 집으로 와서 밀양읍 만세시위에 대해 들려준 말이 있었다.

나는 겁이 많아 장터에서 벌어진 만세시위를 뒷전에서 구경만 했으나 치무는 대단했어. 전홍표 선생 댁 곳간에서 몰래 만든 대형 태극기를 흔들며 앞장에 나서서 독립 만세를 불렀지. 그 애 체구가 장대하다 보니 금방 눈에 띄더라. 주재소 순사들이 방총질을 해서 사망자와 부상자가 생겼지만 성난 대열을 흩뜨리지 못했어. 무식한 자가 앞장선다는 말대로 그 애가 전열에 나서니 장터 사람들이 구름같이 몰려 뒤를 따랐지. 시위대는 밀양역까지 독립만세를 부르며 진군했어.

만세시위 주모자로 인지되어 밀양경찰서의 수배를 받던 강치무는 순사가 집에 상주하다 보니 읍내 근동에 숨어 지냈다. 그해 5월에 들자, 만세시위를 주도해 역시 도피 중이던 동갑내기 윤세주가, 자수하면 징역을 살게 될 테고 어느 세월까지 피해 다닐 수만 없으니 만주로 들어가 독립운동 대열에 뛰어들자고 강치무의 동의를 구했다. 윤세주는 만주로 들어갈 동지를 규합하여 일합사 회원인 한봉인·한봉근 형제, 박문일, 김상윤과 함께 만주 지린성에 있는 신흥무관학교를 목표로 장도에 올랐다.

그해 5월 하순, 강치무는 밀양 출신 동지들과 함께 두만강을 넘어 지린성 류허현에 있던 신흥무관학교 하사관반에 입교했다. 신흥무관학교는 1911년 이동녕, 이회영이 세운 신흥강습소 후신으로, 국내의 삼일만세운동에 자극받아 조직을 확대 개편해 새로 출범한 독립군 양성기관이었다. 삼일만세운동을 계기로 조국 독립에 한 몸 바치고자 국내의 많은 청소년들이 두만강 넘어 신천지로 몰려와 신흥무관학교는 초창기 육십여 명에 불과한 학생 수가 이천여 명으로 불어났다. 여기에 고무받은 학교는 교육 과정을 하사관반 삼 개월, 특별훈련반 일 개월, 장교반 육 개월 과정을 두고 있었다. 군사훈련에 임하는 생도들의 사기는 충천했다.

그해 6월, 강치무는 신흥무관학교에서 일찍부터 이름을 알고 있던 밀양 출신의 두 살 연상인 김원봉을 만났다. 밀양 내야동 출신인 김원봉은 1911년 동화학교가 폐교당하자 학업을 포기하고 경성에 잠시 머물다 낙향해 표충사를 거쳐, 1916년 중국으로 건너가 남경 금릉대학에서 수학한 바 있었다. 그는 장교반 생도였다.

신흥무관학교 하사관반을 수료한 밀양 동지 중 강치무, 박문일, 김상윤은 왕칭현 서대파 십리평에 본진을 둔 대종교(大倧敎) 산하 조선인 독립군 부대인 대한군정회에 몸담게 되었다. 밀양 출신 다른 동지 윤세주와 한봉인 형제는 지린으로 가서 김원봉이 조직한 '의열단'에 가담했다. 강치무, 박문일, 김상윤이 대한군정회로 가게 되기는 만주를 근거지로 조선인 사이에서 교세를 펼치던 대종교 지도부 네 명 종사(宗師) 중 한 명이 밀양인 윤세복이었기 때문이다.

필자 고모부 윤성관이 윤세복을 두고, 그분 사진첩과 일생을 정리한 서책을 보여주며 이렇게 말했다.

갑신년(1884년) 밀양읍 내일동에서 태어나신 조부 항렬인 윤세자 복자 어른은 대종교 제3대 교주로, 조국이 광복될 때까지 만주에서 독립운동, 종교운동, 교육사업에 몸 바치셨어. 신학문을 배워 읍내 신창학교 교사를 지내셨지. 그분이 대종교에 입교하시기는 국조 단군을 받드는 민족 종교란 점도 있었지만 일제 침략으로부터 조국을 구해 배달국을 건설하자는 독립정신 때문이었지. 1910년 조선이 강탈당하자 이태 후 2월에 형님인 윤 세자 용자 분과 상의해 밀양 땅의 논밭을 정리해서 형님네 식구와 가솔을 이끌고 만주 서간도 환런현으로 망명길에 오르셨어. 그로부터 형제분이 북지 만주 땅에서 펼친 동포 교육사업과 광복운동은 여러 연구서 자료가 이를 잘 증명해줘.

당시 북간도와 서간도에는 조선인으로 조직된 여러 단체가 독립군 부대를 독자적으로 양성하고 있었다. 각 부대는 때가 오면 국내로 진공해 일본군과 대적하겠다며 군사훈련에 여념이 없었다. 북간도에는 대한군정회, 대한독립군, 대한국민회, 군무도독부, 대한광복단, 대한의무부, 대한의민단이 있었고, 서간도에는 서로군정서, 대한독립단, 대한청년단연합회의용대, 광복군총령, 광복단이 몇십 명에서 몇백 명 단위로 조직을 갖추고 있었다. 규모가 크기로는 대종교 서철 종사를 총재로 김좌진을 총사령관으로 한 대한군정회와, 백두산록 포수 출신의 홍범도가 이끌던 대한독립군이었다. 홍범도 부대는 1919년 여름부터 두만강과 압록강을 건너 일본군 부대를 기습해 전과를 올리고 있었다.

*

대한독립군단(앞으로 이 명칭은 북간도와 서간도의 조선인 단체들이 독자적으로 양성한 독립군 부대를 총칭하여 일컬을 때 사용함)이 1920년 10월 만주 땅에서 '무적의 황군(皇軍)'이라 불리던 일본군을 상대로 벌인 '독립전쟁'에 관한 기존 자료는 많다. 국지적인 전투를 전쟁이라 부르기엔 과장된 감이 없지 않으나 전쟁을 국가 간의 전면전에만 적용할 것이 아니라 할 때, 소규모 전투일지라도 국가 간에 쌍방의 군대가 무력으로 전투 행위를 벌였다면 이도 전쟁에 해당될 것이다. 엿새간에 걸친 전투에서 대한독립군단의 승전보를 두고 상해 대한임시정부도 '독립전쟁의 승리'라 치하한 바 있다.

강치무가 대한군정회의 전사로 참전했으니 그 전쟁 과정을 살펴봄이 필자로서는 조부를 이해하는 지름길이라 여겼기에 교도소에서 1920년의 장백산록 독립전쟁에 관한 여러 책을 읽은 바 있다. 사학자의 연구서는 물론, 독립전쟁에 참전한 전사의 수기나 회고록, 소설도 있었다.

역사상 위대한 인물도 태어나서 죽을 때까지 전 생애가 업적이 될 수는 없다. 수행과 정진 끝에 전인(全人)으로 불린 인물도 있으나, 신이 아닌 인간이기에 대부분은 결점 또한 지닌다. 인간의 유전자 속에 정의감과 의타심이 존재한다면, 탐욕과 이기적 유전자도 존재한다. 필자가 하고 싶은 말은, 한 인간이 한 시기에 보인 참다운 행위가 후대에 남음으로써 전 생애가 그 후광을 입게 된다는 점이다. 안중근의 하얼빈 역 이토 히로부미 저격, 윤봉길의 상해 홍커우 공원 폭탄 투석이 그분들의 전 생애를 아우른다. 그때의 사건이 없었다면 이름이 후대에 회자될 리 없다.

강치무 경우 약관 스무 살에 참전한 독립전쟁과 해삼위(블라디보스토크)에서 좌파 독립운동원으로 활동한 여덟 해를 빼면, 나머지 생애는 역사의 질곡에 휩쓸려간 지푸라기 삶에 불과하다. 필자 누이 강명희가 선대 묘비명에 새겼듯, 강천동을 두고 '울산공단 건설 노동자'는 과장과 허식에 불과하지만, 강치무의 '항일전선 독립군 전사'는 누구도 부정할 수 없는 장한 이력이다.

필자는 칠 년여 감옥살이를 통해 단조로운 감방 생활을 이기려 여러 책을 남독했으나 전문적인 문필가와는 거리가 멀다. 한편, 필자는 조부를 생전에 만날 기회가 없었으니 구술로나마 1920년 독립전쟁 참전 과정을 들은 바 없다. 당신은 아무 기록도 남기지 않았다. 주변 사람들이 "그가 알아듣기 힘들게 한 말에 내가 살을 붙여 전하면 이렇다" 하며 필자에게 들려준 말이 고작이다. 정확한 고증이 없으니 어차피 이 기록은 필자 추측이 가미될 수밖에 없다. 그렇다면 이 기록을 무엇 때문에 남기려 하느냐고 물을 수도 있겠다. 변명 같지만 '나를 위한 교훈'이라고 말할 수밖에 없다. 야생마 같은 자신을 길들이는 정신적 양식으로 기록을 남기려 교도소에서 생각한 바 있었다. 이 기록의 가치를 두고 망설이기 여러 차례였으나 할아버지의 영혼이 이 일을 포기하지 말라며 나를 격려했다.

김동심의 소설 『청산리의 혼』은 도서관 사서가 추천해주었다. 필자의 이 기록이 어차피 책으로 꾸며 여러 사람에게 전할 상업적 읽을거리가 아니라면 소설에서 한 부분을 자의로 추려 빌려옴이 좋겠다는 판단이 섰다. 그렇다고 소설의 주인공 S를 강치무와 닮은 인물로 고쳐 이용할 마음은 없다. 북로군정서가 중심이 된 대한독립군단은 1920년 9월 21일 오전 9시부터 9월 26일 새벽까지 약 엿새간에 걸쳐 일본 정규군을 상대로 크고 작은 전투를 십여 차례 치렀는데, 필자는 북로군정서가 단독으로 치른 백운평 전투의 일부분과 대한독립군단 일천여 병력이 러시아 땅 알렉셰프스크로 들어가 '자유시 참변'으로 태반의 목숨이 희생되기까지의 일부분을 빌려오기로 했다. 소설의 주인공 S가 참전한 북로군정서의 백운평 전투에 강치무 역시 제2제대(第二梯隊) 전사로 참전했고, 자유시 참변을 겪었기에 두 사람의 행동 반경이 일치하기 때문이다.

*

1919년 북간도의 가을은 짧았다. 9월에 들자 서리가 내렸다. S가 대한군정회에 배속되어 왔을 10월 초에는 장백정맥 백두대간에 눈이 내렸다. 대한군정회 본령이 있는 서대파 십리평에 첫눈이 오기는 10월 중순이었다. 그즈음에야 부대원에게 새 군복, 군모,

배낭, 신발, 속옷, 버선이 지급되었다. 연갈색 군복은 일본군 복식과 비슷했다. 일본군과 백병전이 벌어질 때 군복만으로는 적과 구별하기 어렵도록 복식을 통일하기로 다른 독립군 부대와 약속되어 있었다. 군모 역시 일본군 군모와 비슷했다. 군수품 제작공장이 따로 있지 않았으니, 지린성에 흩어져 사는 동포 아녀자들이 한 땀 한 땀 정성들여 만든 수공품이었다.

S가 해삼위를 다녀오기는 11월 초순에 들어서였다. 지린성 여러 곳에 흩어져 사는 동포와 대종교 교도, 러시아 연해주 일대의 동포들, 국내 애국지사로부터 모금한 군자금으로 무기를 구입하기 위해서였다. S는 의군단 단장 인솔 아래 부대원 마흔다섯 명과 함께 중·러 국경을 넘었다. 해삼위에는 러시아 적군에 편입된 서비아(체코슬로바키아) 부대가 주둔해 있었다. 제1차 세계대전이 협상국 측 승리로 끝나자, 해삼위에 있던 서비아 부대는 보유했던 무기를 조선인 독립군 부대에 팔아 이를 경비 삼아 귀국하기로 했다. 러시아제 오연발 군총 한 정에 총대와 탄환 일백 발을 포함해 삼십오 원이란 비싼 가격이었다. 매매 협정에 따라 대한군정회는 러시아제 오연발 군총 칠십오 정, 탄약 일천오백 발, 권총 십 정, 수류탄 사십팔 개, 기관총 일 정과 탄약을 매입하기로 했다.

해삼위에서 서대파 십리평까지는 수백 킬로미터 거리인데, 사들인 무기를 대원 한 명당 이삼 정의 무기와 탄약을 분담해 메거나 지고 숲길과 늪지를 거쳐 몰래 이동했다. 중·러 국경을 통과할 때는 러시아 쪽이 무기 반출을 금지해 취체가 심했고, 중국 측도 일본 측 압력으로 조선인의 무기 반입을 통제했던 것이다.

해삼위의 무기 밀매와 운반은 그 후로도 계속되었고 길눈이 익은 S가 늘 차출되었다. 홍범도의 대한독립군도 같은 방법으로 무기를 사들여, 그해 가을 병력 삼백여 명이 군총 약 이백 정, 권총 약 사십 정으로 무장할 수 있었다.

대한독립군단 무장화가 이루어지자 12월에 들어 국자가나 서대파에서 자주 지휘관 연석회의를 열었다. 소망하던 무장화가 이루어져 협동 작전으로 국내에 진입해 일본군과 전면 전쟁을 벌이자는 의견이 대두되었다. 그러나 상해 임시정부 측에서 아직은 시기상조이니 자제하라는 연락이 있어, 때를 기다리며 전투원 모집과 무력 증강에 힘을 쏟기로 했다. 섣부른 공격은 일본 측에 만주 진출 구실을 제공할 뿐 아니라, 일본의 만주 진출을 두려워하는 중국 측 장작림 군벌과 소원해지면 독립군 부대가 고립을 자초하는 결과를 빚을 것이란 주장에 설득력이 있었다.

1919년을 넘기며 대한군정회는 상해 임시정부 쪽에서 유사 명칭 혼란을 방지하라고 하자 부대 명칭을 북로군정서로 바꾸었다. 1920년 3월에 들자 대한국민회의 지원을 받던 홍범도 지휘하의 대한독립군, 대한독립회가 직접 양성하던 안무 지휘하의 국민회의군, 봉오동 대지주 최진동이 양성하던 군무도독부가 통합해 병력이 총 천이백 명에 이르렀다. 군사작전 총지휘권을 홍범도가 맡자, 이를 계기로 두만강 건너 온성 지방 일본군 수비대를 여러 차례 공격해 전과를 올렸다.

녹음이 짙은 6월, 대한북로독군부 산하 특공대가 화룡현 삼둔자에서 출발해 두만강을 건너 4일 오전 다섯시경 종성군 강양동으로 진공한 사건이 있었다. 특공대는 일본군 헌병 군조 후쿠에가 인솔한 헌병순찰대를 격파하고 저녁 무렵 강을 건너 귀환했다. 일본군은 이에 격분, 남양수비대장 나이미 중위가 중대 병력을 인솔하여 두만강을 월경했다. 나이미 중대가 맹추격하자, 독립군은 삼둔자 서남방에 잠복해 일본군을 기다리다 섬멸해버렸다. 일본군이 처음으로 두만강을 불법 월강해 간도에서 참패당했다. 함경북도 나남에 사령부를 두고 두만강을 수비하던 일본군 19사단은 그 패전에 크게 분개해 설욕을 다짐하고 '월강 추격대대'를 편성하여 6월 6일부터 두만강을 건너기 시작, 이튿날 새벽 대한북로독군부 본거지인 봉오동에 집결했다. 추격대 주력 병력만도 보병 2개 중대, 기관총 1개 소대, 헌병대와 경찰대를 합쳐 이백사십 명이었다. 대한북로독군부는 일본군 추격대대를 봉오동 골짜기로 유인한 후 포위망을 압축하여 일거에 섬멸했다. 일본군 측은 사망자 일백오십칠 명, 부상자 수십 명을 내는 참패를 입고 퇴각했다.

홍범도가 지휘하는 대한북로독군부의 봉오동 승첩 소식은 6월 12일 북로군정서 본부에 알려져, 부대원들은 '독립전쟁 목전 박두', '배달의 혼, 용진무퇴'라 환호하며 사기가 충천했다. 한편, 봉오동 전투에서 대패한 일본군은 외교적 경로와 군사적 경로를 통해 봉천 군벌 장작림에게, 일본이 조선인 부대를 직접 토벌하겠다고 압력을 넣었다.

일본군의 간도 출병 구실을 주지 않으려고 국자가에 주둔하던 중국군 보병 제1사단 맹부덕이 독립군 부대 수색차 병력을 파견했으나 섣부른 군사 행동은 할 수 없었다. 독립군 부대도 막강한 전투력을 갖추었기 때문이다. 북로군정서만도 8월에 들어 무기와 탄약이 해삼위로부터 본령에 도착해, 군총 총 팔백여 정, 기관총 사정, 포 이 문, 수류탄 이천 개를 확보하고 있었다. 우마차 이십 량 분량으로, 밀양인 윤세용이 무기 운반 간부진으로 참가했다. 일본 측 압력에 시달리던 중국군 수색조는, 중국 체면도 세워줄 겸 일본 측 눈에 띄지 않는 삼림지대로 독립군 근거지를 이동하라고 조언했다. 이동에 소요되는 충분한 시간을 주며 새 근거지를 방해하지 않겠다는 조건이었다.

가을로 접어드는 절기인 8월 하순, 홍범도 지휘의 대한독립군 삼백여 병력이 연길현 명월구에서 안도현 방면으로 먼저 이동을 시작했다. 사백오십 리에 이르는 장정(長程)이었다. 일본 측은 맹부덕에게 왕청현 서대파 십리평에 있는 북로군정서도 토벌하라는 압력을 넣었다. 북로군정서 본령은 9월 9일 사관연성대원 이백구십팔 명의 필업식을 거행했다. 12일부터 장정 준비를 마무리해, 최종 목적지는 안도현 이도구와 삼도구 방면 밀림지대로 잡았다. 다른 독립군 부대도 이동 장소는 안도현으로 정했다. 독립군단이 안도현에 집중 이동하게 되기는 일본군과의 항쟁에 지리적 조건이 유리하고 군사 통일 추진이 쉽다는 장점이 있었다.

북로군정서는 9월 17일 사관연성소 필업생들이 치중마차(輜重馬車) 이십 량에 탄약과 보급품을 적재해 선발대로 출발했다. 이튿날로 본대 사백여 명이 뒤따랐다. 병력 칠백여 명의 대장정 대열은 하루 이수(里數)가 삼십 리를 채 넘지 못했다. 일본 측 눈에 띄지 않게 국도와 평야지대를 버리고 야음을 틈타 험산준령을 우회해 이동했기 때문이다.

10월에 들어서자 백두대간 장백정맥 일대는 완연한 동절기였다. 낮 동안은 따뜻한 햇살이 있었으나 아침저녁은 매서운 서북풍이 침엽수림을 흔들었고 밤이면 영하 몇십 도로 떨어진 기온이 살을 에었다. 북로군정서 부대원이 노두구령을 넘어 이도구(얼따오구우)로 들어서자, 그곳에는 이미 독립군 연합부대가 어랑촌 일대에 주둔해, 곧 닥칠 일본군과의 일전을 대비하고 있었다. 칠백여 북로군정서는 13일에 삼도구(싼따오구우)에 도착했다. 삼도구를 조선인들은 청산리라 일컬었으며, 청산리를 시작으로 송리평, 백운평, 연월평, 평양촌을 거쳐 싸리밭골에 이르기까지 동서로 팔십 리에 걸쳐 조선인 집단촌이 연이어 있었다.

그즈음 대한독립군단은 간도 각 지방에 심어둔 연락원을 통해 10월 2일 중국 마적단의 훈춘 일본 영사관 방화 사건과 그 사건으로 일본 경찰관 한 가족이 몰살당했음을 이유로 '간도 지방 불령선인단 토벌'의 구실을 대어, 10월 14일 일본 정규군 부대의 간도 출병이 강행되었다는 정보를 입수했다.

일본군은 함경남도 나남에 주둔한 제19사단을 국경 지방 회령으로 이동시키고 경성 용산에 있던 제20사단으로부터 1개 대대와 제14사단으로부터 일부 병력을 차출해 조선인 부대와의 전투에 투입될 3개 '토벌지대'를 편성했다. 제1지대는 이소바야시 소장이 이끄는 병력 사천여, 제2지대는 기무라 대좌가 이끄는 병력 삼천여, 제3지대는 아즈마 소장이 이끄는 병력 오천여, 거기에 관동군 만주파견대, 통신대, 기타 지원 병력까지 합쳐 병력이 이만에 달했다.

그중 아즈마 소장이 인솔한 아즈마 지대(支隊) 주력부대가 천보산 지방으로 출동해 삼도구 쪽 일대를 포위해오고 있음 또한 대한독립군단이 알고 있었다.

최종 지휘관 이름을 부대명으로 삼는 일본식대로, 아즈마 지대는 보병 외 중무장을 갖춘 정예 기병과 포병을 포함 오천여 병력이었다. 10월 15일 용정을 출발한 아즈마 지대는 두도구를 거쳐 이도구와 삼도구로 들어오며 조선인 촌락을 거칠 때마다 무차별 학살하며 가옥을 불태웠다. 조선인 동포 마을은 일본군이 들어온다는 소식만 접하면 마을을 비우고 피신했다.

아즈마 지대 보병 제73연대장 야마다 대좌가 인솔한 병력이 삼도구 동쪽 기슭에 출몰하기는 18일 아침이었다. 야마다 연대는 독립군 초멸작전을 수행하려고 청산리 계곡으로 밀려들었다. 계곡 폭이 좁은 곳은 오 리, 넓은 곳이래야 십 리가 채 못 되었다. 계곡 좌우로는 절벽을 이룬 산으로, 서북쪽은 수림이 적고 동남쪽은 침엽수림이 울창했다.

18일 오후, 청산리 계곡을 따라 송림평으로 이동하던 북로군정서는, 야마다 연대 전위부대가 청산리 어름으로 접어들었다는 정찰대의 급보를 접했다. 김좌진은 지휘관 회의를 열어, 유인전술로 일본군을 끌어들여 일격을 가하자는 데 의견을 모았다. 백운평 계곡은 폭이 좁고 양쪽이 절벽인데다 가운데에 공지가 있었다. 유일한 통로를 따라 일본군 전위부대가 공지로 들어설 때 양쪽 절벽 기슭에 매복했다 일거에 섬멸하자는 작전을 짰다.

19일, 북로군정서는 야간 행군 끝에 송림평을 거쳐 이튿날 새벽 백운평에 도착했다. 칠백여 병력이 백운평의 협소한 골짜기 공지에 들어서자 연성대장 이범석 지휘 아래 사관연성소 출신 삼백여 여행대를 제2제대로 삼아 위쪽 절벽에 잠복케 했다. S도 여행대 대원이었기에 전투에 참가했다. 제2제대의 우측 지대에는 이민화 휘하 1개 중대를 배치하고, 좌측 지대는 한근원 휘하 1개 중대를 배치했다. 정면 우중대는 평양 숭실대학과 신흥무관학교 장교반을 졸업한 김훈이 지휘를 맡았고, 정면 좌중대는 이교성이 지휘를 맡았다. S는 정면 김훈이 맡은 중대의 중대원이었다. 제2제대가 매복한 지형은 공지를 내려다보는 절벽 위였다.

밤이 들자 음력 9월 초아흐렛날이라 달이 밝았다. 늦가을 밤 추위에 홑군복 입은 부대원들은 저녁 끼니를 굶고 있었다. 매복한 부대원이 말뚝잠을 자거나 거의 뜬눈으로 밤을 새우고 난 21일 아침 여덟시, 야스가와 소좌가 이끄는 보병 선발대 1개 중대가 하루 전에 북로군정서가 행군해온 길을 따라 백운평으로 진입을 시작해 공지 안으로 들어섰다.

김좌진의 사격 명령 신호로 일본군을 향해 독립군의 일제사격이 시작되었다. 오전 아홉시경이었다. 북로군정서 대원들의 육백여 정 군총, 기관총 사 정, 박격포 이 문의 화력이 한꺼번에 일본군 전위부대 머리 위로 쏟아졌다. 대원들의 집중 화력에 일본군 시체가 늘어갔다. 기습공격이 시작된 이십 분 만에 야스가와 소좌의 전위부대 이백여 명이 전멸했다. '무적의 황군'답게 그들은 한 명의 도망병 없이 장렬하게 전사했다.

일본군 전위부대를 섬멸한 지 한 시간 채 못 되어 일본군 보병 제73연대인 야마토 연대가 산포와 기관총으로 응전하며 공지로 몰려들었다. 전위 중대는 전멸당했으나 나머지 4개 중대 팔백여 병력이었다. 일본군은 조준과 목표가 명확치 않아 화력만 낭비할 뿐, 지형적인 우위를 점한 제2제대의 정확한 조준 사격에 사상자가 속출했다. 일본군은 보병 2개 중대 기병 1개 중대로 부대를 급편성해 매복한 제3제대 옆면을 우회해 포위를 시도했다. 그들 역시 삼백여 전사자를 낸 채 송림평 쪽 숙영지로 패퇴했으니 백운평 공지에서 전투가 시작되고 세 시간, 오전 열한시경에 전투는 끝났다. 백운평 전투에서 독립군 측도 이십여 명 전사자와 삼십여 명 부상자가 났다.

김좌진은 부대원들에게 즉각 이도구로 퇴각 명령을 내렸다. 봉밀구 쪽에서 들어오는 일본군 야마다 별동 기병연대가 한 시간 뒤 도착되면 퇴로가 차단될 위험이 있었다. 김좌진은 이범석 연성대장에게, 백운평에서 백육십 리 떨어진 이도구 갑산촌으로 철수를 명령했다. 정오 무렵, 전리품을 거둔 제2제대는 앞서 출발한 본대 뒤를 따라 갑산촌을 향해 급행군을 시작했다. 어둠이 내리자 길마저 보이지 않았다. 추위와 주림과 수마에 쫓겨 대원은 말을 잃었다. 북로군정서 제2제대가 열네 시간 급행군 끝에 백육십 리를 주파해 갑산촌에 도착하기는 22일 새벽 두시 사십분경이었다. 마을 동포들 집에 나누어 들어 몸을 녹이는 한편, 몇 끼니를 굶은 터라 동포 아녀자들이 마련해준 식사로 허기를 껐다. 부대원이 눈을 붙이기 한 시간여, 전 부대원에게 집합 명령이 떨어졌다. 갑산촌 북방 칠십 리 떨어진 조선인 부락 샘물골(천수평)에 일본군 기병대가 주둔하고 있다는 첩보가 들어와, 일본 기병중대 백이십 기를 선제공격하려 출동한 것이다. 북로군정서는 칠흑의 밤길을 도와 칠십 리를 달린 끝에 샘물골 민가에서 잠에 취한 시마다 기병중대를 기습 공격했다. 천수평 전투에서 일본군은 도망자 네 명을 제외한 중대장 이하 전원을 잃었다.

부대원들이 전리품을 회수하는 과정에서 시마다 중대장이 가노 연대장에게 보내는 정보 문서를 입수했다. 일본군 제19사단 오천 병력이 어랑촌 부근에 주둔하고 있음이 탐지되었다. 사기가 충천한 북로군정서는 기선을 제압하고자 전열을 가다듬어 다시 출동해 어랑촌 입구 마록구 고지를 선점했다. 이를 안 일본군은 보병, 포병, 기마병을 총동원하여 마록구 고지를 포위해선 화력을 집중해 총공세를 감행했다. 병력과 화력의 열세로 북로군정서 전세가 불리해지자 김좌진은 각 독립군 부대에 파발을 보내어 지원을 요청했다. 완루구 전투에서 혁혁한 전과를 올린 후 노획한 무기를 메고 장백산록으로 이동 중이던 홍범도의 대한독립군은 그 소식을 접하자 기수를 급히 어랑촌으로 돌렸다. 국민회군, 한민회군, 광복단, 의군부, 의민단, 신민단 부대도 북로군정서가 고전하는 어랑촌 전투에 합세해 지원했다. 천사백여 대한독립군단이 일본군 제19사단 오천여 병력과 만 이틀 주야에 걸쳐 혈전을 벌인 결과 일본군의 사상자가 천삼백여 명에 이른, 조선 독립군의 대승리였다. 독립군의 사상자는 백여 명이었다.

육 일간의 '청산리 독립전쟁'에 참전한 대한독립군단 병력은 이천여 명이었고, 이를 섬멸하려 간도로 출병한 일본군 이만 오천여 명 중 전투에 직접 참가한 일본군은 오천여 명이었다. 육 일간의 독립전쟁에서 일본군은 전사자 천이백여 명, 부상자 이천삼백여 명을 냈다. 한편 대한독립군은 백삼십여 명이 전사했으며 이백이십여 명이 부상당했다.

*

청산리 독립전쟁에서 승리한 대한독립군단은 10월 26일부터 이 도구 부근에서 안도현으로 분산해 신속한 철수 작전을 전개했다. 엿새간 청산리전투에서 참패당한 일본군이 보복 작전에 나서자, 간도 지방 조선인 마을은 그들의 총칼에 쑥대밭이 되었다. 일본 군은 조선인 마을을 불태웠고 남녀노소 가리지 않고 참살했다. 그 소식은 대한독립군단 후발대 편에 속속 전해졌다. 일본군은 러시 아 땅 연해주까지 불법 출병해 해삼위의 고려인(대한인을 중국에서 는 '조선족'으로, 러시아에서는 '고려인'으로 부른다) 독립운동가는 물 론, 우수리스크 부근 고려인 마을에 불을 지르고 살육을 일삼았다.

10월 29일에 안도현 황구령촌에 집결한 김좌진 부대와 홍범도 부대는 상해 임시정부 파견원을 배속시키고 '북로사령부'로 독립 군 조직을 일원화했다. 안도현은 일본군의 간도 침입 작전 지역 범위 밖이었으나, 서쪽으로부터 중국군과 합동한 관동군부대(막강 한 관동군은 1919년 8월 '해삼위 파견군'을 편성해 연해주 지방을 석권 하고 헤이룽 강을 거쳐 몽고를 관통해 러시아 바이칼 호수 부근까지 진출 하기도 했다)가 접근하고 있었기에 동서 양면으로부터 협공당할 위험성이 있다고 판단한 대한독립군단은 수백 리 북쪽에 위치한 밀산으로 이동하기로 결정을 보았다.

만주 땅은 11월부터 시베리아 삭풍이 몰아치고 눈보라가 퍼붓기 시작했다. 독립군 병사들은 월동복을 입지 못한 채 여전히 여름 군복 복장이었다. 대한독립군단은 다시 부대별로 분산해 황량한 황야와 첩첩의 연봉을 덮으며 내리는 설편을 맞으며 행군을 시작해, 12월에 들어 밀산에 도착했다. 밀산에 집결한 대한독립군단은 러시아 땅으로 넘어가 그곳에서 병력을 재정비하기로 했다. 러시아 적군(赤軍)이 자유시(自由市, 당시 명칭은 알렉셰프스크, 지금은 스보보드니)에 고려인의 독립투쟁 근거지를 제공한다고 약속했다며, 홍범도가 자유시까지의 장정을 주장했다. 자유시는 해삼위에서 멀고 먼 북방에 위치해 있었다. 그 먼 거리까지 고초를 감수하며 이동하느니 헤이룽장성의 중·러 국경 부근에 정착해 후일을 도모하자는 의견을 낸 지휘관들도 있었다. 그러나 조만간 닥칠 대한독립군단의 비극을 예감하지 못한 채 홍범도는 자기 주장을 굽히지 않았다. 홍범도는 독립군의 영웅으로 추앙받고 있어 누구도 그 고집을 꺾을 수 없었다. 대한독립군단이 청하를 거쳐 중·러 국경선 아무르 강(중국 명은 우수리 강)을 건너 이만(달레네첸스크)에 도착하자 북로군정서의 김좌진, 김규식, 이범석은 부대원을 홍범도에게 맡기고 만주로 돌아갔다.

이만에서 자유시는 중·러 국경선으로 흐르는 아무르 강을 따라 북상하기가, 조선반도 총 길이에 버금갈 정도로 장장 천 킬로미터가 넘었다. 해삼위에서 자유시를 거쳐가는 시베리아 철도가 있었으나 대한독립군단은 달포에 걸쳐 장정을 강행군했다(천 명 넘는 병력이 시베리아 횡단 열차로 이동했다는 근거 자료는 어디에도 없고, 강치무 역시 추위와 주림으로 노상에서 죽은 병사도 많았고, 살아남은 자들은 '걸어서 갔다'는 말을 남겼다).

대한독립군단은 자유시에 입성하기 전 블라고베시첸스크 근교 마사노프 마을에서 1920년 말과 이듬해에 맞은 겨울을 넘겼다. 연해주까지 흘러들어와 농업에 종사하며 살던 러시아인들은 나라를 잃은 채 이국 땅을 떠도는 고려인 병사를 따뜻이 맞아 집집마다 한 집에 대원 칠팔 명이 기숙할 숙소를 내주었다. "우리는 대한의 병사였기에 거기서도 무위도식하지 않고 날마다 훈련을 받았어." 강치무가 처에게 남긴 말이다. 1921년 해동 절기 무렵에 대한독립군단은 장정을 끝내고 제야 강(우수리 강)을 낀 도시 자유시에 도착했다.

소설 『청산리의 혼』의 주인공 S가 1921년에 겪은 '자유시 참변'을 기술하고 있기에 필자는 그 부분을 추려서 정리한다.

러시아 동방 이르쿠츠크까지 흘러들어온 고려인들은 러시아 혁명기에 고려공산당을 조직해 활동하다가 1919년 레닌에 의해 혁명이 성공하자, 러시아 적군 편인 군사조직체(이르쿠츠크파)를 갖추었다. 1920년 오하묵, 최고려가 고려인 부대원들과 함께 극동 연해주 지역인 자유시로 건너와 코민테른(국제공산당) 극동비서부와 손잡았다. 이르쿠츠크파가 자유시로 들어오니, 그동안 연해주 일대에서 적군에 협력해 일본군과 러시아 백군을 상대로 전공을 세운 박일리야가 이끄는 고려인 군사 조직 '자유대대'가 세력을 잡고 있었다. 거기에다 만주에서 넘어온 대한독립군단 또한 만만찮았다. 자유대대와 대한독립군단은 상해 임시정부 지원을 받고 있어 '상해파'로 통했다. 이르쿠츠크파와 상해파가 갈등의 조짐을 보이자 코민테른 극동비서부는 고려인들만으로 '고려혁명군정회의'를 만들고 러시아 적군 지휘관 갈란다라시빌리를 사령관으로 앉혔다. 고려혁명군정회의 산하에 '고려혁명군'을 창설했는데, 상해파 군대와 이르쿠츠크파 군대를 합쳐 그 병력이 총 이천여 명이었다. 이르쿠츠크파는 고려혁명군 사령관인 갈란다라시빌리에게 적극 협력했다. 그러자 고려혁명군 창설에 반대해온 상해파는 별도로 '사할린특립의용군'을 조직했다. 해삼위에서 온 공산주의자 이동휘가 막후에서 상해파를 지휘했으나 이르쿠츠크파와의 대결에서 수세에 몰렸다. 박일리아의 자유대대가 반기를 들자 그에게 대한독립군단 통수권을 넘겨준 후 이선으로 물러났던 홍범도가 조정자로 나섰다. 그가 갈란다라시빌리와 박일리야와의 타협을 시도했으나 실패로 끝났다. 갈란다라시빌리 사령관은 사할린특립의용군의 무조건 복종을 강요했던 것이다.

사할린특립의용군은 슬라세프카 역 뒤쪽 자작나무와 이깔나무 밀림지에 병영을 구축해 주둔하고 있었다. 갈란다라시빌리가 적군을 이끌고 와서 사할린특립의용군 병영을 삼면에서 포위하곤, 무기를 버리고 투항하라고 강요했다. 사할린특립의용군 측은, 우군이라도 총부리를 겨누면 적이라며 투항에 반대했다. 투항은 곧 이르쿠츠크파의 승리, 상해파의 몰락을 일컬음에 다름 아니기 때문이었다. 밀산을 거쳐 러시아 자유시로 건너와 사할린특립의용군에 편입되었던 대한독립군단도 투항에 반대했다. 스물네 시간 안에 반란 주모자를 체포하고 무기를 바치지 않으면 무력을 사용하여 전원 무장해제시키겠다고 갈란다라시빌리가 최후통첩을 내렸다. 유일한 퇴로는 뒤쪽 제야 강이었다. 항복하지 않으려면 전투를 벌이거나 제야 강에 뛰어드는 길밖에 없었다.

적군이 투항하지 않는 사할린특립의용군을 향해 무차별 사격을 가하며 압박해왔다. 약소민족의 해방을 지원하는 '붉은 군대'의 총질에 사할린특립의용군도 완강히 맞서 전투에 임했으나 화기와 수의 열세로 밀리기 시작했다. 밤에 들자 사할린특립의용군은 후퇴 끝에 제야 강에 뛰어들었다. 강변까지 추격해온 적군이 강물에 뛰어든 사할린특립의용군 대원을 향해 총질을 멈추지 않았다. 보급 사정이 좋지 않아 주렸던 대원들은 체력이 달려 익사자가 늘어났다.

총을 버린 S는 결사적으로 강 건너를 향해 헤엄쳤다.

'자유시 참변'은 대한독립군단의 참극으로 끝났다. 훗날 러시아 측 기록에 따르면, 당시 투항해 포로가 된 사할린특립의용군 수가 구백십칠 명, 전사자 이백칠십이 명, 제야 강 익사자 삼십이 명, 행방불명된 자가 이백오십 명이었다. 포로가 된 사할린특립의용군은 러시아 병영에 수용되었다 동토 시베리아로 이송되었다. 그들은 탄광과 벌목 등 강제노동에 동원되다 추위와 굶주림, 질병으로 죽어갔다. 한 해 전만 해도 일본 정예군 오천여 명을 상대로 백두산록 이도구와 삼도구 일대에서 큰 전과를 올렸던 대한독립군단의 허망한 말로였고, 이름 없이 사라진 비극적인 생이었다.

　S는 퍼붓는 적군 총탄을 피했고 익사를 면해 도강에 성공했다. 제야 강을 건넌 S는 단독자로 도망병의 길을 택했다. 그는 지평선 아득한 허허벌판을 탈진 상태로 걷고 걸었다. 지평선에 뜨고 지는 해의 위치가 남행임을 알 수 있었으나, 허허벌판 무인지경이었다. 땅은 메말랐고 검불의 초지가 이어졌다. S는 러시아 적군이든, 백군이든, 민간인이든, 사람과 맞닥뜨리지 않기로 했다. 길조차 버렸다. 그나마 절기가 여름철이라 날씨가 좋았다.

　그렇게 걷기 며칠, S는 마을과 떨어진 들판 가운데 파오 치고 목축하는 만주족 일가를 만났다. 국경선이 모호했던 옛적부터 연해주 일대에는 만주족 유목민이 흩어져 살고 있었다. 그는 손짓발짓하며 짧은 중국어를 동원했으나 변발한 사내는 S의 말을 알아듣지 못했다. 추레한 군복 차림의 이상한 남자가 굶주려 죽을 지경에 이르렀다는 점만 알아보았다. 만주족 남자는 옥수수 두 됫박을 주며 아득한 지평선을 가리켰다. 사내가 가리킨 쪽으로 S는 무작정 걷고 걸었다.

　우기로 접어든 7월 초라 뭉게구름이 몰려오면 소나기를 뿌리곤 금방 하늘이 쨍쨍해졌다. 이끼 낀 수초로 덮인 질척한 늪지를 건너면 갈대밭이 이어졌다. 후텁지근한 바람이 들을 질러갔다. S가 주림과 피곤이 겹쳐 쓰러져 누웠다 눈을 떴을 때, 몇 마리 수리가 창공에 날고 있음을 보곤 서둘러 일어나 걸음을 재촉하기도 했다. 잠에 들면 수리 먹이였다. 옥수수가 떨어진 지 일주일이 넘었고,

자유시에서 남쪽으로 백 킬로미터는 넘게 걸었다. 허기를 면하기는 물고기, 들쥐, 곤충 따위였다. 여태까지는 민가를 피해왔으나 이제부터는 민가부터 찾아야 허기를 면할 텐데 사람을 만날 수 없었다.

S는 의사소통이 가능한 중국 땅 헤이룽장성으로 넘어가야 함을 깨달았다. 그쪽으로 가면 조선족 유민을 만날 수 있을 터였다. 그로부터 또 며칠, 들녘을 헤맨 끝에 S는 해바라기 꽃이 둔덕을 노랗게 물들인 너른 밭을 보았다. 북방 농민은 식용과 식용유를 얻으려 여름 한철 해바라기를 많이 심었던 것이다.

*

대한독립군 병사 강치무는 1921년 그해 여름부터 또 다른 삶의 길로 들어선다. 그가 중국 땅 헤이룽장성으로 넘어와 국경도시 우위안 부근의 중국인 농장에서 머슴살이로 지낸 삼 년 동안에 대해 필자는 아무런 자료가 없다. 필자의 가계가 그렇듯 강치무는 배운 바 없었으나 몸집만은 유독 컸기에 노동일에 나서기로 한다면 일자리 얻는 데는 다른 사람보다 유리했을 것이다. 미국 흑인 노예 시절, 백인 농장주가 노예시장에서 흑인을 살 때 체격 좋은 남성 노예의 경우 값이 비쌌다는 이치와 같이, 강치무 역시 노동력에는 일등 일꾼이기에 일자리는 쉽게 구할 수 있었을 것이다. 도망병 신세가 된 강치무는 이제 대한독립군 병사가 아니었다. 전사했다면 모를까, 독립을 염원하던 동족이 이국 군대를 끌어들여 동족을 살상하는 행위를 겪었기에 그는 이국 땅에서 치를 떨었을 것이다. 독립의 희망이 환멸로 보상받자 좌절했고, 타의 반 자의 반 한갓 필부 신세로 떨어지고 말았다.

필자 중학 시절 어느 해 가을, 뒷산 밭에서 수확한 햇감자를 쪄 주며 조모 김덕순이 했던 말이 있다.

삶은 감자를 먹을 때마다 그 양반이 쭝덜거렸지. 움직이는 입 모양만 보고도 나는 그 양반 말을 알아들으니깐. "만주는 삼시 세끼 밥상에 감자가 올라오지 않는 날이 없었지. 감자, 조, 옥수수로 세 해를 꼬박 났으니깐." 그 양반 말에, 내가 "만주 감자농장에서 일하던 시절이 생각나는 모양이구먼요" 하고 말했어. 그 양반이 혹하 사변(자유시 참변) 후 헤이룽장성으로 건너와 우위안이란 데서 삼 년 동안 중국인 감자농장에서 일했는데, 중국인에 매여 사는 머슴살이가 싫었다더군. 우위안까지 일본 군대가 들어와 조선인 청장년만 보면 만주 이주 경위를 추달해대자, 그 양반이 다시 아라사(러시아)로 건너가기로 마음먹었대. 모아둔 새경을 챙기자 삼 년 만에 해삼위로 들어간 게지.

강치무가 1925년 해삼위로 들어와 1933년 봄, 해삼위 일본 영사관 소속 헌병대로 끌려가 무단장으로 이송되기까지 팔 년간은 아무런 증빙 자료가 없는 형편이다. 박문일의 처 임필례(해삼위댁)와 그분 아들 박한기의 증언이 유일한 셈인데, 필자가 나름대로 정리하여 군말을 붙였다.

214

강치무가 해삼위로 건너오기는 1925년 가을이었다. 자유시 참변 때 러시아 적군 총탄을 피해 제야 강 쪽이 아닌 이깔나무 숲으로 도망쳐 은신한 끝에 겨우 목숨을 건져 해삼위 신한촌(新韓村)으로 내려와 살고 있던 박문일이 강치무를 만나기는 1926년 추석 절기라 했다. 임필례가 전한 말로는, 카레이스카야(신한촌) 라보크(고려인 거리)의 바자르(시장)에서 서방이 강치무를 만났다고 했다.

고려인 집단 거주 부락인 신한촌은 1911년에 건설되었다. 제정 러시아는 아무르 만 해안가 요지 카레이스카야에 자리 잡고 살던 고려인 유민을 콜레라 창궐을 막는다는 이유를 대어 언덕 너머로 쫓아내고 그 자리에 기병부대 기지를 만들었다. 내쫓긴 고려인이 구릉지대에 마을을 건설하자, 한일 강제병합 후 해삼위로 망명했던 지사들이 새 한국을 건설하자는 뜻으로 신한촌이라 이름 지었다.

신한촌 시장 거리에 지게 메고 나타난 강치무는 동양인으로선 체구가 커 복잡한 시장통이었지만 박문일 눈에 쉽게 띄었다고 했다. 당시 연해주 일대의 인구 분포는 고려인이 팔 할을 점유하고 있었다. 군사적 요충지 해삼위에는 러시아인이 다수 거주했으나 도시 근교에 흩어져 농사짓는 주민 대부분은 고려인들이었다. 고려인의 연해주 이민사는 1869년 '기사년(己巳年)'으로 거슬러 올라간다. 그해부터 삼 년을 내리 조선 관북 지방은 가뭄과 흉작의 대흉년을 겪었다. 혹독한 주림을 견디다 못한 절량농가들이 남부여대하여 두만강을 건넜다. 북간도와 연해주 일대에 조선인 이주 마을이 집단적으로 건설되기 시작했다. 그들은 토막집을 짓고 황무지를 개간해 삶의 터전을 닦았다.

청산리전투를 함께 치렀고 러시아 땅 자유시로 넘어오기까지, 한 시절 생사고락을 같이한 동향 출신 둘은 시장 귀퉁이 식당으로 옮겨 앉아 그동안 밀린 이야기를 나누게 되었다. 강치무가 헤이룽 장성 우위안에서 해삼위로 넘어오기는 일 년 전이었다. 해삼위야 말로 1919년 겨울부터 이듬해 여름에 걸쳐 서비아 부대로부터 무기를 인수하러 왔을 때 강치무가 들렀던 곳이며 고려인이 많이 살고 있기에 이쪽으로 왔다고 말했다. 지금은 해삼위에서 시오 리 밖 고려인촌 농가에 더부살이하고 있는데 추석 쇨 장을 보러 신한촌 시장을 나온 길이었다.

1933년 아들 한기를 데리고 남편 고향 밀양 읍내 교동 시가(媤家)에 정착한 임필례가 필자 조모 김덕순에게 이를 두고 증언한 바 있다. 임필례 말로는 해삼위 신한촌 시절 여덟 해 동안 강치무가 자기 집을 무시로 출입했고 한기를 귀여워해 양꼬치 따위를 사다 주었다고 전한다.

한기 아버지 말씀으로는, 자유시 참변 때 강치무 씨, 김상윤 씨가 죽은 줄로만 알았대. 그런데 참변이 있고 삼 년차 강씨가 해삼위 신한촌에 불쑥 나타났어. 서로가 자유시 참변 때 죽은 줄 알았다 해삼위에서 고향 사람을 만나게 됐으니 얼마나 반가 웠던지 한참을 부둥켜안고 울었대. 강씨는 참변 때 강물에 뛰어 들어 겨우 살아남았대요. 한기 아버지가, 강씨에게 그동안 어디 에서 살다 해삼위로 왔느냐고 물으니 헤이룽장성 우위안의 중 국인 농장에서 머슴살이를 했다더군⋯⋯

함경북도 명천 태생으로 1930년대에 소설가로 활동하다 해방 직후 월북한 현경준이 1927년 연해주 일대를 둘러보고 쓴 「서백리아 방랑기」란 기행문을 도서관 사서가 찾아주어 필자가 읽은 바 있다. 현경준이 열여덟 살 때 청춘기 특유의 바람기로 두만강 건너 연해주로 들어가 한철을 방랑했던 경험담이다.

1927년이라면 소비에트 정부가 사회주의혁명 달성 후 사회 전반이 안정기로 접어들었을 무렵이다. 기행문에 따르면 해삼위 부근에는 함경북도에서 이주한 고려인이 황무지를 개간해 삼사십 호에서 백 호에 이르는 농촌 마을을 건설해 정착해 있었다. 한일 강제병합 이후에도 유민 대열이 줄을 이어 연해주 일대로 건너와 살던 고려인 수가 십오만 명을 넘어서고 있었다. 고려인은 쌀농사를 지었고, 곡식이나 채소를 해삼위로 내다 팔아 안정된 생활을 하고 있었다. 이국 땅에서 농사짓고 살망정 고려인들은 우리말을 그대로 쓰고 전래의 풍습을 지켜나가고 있었다. 초등학교 과정을 마친 자녀를 해삼위 상급 학교로 보내 공부시키며 이웃끼리 상부상조하여 살던 모습을 기행문은 생생히 전해준다. 현경준은 동포를 만날 때마다 겨레붙이로 정에 넘치는 따뜻한 대접을 받았음을 고백한다.

강치무는 헤이룽장성 우위안에서 중국인 농장 머슴으로 보낸 삼 년보다 러시아 땅 연해주로 넘어와 필부로 보낸 한 해가 훨씬 좋았다고 전한다. 강치무가 만약 고향 동지 박문일을 신한촌 시장 거리에서 만나지 않았다면 고려인 농촌 처녀와 혼인해 자식 낳고 평범한 농사꾼으로 살았을 터이다. 1937년 스탈린 정부의 소수민족 강제 이주 정책에 따라 연해주에 살던 고려인들이 유배당했듯 강치무 역시 시베리아 횡단 열차에 실려 중앙아시아 불모의 땅 카자흐스탄 일대에 쓰레기처럼 버려졌을 것이다.

시장 거리 식당에서 요기를 하며, 박문일은 강치무에게 촌에서 썩지 말고 해삼위로 나와 자기와 같이 고려인 독립운동 단체에 관여하자고 권유했다. 우리가 무엇 때문에 만주를 거쳐 해삼위까지 오게 되었느냐를 들먹이며 자유시 참변으로 망각된 강치무의 애국심을 일깨웠다. 묵묵부답인 강치무를 앞에 두고 박문일은, 해삼위로 나와 도시 생활 해도 먹고사는 길이 있다며 동향끼리 함께 살기를 재차 권유했다. 강치무는 동지의 적극적인 권유에 따라 추석을 넘기자 해삼위로 나왔다. 강치무보다 한 살 위였던 박문일은 함경북도 홍의 출신 동포 처녀와 혼인해 아들을 두고, 이동휘가 해삼위에서 조직한 고려공산당에 당원으로 몸담고 있었다.

한국에 공산주의를 이식한 최초의 지도자 중 한 사람으로 지목되는 이동휘는 자유시에서 상해파를 지도한 바 있었고, 연해주 대한국민회의 대표로 상해 임시정부 군무총장을 거쳐 국무총리에 오른 인물이다. 1920년 이동휘가 관리하던 하바롭스크파와 김철훈계의 이르쿠츠크파가 통합했다. 이동휘는 해삼위와 상해를 활동 무대로 삼아 소비에트 정부로부터 받은 이백 루블로 상해 임시정부 내 공산계열 세력 확장에 주력했다. 박문일은 이동휘 휘하 해삼위 지부에서 일하는 한편, 밀양 시절에 받은 신교육으로 일본어를 해독했기에 게페우(GPU, 레닌 정부 국가정치보안부) 해삼위

분국 밀정으로 일본 영사관 동태를 관찰해 보고하는 임무도 맡고 있었다. 해삼위 고려인 사회에는 레닌 정부 편에 선 밀정이 있는 반면 일본 영사관 끄나풀로 불령선인을 밀고하는 배신자도 많았다. 당시 해삼위에는 일본 첩자로 첩보비를 받아 쓰며 이권을 챙기던 고려인만도 천 명에 달했다는 자료가 있다.

1933년 여름 강치무와 박문일이 일본 영사관 소속 사복형사에게 연행된 사건이 있기까지 팔 년 동안, 그들이 공산계열 독립운동원으로 실제 무슨 일을 했는지는 밝혀진 자료가 없다. 필자는 강치무 생애의 중요한 기간에 해당되는 해삼위 시절을 밝혀내려 백방으로 노력했으나 실패로 끝났다. 『청산리의 혼』과 같은 유사한 자료조차 찾을 수 없었다. 사서 주임이 『일제하 해삼위 독립운동사』와 몇 권 책을 찾아내었으나 강치무와 연결할 만한 고리를 발견할 수 없었다. 이동휘계 당원으로 일했다면 상해, 북경, 만주, 시베리아 일대에 연락원으로 내왕한 흔적이라도 있어야 하는데 그런 증거 역시 없었다. 1920년대 연해주에서의 고려인 독립운동 자료가 빈곤함은 그 시기에 활동했던 이들 모두가 1937년 중앙아시아로 강제 이주 당했기 때문에 자취가 거기서 끝나버린 데도 이유가 있었다. 1980년대 들어 러시아가 개방화 시대를 맞자 소비에트 정권 시대의 극비 문서가 공개되기 시작했는데, 연해주에 흩어져 살던 고려인 십팔만여 명을 열차의 가축 수송칸에 실어 카자흐스탄 황무지로 강제 이주시키기 직전 그 사회의 지식분자들은 반국가 범죄의 위험성이 있다고 판단해 따로 선별하여 비밀리에 처형해버렸다는 것이다. 1920년대 연해주 일대에서 빨치산 활동으로 항일투쟁을 벌였던 상당수의 고려인들이 지역 공산당에 입당해서 활동했으나 강제 이주 때 다수가 처형되었다. 소설『낙동강』의 저자 조명희도 그때 처형되었음이 1990년대에 들어서야 밝혀졌다.

당시 하와이 등 미 본토에도 한인 독립 단체가 많았고 그 독립 단체들이 자유민주주의를 신봉하는 미국 체제를 따라 우익을 지향했듯, 러시아 땅 연해주 지방만 하더라도 고려인 독립 단체들이 많았는데 사회주의를 신봉하는 소비에트 정부 체제를 따라 좌익을 지향했다. 이동휘가 1928년 시베리아에서 병사했어도 그 조직은 이어져 국내와 상해 쪽에 선을 대어 조국 독립운동을 꾸준히 전개했다. 좌파 독립운동에 몸담았던 강치무와 박문일이 연해주 지방 고려인을 상대로 세포 확장, 군자금과 조직 관리, 독립운동 단체와 상호 연락 등의 임무를 비밀리에 수행했음은 구체적인 자료는 없다 하더라도 틀림없는 사실로 추정된다.

임필례의 증언으로, 서방이나 강씨가 연해주 일대는 몰라도 보름 이상 집을 비운 적이 없었고, 무슨 일을 하고 다니는지 일절 언급이 없었다고 했다. 박한기 역시 당시는 유아기였기에 아버지의 활동상은 아무것도 모른 채 자랐다는 것이다.

1933년까지 해삼위에서 두 사람의 행적은 아편 밀매에 관여했다는 추측이 가능하다. 임필례는 일본 사복형사 셋이 밤중에 들이닥쳐 박문일을 연행해간 날 집 안을 수색하다 다락에서 다량의 아편이 발견되었다고 증언했다. 당시 아편은 중국 본토, 만주 지방, 연해주 일대에 아편굴이 형성되었을 정도로 광범위하게 상용되고 있었다. 마약중독은 필자도 경험한 바 있지만, 중독성에 빠져들면 헤어나지 못한 채 폐가망신 끝에 행려병자로 생을 마치게 된다. 당시 만주 일대 도시 뒷거리에는 객사한 아편쟁이 시체가 방치되어 청소부가 새벽에 작업에 나서면 그 시신부터 치운다는 글을 필자가 읽은 바 있다. 그러므로 아편 밀매 유통 과정에서 얻는 경제적 이익은 대단했다. 강치무와 박문일이 마약 상습범이 아니라 아편 밀매에 손댔다는 것은 독립운동 자금으로 활용하기 위한 방편이 아니었을까 하는 추증이 가능하다. 첩자 밀고가 있었는지, 일본 영사관 소속 헌병대가 둘의 활동을 은밀히 내사한 끝에 체포작전에 나섰을 때는 아편 밀매와 직접적인 상관이 없었던 점은 임필례의 증언으로도 알 수 있다. 사복형사 둘이 다락으로 올라가더니 아편 상자를 우연히 발견했기에 그렇게 외치지 않았겠냐고 임필례가 조모 김덕순에게 말했다고 한다. 일본 말로 '아헨(아편), 아헨' 하며 놀라는 소리를 들었다고 했는데, '고레 아헨 자나이노(이거 아편 아냐)'라는 말이었을 것이다. 어느 날 김덕순이 서방에게, "연해주 시절 한기 아버지와 함께 당신도 아편 장수 했지요?" 하고 물었더니 펄쩍 뛰더라고 증언한 바 있다. 강치무가 그런 일은 결코 없었다고 했다니 누구의 말이 진실인지 필자도 판단하기 어렵다.

역사적 진실을 발굴하는 작업은 본인의 증언이나 이를 목격하거나 장본인으로부터 들었던 증인이 있어야 하고, 그런 증인이 없다면 기록이라도 남아 있어야 하는데, 역사의 행간에 묻혀버린 개인의 실체가 어디 강치무와 박문일의 경우뿐이랴.

강치무와 박문일이 헤이룽장성 무단장으로 압송된 직후, 임필례와 박한기는 해삼위와 부산을 정기적으로 내왕하는 연락선 배편을 타게 되었다. 집으로 찾아온 러시아 관리 주선으로 아들과 함께 해삼위를 떠나게 되었다는 임필례 말로 미루어, 박문일이 게페우와 닿는 선을 통해 가족을 자신의 고향으로 보내달라는 뒤처리를 부탁했다고 볼 수밖에 없다.

강치무가 러시아 땅 연해주로 넘어와 보낸 팔 년간의 행적에 대해 필자가 알고 있기는 지금까지의 기록이 전부이다. 한 사람의 생애에 가장 중요한 부분일 수도 있는 팔 년간의 행적을 제대로 기술할 수 없다면 이 집필이 무슨 가치가 있을까 하는 낙담에 필자는 하루를 손놓고 울적하게 지낸 날도 있다. '조부는 청산리전투에 참전한 독립군이었는데 피치 못할 사정으로 반벙어리가 되어 일본군 부대에 근무했다'는 사실 자체에만 혹해 덤벼들었다 의외의 복병을 만나 낭패를 당한 꼴이 된 셈이다.

장맛비가 며칠째 따르던 날 저녁 필자가 조모에게, 하얼빈에서 할아버지를 만날 당시 할머니 나이는 열여섯 살이었고 할아버지는 서른 살을 넘겼는데 그때까지 할아버지가 총각이었답디까, 하고 어려운 질문을 여쭈었다. 그 말에 실소를 짓던 조모 대답이 시들했다.

하얼빈에서 만났을 때 그 양반이 해삼위 시절을 말하며, 여자복이 없어 홀몸으로 살아왔다더라. 그러려니 하고 믿었기에 나는 그런 줄로만 알았지. 밀양으로 와서 뜻밖에도 해삼위댁을 만나자 옳거나 싶어 내가, 해삼위 시절에도 그 양반이 혼자 지냈느냐고 물어보았지. 해삼위댁은 나보다 나이가 열다섯 살이나 위라 아주머니라 불렀는데, 해삼위 시절에는 강씨가 노총각으로 줄곧 지냈다더군. 나야 그 말을 듣고 그런 줄 알았지 뭐. 몇 년 후 죽을 날이 가깝자 아주머니 마음이 변했던지, 강씨한테는 발설치 말라며 이렇게 귀띔해주데. 정식으로 혼례 올리지는 않았으나 여급 출신 러시아 여자와 두 해 남짓 살았는데 크게 싸운 후 헤어졌다더라. 슬하에 자식은 못 두었대. 일본 형사들한테 붙들려 갈 때까지 서너 해는 신한촌에 다락방을 빌려 혼자 지냈던 모양이구. 그 양반은 죽는 날까지 그런 사연은 입 밖에 꺼내지 않았구, 나도 아주머니 약속을 지켜 캐묻지 않았지. 한 세상 살며 그보다 더 험한 일도 겪어왔는데 다 늙어 그런 옛일을 두고 꼬치꼬치 물어쌓는 여편네가 어디 있겠니.

7

8월을 넘기자 낮볕은 여전히 따가웠으나 아침저녁으로 서늘한 바람이 불었다. 기온 차가 변하고 있었다. 내 일과는 한결같았다. 아침밥 먹고 나면 시립도서관 이층 서고로 출근했고, 직원 퇴근 시간에 맞추어 오후 여섯시에 퇴실했다. 벙거지 눌러쓰고 배낭을 멘 채 혼자 밀양강변의 정비된 둔치 소로를 따라 걸어서 집으로 돌아왔다. 시민 휴식처 둔치의 각종 경기 시설을 이용하거나 산책하는 사람들을 보면 내가 밀양에 살았던 초중학교 시절, 백사장 넓고 인적 드물던 강변 풍경이 흑백사진처럼 떠올랐다. 이십년 세월이 흘러 강에 여러 개의 다리가 놓여 예전에 있던 나룻배도 없어졌고 빨래하던 아낙네도 자취를 감추었다. 수량이 줄었지만 강물만은 옛 모습 그대로였다. 이따금 석양빛에 반짝이는 물이랑을 뚫고 지난날의 추억처럼 물고기가 튀었다 잠겨들곤 했다.

엄마 따라 기차 타고 밀양으로 올 때, 차창 밖은 줄곧 강이 이어졌다. 난생처음 타본 기차는 강을 따라 달렸다. 강이 차창 밖에서 기차를 놓치지 않겠다는 듯 따라왔다. 학교에서 선생님이 알려줄 때까지 나는 낙동강과 밀양강을 구별하지 못했다. 밀양강은 삼랑진 어름에서 낙동강과 합쳐진다고, 초등학교 삼학년 때 선생님이 말했다. 엄마와 함께 밀양역에 내리자 내내 따라오던 강이 보이지 않았다. 할머니가 사는 마암산 밑 예림리를 물어물어 걷자 강이 다시 나타났다. 그로부터 나는 아홉 해 동안 이 강에서 멱 감으며 놀았고, 천사회 친구들과 단합대회에 열을 올렸고, 백사장에서 하이에나파 회장과 맞짱 뜨기도 했다.

강변 둔치를 걸으며 지난날을 소태 씹듯 되새김질하다 집으로 돌아오면 할머니가 저녁밥 차려놓고 마루에 앉아 삽짝을 바라보며 나를 기다리고 있었다. 저녁밥 먹고 나면 종호를 데리고 강둑길 따라 산책을 다녀오곤 했다. "울산이란 데서 살다 네 나이에 밀양으로 왔지." 내가 말하며, '엄마와 함께'라는 말은 붙이지 않았다. 종호 역시 제 어미에 대한 말을 꺼낸 적이 없었다. 자기에게는 엄마가 없다고 체념한 것 같았다. 종호는 할머니가 데리고 잤고, 나는 건넌방에서 잠들 때까지 책을 읽거나 원고를 정리했다.

책의 머리말이나 후기를 읽다 보면, 이 책은 누구누구의 도움이 없었다면 집필이 불가능했을 것이란 첨언을 읽게 되는데 내 경우는 허군, 노병직 교수, 최주임, 영배, 거기에 한 사람 더 포함시킨다면 할머니가 해당되는 셈이다. 내가 밀양 땅을 십일 년 만에 다시 밟았을 때 할아버지 생애를 엮어보려 마음먹긴 했으나 주위의 그런 도움까지 예측하지는 못했다. 그런데 중학 동창 영배를 만나면서 결과적으로 여러 사람 도움을 받게 된 셈이다. 이를 두고 생각해보니 할아버지 혼령이 이 일 추진을 은연중 돕고 있다 싶었다. 할아버지는 시도 때도 없이 환상이나 꿈을 통해 나타나 내 작업을 부추겼다. 계획한 일이 저절로 맞아떨어진다는 행운이 이에 해당될 것이다. 보이지 않는 그런 도움이 있기에 집필은 순조롭게 진행되었다.

무엇보다 허군을 만나게 된 게 행운이었다. 사서 담당 최주임의 소개로 그를 만난 뒤부터 생각대로 글이 풀리지 않는 데 따른 스트레스에서 해방되었다. 나는 지각이 들고부터 남의 도움을 바라지 않고 매사를 혼자 결정하는 버릇에 길들었는데 이번은 경우가 달랐다. 글 쓰는 행위는 내가 그 방면에 문외한이니 남의 도움이 절실했다.

최주임은 불의의 사고로 사망한 부군 학위 논문의 지도교수였던 노병직 선생을 소개해주었다. 허군이 완성된 원고를 노선생에게 이메일로 보내면 그분이 친절히 고칠 부분, 조사가 더 필요한 부분을 지적해주었다. 제자에게 김원봉 연구를 지도할 만큼 그분 연구 분야는 해방 전후 사회주의운동사였다. 그 점 역시 할아버지의 생애와 맞아떨어지는 일면이 있었다.

최주임도 내 집필에 든든한 후원자였다. 다른 얘기가 되겠지만, 그녀와는 기회송림 모텔에서 하룻밤을 보낸 뒤 서먹서먹한 사이가 되고 말았다. 최주임은 허군과 노병직 선생을 사무적으로 소개해주었을 뿐, 필요한 자료를 챙겨 이층으로 올라오지 않았고 전화로라도 작업 진도 여부를 묻지 않았다. 최주임도 듣는 귀가 있으

226

니 불량한 내 이력을 대충 감 잡았을 것이다. 이제 서른 중반 나이인데 이렇게도 험한 인생을 살아왔다니, 하고 놀랐음이 틀림없다. 최주임과 나 사이는 그날 이후 갑자기 대화의 통로가 끊겨버렸다. 그녀의 무심함은 어쩌다 저지른 정염이니 반성의 냉각기를 갖자는 태도로 보였다. 나 역시 성에 주렸고 술김에 저지른 짓이라 다음날 아침 간밤의 일을 두고 후회했기에, 한순간의 불장난으로 인정하려는 그녀 태도를 수긍했다. 한번 살 섞었다는 빌미로 찝쩍거리는 치사한 수작은 앞으로 없을 터인데, 그런 마음을 맞대놓고 설명할 기회마저 잃고 말았다. 출신 성분이나 서로 살아온 길의 판이함을 떠나서라도 최주임과 나는 재혼이나 동거로 합해질 리 없었다. 젊은 과수댁으로 남자가 그리울 때도 있겠지만 그녀 역시 동거를 원할 리 없었고, 내가 받아들일 입장도 못 되었다. 그녀가 착실한 정착민이라면 나는 떠돌이 부랑아였다. 그러나 밀양에 머물며 도서관에 출입하는 동안 딴전 피우며 지낼 수만은 없다 싶었다. 오해가 있다면 풀기 위해서라도 내 뜻의 전달이 필요했다. 기회송림에서의 일이 있고 일주일 뒤 주말에 나는, 표충사 쪽으로 자전거 하이킹을 함께하자고 제의했다. 최주임이 그쪽으로 자주 자전거 하이킹을 나간다는 말을 영배로부터 들었기 때문이었다. 나는 자전거포에서 자전거를 하루 세 낼 참이었다. 최주임은, 좁은 지역사회라 보는 눈이 많다며 내 제의를 사양하면서 이런 말을 했다.

"세상 떠난 남편 고향 마을이 재약산 아래 첩첩산골 이천리거든요. 거기 아직 시어머님이 사셔 종종 들른답니다. 방학 때면 그분이 공부하던 오두막도 재약산 등산로 깊숙이에 있고요. 지금은 빈 집으로 남아 있지만 주말이면 더러 거기 가서 하룻밤 자고 오기도 합니다."

"무슨 일 당하면 나 같은 놈 피신하기 적당하겠군요" 하곤, 나는 본의 아니게 기회송림에서 무례하게 행동했던 점을 두고 사과했다. "아예 없었던 일로, 최주임이나 저나 그날 일을 잊어버립시다. 그러나 제가 밀양에 머물 동안만이라도 전처럼 제 일을 도와주셔야지요."

"그래야겠지요." 최주임이 입꼬리에 미소를 머금었다. 나와 엮어질 그 어떤 어두운 상상에서 놓여난 표정이었다. 그 뒤부터 필요한 자료를 챙겨주는 도움은 허군을 통해 이루어졌다.

내친김에 나는 영배 편에 텐트와 취사용구를 빌려 이삼 일을 작정하여 종호를 데리고 표충사 뒤 재약산 등산에 나섰다. 재약산 높이는 천백팔 미터였고 그 뒤 연이어 더 높은 신불산과 천황산이 솟아 있었다. 우리는 신라 화랑도의 수련 터로 알려진 고원지대 사자평부터 거쳐갔다. 사자평은 준평원 지대로 억새밭이 넓게 펼쳐져 있었다. 지친 기색 내지 않고 녀석이 다부지게 따라붙어 다행이었다. 나는 우리 집안 가계, 유전자 속에 숨겨진 남성의 힘을 실감했다. 할아버지와 아비가 그랬고, 아비 대를 이어 나와 종호의 체력은 타고났다 싶었다. 재약산 등산로를 오르며 최주임이 말했던 오두막을 찾으려 눈여겨보았으나 눈에 띄지 않았다. 등산 떠나기 전 거기서 일박해도 되겠느냐고 최주임에게 묻고 싶었으나 차마 그 말이 입에서 떨어지지 않았던 것이다. 재약산 칠부 능선에서 텐트를 치고 일박했다. 이튿날 아침, 더 걸을 수 있냐고 묻자 종호가 머리를 끄덕였다. 재약산 정상에 서자 바람이 드세었고 운무에 가려 아래쪽 시계가 흐렸다. 마치 하늘 아래 선 느낌이었다.

"너한테는 증조부님이신데, 내가 태어나기 전에 돌아가셔서 그분을 못 뵈었으나 한때는 이 산속으로 들어와 사셨단다."

"노할아버지가 짐승 잡으러 다닌 포수였어요?"

종호 질문에 옳은 대답을 해줄 수 없었다.

"내가 할아버지에 관해 뭘 좀 쓰고 있어. 이야기책 같은 걸. 그래서 도서관에 다니는 거야. 할아버지 키가 나보담 더 컸대. 힘이 장사라 밀양강변에 씨름판이 벌어지면 일등을 도맡았다더라."

"만약에 노할아버지가 살아 계신담 프로레슬링 선수나 케이원 선수로 나가면 될 텐데……" 종호가 아쉬워했다. 집에서는 지상파 방송밖에 나오지 않아 케이블 채널의 스포츠 프로를 보러 종호는 동무 집으로 밤마실을 다녔다.

하산을 시작하자 종호가 다리를 절었다. 등산을 앞두고 새로 사준 운동화를 벗겨보니 발바닥에 물집이 잡혀 있어 걷기가 무리였다. 나는 등산 백을 앞으로 메고 한사코 괜찮다는 녀석을 업었다. 하산하는 길은 얼음골 쪽을 택했다. 자식 체온이 등을 통해 전해오자 이 세상에 누구도 그렇게 될 수 없는, '우리는 아비와 자식'이라는 유대감이 느껴졌다. 힘든 줄 몰랐고, 내가 종호만할 때 체험해보지 못한 따뜻한 경험이었다. 가마불폭포 어름에서 다시 일박하고 얼음골에서는 차편을 이용해 밀양 시내로 돌아왔다. 나는 그 등산을 통해 할아버지의 생애와 가족이란 울타리에 대해 많은 생각을 했다.

네 이런 행실이 언제까지 가려는지 모르겠다며 불안해할 만큼 나는 할머니의 신뢰를 회복했고, 종호와도 아비와 아들로서 원만한 관계를 유지했다. 재약산 등산 이후 나를 대하는 종호 태도가 달라졌다. 저 사람이 정말 내 아버지란 확실한 믿음을 심어준 듯했다. 자식과의 그런 유대감이 앞으로 종호를 내가 거둘 수 없다는 데 따른 심적 갈등을 일으켰으나 지금 내 처지로서는 어쩔 수 없었다. 종호를 당분간 할머니에게 맡겨두겠다는 내 마음은 한결같았다.

집필 과정에서 할아버지에 관한 할머니 기억을 낱낱이 밝혀낼 수 있었다는 게 무엇보다 큰 소득이었다. 한번은 일요일에 허군이 집으로 놀러 와서 할머니의 만주 시절 이야기를 들은 적이 있었다. 허군 말이, 그 시대에 초등학교 교육 과정을 밟았다지만 적잖은 연세인데도 기억력이 대단하다며 감탄했다. 내가 보기에도 할머니는 예전 여성 같지 않은 당차고 똑똑한 '니북 여자'였다. "회령 땅 오봉산 아래 가리실에서 살았던 어릴 적엔 산삼도 적잖게 먹었지. 애들 배추 뿌리 먹듯 산삼을 군것질 삼아 먹었다면 거짓말 같지?" 할머니가 말했던 산삼 효력 덕분인지 몰랐다.

할머니가, 이분을 만나보면 할아버지에 대해 무슨 말인가 해줄 거라며 소개한 사람들도 만날 수 있었다. 그분들이 박한수 씨, 정세병 씨, 윤순욱 씨였다. 시내 교동에 사는 박한수 씨는 별세한 해삼위댁(임필례) 자제분으로 할아버지를 기억하고 있었다. 표충사 길목 단장면에 사는 정세병 씨는 한 시절 할아버지와 생사를 함께

한 빨치산 동지 정두삼 씨 자제분이었다. 정세병 씨는 할아버지가 돌아가시기 전에 만난 적이 있었다 했고, 당신 부친의 빨치산 체험담을 들었기에, 이를 통해 나는 할아버지의 한 시절을 유추 해석할 수 있었다. 할머니의 귀띔으로 황성동에 사는 윤순욱 씨를 만난 것도 행운이었다. 윤순욱 씨는 할아버지의 후반기 밀양 생활에 큰 도움을 준, 고인이 된 지 오래인 윤창하 씨의 자제분이었다. 윤창하 씨는 해방 직후 미군정 치하 밀양치안대 간부를 지낸 분으로, 빨치산 투쟁을 접고 하산한 뒤 숨어 다니던 할아버지를 보도연맹에 가입시켜 사회로 복귀시켜주었고, 전쟁이 난 뒤 거제도 포로수용소 중공군 포로 통역관으로 보내는 데 힘써준 분이었다.

할아버지를 눈앞에 두고 그 행적을 좇는 작업이었기에 정신을 외곬으로 쏟은 덕분인지 간질처럼 불시에 덤비던 조증에 따른 여러 징후도 호전되어 상비약 먹는 횟수가 줄었다. 거기에는 질서 있는 생활이 중요한 역할을 했다. 가랑잎 신세인 할머니, 부모 정을 모른 채 크는 종호, 전과자 출신의 나, 이렇게 어울린 불구의 가족 관계지만 나로서는 난생처음 가정의 소중함을 체험한 계기가 되었다. 어느 날, 고소한 냄새 풍기는 치킨점 앞을 지나다 밀양에 주저앉아 치킨점 열어 살아볼까 하는 생각이 들었다. 그러나 곧 헛생각이라며 실소를 짓고 말았다. 그런 소시민적 삶은 한 달을 배겨내지 못할 것이다. 치킨점은 내 체질답지 않다고 생각하는 자체가, 아직도 겉치레 형식에 매여 있었다. 밀양에서 단신 상경할 때의 비장감, 도둑질로 보낸 비루했던 나날들, 우울증을 마약으로 달래야 했던 불안, 긴 수형 생활의 비참함이 떠올라 치킨점 생각을 뭉개버렸다. 그 억울함을 보상받기 위해서라도 치킨점 따위로 나를 묶어둘 수 없었다. 세상에 대한 복수심, 그 복수심을 억누르는 또 다른 멜랑콜리가 마음 한 귀퉁이에서 뒤채고 있었다.

*

9월 초순 어느 날 오전에, 아래층에서 영배가 모처럼 저녁이나 같이하자고 휴대폰으로 알려왔다.

"최주임도 불러낼까 했는데 오늘 저녁 선약이 있다더군."

영배 말에 나는 최주임이 겪고 있는 심리 상태를 읽을 수 있었다. 마침 허군이 내 작업을 돕고 있으니 최주임 대신 자리 함께하는 게 어떠냐고 말했다. 허군이 도서관에 나오는 날이라 그렇잖아도 집을 나설 때 술 한잔 사기로 결정했기에, 할머니께 저녁밥을 먹고 들어갈 테니 기다리지 마시라고 일러두었다.

오후 다섯시쯤, 공교롭게도 나는 화이트하우스 김영갑 부장의 전화를 받았다. 뜬금없이 더러 전화질로 내 근황을 물으며 상경을 재촉했기에 또 그러려니 했는데, 대뜸 여기가 밀양이라 해서 놀랐다. 자기가 밀양에 와 있으니 당장 만나자고 했다. 나는 영배와의 저녁 약속을 고려하여 떠오르는 대로, 재약산에 등산 중인데 하산하자면 저녁 아홉시쯤은 되어야 시내로 들어갈 수 있을 거라고 둘러댔다.

"강박사님을 만나야 합니다. 날짜를 다투는 일이라서. 차를 가지고 왔으니 그리로 갈게요. 재약산이 어디쯤 됩니까?"

"누구 숨 넘어갈 일 있소? 헬리콥터라면 모를까, 천 미터 고지까진 못 올라와요."

"휴대폰은 터지는데…… 하여간 지금 서둘러 하산하십시오. 산 아래서 대기하겠습니다."

"하여튼 아홉시쯤에 다시 연락합시다. 가능한 빨리 시내로 들어갈 테니깐." 일방적으로 전화를 끊고 휴대폰을 꺼버렸다.

상경하면 어차피 볼 얼굴이지만 지금으로서는 김부장을 만나고 싶지 않다는 게 솔직한 마음이었다. 밀양에서 벌인 이 작업부터 마무리를 지어야 했다. 상경한다면 밥벌이를 해야겠기에 헬스클럽 강사는 해볼 만한 일거리였다. 아니, 안나가 전화로 귀띔해준 말이 더 솔깃했다. 나상길 회장이 종로와 신촌에 성인오락실 '바다이야기' 객장 한 개씩을 갖고 있는데 거기 몸담으면 어떻겠냐고 내 의견을 물었던 것이다. 성인오락실은 경마장, 경륜장, 카지노와 같이 허가 낸 투기장이지만 불법 사행성이 가미되어야 눈먼돈을 챙길 수 있다. 투전판 생리란 게 돈을 건 게임에 홀리면 베팅액수가 높을수록 뭉칫돈이 빠져나간다. 제정신이 아니었다가 빈털터리가 되면 그제야 눈이 뒤집힌다. 안나 제의를 게임장의 상무나 지배인 명함쯤 갖고 깽판 부리는 노름꾼들 다독거려보라는 권유로 알아들었다. 빨리 쇼부(결판) 쳐서 목돈 만지려면 그 길도 괜찮을 것 같았다. 몇 년 몸담아 돈푼 쥐면 밀양에 내려와 살아도 될 터였다. 그때까지 할머니가 종호 데리고 살아 계실까? 노인의 수명은 가을볕과 같다 했으니 가능성이 희박하다. 하늘의 뜻에 맡길 수밖에 없다.

오후 여섯시가 되자 나는 허군과 함께 서고에서 퇴실해 영배 근무 부서인 총무과를 찾았다. 그가 부산으로 출장을 다녀오기도 했지만 일주일 넘게 잠시 얼굴만 보았을 뿐 자리 같이한 적이 없었다. 우리 셋은 밀양교를 넘어와 농협 뒤 '가지식당'으로 갔다. 돼지고기 삼겹살을 묵은 김치와 곁들여 불판에 구워 먹는 음식점이었다. 표충사 뒤로 솟은 험준한 산악 일대는 가지산도립공원으로 '영남의 알프스'라 불렸다. 천이백사십 미터 가지산을 정점으로 신불산, 재약산을 거느리고 있었다.

"가지산 산록에서 키우는 야생 흑돼지지. 믿거나 말거나 주인 말이 그래. 네 덩치 유지하자면 사흘에 한 번은 이렇게 먹어야 돼." 영배가 가지식당을 선택한 이유였다.

식사는 뒤로 미루고 술판부터 벌였다. 소주잔을 주거니 받거니 하며, 화제는 자연스럽게 할아버지 생애로 풀려나갔다. 영배가 집필 진척 과정을 물어 나는 할아버지가 여덟 해를 보낸 러시아 극동 블라디보스토크 시절까지를 마무리지었다고 말했다. 허군은 자기도 한번 읽고 싶으니 프린터로 뽑아달라고 했다. 허군은 인터넷으로 찾아보았다며 하얼빈 731부대장으로 생체 실험을 총 지휘한 이시이 시로의 전력에 대해 말했다. 그는 군국주의의 잔혹성을 대변할 만한 인물이라 소설로 그런 유형의 인간을 그려보고 싶다고 했다.

"일본이 패망할 때까지 할아버지가 여기에서 십 년 넘게 살았구나 하고 생각하자 코끝이 시큰하더군." 나는 하얼빈 근교에 있던 '침화(侵華) 일본군 731부대 범죄 진열관'을 둘러보았던 여행담을 두고 말했다. "하얼빈 시내로 돌아와 호텔에 투숙한 그날 밤은 꿈자리가 사나웠어. 꿈에서 할아버지를 보았지. 할아버지가 나타나, 재필아 나를 보라고……"

나는 말을 더 이을 수 없었다. 격정에 감전된 듯 비애가 온몸을 휩쌌다. 내 병의 원인을 규명하자니 할아버지의 하얼빈 시절 유전자 뿌리에 우울증 박테리아가 기생을 시작하지 않았을까란 의심이 들었다. 울산에서 보낸 아비에 얽힌 기억이 내 병의 시원이라고 생각해온 진단에 수정이 필요했다. 할아버지는 그 시절부터 스트레스성 우울증에 시달렸을 것이다. 당신은 본의든 타의든 조국을 배반했던 것이다.

"관동군 731부대를 검색하다 보니 그랬는지, 그저껜 저도 그런 꿈을 꿨답니다." 허군이 말했다. "엽기 영화의 생체 실험하는 장면 말이에요. 꿈을 떨치고 깨어나니 온몸이 땀에 흠씬 젖었어요. 밤 기온이 서늘한데도 한참을 선풍기 켜서 넋 놓고 앉아 있었죠. 불현듯 그런 생각이 듭디다. 만약 731부대가 세균 무기를 실용화해서 페스트균을 폭탄에 적재해 비행기로 살포했다고 가정하면, 십사세기 유럽 전역에 퍼진 페스트로 이천오백만 명의 생명을 앗아간 공포가 이십세기에 재현되었을 겁니다. 우리 민족은 뿌리째 거덜날 수 있었고……"

"꿈자리 사납겠다, 자네도 그쯤 해둬" 하곤, 영배가 나를 보았다. "최주임 부군처럼 학위 논문 쓰는 것도 아니고, 출판할 거리도 못 된다면서 그 일에 집착하는 끈기가 놀랍다. 집안일이라 스트레스도 많이 받을 텐데 말이야."

나는 웃었다. 내 병의 뿌리를 뽑는 데 그 일 집착이 치료제 구실을 한다고 말해본들 영배가 납득할 것 같지 않았다. 교도소에서 책을 읽고 알게 되었지만, 스트레스가 체내의 세로토닌 호르몬을 고갈시키는 대신 크레티솔 호르몬을 축적한다고 했다. 문제는 세로토닌 수치가 낮아지면 감정의 정상적인 조율이 이루어지지 않아 감정실금(感情失禁, 감정을 조절하는 기능 장애로 사소한 일에 잘 웃거나 울게 되는 증상) 상태에서 공격성이 증가한다는 것이다. 공격성이 증가하면 그 충동으로 자살에 이를 확률 또한 높아진다. 우울증과 자살과의 연관성을 연구해온 미국의 어느 의학자가 스트레스성 우울증 환자 자살이 총 자살자 수의 팔 할에 이른다는 통계수치를 밝혔다. 그 의학자는 체내의 세로토닌 수치가 정상인보다 현저히 낮은 사람이 있는데 그 수치가 유전적으로 결정될 수 있다고 했다. 내 경우를 그 학설에 대비해보자면 할아버지 때부터 세로토닌 수치가 낮아지고 크레티솔 수치가 높아지기 시작하여, 공격적인 아비 유전자와 세로토닌 수치가 현저히 저하된 엄마 유전자가 결합하자, 그 결합으로 태어난 내 경우는 선천적으로 세로토닌 수치가 현격하게 낮고 크레티솔 수치가 높았다는 해석이 가능하다. 거기에다 유년기에 아비로부터 받은 스트레스가 치명적일 수 있다.

"우리 나이쯤 되면 세상의 쓴맛도 볼 만큼 봐서 처음 시작한 직종을 중도에 바꾸기가 힘들지. 한번 배운 도둑질 평생 손 못 씻는다는 말도 있잖아. 내 경우, 과거를 손 씻는 데는 어떤 동기가 있어야 하는데 나로서는 그게 지금 하는 작업이라고 생각해. 0.7평

감방에 갇혀 있을 때 나는 할아버지가 누볐던 북방 대륙을 그려보았어. 그분이 겪은 스트레스를 생각했지. 말 되나?"

"되는 것 같기도 하고……" 영배가 말끝을 흐렸다.

영배 휴대폰에서 신호음이 터졌다. 전화를 받던 영배가 휴대폰에 손을 덮더니, 하근조라고 작은 소리로 말했다.

"……아직 상경하지 않았지. 우리 도서관에 출근해서 뭔가를 쓰고 있어. 뭘 쓰는지 모르지. 내가 알 일이 아니잖아."

통화 내용으로 보아 근조가 내 소식도 묻는 눈치였다. 영배가 근조에게, 나와 같이 있다고 말한 뒤 휴대폰을 넘겨주었다.

"오늘 오후에 말이다, 언 놈 셋이 업소에 들렀던데 강재필을 아느냐고 묻더라." 근조가 서두를 뗐다. "중학교 동창이라 말했지. 그치들 예림리 너네 집에도 들렀을걸."

화이트하우스 김영갑 부장 전화를 받고부터 머리 한 귀퉁이에 똬리 틀고 있던 그 작자의 곱상한 얼굴이 떠올랐다. 김부장이 오케이단란주점까지 찾아내어 들를 줄은 몰랐다. 어느 날 밤, 안나가 내 휴대폰에 대고 만취 상태에서 해롱댔다. "빵서 나왔겠다, 해 빠지면 좆 꽂고 싶어 어떻게 참지?" 그 말에 나는 우스갯소리로 응대했다. "중학 동창이 술집을 내고 있어 거기서 계집 끼고 잘 보내." 내 허튼 말이 김부장 귀에도 들어갔음을 알았다. 근조가 김부장에게 집 약도를 그려주었을 터였다. 중학 시절 천사회 회원들은 우리 집 위치를 알고 있었다.

"서울서 온 모양이던데, 걔들 뭐하는 치니?" 근조가 물었다.

"너도 물장사하면서, 보면 몰라? 전화 끊어!" 불똥이 엉뚱한 데로 튀어 나는 전화통에 대고 근조에게 화를 냈다.

영배에게 휴대폰을 돌려주고 내 휴대폰을 켜 집에 전화를 내자 할머니가 받았다. 누가 찾아오지 않았느냐고 물었다.

"건장한 청년 셋이 와서 네 소식을 묻더라. 싹싹하게 굴더라만, 그 청년들 혹시 형사들 아니냐?"

"괜찮아요. 전부터 알던 사람들입니다. 도서관 친구와 저녁 먹고 있어요." 나는 전화를 끊고 영배에게 말했다. "자리 옮기는 게 어때? 오늘 근조 업소에 가볼까. 내가 술 한잔 살게."

말은 그렇게 했지만 나는 김부장을 거기서 만나기로 작정했다. 낯선 시골 바닥이라 그가 먼저 거기로 약속 장소를 정할지 몰랐다. 핸드폰을 보니 시간이 여덟시를 넘어섰다. 다들 소주 네 병을 비운 뒤였고 안주를 든든히 먹어 식사는 생략하고 일어섰다. 명색 시이긴 해도 유흥가는 빤해 근조 단란주점이 그리 멀지 않았다. 우리는 걸어서 이동했다. 며칠 늦더위가 기승을 부리더니 기온이 떨어져 저녁 바람이 시원했다. 근조 업소는 오층 건물 지하였다.

홀에서 프로야구를 보던 근조가 웬일이냐며 우리를 맞았다. 나는 아까 소리질러 미안했다며 근조 어깨를 다독거리곤 룸 하나 내라고 했다. 근조가 웨이터에게 일번 룸으로 모시라며 부산을 떨었다.

"가을바람 부니 장사가 되려는지 왕년의 회장님이 행차하셔." 근조가 낄낄거리더니 영배를 보고 말했다. "너도 원님 덕에 나발 불게 됐군."

"인마, 옛 친구 앞에서 장사꾼 티 내지 마." 술기운에 이런 업소로 들어서자 나는 어느덧 한 시절 건달 티를 냈다.

방 하나에서만 노랫소리가 새어나올 뿐 다른 룸은 빈 듯했다. 우리는 일번 룸에 들었다. 나는 근조에게 양주 작은 것 하나와 맥주 몇 병, 안주로 과일을 시켰다.

"여자도 넣어줘. 우리 후배 허군 알지? 내 작업 열심히 도와주는데 도우미쯤은 있어야지."

내 말에 영배가 도우미는 필요 없다고 했다. 선배님들 앞에서 도우미라니요, 하고 허군도 쩔쩔매며 사양했다. 내가 양보하는 수밖에 없었다. 근조가 술과 과일 접시를 날랐다. 양주가 큰 병인데, 친구 좋다는 게 뭐냐며 작은 병 값으로 받겠다고 했다. 넷은 폭탄주를 돌렸다. 원샷으로 한 잔씩을 비웠다. 영배가 재채기를 하며, 자기는 취해서 폭탄주를 못 마시겠다고 했다. 문학도답게 허군은 술을 잘 마셨는데 별로 취한 것 같지 않았다. 나도 취기로 알딸딸했다. 근조가 나를 보고 언제쯤 상경할 거냐고 물었다. 근조 말을 듣자니 밀양이 나를 밀어내듯 느껴져 이곳이 발붙일 곳이 아님을 실감했다. 역시 내 일터는 서울이구나 싶었다.

웨이터가 들어와 근조에게 손님이 왔다고 말했다. 홀로 나갔다 다시 들어온 근조가 떨떠름한 표정으로, 오후에 널 찾아왔던 셋이 들이닥쳤다는 것이다. 너 여기 없다고 말할게, 하곤 근조가 부리나케 나갔다. 잠시 뒤 내 휴대폰이 터졌다. 김부장이었다.

"시내 들어왔습니까? 중학 동창이 영업하는 오케이단란주점 아시죠? 거기서 대기하고 있습니다."

"알았소. 그리로 가리다."

술기운 탓만은 아닌데 갑자기 어지럼증이 왔고 머리가 아팠다.

조증에서 천천히 놓여나려는 조짐을 보이는 요즘, 김부장이 불쑥 나타나 불씨를 헤집어 불을 지피려 덤볐다.

"서울에서 여기까지 찾아왔다니, 너 신상에 무슨 일 있는 것 아니니?" 영배가 걱정스레 물었다.

"예전 물주 똘마니들인데, 별일 아냐."

나는 폭탄주 한 잔을 비우곤 허군에게 잔을 돌렸다. 화제가 제 길을 찾지 못하자 침묵이 길어졌다. 자작으로 다시 양주 한 잔을 비웠다.

"선배님, 상경하면 뭘 하시게요?" 한참 만에 허군이 물었다.

"일거리를 찾아봐야지. 새 출발 하려는데, 자네 보기에 내게 어떤 직종이 어울릴 것 같아?"

"글쎄요. 선배님 직업? 얼른 잡히지가 않는데요." 허군이 미소를 머금었다. 맞힐 수 있지만 말하지 않겠다는 표정이었다.

"백수건달이 나이 들면 반거충이 되기 십상 아닌가."

"선배님, 「하류 인생」이란 영화 못 보셨죠?"

"거기 갇혀 있었으니 못 볼 수밖에. 얘긴 들었어. 맞아. 내가 바로 하류 인생이야. 하류로 떨어지지 않으려면 사회에 처음 나설 때 길을 잘 잡아야 해. 그러나 내 경우는 선택의 폭이 하류 한 길밖에 없었지."

"선배님 조부께선 자기 의지대로 갈 길을 선택하셨잖습니까?"

"애초엔 그분 첫 출행이 부러워 내가 그 내력을 복원시키려 했지. 그러나 자네도 알다시피 강치무 인생은 실패로 끝났어."

"인생이 대충 그런 것 아닙니까?"

영배는 어느새 코까지 골아가며 졸고 있었다. 머릿속을 자우룩이 적시는 취기를 느꼈다.

"하류 인생으로 전락하자 우울증이 시작되어 세 번 자살을 시도했지. 자살이란 한순간에 찾아오는 유혹만 잘 넘기면, 평소에는 평범한 생활인으로 살지."

"책에서 읽은 게 생각나는군요. 우울증이 심한 청년이 자살하려 다량의 세코날을 구입했죠. 그러나 충동적으로 입에 털어넣게 될까봐 약봉지를 친구에게 맡기며, 내가 자살할까봐 겁이 나서 맡겨둔다고 하더군요. 자살까지 하려는 자가 죽음을 앞두고 겁먹다니, 그게 말이 됩니까?"

"자살을 준비할 동안은 평상시처럼 냉정한데 막상 결행하려는 순간, 일 초 정도 전율적으로 공포를 느껴. 그럴 때 친구가 도와준다면 쉽게 끝낼 수 있어. 자살동우회란 게 있잖아. 혼자 죽기 힘드니깐 자살을 서로 도와주면 집단 자살이 쉽게 이루어져. 그렇게 보면 죽고 사는 게 찰나요 운명 같아. 다 각자 타고난 팔자대로 사는 셈이지."

"선배님이 바로 운명론자시군요."

취중에 주절대는 내 꼴이 싫어 아무래도 일어서야 할 것 같았다. 정신을 가다듬었다. 허군에게 잠시 기다리라고 말하곤 담배와 라이터를 챙겨선 벙거지 눌러쓰고 홀을 나섰다. 그새 술꾼 한 패가 들어와 근조는 바빴다. 어느 방에 있다 나타났는지 초미니 스커트 도우미 서넛이 술꾼을 에워쌌다. 어디 주문 배달이 있는지 양주 한 짝이 밖으로 나갔다. 근조가 전표 떼어 배달꾼에게 주곤 나를 보더니 삼번 룸을 턱짓했다.

나는 삼번 룸 문을 열고 들어섰다. 김영갑 부장과 그 또래 둘이 나를 맞았다. 김부장은 넥타이 맨 와이셔츠 차림이었다. 흰색 플란넬셔츠짜리는 알머리였고 검정 티셔츠를 입은 치는 말총머리였다. 김부장이 자리에서 일어나 박사님 뵙기가 이렇게 힘들어서야 되겠냐며 푸념 조로 말했다. 그가 맞은편에 일어선 둘에게 눈짓을 했다. 둘이 자리를 비워주었다.

"산에서 내려오신다더니, 한잔하셨네요?"

김부장은 내가 등산복 차림이 아님을 알아보았다.

"그러고 보니 좀 취했구려."

얼음냉수를 들이켜자 정신이 웬만큼 돌아왔다. 김부장이 밀양 생활을 두고 이것저것 물었다. 나는 감방에서 나온 뒤 컨디션이 좋잖다고 말했다. 쫄티 입은 도우미가 양주병과 치즈 안주를 나르며 미스 오라고 자기 소개를 하곤 김부장 옆자리에 앉았다. 김부장이 그녀에게 우리끼리 할 얘기가 있으니 자리를 비워달라고 했다. 미스 오가 나가자 김부장이 내 잔에 술을 쳤다.

"회장님께선 회의 중에도 더러 강박사님을 언급하십니다. 그렇게 의리 있는 친구는 없었다구요." 내가 담배를 물자 김부장이 얼른 라이터 불을 당겨주곤 부드러운 웃음을 띠었다. "돈 쌓아두면 뭐 하나. 돈은 벌기도 하구 날리기도 하지만 사람과의 인연은 죽을 때까지 같이 가는 거다. 오로지 사람을 잘 만나야 해. 강박은 사람 같은 사람이야. 빨리 만나야 할 텐데, 왜 이렇게 안 올라오지? 곧잘 이러시지요."

회장 측근답게 김부장의 흉내말이 목소리까지 그럴듯했다. 배부른 자들이 하는 말이다. 정 붙이고 떼는 데, 다독거리거나 감싸안는 데는 쇠(돈)가 모든 걸 해결해준다. 쇠 놓고 눈치로 한 인간을 저울질한다. 쇠 두고 치사하게 굴면 의리고 뭐고 끝장이다. 셈이 분명하고 뒤가 깨끗해야 한다. 서로 그런 계산이 맞아떨어져야 친구로 인정받는다.

"회장님은 의리를 챙기는 분이시지." 내 처지로선 그렇게 말할 수밖에 없었다. 수하들에게 의리와 사람됨을 강조하려 나상길 회장이 해본 말일망정 나를 신임하고 있음은 사실인 듯했다.

"이 정부 들어서고 다들 죽는소리하지만 우리도 힘들기는 마찬가집니다. 이번 사건은 재개발사업 건수인데 일이 좀 복잡하게 꼬여서……"

"회장님이 챙겨준 쇠 잘 쓰고 있소." 김부장이 본론을 꺼내려 하자 나는 동문서답했다.

출감할 때 김부장이 준 육백만 원은 윗선을 보호한 옥살이 대가였다. 그러나 그 빚을 미끼로 일 만들어 건수 올려달라고 조르면 이야기가 달라진다. 나는 교도소에 있을 때 그 세계에서 발 빼기로 결정했다.

"회장님 말씀이, 이번 일엔 강박사님이 팀장을 맡아줬으면 하고……"

"만약 못 맡겠다면?"

"이번 일만 끝내면 큰 자리 맡기겠다는 말씀이 있었습니다."

"바지사장?"

"건설컨설팅 회사 '기쁨자리'란 업체 들어보셨죠?" 김부장이 즉답을 피하며 말을 돌렸다.

김부장이 옆자리에 둔 공공칠가방을 술상에 올리더니 버튼을 눌렀다. 가방 안에는 서류가 담겨 있었다. 읽지 않아도 서류 내용에 짐작이 갔다. 나상길 회장이 화이트하우스 총수라 해도 마초파 시절의 머리 굴리기에서 손 털지 않고 있음을 알았다. 일을 시작하기 전에 팀장을 불러모아 계획서 꺼내놓고 브리핑부터 시작했던 것이다.

"안 보여줘도 대충 알겠으니 서류 꺼내지 마시오."

나는 이번 건도 분당 노부부 납치 사건과 비슷한 건수라 짐작했다. 오억 원을 더 받아내려 노인 손가락을 택배로 보낸 한명수는 아직도 옥살이하고 있을 터였다.

"이번 일만은 강박사님이……"

"그런 일에 손 털었소."

"그러고 싶은 마음은 이해 갑니다만 회장님이 꼭……"

"이젠 조용히 살고 싶소."

"저를 빈손으로 올려 보내실 작정입니까?" 김부장이 예상 밖으로 그 바닥 본색을 드러냈다. 웃는 낯짝인데 흉기를 숨긴 격이었다. "이러시면 여기까지 내려온 제 꼴이 뭐가 됩니까?"

이럴까 저럴까, 나는 마음 결정을 내릴 수 없었다. 주머니 사정이 나를 유혹하고 있었다. 아직은 지닌 돈이 이백만 원쯤 남았으니 한 달은 버틸 수 있지만 조만간 빈털터리 신세가 될 수밖에 없다. 세상살이란 게 빈털터리 신세가 되면 누구나 비굴해져선 세상

보는 눈이 삐딱하게 바뀐다. 돈 잘 쓰는 놈을 보면 이유 없이 실컷 패주고 싶다. 내가 체험했기에 누구보다도 그 마음을 잘 안다. 빈털터리로 전락하면 조증이 도저 안절부절못하게 되고 정신병이 악화일로를 치닫는다. 가진 자의 것을 빼앗는 짓이라도 하지 않을 수 없다.

"나 취했소. 내려온 김에 애들 불러 한잔하고 상경하시오."

나는 확답을 주지 않은 채 룸을 나섰다. 홀 쪽을 보니 김부장 졸개 둘이 바텐더 앞의 등받이 없는 회전의자에 앉아 술을 마시고 있었다. 김부장을 대면한 탓이지 머리가 지끈거리고 어깨가 늘어졌다.

일번 룸으로 들어가니 그새 연락이 됐는지 학구가 내 자리 차지해 떠벌리는 참이었다. 아까까지 졸고 있던 영배 눈이 말똥했다. 삼십대 중반인데도 운동을 놓지 않는지 학구는 몸짱 소리를 들을 만했다. 중학 시절 학구는 나와 함께 체육관에 부지런히 들랑거렸다.

학구가 노래방과 피시방을 운영하기에, 너도 밤업손데 장사 안 하고 여기서 노닥거릴 짬이 있냐고 내가 물었다. 회장 왔다기에 잠시 자리 비웠다며, 학구가 둘에게 하던 말을 계속했다. 내가 없는 사이 그가 내 흉을 까발리고 있었던 모양이다.

"계속해. 나 왔다고 시침 뗄 필요 없어." 친구의 옛이야기 듣는 게 김부장 사업 이야기보다 훨씬 살가울 터였다.

"울산에서 살다 왔다나. 처음 봤을 땐 한 해 꿇고 입학한 줄 알았지. 덩치가 하도 커서 말이야. 말이 나왔으니 하는 말인데, 재필이 쟤 초등학교 입학했을 때 덩치는 큰데 쪼다가 따로 없었어. 한

마디로 멍청한 촌놈이었지."

"자리 비우면 씹는다더니, 그 말은 맞아." 내가 맞장구쳤다.

"중삼 때 뭉치 형하고 맞짱 뜬 것 생각나지?"

그때, 홀에서 언성 높은 소리가 들렸다. 나는 언쟁질에 나서고 싶지 않았다. 그런 판이라면 물불 안 가리고 찍자 붙던 지난 한 시절이 남의 일 같게 떠올랐다.

"한판 붙었나 보군. 내가 말려야지." 학구가 자리에서 일어섰다.

"성깔은 남아 사건 터지면 어디든 해결사로 자청해 나서지. 경찰서에 자주 들랑거리지만 다 아는 얼굴이라 금방 나와." 영배가 홀로 나가는 학구 등을 보고 말했다. "밀양 바닥에서 근조와 학구는 아직도 예전 천사회 폼을 내지."

영배는 천사회 회원이 아니었다. 잠시 뒤 학구가 룸으로 돌아왔다.

"재필이 너 만나러 온 치들이라며? 빤질머리 깡다구 한번 세더라." 학구가 머리를 흔들었다. "재필이 네가 좀 다독거려줘야겠다. 지방에 왔으면 그 지방 나름의 법이 있는 거 아냐. 여긴 서울이 아니잖아."

나는 홀로 나왔다. 아니나다를까, 김부장 졸개 알머리가 셔츠 팔소매 걷어붙이고 근조를 상대로 시비를 걸고 있었다.

"아니다, 맞다 말만 하라구. 내 눈깔로 쌓아둔 거 봤어. 척 보면 알조 아냐. 그럼 내 차로 노란 병 상자째 압류할까?" 알머리가 근조에게 신둥부러진 소리로 대들었다. "무기장(無記帳) 탈세 아니냐구? 좋게 말할 때 이중장부 내놔봐."

뭐 눈에는 뭐만 보인다고 단란주점이 양주 도매업을 겸하는 걸 알머리가 눈치챈 모양이었다. 근조가 화장실 쪽 양주 상자 보관창고에 열쇠 채우는 걸 깜박한 모양이었다. 자기 영업 구역이 아닐 때 갈취나 공짜 술을 목적으로 조폭이 흔히 쓰는 수법이었다. 그런 협박은 대체로 통했다.

"이거 생사람 잡네. 당신네가 세무서 직원이요 뭐요? 나도 노랑술에 밥 말아 먹은 지 십 년 다 됐소. 영업 방해로 경찰 부르겠소." 근조가 나를 보자 의기양양해져 휴대폰을 꺼냈다.

"관둬." 내가 나설 수밖에 없었다. 알머리는 내가 나타난 게 의외인 모양이었다. 나는 벙거지의 챙을 젖히며 목소리를 깔았다. "자네 왜 이러나? 찍자 붙을 데가 따로 있지, 여긴 내 친구 업소야. 내가 누구란 말은 들었지? 좋게 말할 때 너들 김부장 룸으로 들어가."

나는 열 살쯤 아래로 보이는 알머리 어깨를 눌렀다. 상대를 제압할 때 쓰는 방법으로 여차하면 모두걸이로 넘길 태세에 알머리가 움찔했다. 언젠가 한번은 상대가 주머니에 손 꽂고 있는 걸 몰랐다가 칼침을 당한 적이 있었다.

어느새 영배, 학구, 허군과 다른 룸 패도 홀로 나서 있었다. 그들은 한 시절 내 솜씨를 보고 싶은지 몰라도 나로서는 밀양 사람들 앞이라 조폭 티 내는 게 쑥스러웠다. 마침 삼번 룸에서 김부장이 홀로 나왔다.

"아직 여기 계셨어요? 나가신 줄 알았는데." 김부장이 나서서 알머리를 나무랐다. "화장실 간다더니, 자네 뭣 땜에, 왜 이래?"

"얘가 김부장에게 접수 따려 이러는 모양인데, 잘 타일러요. 한

창땐 이렇게 나서고 싶어하지. 촌에 오면 더욱." 나는 손을 털었다.

"강박사님, 저 좀 봅시다." 김부장이 화장실 쪽으로 나를 이끌었다. "취한 듯해서 더는 말씀드리지 않겠습니다. 댁으로 들어가실 거지요? 내일 아침에 찾아뵙고 다시 말씀드리겠어요. 전해드릴 것도 있구요. 쟤가 철없이 소란 피운 걸 용서해주세요."

*

밀양 예림리 할머니 집으로 온 1977년 그해 3월, 나는 집과 가까운 예림초등학교에 입학했다. 학교는 낙동강 하류 하남으로 빠지는 큰길 건너 밀양강을 내려다보는 둔덕 위에 있었다. 입학식에는 엄마가 나를 데리고 갔다. 새내기 입학생과 학부모는 모두 새 옷 뽑아 입고 왔는데 나만 발목에도 차지 않는 강동한 헌 바지에 털스웨터였고, 엄마는 몸뻬 차림이었다. 운동장에서 입학식이 끝나자 엄마가 말했다. "엄마는 장사일 가야 돼. 선생님 말씀 잘 듣고 남은 일정 끝나면 집으로 곧장 가." 엄마는 나를 남겨두고 가버렸다. 엄마는 미나리꽝에서 받은 미나리를 손수레에 싣고 삼문시장에 내다 팔았다. 그날 네 학급으로 반이 나뉘었고, 앞으로 공부할 교실에 들어가 담임을 맡은 여선생님으로부터 새 책을 받았다. 반 애들 중 내 키가 가장 커 교실 맨 뒷자리가 정해졌다. 밀양으로 온 지 한 달이 채 못 되었기에 반 애들 모두가 낯설었다.

그때 학구가 나와 같은 반이었지만 한동안 나는 그를 잘 몰랐다. 학구는 내가 별나게 키가 멀쑥해 그때의 나를 기억하고 있었다.

학구 말이 맞았다. 반 애들이 낯설기도 했지만 나는 애들과 잘 어울리지 못했다. 쉬는 시간이면 애들이 노는 걸 물끄러미 바라보기만 했다. 나는 학교 생활에 흥미를 느끼지 못했다. 이학년에 진급했어도 반에서 있는 듯 없는 듯한 애였다. 수업 시간에 졸거나 멍해 있을 때 이를 알아본 선생이, "강재필!" 하고 내 이름을 부르면 깜짝 놀라 "예!" 하고 동떨어지게 큰 소리로 대답해 애들의 웃음을 사곤 했다.

"재필이는 아버지가 왜 없는 줄 아니? 큰집에 있대. 큰집이 교도소야. 사람을 죽여 거기 갇혔대." 앞 동네에 살며 나보다 두 학년 위인 최길재가 하굣길에 애들에게 소문을 퍼뜨렸을 때도 나는 잠자코 있었다. 길재 입소문은 틀린 말이 아니었다. 생사람을 죽였으니 옥살이해도 싸다고 할머니가 낸 소문이 동네에 퍼진 탓이었다. 엄마도 갯뜰의 외삼촌한테서 온 편지를 보곤 넋두리를 늘어놓은 적이 있었다. "홧김에 손찌검했다지만, 땜장이 장씨야말로 법 없이도 살 착한 분인데 뇌진탕으로 돌아가셨다니. 그분이 두부공장을 소개해줘서 내가 두부 장수로 나서지 않았냐. 강동댁은 졸지에 서방 잃자 세 자식 데리고 어찌 살꼬……" 봉대산 산동네에서 강동댁만이 엄마를 개털댁이라 부르지 않고 명희 엄마라고 불렀다. 밀양으로 온 뒤 엄마 호칭은 재필이 엄마, 또는 울산댁이었다. 나는 아비가 교도소에서 영영 나오지 않았으면 싶었다. 밀양으로 오자 가장 좋았던 게 아비 안 보고 살게 된 점이었다. 아비로부터 손찌검을 당하지 않게 된 것도 다행이지만 개를 도살하는 걸 보지 않게 되고, 밤중에 공동묘지로 따라가지 않게 된 것도 너무 좋았다.

이제 누구도 나를 개백정새끼라 부르지 않았다.

한번은 이런 일이 있었다. 학교로 가고 올 때면 교통량이 많은 하남 가는 길을 건너야 했는데, 어느 날 하굣길에 뒤쪽에서 오토바이 발동 소리가 들렸다. 순간적으로 아비가 떠올랐다. 오토바이를 탄 아비가 뒷덜미를 잡아챌 듯 달려오는 착각에 빠졌다. 얼른 피한다는 게 오토바이가 나를 피하려다 옆구리를 치고 지나갔다. 나는 책가방을 동댕이친 채 나가떨어져 정신을 잃었다. 눈을 뜨니 병원이었고 할머니가 나를 지키고 있었다. "오토바이 임자가 뺑소니쳤어도 그만했기에 다행이다. 네놈이 우리 집 장손 아니가." 할머니가 말했다. 나는 뒤에서 달려오는 오토바이 소리를 듣자 아비가 탄 줄 알았다는 말은 할머니께 하지 않았다. 갈비뼈 세 대가 부러져 열흘을 입원해 있다 부목을 댄 채 퇴원했다. 학교 출석은 한 달을 빼먹었다. 다시 등교했을 때는 공부 따라가기가 힘들었고 수업 시간에는 졸기만 했다.

할머니는 비닐하우스 채소밭에서 품팔이했고, 엄마는 철 따라 여러 장사에 매달렸다. "몇 푼 벌겠다고 이렇게 싸대도 네 아비 안 보고 사니 고생도 낙이다." 까맣게 탄 헬쑥한 얼굴로 늘 피곤해하면서도 엄마는 자주 그렇게 말했다. 아비는 죽은 셈 치고, 열심히 돈 모아 우리도 예전에 팔아버린 밭 한 뙈기 다시 사자고 할머니가 엄마에게 말했다. 두 분은 사이가 좋았고 잠 시간도 아껴가며 일만 했다. 학교에 갔다 와도 집은 비어 있기 일쑤였다. 울산 봉대산 산동네 시절처럼 나는 늘 혼자였다. 달라진 점은 명희 누나와 아비가 없다는 점이었다. 서울로 간 누나는 소식이 없었다. 마루 끝에 멍하니 앉았으면 절로 눈물이 나서 훌쩍거리고 울었다. 그때는 그게 외로움인 줄 몰랐다. 나는 매사에 흥미를 잃어 시들했고 틈만 나면 졸기를 잘했다. "네놈은 식충인가, 밥만 먹고 잠만 자게." 할머니가 꾸짖곤 했다. 그 꾸지람이 서러워 또 훌쩍거렸다. 나는 유독 잠이 많다. 그러다 보니 몸집만 불어나 애들이 나를 '바보 온달'이라 놀렸다.

사학년에 막 올라갔을 때였다. 마암 사거리 공터에서 아이들과 딱지치기를 하다 내가 독식하게 되었다. 그럴 수밖에 없는 게 다른 애들보다 팔이 길고 힘이 세어 딱지를 치면 상대방 딱지가 열에 아홉 번은 벌렁 뒤집어졌다. "군고구마만 처먹어 온달이 딱지를 잘 쳐." 길재가 빈정거렸다. "난 군고구마 안 먹어." 내 말이 서러워 울먹였다. 그러자 길재가, 너네 엄마가 군고구마 장사꾼 아니냐고 했다. 가을 들고부터 엄마는 드럼통 실은 손수레를 끌고 나가 삼문시장 어귀에서 군고구마 장사를 했던 것이다. 다른 때 같으면 딴 딱지를 동무들에게 돌려주고 집으로 갔을 텐데, 그날따라 화가 치밀었다. 길재는 나보다 두 살 위였다. "형, 말 다 했어?" 내 말에 길재가, "다 했다 어쩔래?" 하더니 내 얼굴에 침을 뱉었다. 홧김에 나도 모르게 주먹이 나갔다. 힘껏 때리지 않았는데도 길재 코에서 피가 터졌다. 동네 애들 앞에서 창피당한 길재가 내 멱살을 쥐고 덤볐다. 나는 엉겁결에 길재 허리를 잡았다. 한줌도 되지 않았다. 나는 길재 허리를 잡자 다리를 걸어 넘어뜨렸다. "우리 엄마 군고구마 장사꾼이다. 형이 팔아줬어?" 나는 쓰러진 길재를 타고 앉아 주먹을 쳐들었다. 다시는 그런 말 하지 않겠다는 길재의

다짐을 받고선 풀어주었다. 딴 딱지를 땅바닥에 팽개치고 집으로 돌아오는 길에서야 내가 싸움을 곧잘 한다는 걸 알았다. 막상 싸움을 붙고 보니 별것 아니었다. 이튿날로 학교에 사학년이 육학년을 때려눕혔다는 소문이 퍼졌다. 바보 온달이 성내면 항우장사가 된다며, 반 애들이 전과 달리 내 눈길을 피했다.

최길재가 학교에서 싸움 잘하기로 소문난 자기 반 양달수에게 고자질한 모양이었다. 양달수는 도장에 나가 소림사 권법을 익힌다는 소문이 있었다. 수업이 끝나 교실 청소를 할 때 달수가 자기 반 애들을 거느리고 사학년 교실에 나타났다. 청소하던 반 애들이 놀랐다. 달수가 나를 지목하더니, 네가 싸움 좀 한다니 손맛을 보여주겠다며, 밀양강 백사장으로 나오라고 했다. 싸움이라곤 길재를 혼내준 것 말고 해본 적이 없었기에 나는 얼굴이 상기되고 가슴이 뛰었다. 달수는 나보다 몸집이 컸다. "먼저 백사장에 나가 있을 테니 따라와." 달수가 말하곤 자기 반 애들과 함께 교실을 떠났다. 반 애들이 떠들었다. "사학년이 졸업반 형을 건드린 게 잘못이다." "싸움은 해보나마나 재필이가 진다." "집으로 도망가서 다락에 숨는 게 낫다." "내일 학교에 나오면 형을 만날 텐데 언제까지 숨어 지낼 수 없을걸." 여러 말이 많았으나 나 역시 어찌할 바를 몰랐다. 머리가 아팠다. 바늘로 쑤시듯 따끔거렸다. 갯뜰이 가까이 있다면 외갓집으로 도망가고 싶었다.

"백사장으로 나갈 테야." 내가 말했다. 내 말에 반 애들이 놀랐으나 아무래도 그래야 할 것 같았다. "나가서 어쩌게?" 찬선이 물었다. "무릎 꿇고 빌면 달수 형이 용서해줄 거야." 내 말에 반 애들이 그렇게 하라고 했다. 나는 반 애들에 둘러싸여 어깨 늘어뜨리고 교문을 나섰다. "빌어도 달수 형이 용서해주지 않으면 어쩔래?" 학구가 물었다. "몇 대 맞아주면 돼." 내가 말했다. 울산 시절 아비한테 맞기도 했는데 몇 대 맞는 것쯤이야 아무렇지 않을 것 같았다.

밀양강 방죽에 올라서자 아래쪽 백사장에 육학년 애들이 웅기중기 모여 있었다. 나는 아비 오토바이 철망상자에 갇힌 개처럼 풀 죽어 머리 떨어뜨리고 방죽 아래로 내려갔다. 아비가 도살하던 개가 떠올랐다. 올가미에 묶인 개가 발버둥쳐댔다. 다시 머리가 아프고 온몸이 더워졌다. 아직 강바람이 찬데 나는 땀을 흘렸다.

달수 앞에 나는 무릎 꿇었다. 용서해달라고 빌었다. 순간, 운동화 발길이 머리를 내질렀다. 나는 모래밭에 뒤로 자빠졌으나 오뚝이처럼 일어났다. "형, 이렇게 비는데도 쳐!" 내 입에서 그 말이 터졌다. "이 자식, 말까지 놓네." 달수가 기합을 지르며 쿵후 자세를 취했다. 둘러섰던 애들이 물러서서 둥그렇게 싸움판을 만들었다. 달수 수도(手刀)가 내 목을 겨냥해 날라왔다. 망치로 개 골통을 내리치던 아비의 핏발 선 눈이 스쳐갔다. 달수 수도를 피해 허리 숙이고 돌진했다. 달수 허리가 팔 안에 감기자 그냥 밀어붙였다. 쓰러진 몸 위에 올라앉아 녀석 면상을 갈겼다. 한 대만이 아니라 연방 내리찍었다. 달수 얼굴은 금방 핏물로 얼룩졌고 묵사발이 되었다. 순식간에 벌어진 일이라 구경하던 애들은 입만 벌린 채 아무 말도 못했다. 싸움은 싱겁게 끝났다.

집으로 돌아올 때부터 머리가 아프더니 그날 밤, 고열로 앓았다.

열에 들떠 머리가 아프다는 말에 엄마가 약국에서 사온 약을 먹었으나 밤새도록 열이 내리지 않았고 두통도 멈추지 않았다. 눈앞에 환상이 보였다. 아비 허깨비를 보고 헛소리를 질렀다. 아비가 나를 오토바이 뒤에 태우고 발동 소리도 요란하게 공동묘지로 올라갔다. 달빛 아래 봉분들이 보였다. 봉분들이 수박 짜개지듯 열리더니 해골들이 솟아올랐다. 너무 무서워 숨조차 쉴 수 없었다. 나는 살려달라며 헐떡거렸다. 머리통을 감싸 쥐고 그 환상에서 깨어나려 하자 입에 거품 문 발작이 시작되었다.

온몸이 까라져 넉장거리가 되면 정신이 혼미한 중에도 엄마와 할머니가 나누는 말소리가 들렸다. "태어날 때 경기 들려 가물가물 넘어갔지요. 친정 엄마가 바늘로 아기 손가락을 따서 살려냈답니다. 그 후부터 툭하면 경기에 들려 파랗게 넘어갔는데 그때마다 바늘로 손가락을 따줬지요." 엄마 말이었다. "네가 처녀 적부터 심장이 약했다고 했는데 재필이가 그걸 물려받은 게 아닌지 모르겠다." 할머니 말을 엄마가 받았다. 엄마는 아비의 개장사 평계를 댔다. "개장사를 시작하니 밥상에 개고기는 떨어지지 않았지요. 개고기를 장복하고부터 몸은 불었는데, 아비가 개 잡는 걸 보고부터는 머리가 빠개지게 아프다며……" 할머니가 엄마 말을 막았다. "아비 개장사 이야긴 치워라. 무슨 자랑할 게 없다고 그런 말까지 입에 담아. 이래 둬선 안 되겠다. 아낄 게 따로 있지, 장손 병부터 고쳐야지."

며칠 뒤 나는 엄마와 함께 군청 보건소로 갔다. 의사는 내 몸을 살피고 한참을 진찰하더니, 모든 신체 기능이 양호하며 별 이상은 없다고 했다. 머릿속을 사진으로 찍을 수 없느냐고 엄마가 물었다. 뇌 단층촬영은 부산 큰 병원으로 가야 한다고 의사가 말했다. 엄마가 울산에 살 때의 집안 이야기를 의사에게 털어놓았다.

"애가 혹시 정신병을 물려받은 게 아닌지요?" 엄마가 의사에게 묻곤, 정신병자가 아니면 제 가족에게 어떻게 그런 짓을 할 수 있겠느냐며 아비의 개망나니 행실을 두고 말했다. 엄마는 울었다.

"엄마, 제발 그만 말해." 나도 겁에 질려 울었다. 아비가 자기 행실을 고자질하는 엄마를 죽이겠다고 보건소로 달려올 것만 같았다. 온몸이 떨렸고 숨을 제대로 쉴 수 없었다.

"봐요. 어머니가 그런 말씀을 하자 애 얼굴이 백지장같이 하얘지고 경련을 일으키잖아요." 그런 내가 이상했던지 의사가 말했다. "어릴 때 받은 충격이 큰 모양입니다. 지금 이 애 심장이 폭발 직전일 겁니다. 이럴 땐 절대안정이 중요해요" 하더니, 의사가 물었다. "양가 집안에 혹시 정신병을 앓은 분은 없습니까?"

시댁은 몰라도 친정 쪽엔 그런 사람이 없다는 엄마 말에 의사가, 자녀가 이 애 하나뿐이냐고 물었다.

"지금까지 말씀드렸잖습니까. 그렇게 막돼먹은 사람 자식을 또 어떻게 낳아요. 이 애 하나만도……" 엄마가 내 눈치를 살피곤 입을 닫았다.

"이 애를 임신했을 때 크게 충격 받은 적은 없습니까?"

"무슨 충격을 말씀하시는지 몰라도 하룬들 마음 편할 날이 없었습니다. 간 졸이며 살아왔지요. 사는 것조차 지겨워 죽고 싶은 마음뿐이었습니다." 엄마는 손수건으로 입을 막고 설움을 삼켰다.

"어머니도 심장이 약하신 모양입니다. 그런 요인이 태아에게 영향을 미칠 수 있고, 성장기에 겪은 충격이 정신질환의 원인이 됩니다."

그날 나는 정신병이란 말을 처음 들었다. 보건소 방문은 별 소득 없이, 엄마와 나는 근심만 한 짐씩 안고 정문을 나섰다. 보건소를 다녀온 뒤, 나는 처음으로 내게 부모 때문에 생긴 정신병 징후가 있음을 알았다. 그와 더불어 우리 집안에 대해 어렴풋이 깨달았다. 머리가 아프고, 무서운 환상을 보면 발작이 일어나는 이유에 대해서도 곰곰이 생각해보게 되었다.

어느 책에서 그런 구절을 보았는데, 열 살쯤에 이르면 한 사람의 장래 운명 구 할이 결정된다고 했다. 열 살이면 초등학교 삼사학년 나이이다. 대여섯 살 때 사물을 기억하는 성장 일단계를 거치면 열 살쯤에 사물을 인식하는 성장 이단계에 이르는데, 열 살 전후에 사회란 집단 체제에 어섯눈을 뜨게 된다는 말이다. 성격이 형성되어 지각이 촉수를 내미는 그 시기쯤이면 자신의 장래를 어렴풋이나마 저울질할 수 있다고 했다. 앞으로 걸어갈 인생의 세 갈래 길이 그 시기쯤에서 대충 결정된다. 자기 앞에 뻗어 있는 세 갈래 길 중에 한 길은 평탄한 길이고, 다른 한 길은 오르막길이고, 마지막 길은 내리막길인데, 누구나 그중 한 길을 걷게 된다. 학교 성적으로 따지면 다수는 평탄한 길에 섞여 함께 걷는다. 상위권 성적대에 맴도는 소수는 반드시 일등을 하겠다며 빛이 밝은 오르막길을 경쟁적으로 걷는다. 그 양쪽 길로 들어설 수 없는 또 다른 소수는 내리막길로 내려갈 수밖에 없다. 이는 재능과 노력만이 아니라 형성된 성격, 가정환경, 건강 상태에도 큰 영향을 받는다. 스무 살 전후, 독자적 판단 능력이 형성될 시기에 이르면 자기가 가는 길을 박차고 나와 오르막길로 차고 나가거나 내리막길로 추락하는 경우도 있지만, 특별한 경우로 예외에 해당된다.

나라는 존재는 열 살 전후 그 시기에 이미 평탄한 길조차 걸을 수 없는 여러 요인 때문에 어둠이 도사린 내리막길이 앞에 놓여 있었다. 그런데 나를 어둠 속에서 지우자면 내리막길이 차라리 편했다. 외톨이로 돌렸을망정 동급생보다 덩치가 컸기에 바보 온달 소리를 들었다. 그러다 우연한 계기에 상급생과 붙은 싸움에서 이기게 되어 또래 집단에서 영웅이 되었다. 집에 가야 아무도 나를 맞는 사람이 없어 나는 밖으로만 나돌기 시작했다. 하굣길이면 반 애들이 나를 에워싸고 따르며 주머니 털어 군것질감을 사주거나 뺑뺑이 찍기 등 놀이로 유혹하곤 했던 것이다.

경기도 부천에서 명희 누나 편지가 오기는 사학년 겨울방학 때였다. 봄부터 여러 차례 울산 봉대산 산동네로 편지 냈으나 보내는 족족 수취인 불명으로 되돌아왔다고 했다. 하는 수 없어 갯뜰 외가로 편지하여 그동안 집안 소식이며 밀양읍 예림리 주소를 알았다는 것이다. 누나 편지 내용이 이랬다. 1977년 2월 말 서울로 올라와 벽보로 붙은 공원 모집을 보고 면목동 가발공장 YH무역 생산과 염색반 양성공으로 취업했다. 주말 없이 야근에 시달렸고 화공약품 취급으로 늘 손이 부르텄다. 취업 이 년차인 1979년 8월 9일, 악덕 사업주를 고발하는 한편 YH 여공들의 열악한 근로조건을 세상에 알리려 조합원 이백여 명이 신민당사를 찾아가 농성을 벌일 때 이에 참가했다. 11일 새벽 두시, 불시에 들이닥친 경찰의 강제 진압에 항거하다 사층에서 투신한 게 다리뼈가 분질러져 끝내 불구가 되었다. 돈 벌어 울산으로 금의환향하겠다는 꿈이 무산되어 한동안 좌절에 빠졌다가 이제 겨우 회생하여 부천에 있는 신발공장 미싱공으로 취업했다. 누나 편지의 마지막 구절이 이랬다.

재필아, 교도소에 계시는 아버지나, 고생하시는 할머니와 엄마를 봐서라도 너만은 열심히 공부해야 한다. 근면과 성실만이 불행한 우리 집안과 네 장래를 보장해준다. 누나 역시 어떤 악조건 속에서도 살아남을 것이다. 우리 남매가 성공해서 다시 만날 날을 기약하며……

엄마가 내게 명희 누나에게 답장을 보내라 했는데 도무지 쓸 말이 없어 차일피일 미루기만 하자, 당신이 직접 답장을 보냈다. 그 답장을 받은 누나가 밀양 집으로 등기편지를 부쳐왔다. 봉투 속에는, 작은 액수지만 학자금에 보태라며 우편환 한 장이 들어 있었다. 오학년에 올라가자, 잠복 중이던 내 정신병이 밖으로 드러나기 시작했다. 자주 머리가 아팠고 그럴 때면 이상하게도 몸이 까라져 비감에 젖었다. 슬픔에는 희망이 깃들 수 없다는 말이 있듯, 먹고 싸고 숨쉬며 하루하루 사는 게 아무런 의미가 없고 시시했다. 우울증에 빠지면 눈앞의 대상이 사라져버렸다. 정신 놓아 멍해져버리면 아무 소리도 들리지 않았다. 기포가 머릿속에서 보글보글 끓다 밥물 잦듯 잦아들었다. 모든 게 비현실적이었다. 그럴 때면 이유 없이 엄마와 할머니께 성질을 부렸다.

"네 아비 때문에 망친 인생인데 너까지 이러기냐. 재필아, 제발 어미 눈에 피눈물 나게 하지 마……"

설움에 찬 엄마 말이 오히려 복장을 질러 눈에 띄는 대로 물건을 패대기치기 일쑤였다. 이래선 안 되지 하며, 정신이 들면 집을 박차고 나왔다. 동무들과 어울려 허랑방탕한 시간을 보내야 비현실이 현실로 돌아왔다. 나는 차츰 소년 깡패로 싸움꾼이 되어갔다. 쓰러져도 재필이는 오뚝이처럼 일어난다며 애들은 시비 거는 판을 만들곤 나를 등 떠밀었다. 치고받을 때는 신이 났고 맞아도 쾌감에 전율했다. 내 코에서 터지는 피를 보면 더 흥분했다. "강재필은 권투, 유도, 태권도를 안 배웠는데도 싸움을 잘하니 타고난 싸움꾼이야. 아무리 맞아도 죽기로 작정한 듯 덤비니 상대가 물리지." 동무들의 이런 말을 들으면, 나야말로 미친개지 하고 답했다. 개를 무서워하던 내가 미친개로 자부했으니, 자학이었다. 어쩜 그런 폭력 세계가 내 적성에 맞았다. 육학년에 올라가자, 교내에서는 나를 당할 자가 없었다. 읍내를 어슬렁거리다 중학생이 시비를 걸면 물러서지 않고 겁없이 덤볐다. 나한테 맞은 애들 부모가 엄마에게 따지러 집으로 찾아왔다. 엄마나 할머니로부터 인간 될 싹수가 보이지 않는 자식으로 취급받았다. 내리막길만 내 앞에 펼쳐져 있었다.

내가 더 빗나가게 되기는 그해 부산형무소에서 삼 년 반 형기를 마친 아비가 고릴라 같은 꾸부정한 모습으로 예림리 집에 나타나고부터였다. 그해 겨울 들머리, 울산 봉대산 산동네로 돌아갈 낮

짝이 없었던지 아비는 마암산 밑 옛집으로 찾아와 건넌방을 차지하고 들어앉았다. 울산 시절 세상에 대한 불만으로 가득 찼던 광포함도 제명을 다했는지, 당당했던 기세가 꺾여 반송장과 다름없었다. 아비는 삼시 세끼 주는 밥이나 챙겨 먹을 뿐 화장실 출입 이외 방에서 나오지 않는 구들목 장사가 되었다. 아무도 안 보니 여기가 감방보다 좋다며 햇빛과 사람을 두려워했다. 말을 잃었고 넋이 나간 정신병자 꼴이었다. 오른팔 고무손만 털어대며, "진짜 내 손 어디 있지?" 하고 중얼거리며 하루를 보냈으니 온전한 정신이 아니었다. 할머니가 밥상 들여놓느라 방문을 열 때 건넌방 안을 힐끔 보면 그새 머리칼은 반백이 되었고 수염이 한 뼘이나 자란 아비란 작자가 목을 빼고 꾸부정히 앉아 있었다. 공상영화에서나 볼 수 있는 괴상한 몰골이었다. "이 방에 들어오면 냄새가 지독해. 한 달에 한 번은 몸이라도 씻어야지!" 할머니가 퍼붓곤 했다. 이제 아비는 철망에 갇힌 도살당할 개 신세가 되었다. 오토바이 타고 잘나가던 아비가 딴 사람으로 변해버린 꼴을 보자, 살아생전 그런 벌을 받는 걸 당연하게 여겼고 쌤통이다 싶었다. 어서 송장으로 쳐나가기를 기다렸으나 아비 목숨은 의외로 끈질겼다.

아비가 집 안에 있는 듯 없는 듯한데도 건넌방에 한 인간이 생명 부지한 채 짐승처럼 웅크리고 있다는 사실은, 썩고 있는 시신을 집 안에 방치한 듯 악취가 났다. 아비란 존재가 집안의 재앙 자체였다. 엇길로 나간 나도 한몫 거들었지만, 엄마가 정신병 조짐을 보인 게 아비가 나타나고부터였다. 장사 나갔다 파김치가 되어 집에 돌아오면 방문 닫힌 건넌방을 보는 것만으로도 엄마 얼굴에 황기가 번졌다. "나는 저 인간과 한 지붕 밑에 못 살아요. 심장이 멎을 것 같아요." 엄마는 건넌방에 밥상조차 들여놓지 못했다. "그래도 한때 살 붙여 살며 자식까지 낳지 않았느냐. 아비 얼굴 보면 잡아먹기라도 한단 말인가?" 할머니가 나무랐으나 엄마는 요지부동이었다. 엄마는 말을 잃었고 늘 겁에 질린 표정이었다. 건넌방에 밥상을 들여놓기는 할머니 몫이었다. 할머니 역시 품 팔러 나가야 했기에 아비 아침밥상에는 점심밥까지 늘 두 그릇이 올랐다.

어느 날 밤, 엄마가 잠결에 이를 갈더니 갑자기 소리쳤다고 한다. "날 겁간한 네놈은 황천에 갈 테니 두고 봐." 잠귀 밝은 할머니가 들었다는 것이다. 이튿날 아침 할머니가, 네 어미가 아비한테 몸을 버린 끝에 너를 배자 어쩔 수 없이 시집왔는지 모르겠다고 내게 귀띔해주었다. 그 사단으로 엄마가 아비에게 공포심을 갖는 걸 할머니가 이해하게 되었을지는 몰라도, 내 출생의 비밀을 알자 엄마 신세가 더 가련했고 아비에 대한 증오심이 한계에 도달했다. 나는 커서도 약자인 여자에게 상처 주는 짓은 안하겠다고 그때 마음먹었다.

나는 무시험 전형인 제비뽑기를 거쳐 1983년 봄, 삼문동에 있는 밀양중학교에 진학했다. 군내에서는 알아주는 전통 있는 학교였지만 교내에는 학교에서 인정하지 않은 '천사파'란 서클이 있었다. 참나무로 깎아 만든 지휘봉을 들고 수업에 임하는 호랑이 훈육주임 집 전화번호가 1004번이라 붙여진 명칭이라고 했는데, 불량 서클치고는 괜찮은 이름이었다. 중학교에 입학하자 싸움꾼으로 이미 소문난 나를 천사파가 가만둘 리 없었다. 나는 천사파 회원이 되었고, 일학년 회원으로 뽑힌 열한 명의 반장이 되었다. 노래방 방장 학구는 초등학교 때 알았으나 단란주점 점장 근조, 지물포 업장 홍규, 내 뒤에 회장이 된 말코 봉필이를 그때 만났다. 천사파는 토요일과 일요일 오후에는 정기 모임이 있었는데 학교 앞 밀양강 백사장에서 단합대회를 가졌다. 학교가 파하면 자연스럽게 밀양강 백사장에서 모임이 이루어졌다. 장기자랑, 노래자랑 대회도 가졌는데, 그럴 때면 상급생은 술을 마시고 담배질도 했다. 야외 캠핑도 자주 나갔다. 회원이 아닌 집안 괜찮은 학교 애들에게 후원금을 거두거나, 밀성중학교 학생을 만나면 시비 걸어 골목길로 몰이해 주머니 털기가 일쑤였다. 여학생을 골리는 데 재미를 붙였고 연애하는 상급생도 있었다.

이학년에 올라가자 회원끼리 백사장에서 씨름 시합을 하면 선배들도 내 상대가 되지 않았다. 키가 일 미터 칠십 센티미터에 체중이 칠십 킬로그램을 치닫고 있었다. 학교에 씨름부와 배구부가 있어 입회를 권유받았으나 한 주일 나가보곤 두 군데 모두 그만두었다. 꽉 짜인 군대식 조직 생활이 싫어 정신병을 핑계 대었다. 천사파 상급생 셋이 작당해서 여학생을 납치해 윤간했다는 말을 듣고 셋을 회원에서 제명하자고 주장해 이를 관철시키고부터 내 입지가 굳건해졌다. 아비가 있는 집이 싫어 나는 신입 회원 창수 자취방에서 잠잘 적이 잦았다. 창수는 본가가 무안면 중산리라 읍내에서 자취 생활을 하고 있었다. 뒷날 나를 찾아 서울로 올라왔다 끝내 이민을 가버린 후배다.

그즈음부터 나는 두 가지 문제로 고민하기 시작했다. 불어나는

262

몸과 한번 빠져들면 이삼 일간 헤어나지 못하는 우울증이 문제였다. 두통이 시작되면 몸이 무거웠고 만사가 귀찮았다. 피로감, 불면증, 졸음, 슬픔이 허기 오듯 뒤따랐다. 조그만 일에도 신경이 예민해져 화를 잘 내었다. 그럴 때, 빈정거리는 투로 말대꾸하거나 눈에 난 짓을 하면 내 성정이 폭발했다. "재필이 신경 날카로울 땐 조심해야 돼. 건드렸단 터지니깐." 나를 두고 회원들 사이에는 이런 말이 불문율이 되었다. 천사파 김두칠 회장이 '삼손체육관'에 다니고 있었는데 체육관에 나와 체력 단련을 해보라고 권했다. 불어나는 몸과 스트레스 해소에 효과를 볼 거라는 회장 말에 학구와 함께 체육관에 나가 체력 단련을 시작한 게 여름 들고부터였다. 매일 두 시간씩 땀 흘리며 몸 만들기를 계속하자 무른 살이 차츰 힘살로 바뀌기 시작했다. 천사파 회원들이 달라지는 내 몸을 보며 부러워했고, 나는 운동에 재미를 붙였다. 학교가 파하면 체육관에서 살았다.

집으로 들어가기가 점점 더 싫어진 데는 다른 이유도 있었다. 한 해 전, 몇 해에 걸쳐 모은 돈에 집을 담보로 새마을금고에 융자까지 내어 마암산 비탈에 할머니 소원대로 밭뙈기 한 두락을 샀다. 할머니는 품팔이를 그만두었고 엄마와 함께 채소와 고추 농사에 매달렸다. 수확물은 엄마가 장에 내다 팔았다. 그런데 그즈음부터 엄마가 밭일이나 장사일을 못할 만큼 정신이상 징후가 나타나기 시작했던 것이다. 거식증이 엄마 정신병을 점점 악화시켰다. 음식의 거부는 물론, 육신에 대한 스스로의 보살핌, 물질적인 모든 관심을 거부하며 엄마의 영육이 걷잡을 수 없게 시들어갔다. 갯뜰로 돌아가겠다고 중얼거리다가 말이 되잖는 헛소리를 했고, 문득 사라져 밀양 강둑을 헤매는 날이 늘어갔다. 피골 상접한 그런 엄마 모습을 보아낸다는 것은 슬픔이나 고통이란 탕약을 일상적으로 마시는 것과 같았다. 할머니가 밭 수확물을 장에 내다 팔아야 했다. 강씨 집안에 망조가 들었다는 할머니 말대로 집안은 쑥대밭이 되고 말았다. 건넌방에 들어앉은 식충이 아비는 그런 사정도 모른 채 돌부처인듯 꿈쩍을 안했다. 사실 아비도 엄마 못지않은 정신병자였다.

삼학년에 진급할 동안 나는 폭력배로 경찰 유치장 신세를 한 차례 졌고 학교로부터 두 차례 정학 처분을 당했다. 경찰 단속과 학교 방침에 따라 천사파가 해체되었다. 회원 절반이 빠져나가 천사파는 지하 서클로 명맥을 유지할 수밖에 없었다. 삼학년 진급과 더불어 내가 천사파 회장이 되자 불량 서클 냄새가 나는 천사파를 '천사회'로 이름을 바꾸었다. 천사다운 건전한 서클로 육성하기 위해 규율을 세워 읍내 타 중학교 학생에게 먼저 시비 거는 행위를 금지시켰고, 교내 학생들로부터 후원금 이름으로 돈을 뜯지 못하게 했다. 서울로 간다며 사라져버린 누나가 생각나, 여학생을 집적거리는 짓을 엄하게 다스렸다. 내가 운동을 좋아했으므로 주말이면 사자평과 재약산 쪽으로 단합대회 겸해 등산을 자주 나갔다. 모험심을 기르느라 밧줄 매어 절벽 오르기도 했다. 회원들의 으스대며 군림하는 버릇을 없애자 천사회가 재미없다는 소문이 돌기 시작했다. 탈퇴자가 늘었다.

화창한 4월 말 어느 날, 종례 시간에 담임선생이 내게 말했다.

학교로 전화가 왔는데, 서울에서 누나가 왔으니 다른 데로 빠지지 말고 곧장 집으로 가보라는 것이다. 그동안 명희 누나는 드문드문 편지와 우편환을 보내오곤 했으나 밀양으로 찾아오기는 첫걸음이었다. 나는 창수 자취방에서 생활하고 있었기에 며칠 만에 집으로 갔다. 명희 누나가 물색 고운 한복으로 치레해 집에 와 있었다. 울산 시절 단발머리 소녀가 성숙한 여자로 탈바꿈해 내 입이 벌어졌다. 누나는 형제간이 아니랄까봐 여자치고 어깨 넓고 몸집이 컸다.

"재필이구나. 길에서 만나면 못 알아볼 정도로 엄청 컸네." 말은 그렇게 했지만 누나 표정이 슬펐다. 울었던지 눈두덩이 부어 있었다.

장사 나갔는지 할머니는 보이지 않았고, 엄마는 마루 끝에 멍청히 앉아 나를 보더니 고개를 돌렸다. 누나 옆에 서 있던 키가 멀쑥한 청년이, 자네 자형 되네 하며 악수를 청했다. 누나는 결혼식 마치자 신혼여행을 생략하고 벼른 끝에 밀양으로 왔다고 했다. "나 좀 보자." 누나가 나를 집 뒤란으로 데리고 갔다. 치마폭 속이지만 누나가 한쪽 다리를 잘름거림을 알아보았다. 뒤란에는 서너 평 텃밭이 있었고 울타리 쪽으로 모과나무, 앵두나무, 가죽나무가 자랐다. 모과나무는 이파리가 피어나고 연홍색 앵두꽃이 피어 있었다.

"집안이 왜 이 꼴이 됐니? 아버지와 엄마는 정신이 나가 날 겨우 알아보시구. 편지로 이런 사정을 대충 알았지만 집안이 이토록 처참할 줄은 몰랐어." 누나 말에 나는 아무 대답도 할 수 없었다. 높은 가지에서 순이 돋는 가죽나무를 올려다보며 속으로만, 나도 언젠가 누나처럼 이 집구석을 떠날 거라고 중얼거렸다.

할머니가 시장에서 돌아오자 집안 분위기가 조금 살아났다. 할머니가 누나를 얼싸안고, 네가 두 돌 지나 울산으로 떠났는데 그때 네 생모가 뱃속에 장필이를 가져 내가 너를 업고 날품을 팔았다는 말에 두 사람의 옛정이 살아났다. 누나는 셔츠에 청바지로 갈아입고 나서서 장을 보아오더니 할머니를 도와 저녁밥을 지었다. 그날, 누나와 자형은 할머니와 밤 깊게 집안 이야기를 나누었다. 그 자리에 엄마와 내가 있었지만 나는 서먹하여 말을 아꼈고 엄마는 누나를 바로 바라보지 못한 채 자꾸만 부끄러워했다. 울산 시절을 말하며 누나가 묻는 말에 엄마는, 그래 그랬지 하고 응대하거나 엉뚱하게, 다 내가 잘못해 미안하다며 의미 없는 미소를 머금곤 했다. 엄마가 누나에게 새색시처럼 부끄러워하기는 정신이 오락가락해 표현은 못하지만 의붓어미로서 죄책감이 마음에 남은 탓인 줄 조금 뒤 깨달았다. 그날 밤, 전도사라는 자형과 누나는 건넌방에서 아버지와 함께 잠을 잤다. 건넌방은 오랫 동안 불이 꺼지지 않았다. 누나가 아비에게 말을 시키려 여러 질문을 했으나 아비 목소리는 종내 들리지 않았다. 이튿날, 아침밥을 먹은 뒤 누나와 자형은 집을 나섰다.

5월에 들어 철쭉꽃이 만발한 봄방학 앞둔 주말이었다. 일성고등학교 일이학년으로 조직된 '하이에나파'와 일박 이일로 선후배 단합 친선 등산대회를 가지게 되었다. 참가자는 열 명씩으로 제한했다. 천사회 회원이 열넷밖에 되지 않아 일학년 신입생은 빼기로 했다. 토요일 오후 영남루 앞에서 모여 출발했는데, 표충사까지는 버스를 이용했다. 표충사 말사인 내원암 부근에 텐트 치고 캠프파

이어를 열 때까지는 선후배 사이가 돈독했고 화기애애했다. 사방은 신록의 푸나무가 내뿜는 신선한 산 내음이 진동했고 소나무 사이로 비껴든 달빛이 밝아 운치를 더했다. 한창 유행하던 휴대용 트랜지스터에 뽕짝 카세트를 꽂아 춤판이 벌어지던 중, 취기가 시비를 불렀다. 새까만 후배가 선배 앞에서 술 취해 해롱댄다며 홍규가 하이에나파 상급생에게 된통 얻어터졌다. 홍규 별명이 '까불이'라 촐랑대긴 했지만 별 잘못 없는 후배를 이토록 팰 수 있냐며 봉필이가 선동해 회원들이 이에 합세했다. 우리 쪽 텐트가 술렁거리자 화가 난 하이에나파 회장 박용조가 천사회 전원을 집합시키고 얼차려 기합을 내렸다. 회장인 나만 열외였다. 하이에나파 회원들이 선배를 좆같이 안다며 엎드려뻗쳐를 시키고 몽둥이로 엉덩짝을 패기 시작했다. 열 대씩을 맞자 퍽퍽 꼬꾸라졌다. 내가 용조 형에게, 이제 됐으니 그만큼 해두시라고 말했다. "버릇을 고쳐놔야 돼." 뭉치 박용조가 말했다. 사매질은 곧장 스무 대로 끝이 났다. 살벌한 가운데 캠프파이어는 파장이 되고 말았다. 캠프로 돌아온 봉필이가 분을 참지 못해 울음을 터뜨리자, 그 울음은 전파력이 빨라 회원 전체의 통곡으로 이어졌다. 선후배 친선을 위한 등산을 주선한 내 책임이 컸으나 나는 아무 말도 하지 않았다. 신경이 곤두섰고 두통이 시작되었다. 그날 밤 나는 불면증으로 잠을 이루지 못하다가 충동적으로 텐트 두 개에 흩어져 잠든 천사회 회원들을 집합시켰다.

"홍규, 내일 하산하는 길에 네가 뭉치 형한테 전해. 저녁에 영남루 밑 백사장에서 내가 일대일로 맞짱 뜨잔다고." 갑작스러운 내 말에 회원 모두가 놀랐다. 말이 되는 소리를 해야지, 중학 삼학년이 고등학교 이학년 형을 어떻게 이기냐며 여럿이 나를 말렸다. 뭉치 박용조는 도민 체육대회 복싱 경기에 군 대표선수로 참가한바 있었다. 미들급으로, 뭉치란 별명답게 덩치가 우람했다. "이기고 지는 건 붙어봐야지. 문제는 이렇게 당하고 참을 수 없다는 데 있어. 자존심상 도저히 이대로 넘길 순 없어." 내 말에 모두가 입을 닫았다.

재약산에서 하산하여 읍내로 들어오자 천사회와 하이에나파가 서먹한 가운데 헤어지게 되었다. 뭉치가 내 어깨를 다독거리며, 어젯밤 꼬마들한테 약을 써서 미안하다고 건성으로 말했다. 하이에나파는 등산 뒤풀이를 한다며 중국음식점으로 몰려갔다. 하산할 때도 회원들이 말렸지만, 밤사이 내가 내린 결심에는 변함이 없었다. 나는 심부름 맡기를 꺼리는 홍규를 중국음식점으로 보냈다. 우리는 버스 정류장 뒷골목에서 기다렸다. 돌아온 홍규가 말했다. 뭉치가 코웃음치더니, 명색 고등학생이 중학생과 어떻게 맞짱 뜨겠느냐며, 만에 하나 질 리도 없겠지만 이겨도 본전이라고, 내 제의를 한마디로 묵살하더라는 것이다. 나는 봉필이를 다시 보냈다. 정 죽도록 맞고 싶다면 본때를 보이지, 하며 뭉치가 맞짱을 허락했다는 전갈을 가지고 봉필이가 돌아왔다.

일요일 저녁, 해가 지자 천사회 회원과 하이에나파 회원이 영남루 아래 밀양강 백사장에 모였다. 하이에나파는 붙어봐야 게임이 안 된다며 희희낙락했고 천사회는 결과에 대해 반신반의하며 조마조마해했다. 소문을 들은 양 학교 구경꾼 학생도 스무 명 남짓 모여들었다. 당사자가 아닌 관전자 입장에서는 싸움 구경과 불구경만큼 재미있는 구경거리가 없다. 일대일 맞짱 뜨기에 뭉치와 내가 규칙을 만들었다. 신사적 룰을 적용해 시합이 끝난 뒤 승패를 떠나 일체 보복 행위를 하지 않는다. 맨손과 맨발만 쓰는 이외 흉기를 사용하지 않으며 성기 주위에 타격을 가하면 규칙 위반이다. 녹다운되어 열을 셀 때까지 일어나지 못하거나 상대가 항복하면 승패가 결정난 것으로 간주한다. 하이에나파 모중식이 심판을 맡기로 했다.

달이 창공에 떠오르자 흐르는 강물이 은빛으로 반짝였다. 밀양교를 건너던 통행인들이 웬 학생들이 백사장에 저렇게 모였냐며 다리 아래를 힐끗거려, 싸움판을 강 상류 쪽 아랑각 단애 밑으로 옮겼다. 학생들이 원을 그려 둘러선 가운데에 싸움판이 만들어졌고 나와 뭉치는 농구화를 벗은 맨발로 마주보고 섰다. 중삼인데도 내 키가 일 미터 칠십오 센티미터라 키는 상대와 엇비슷했으나 몸집은 그가 더 컸다. 나는 체육관에서 몸을 단련했지만 격투기라곤 해본 적이 없었다. 복싱 선수인 뭉치의 일방적인 게임으로 끝날 것이라고 모두가 예상하듯, 사실 그의 적수가 되지 못함을 나 자신이 알고 있었다. 그럼에도 뭉치와 붙기로 한 것은 순전히 오기였다. 아니, 내 정신병이 그와 맞서기를 부추겼던 것이다. 끝장은 죽는 것밖에 더하겠느냐란 자학을 열여섯 나이에 터득하고 있었다. 샌드백처럼 맞아 피투성이가 되더라도 좋았다. 다섯 대 맞으면 나도 한 대쯤 칠 수 있었다. 무엇보다 나는 울산 시절을 겪으며 아비로부터 맞는 데 도가 텄다.

턱 앞에 두 주먹을 모아 쥔 전형적인 복서 스타일의 뭉치 몸은 어디 한 군데 허점이 없었다. 스파링 파트너나 샌드백을 앞에 둔 듯 그가 이빨을 드러내고 웃었다. 뭉치의 경쾌한 원투 스트레이트가 날아왔다. 손을 내린 엉거주춤한 내 폼은 엉성할 수밖에 없었다. 처음은 뭉치 주먹을 피했으나 두번째 주먹이 턱에 꽂혀 얼굴이 젖혀졌다. 주위에서 와, 하는 함성과 박수가 일자 정신이 얼떨떨했다.

"달수와 맞짱 뜰 때 있잖아!" 학구의 외침이 들렸다. 그 말에 정신이 들어 나는 가볍게 뛰는 뭉치 하체를 주목했다. 양달수와 맞짱 뜰 때처럼 몇 대 맞더라도 다리를 공격해 넘어뜨리는 방법을 쓰기로 했다. 그런 생각을 간추릴 사이 뭉치의 원투 스트레이트가 연달아 날아들었다. 눈앞에 섬광이 스쳐가는 순간, 어퍼컷 한 방에 나는 뒤로 나가떨어졌다. 뭉치가 옆구리를 발길질로 걷어찼다. 숨이 막혔으나 이를 앙다물었다. 내가 용수철 튀듯 일어나자 그때부터 뭉치 주먹이 인정사정 볼 것 없다는 듯 쉴 틈 없이 날아들었다. 코피가 터지고 이마가 찢어졌다. 다시 쓰러졌다. 아프다는 느낌보다 쾌감이 전신을 훑고 갔다. 죽을 때까지 싸우겠다는 분기가 끓어올랐다. 눈두덩이 부어 눈을 제대로 뜰 수 없었다. 벌떡 일어나 주먹을 휘둘렀으나 허공을 가르고 말았다. 다시 상대 펀치가 면상으로 날아왔다. 무수히 맞고 또 쓰러졌다.

"끝났으니 그만큼 해둬." "더 철저히 조져버려!" "재필아, 졌다고 항복해." "저러다 재필이 죽겠다!" 주위의 아우성이 귓가로 스쳤다. 이래도 항복하지 않겠냐는 듯 버티고 선 뭉치 다리가 눈앞에 어른거렸다. 뭉치가 방심하고 있는 듯했다. 이때다 싶었다. 상

270

대 한쪽 다리를 잡고 밀어붙였다. 만만한 상대는 주먹다짐으로 해결하지만 버거운 상대는 균형 무너뜨리기가 내 장기였다. 불시의 공격에 뭉치가 뒤로 넘어지자 재빨리 허리를 타고 앉았다. 이제 내가 상대를 죽여놓을 차례였다. 뭉치 면상을 주먹으로 내리찍었다. 얼굴을 가리는 손목을 비틀어 쥐고 머리통을 대여섯 차례 내리치자 한순간에 상대 몸이 늘어졌다. 뭉치가 혼절하고 만 것이다. 맞붙기 십오 분 남짓 만에 승패가 갈렸다.

뭉치와의 대결에서 이긴 뒤 읍내 학생들 사이에서 내 이름을 모르는 애가 없었다. 천사회 인기가 비등해지자 회원 입회자가 속속 늘었다. 천사회 회원이 으스대며 읍내를 누비기도 잠시, 삼학년 회원 종달이가 하굣길에 하이에나파에게 골목으로 끌려가 몰매를 맞는 사건이 발생했다. 천사회 조무래기를 이참에 철저히 밟아버리려 한다는 하이에나파의 흉흉한 소문이 돌았다. 회원은 혼자 밤거리를 나다닐 수 없게 되었다. 봉필이 주장에 따라 삼학년 회원이 가방이나 양말 사이에 칼을 숨기고 다니기 시작한 게 그때부터였다. 천사회 삼학년과 하이에나파가 곳곳에서 충돌해 쫓기고 쫓겼다. 읍내가 학생들 패싸움으로 전쟁터가 되었다고 읍민들이 수군거렸다.

6월에 들어 뭉치가 내게 재대결을 제안해왔다. 내가 항복할 줄 알고 공격을 안했는데 불시에 다리를 잡고 늘어졌으니 지난번 맞짱은 내가 룰을 위반했다는 것이다. 나는 재대결을 받아주기로 했다. 날짜는 일주일 뒤로 정해졌다. 재대결이 있기 전 어느 날, 나는 밤중에 체육관을 덮친 밀양경찰서 형사대에 검거되었다. 한 달 남짓 밀양경찰서가 천사회와 하이에나파를 내사한 끝에 일제 검 거에 들어갔던 것이다. 하이에나파와 천사회 회원은 경찰서 유치 장에서 조우했다. 그로써 읍내 학교들의 건전한 학생 서클들마 저 산산조각 나자 하이에나파와 천사회는 지하로 잠적했다. 검거 된 천사회와 하이에나파 회원 대부분은 반성문을 제출하고 훈방 조치되었으나 넷은 학교로부터 무기정학 처분을 받았다. 대구 소 년재판소로 이송되기는 나와 뭉치였다. 둘은 학교에서 퇴학 처분 을 받고 김천 소년교도소로 이감되었다. 나는 다섯 달을 소년교도 소에서 썩었다. 그때, 시간 보내는 방법으로 도서실에서 책을 빌 려와 읽는 데 재미를 붙였다. 칭기즈칸, 나폴레옹, 이순신, 안중근 등 위인전과 추리소설을 주로 읽었다.

그해 12월에 출소하여 밀양으로 돌아오니 지하 서클 천사회는 백사회(104회, 白蛇會)로 이름이 바뀌었고 박봉필이 회장을 맡고 있었다. 나는 학생 신분이 아니기도 했지만 회와 손을 끊었다. 산 골에 들어앉아 수양이나 하라는 고모부의 명령에 따라 밀양 군내 에서도 가장 후미진 산내면 동백리 먼 친척집에 곁살이하며 겨울 을 날 동안 지게 지고 산으로 땔감을 해다 날랐다. 밀양에서는 명 문가인 윤씨 집안으로 읍내 유지였던 고모부가 졸업장이나마 따 게 해준다고 나를 동백리 소재 동강중학교로 편입시켜주었다. 졸 업을 앞두고 나는 천국요양원에 있다는 엄마를 만나러 울산 땅을 찾았다. 밀양에서 울산으로 가자면 험준한 태백준령이 가로막고 있어 기차 편으로 부산을 거쳐 둘러가야 했으나 나는 직선 코스를 택했다. 밀양군 산내면소까지 버스로, 거기서부터 도보로 천 미터

에 이르는 가지산 팔부 능선을 넘어 울산군 언양면을 거쳐, 버스
편에 울산으로 들어갔다. 엄마는 자식을 알아보지도 못한 채 겁에
질려 구석으로 피하기만 했다. 내가 면회를 하고 돌아온 지 보름 뒤,
엄마는 요양원에 들어간 지 석 달 만에 마흔 살의 짧은 생을 마쳤다.
병명은 거식증에 따른 영양실조라 했다.

중학교를 졸업하자 밀양에서 더 견뎌낼 수 없어 나는 무단가출
한 뒤 무작정 상경했다.

*

나는 만취 상태로 자정 넘은 시간에 귀가했다. 밤잠이 없는 탓이
기도 하지만 할머니는 내 걱정으로 마루에 앉아 어두운 마당을 내
다보며 나를 기다리고 있었다. 내가 무사히 돌아왔음을 보자 할머
니는 말없이 일어났다. 안방으로 들어가는 할머니를 불러 세웠다.

"할머니, 전 조만간 서울로 가야 해요. 돈, 돈 벌러 말입니다. 돈
이 있어야 살지 않습니까." 내 혀가 제대로 놀지 않았다. "그러니
말인데요. 제발 종호 좀 맡아줘요. 제가 이렇게 빌게요. 서울로 간
대도 방 한 칸 없이 떠돌 신센데 어찌 종호를 돌보며, 말이 그렇지,
학교엔들 보내겠습니까. 할머니, 노년에 외롭지 않으세요? 말벗
삼아 증손자 새끼 옆에 둬도 좋지 않습니까……" 내 혀가 차츰 굳
어졌다.

"많이 취했나 보구나. 들어가 자." 허리 꼬부장한 할머니가 그
말만 하곤 안방으로 들어가버렸다.

화장실에 갔다 나오니 안방 불이 꺼져 있었다. 건넌방으로 들어와 옷을 벗자마자 펴놓은 요때기에 쓰러져 곯아떨어졌다.

"아버지, 할머니가 깨우래요."

부르는 소리에 눈을 떴다. 종호였다. 사방이 환했다.

"할머니와 전 밥 먹었어요. 근데요, 누가 아버지 찾아왔어요."

마루로 나서니 정장 차림의 김부장이 마당 평상에 다리 꼬고 앉았다 일어섰다. 부엌에 있던 할머니가 내다보았다. 나는 슬리퍼를 끌고 평상 쪽으로 갔다. 김부장이 깍듯이 절을 하며 어젯밤에는 죄송하게 되었다고 말했다. 무슨 말이든 나누자면 바깥이 좋을 것같아 나 먼저 대문을 나섰다. 건축물 자재를 쌓아둔 공지에 승용차가 대기 중이었다. 교도소를 나설 때 김부장이 타고 왔던 검정 승용차였다. 차 안에 졸개 둘이 있을 터였다.

"부탁받은 선물입니다." 김부장이 명함 상자 크기의 포장된 꾸러미를 내밀었다. "블랙립스 안마담 아시죠? 밀양 내려간다니깐 전해주랍디다."

어젯밤에 김부장이 전해줄 게 있다고 했을 때 나상길 회장이 용돈쯤 집어주려나 하고 김칫국부터 마셨는데, 예상이 빗나갔다.

"어젯밤에도 말씀드렸듯, 언제쯤 상경할 예정입니까? 딱 부러지게 말씀해주십시오."

"글쎄, 한 달쯤? 그 정도 시간은 필요하오."

"촌바닥서, 대체 무슨 일 합니까? 실례지만 제가 알면 안 될까요? 납득할 만한 이유라야 보고할 저도 말발 세울 게 아닙니까."

"사실대로 말하자면 실은…… 조부님에 대해 밀양서 조사할 게 있고, 그걸 글로 쓰는 중이오. 회장님이나 김부장에게는 내가 하는 일이 달 보고 짖는 개 꼴일지 모르겠으나, 내겐 아주 중요하오. 내가 만주서 귀국하던 길에 공항서 달려갔다는 얘기는 들었지요? 조부님 행적을 조사하러 만주에 들어갔더랬소. 조부님은 일제하 독립군 출신이오. 어제 등산도 조부님 생애와 관련이 있어 조사차 갔던 거요. 그 일대가 그분 빨치산 현장이었으니깐."

"독립군 출신이, 빨치산?"

"그래요, 빨치산."

나는 가지산도립공원 쪽에 눈을 주었다. 눈부신 아침 햇살에 가려 그쪽 산악이 뿌옇게 흐렸다. 초가을 아침 공기가 상쾌해 숙취가 웬만큼 가시는 느낌이었으나 골은 여전히 패었다. 생각을 간추리듯 김부장은 고개 숙여 구둣발로 흙만 찼다.

"상경하면 깨끗이 손 털고 새 출발 하느냐, 회장님 뜻에 따라야 하느냐 밤 내내 생각했더랬소." 나는 잠시 숨을 돌렸다. "결론부터 말하자면, 지금 하는 일 마치는 대로 상경해서 나회장님부터 찾겠어요."

굴욕적이지만 그러기로 했다. 돈을 쥐자면 상경해야 하고, 지금으로선 나회장을 찾는 길 이외 다른 대안이 없었다.

종호가 대문 밖으로 삐죽이 나섰다. "손님 아침 안 드셨다면 같이 드시래요" 하곤, 대문 안으로 사라졌다.

"알겠습니다." 김부장이 고개를 들더니 결론 내렸다. "시월 첫 주에 상경하는 걸로, 회장님께 그렇게 보고드리겠습니다."

"잘 올라가시오." 나는 손을 내밀어 악수를 청했다.

"안녕히 계십시오." 김부장이 걷다 나를 돌아보았다. "휴대폰 잘 터지지요? 요금은 우리가 물고 있습니다."

김부장이 대기한 승용차에 오르자, 차가 먼지를 날리며 큰길로 빠져나갔다. 마당으로 들어서며 나는 김부장이 주고 간 안나 선물 상자를 풀어보았다. 꼬깃꼬깃 접은 메모장과 남성용 목걸이였다. 꼬아 만든 목줄은 도금한 철사였고, 바둑알만한 인조 루비 속에 화석처럼 무언가가 찍혀 있었다. 독침을 쏠 듯한 자세로 꼬리를 말아 치켜든 모형 전갈이었다. 전갈 목걸이? 나는 안나가 쓴 메모를 읽었다.

오빠한테 이 목걸이가 어울릴 것 같아 인터넷 쇼핑몰을 보고 주문 냈어요. 사육해보려 전갈 분양도 의뢰해놨구요. 전갈이 어떤 곤충인지 아시죠? 여름철 별자리엔 전갈자리가 뚜렷이 보여요. 그리스 신화도 재밌어요. 상경하면 목걸이 찬 오빠 모습 보고 싶네.

"미친년. 놀고 자빠졌네." 내 입에서 무심코 튀어나온 말이었다.

*

그날부터 나는 바빠졌다. 상경 전 할아버지의 생애 정리에서 손을 털어야 했다. 10월 초 상경하자면 한 달이 채 못 남았다. 오후 여섯시에 도서관 서고에서 퇴실하면 집으로 돌아와 밤늦게까지 초고 작성에 매달렸다. 안해본 작업인데다 심리적으로 쫓기다 보니 스트레스가 쌓일 수밖에 없었다. 조증이 낌새를 보이면 겁이 나 상비약을 먹었다. 양주 한 병을 사다놓고 서너 잔을 입 속에 털어넣어야 잠에 들었다. 허군이 도서관으로 나오는 날을 기다릴 수 없어 이튿날 아침에 집을 나서면 초고를 허군 집으로 가져다주곤 했다. 허군 집은 비닐하우스로 수박 재배를 했는데 끝물 출하라 집안일 돕기에 바빴다.

보름이 후딱 흘러갔다. 그동안 나는 나상길 회장, 안나, 명희 누나로부터 한 통씩 전화를 받았다. 김부장이 밀양을 떠난 이튿날 아침에 나회장으로부터 전화가 왔다. 소식 잘 들었는데, 기특한 일을 하고 있는 것 같다, 10월 초에 상면하게 되기를 바란다고 말했다. 그로부터 며칠 뒤 낮에 안나 전화가 왔는데 한다는 말이 대뜸, 지금 전갈 목걸이를 차고 있느냐고 물었다. 나는 차고 있지 않다고 말했다. 내 말에 삐쳤는지 뜬금없이, 인생을 통틀어 기회란 자주 오지 않아요, 했다. 안나는 밑도 끝도 없이 그 말만 하곤 전화를 끊었다. 누나 전화는, 할머니로부터 소식 잘 들었다고 했다. 요즘은 마음이 편안하다는 할머니 말을 옮기곤, 할머니가 행복해 하시니 네가 마음잡은 것 같아 기쁘다고 했다. 거기까진 좋았는데, 서울로 올라온다면 종호는 어떻게 할 거냐란 말이 내 심기를 건드렸다. 누나 애들 셋이나 신경 쓰라는 불퉁한 대꾸에, 종호도 우리 집안 애라고 누나가 말했다. 그렇잖아도 종호 문제로 전전긍긍하는 나날이라 화가 나서 전화를 끊어버렸다.

허군이 다듬어주고 노병직 선생이 잘 검토해주겠지 하고 믿으며 나는 보름 새 할아버지가 하얼빈 근교의 일본 관동군 731부대에서 보낸 십일 년 생활의 초고를 얼렁뚱땅 마쳤다. 상경하기 전 남은 기일 동안은 1945년 해방이 되자 식구를 데리고 귀국한 뒤 일대 반전을 시도했던 할아버지의 밀양 이야기에 착수할 예정이었다. 그 부분이 어쩜 할아버지 생애에서 독립군 시절만큼 중요할 터였다.

불면증에 시달리며 잠을 제대로 못 자는 날이 계속되었다. 옥죄어오는 조바심과 초조함에 들볶였다. 안절부절못하는 의기소침한 상태에서 창밖이 희뿌옇게 터올 때까지 눈을 말똥거리며 뒤척이던 날도 있었다. 그런 밤이면 이런저런 생각이 꼬리를 물었다. 9월 말까지 쓰는 글을 마치고 10월 초에 상경해야 하기 때문에 마음이 쫓기는 탓인가? 그 점은 내가 11월 말까지 늦장을 더 부려 내년에 상경한대도 상관이 없었다. 내년 정초에 나상길 회장을 찾아간다면 자기가 어쩔 텐가? 그도 싫다면 나회장과 상종하지 않아도 그만이다. 그도 저도 아니면 할아버지 생애 집필 완성은 훗날을 기대하고 일단 접을 수도 있었다. 그게 가장 쉬운 방법이다. 죽음을 목전에 둔 사람처럼 피 말려가며 지금 완성해야 할 당위성이 없었다. 그렇다면 종호 문제 때문인가? 따지고 보면 그 점도 아니었다. 녀석을 할머니에게 맡겨둔다면 내년에 내가 다녔던 예림초등학교에 입학할 것이다. 할머니 건강이 아직까지는 양호하니 종호를 돌볼 수 있고 더러 돈을 부쳐드리면 된다. 종호가 기어코 아비 따라 나선다면 데리고 상경해 명희 누나 집에 맡길 수도 있었다. 울산 시절 엄마가 누나에게 그랬듯, 누나가 종호를 친자식처럼 잘 돌보아줄 것이다. 어쨌든 내가 종호를 옆에 끼고 거둘 수 없다는 점은 결론을 내린 바 있었다. 그럼에도 불구하고 마음이 끓는 물처럼 졸아들었다. 결국 그 원인이 내 병에 있음을 자각하기에 이르렀다. 현실적으로 조바심쳐야 할 구체적인 이유가 없다는 점에서 잠복 중이던 정신질환이 다시 발동한 셈이다.

악성 고리채처럼 졸아드는 심리 상태로 보아 아무래도 김부장과 약속한 시기에 상경해야 할 것 같았다. 9월 말에 들어 할아버지의 밀양 생활을 대충 마무리짓자 나는 상경 일을 10월 첫날로 결정했다. 허군에게 초고를 넘기고 할아버지 생애의 마지막 부분을 부탁했다. 허군은 이미 내 이야기를 들어 할아버지의 포로수용소 통역관 복무와 휴전 무렵 밀양으로 귀향한 뒤 죽음까지를 꿰고 있었다. 나는 백만 원을 쪼개어 노병직 교수에게 오십만 원을 우편환으로 송금하고 허군에게 오십만 원을 건넸다. 최주임으로부터 소개받은 날 백만 원을 받았을 때 그 돈도 많다고 생각했다며, 허군이 한사코 거절했다. 나는 김부장이 내놓고 간 돈이라며 우격다짐으로 돈 봉투를 그의 주머니에 찔러주었다.

"집에 얹혀 있지만 지낼 만하니 이 돈은 받을 수 없습니다. 문단에 정식 데뷔도 못한 지방 작가 주제에 선배님 돕다 보니 오히려제 공부가 된 걸요. 제발 거두세요. 이러심 앞으로 선배님 못 뵙겠습니다." 허군이 돈 봉투를 돌려주려 했다.

"후배, 말만 들어도 고마워. 제발 이러지 마. 내가 이 돈 다시 받았다간 정신병이 도져. 잠시 겪어보았지만 내 성질 알잖아." 내가 다시 봉투를 허군 손에 쥐여주었다.

"서울 가시면 당장 뭘로 생활하시려고……"

"뭘 그런 걱정까지 해. 다 살길이 있어."

내 말에 허군이, 그렇다면 이 돈 일부 헐어 선배님 송별주를 사고 나머지는 노교수님께 전할 선물을 사겠다고 말했다. 이튿날 저녁, 영배와 최주임이 합석한 가운데 사포초등학교 쪽 해물탕집에서 저녁식사 겸한 술자리를 가졌다. 쓰는 글을 끝내지 못한 채 상경해 섭섭하다며, 언제라도 내려오면 쓰던 서고를 내어주겠다고 영배가 말했다. 허군은 원고 마지막 부분이 끝나는 대로 이메일로 보낼 테니 상경하면 인터넷 주소를 알려달라고 했다. 안산에 있는 자형 교회가 그런 걸 갖추고 있을 것 같았다. 최주임은 술잔을 받아놓고 마시지도 않았고, 말을 아꼈다. 나와 끝까지 일정한 거리를 두려는 최주임 마음을 알 것 같았다. 속사정을 알 리 없는 영배가 눈치 없이 최주임을 보고, 최근에 저기압인 줄은 알지만 오늘 따라 너무 저기압이라고 말했으나 그녀는 희미하게 웃기만 했다.

"서울 가면 정말 어떻게 살 거니? 그게 궁금해."

영배 말에 고개 숙이고 있던 최주임이 나를 보았다. 반짝이는 눈빛이 자기도 알고 싶다는 표정이었다.

"이 친구야, 서울 인구만도 천만인데 나라고 굶고 살겠냐? 열심히 돈 벌어야지. 돈 벌어 밀양에 다시 올게."

"아드님 데리고 상경합니까?" 최주임이 물었다.

나는 할말이 없어 입을 다물었다. 심기 불편한 내 눈치를 살피며 영배가 술잔을 들었다.

"강재필 상경을 위해 한잔 듭시다. 건배!"

그날 저녁, 넷은 술을 별로 마시지 않아 말짱한 상태로 회식 자리를 끝냈다. 최주임이 마지막으로 내게 무슨 말을 하고 싶은 눈치였는데, 허군이 "편승 좀 합시다" 하더니 최주임 자전거 뒷자리에 올랐다. 둘이 탄 자전거가 어둠 속으로 떠났다. 뒷모습이 남매이듯 잘 어울렸다. 지난번처럼 영배와 나는 예림서원을 거쳐 걸어서 집으로 돌아왔다.

밀양 마지막 날 저녁, 나는 할머니와 종호를 데리고 시내 중심가로 나가 외식을 했다. 갈비집을 택했는데, 이가 좋잖은 할머니를 위해 족 수육 한 접시를 시켜드렸다. 내가 묵묵히 소주잔만 비워내자 할머니 역시 별 말씀이 없었다. 곧 혼자 상경할 것임을 며칠 전부터 눈치챈 할머니는 내 겉옷과 속옷을 빨아 챙겨선 건넌방에 들여놓기 시작했던 것이다.

"종호는 할미하고 사는 게 좋으냐, 아비하고 사는 게 좋으냐?" 고기를 상추쌈에 싸서 먹는 종호를 물끄러미 보며 할머니가 물었다.

"아버지 어디 가요?" 종호가 뚱한 표정으로 나를 보았다.

"내일 서울로 간다. 돈 벌어서 오마." 나는 심중에 벼른 말을 해버렸다. 순간, 머릿속에 번개가 치듯 섬광이 번쩍였다.

"네 아비도 울산 떠나며 돈 벌어 오겠다더니……" 할머니는 말을 잇지 못했다. "그 후부터 나는 누구 말도 믿지 않는다."

내 말에 종호가 입맛이 떨어졌다는 듯 젓가락을 상에 놓았다. 종호가 입술을 깨물며 일어서더니 신발장께로 갔다. 종업원이 종호를 보고 화장실 위치를 가르쳐주었다.

"서럽긴 한데, 철이 들어 혼자 울고 싶은 게다. 아이는 부모가 키워야 하는데……" 화장실 쪽을 보며 혼잣말하던 할머니가 나를 꾸짖었다. "밀양엔 왜 나타났어? 정 붙이자 떠난다더니, 저 애 상처가 얼마나 크겠니?"

할머니가 무릎을 짚고 일어섰다. 먹다 남긴 상을 보더니 종업원을 불러 진 것 마른 것을 따로따로 비닐봉지에 싸달라고 했다. 나 같은 놈한텐 석별 자리가 이렇게 끝남이 당연하다고, 나는 냉정해지려 애썼다.

이튿날, 아침밥 먹고 나서 할머니 손에 백만 원을 쥐여주고 나니 내게 남은 돈은 불과 십만 원 남짓했다. 벙거지 눌러쓰고 배낭 멘 나는 그길로 집을 나서서 기차 편으로 밀양을 떠났다. 가을볕에 번쩍이는 갈대숲 사이로 밀양강이 기차 옆을 떠나지 않고 따라왔다. 이젠 감옥소 출입 말고 착한 사람 되라던 할머니와 방 안에서 서럽게 울던 종호가 강물 위에 흔들거리며 따라왔다.

8

1933년 5월, 소련령 블라디보스토크의 일본 영사관 소속 헌병대 영창에 수감된 강치무와 박문일은 그곳에서 취조를 받았다. 둘을 취조한 헌병대 측은 소련 극동 지방과 조선인의 집단 거주지 지린성을 중심으로 한 조선인 단체와 조직 계보, 목적과 활동상, 자금 조달과 운용 방법, 국내와 상해 쪽 단체와의 연계 등을 낱낱이 캐내려 했던 것이다. 일제하 일본 헌병대로 끌려가 취조당했던 여러 증인에 의해 밝혀진 바, 반일분자나 불령선인에 대한 일본 수사 당국의 취조는 단순한 심문 차원이 아닌 고문이 필수적으로 병행되었다. 매질과 신체의 한 부분을 꺾고 상처 내기, 물고문, 전기고문이 다반사로 행해졌다. 겁주어 내보낼 일반 형사범이 아닌 반일 행위자의 경우가 더욱 그러했다. 구속 기간이 언제까지이니 그 기간만 견뎌내면 된다는 실낱같은 희망조차 없이 강도를 높여가며 장기간에 걸친 고문이 일상적으로 되풀이될 때, 여기에 항복해 심중에 감춘 기밀을 토설하지 않는 자가 드물었다. 형극을 견디다 못해 낱낱이 자백하거나, 심문자가 놓치고 있는 일부를 숨기거나, 둘러대거나, 타인에게 책임을 떠넘기거나 하는 차이는 있을망정 입이 있고 말을 하는 이상 자백하게 마련이다. 이 모든 악행을 다 이겨낼 수 있어야만 지사, 의사, 열사로 흠모할 수 있다는 순혈주의 논객의 주문은 맞는 말이다. 그러나 그 시대를 살며 직접 겪어보지 않고 필봉을 마구 휘두르는 후대 논객의 그런 주문이야말로 음풍농월일 수 있다. 진실로 극소수의 위인만이 끝까지 입을 봉하거나 자해로 목숨을 끊음으로써 그 경지에 이를 수 있다. 필자는 강치무와 박문일이 수행했던 그 어떤 항일 활동에 관해서 소상히 밝힐 수 없는 점이 안타까우나, 어쨌든 그들이 자신들의 행위나 생각에 대해 전부이든 일부이든 취조 과정을 거치며 자백했다고 본다. 죽지 않고 사는 길을 선택한 결과라기보다, 어느 길을 선택할 자유조차 없게 몸과 정신이 망가진 상태로 취조에 응한 결과였을 것이다. 그러나 둘은 말을 맞추어 장백산록에서 대한독립군으로 싸웠던 한 시절만은 철저히 숨겼다. '무적의 황군'을 조롱한 바 있던 과거 대한독립군 출신자를 관동군은 철저히 색출해 보복했는데, 그 태반이 연해주로 넘어가 '자유시 참변'에 희생된 바 있었다.

얻어낼 정보를 다 빼내고 나면 취조를 받은 자는 이제 아무런 쓸모 없는 인간쓰레기에 불과하다. 쓰레기를 처치하는 데는 서너 갈래 길이 있다. 첫번째는 반병신 상태로 석방해버린다. 두번째는 취조 과정에서 중요한 정보를 제공한 협조자는 풀어주어 밀정으로 이용한다. 세번째는 죽이거나 생매장시켜 흔적마저 없애버린다. 네번째는 국내로 이송하여 재판에 부쳐선 중형을 때려 감옥에 처넣는 방법이다. 강치무와 박문일은 이감 케이스에 해당되었는데, 재판을 거치지 않은 채 반도가 아닌 무단장으로 보내졌다. 헤이룽장성에 속해 무단 강을 끼고 있는 이 한촌은 일본의 만주 점령 이후 교통 요충지로 발전한 군사도시였다. 대륙 침략의 첨병인 군국주의 상징 집단 관동군 연대 병력이 주둔하고 있었다. 둘은 짧은 가을이 끝난 그해 10월 하순, 기차 편으로 무단장 헌병대 특수 감옥에 수감되었다.

해삼위에서 무단장으로 이감된 과정을 필자 조모 김덕순이 남편에게 들은 바 있다며 증언했다. 강치무가 혀짤배기소리로 처에게 들려준 말을 풀어서 옮기면 이렇다.

해삼위 헌병대에선 나보다도 박문일이 더 심하게 고문당했지. 그는 해삼위에 먼저 정착했고, 그가 나를 고려공산당 조직원으로 끌어들였으니깐. 그 점보다 그는 학식 있는 배운 자요 나는 무식꾼이었으니 놈들 취조도 박동지에게 집중될 수밖에 없었지. 박문일은 러시아말, 중국말, 일본말에 두루 능통했으니깐. "바꾸(박)상이 자백했는데 이 말이 맞느냐?"는 확인 심문을 주로 받았지. 무려 넉 달에 걸쳐. 그 넉 달을 죽지 않고 견뎌냈다는 게 기적이야. 나는 눈앞에서 내 혼이 사라져버리는 죽음을 수없이 목격했어. 아니, 난 죽었는데 또 이런 고문을 당하게 되는 곳이 어디냐고 착각할 때도 있었지. 해삼위를 떠나기가 10월 하순이었어. 만주 지방 10월은 벌써 동절기인데 냉동 기차간에 실려 어디론가 끌려갈 땐, 고문 후유증으로 초죽음이 된 몸에 추위까지 덮쳐 내 옆에서 골골 앓던 박동지는 기차간에서 숨을 거둘 것만 같았어. 내가 남들보다 건장한 몸인 데 비해 박동지는 양반 자제로 글을 배운 약골이었으니깐. 우리는 어디로 실려가는지도 몰랐지. 꼬박 이틀 만에 도착하고 보니 철길이 여러 갈래 얽혀 있고 군수 장비를 적재한 화물객차가 많이 정차한 큰 역이었어. 박동지가 반쯤 죽은 상태여서 내가 업고 기차에서 내렸는데, 호송 헌병이 여기가 무단장이라 하데. 그때부터 고문에서는 겨우 풀려난 셈이지. 감옥에 갇혔을망정 취조를 안 받게 되니 박동지 건강도 차츰 회복되었어. 그러나 무단장 감옥은 대기 장소에 불과했어.

필자의 조모 김덕순은 임필례(해삼위댁)와 처음 만났을 때를 두고 이렇게 말했다.

해방 후 귀국해서 우리 식구가 밀양에 도착하자 서방 집안사람들 말구 한달음에 서방을 찾아온 사람이 해삼위댁이었어. 초등학교에 다닌다는 한기란 아들을 데리구 말이야. 해삼위 시절 생사고락을 함께한 박문일 씨에게 함북 출신으로 부인과 아들이 있었다는 말은 들었지만, 나로서는 해삼위댁을 처음 봤거든. 서방과는 해삼위에서 잘 알던 사이라, 해삼위댁이 서방을 보자마자 땅바닥에 퍼질러 앉아 대성통곡부터 터뜨려. 그런데 서방은 한기 어머니가 밀양 땅에 살고 있다는 게 신기한 듯, "하, 한기 어미 마차요, 마차요" 하며 연방 여쭙기만 하더라. 해삼위댁이 일본 헌병대로 잡혀간 서방 뒷소식을 물어쌓는데 서방은 대답하기가 곤란한지 묵묵부답이라. 한참 만에야 서방이 혀짤배기소리로 어렵사리, 박동지는 해삼위 헌병대에서 고문을 심하게 당해 무단장으로 이송된 직후 사망했다구, 형수님께 면목이 없다면서 머리 조아리곤 훌쩍거려. 그 양반이 우는 걸 처음 봤지. 해삼위댁이 서방 혀짤배기 말을 알아듣지 못해 내가 서방 말을 옮겨줬어. 그 후 해삼위댁이 아들 한기를 데리고 자주 우리 집에 놀러 오곤 했지. 머나먼 함경도 땅의 같은 지방 출신이라 내가 아주머니라 부르며 따랐구. 해삼위댁이 와도 서방은 피하기만 할 뿐 박문일 씨 말을 꺼내지 않더만. 장성한 한기가 자기 아버지에 대해 뭘 듣고 싶어 집으로 찾아와도 그 양반이, "무지 마, 무지 마. 머리 아파" 하며 손을 내저었어.

앞에서도 말했지만 필자는 조부 강치무를 만난 적 없고, 당신이 자신의 이력이나 생각했던 소회를 글로 남기지 않았다. 그러므로 강치무가 일본이 패망한 1945년까지 관동군 731부대와 하얼빈에서 보낸 십일 년간의 세월은 전적으로 조모 김덕순의 회상에 의지했고, 역사적 사실은 문서 자료 및 인터넷 자료를 참고했음을 밝혀둔다. 그 시절에 대해 증언해줄 분은 김덕순 이외 아무도 없기에 과장되었거나, 논픽션으로서의 진실성에서 비켜나 픽션으로 미화되었거나 바뀐 부분이 있다 해도 필자로서는 증언을 따를 수밖에 없다.

1931년 일본은 '만주사변'을 일으켜 만주 땅을 점령하고 이듬해 허수아비 정부인 만주국을 세웠다. 대륙을 장악한 일본 관동군은 그해 하얼빈 근교 칠십 킬로미터 변방 난강구 선화가 문묘에 '관동군 방역급수부대'를 창설했다. 전염병 예방 및 수질 정화를 명분으로 군의과대학의 박테리아 연구 권위자 이시이 시로 준장을 부대 연구소 책임자로 앉혔다. 이 방역부대는 관동군 정예 무장 병력이 경비와 수용자 관리를 담당했고 군의대를 수료한 미생물학 연구진 다수를 포진시켰다. '관동군 방역급수부'는 '마루타'로 불렸는데 일본어로는 껍질을 벗긴 통나무, 또는 나무 몽둥이란 뜻이다. '통나무'란 인체 실험 대상자를 가리키는 또 다른 은유이기도 했다.

강치무와 박문일이 마루타 해당자로 찍혀 하얼빈 근교 방역급수부로 재이송되기는 이듬해 1934년 2월이었다. 일본군 점령지 안에서 반일분자로 검거된 자들 중 사형에 해당되는 자의 마지막 폐기처분 장소가 관동군 방역급수부였다(이 부대는 1941년 8월 1일부로 '만주 제731부대'로 개칭되었다). 관동군 하얼빈헌병대, 하얼빈 주재 일본 영사관, 관동군 정보부는 마루타를 극비 작전에 부쳐 그곳 특수 감옥으로 압송했다. 방역급수부 호송 전담반이 현지로 가서 마루타를 인계받았다. 그들은 일반인 눈을 속이려 마루타에 일본 군복을 입혀 비밀리에 이송했다.

강치무와 박문일이 방역급수부로 이송될 시점이 부대가 창설된

지 일 년 남짓이라 수용된 자는 백 명이 채 못 되었다. 마루타들은 중국인이 다수였고, 만주족, 조선인, 몽고인도 섞여 있었다. 강치무와 박문일이 부대에 도착했을 때, 혹한 속에서도 중국인 쿨리(노동자)를 동원한 막사 건설이 한창이었다. 특수 목적으로 편성된 부대인 만큼 병사들 숙소 외에도 각종 실험에 이용할 별동 건물이 필요했기 때문이었다. 토목공사나 막사 건설 등 일반 노무는 쿨리를 부렸으나 시설물 내부 공사는 일본군 복장을 한 마루타를 차출하여 썼다. 기밀을 요하는 작업을 마루타에게 맡긴 것은 조만간 그들이 부대 안에서 사라질 존재였기에 외부로 샐 정보를 사전에 차단할 수 있었기 때문이다.

노래로 회자되기도 하지만 사람 한평생이 부평초(개구리밥)와 같아 삶과 죽음이 여반장이다. 어제까지 멀쩡한 사람이 교통사고나 돌연사로 하루 새 시신이 된다. 시대를 잘못 타고나 전쟁을 만나면 많은 사람이 목숨을 잃는다. 한편, 죽을 수밖에 없는 상황에서 기적적으로 목숨을 건지기도 한다. 집단 학살의 확인 사살에서나 비행기 추락 사고에서도 생존자는 있다. 그래서 사람들은 이를 두고, 생과 사의 문제는 인위적으로는 되지 않는다 하여, '생사(生死)는 천운(天運)에 달렸다'는 말을 한다.

강치무의 경우도 그런 범주에 해당될 것이다. 신장이나 몸무게가 표준치가 아닐 때, 무더기로 팔리는 데는 일차 선발 대상에서 빠질 수 있고, 표준치에 해당되지 않는 특별한 자를 뽑을 때는 먼저 선발되기도 한다. 그의 신체 조건이 특별한 자의 전형이었다. 강치무의 체격이 동양인 표준치를 넘었기에 마루타 실험 대상 선발에서 일차로 빠졌다. 그러나 건설공사 인부로는 제격이라 그는 거기에 선발되었다. 책걸상과 서류장 따위를 만들기 위해 통나무를 켤 때 그는 힘이 장사라 남들 두 몫 일을 해냈다. 그는 작업에 동원된 다른 마루타들보다 체격이 월등했기에 독찰조(督察組) 조장 이케다 소위 눈에 띄었다. 이케다는 인종적 편견, 점령군으로서의 우월감이 비교적 덜한 대학 출신의 초급 장교였다.

마루타는 인체 실험 대상이었기에 무엇보다 건강이 양호해야 했다. 청장년기 남자가 섭취해야 할 칼로리에 맞추어 식단을 짜서 하루 세 번 배식 받았고, 일주일에 두 번 말고기 육류가 식탁에 올랐다. 마루타에게는 따로 특별 급식이 배당되었기에 강치무의 건강은 상등급이었다. 말고기는 북지에 흔한 몽고 말 중에 늙은 말이나 병든 말을 잡았는데, 강치무가 힘자랑하듯 칼잡이로 나서서 군도로 말 멱을 쳤다. 무쇠칼로 뼈를 도막 내고 살코기를 발라냈다. 그런 작업을 지켜보는 이케다 소위 입에서 '스고이(대단하다)' 란 탄성이 터졌고, "간(강)상 이치방(최고다)!"이라 감탄했다.

강치무는 해삼위 헌병대에서 무단장으로 이송될 때, 거기 헌병대에서 죽지 않았으니 명줄 하나는 타고났다 싶었고, 이제부터는 목숨을 돌보아야 한다고 느꼈기에 어떤 곤경에 처하더라도 살아남기로 작심했다. 그렇게 마음이 변한 뒤부터 애국심, 정의감, 양심 등 듣기 좋은 모든 말에 등을 돌렸다. 시간에 맡겨 부평초처럼 흘러가기로 했다. 몸으로 때울 수 있는 노동에 가축처럼 헌신했다. 마루타로 전락하지 않기 위해 인간다운 인간으로 살기를 포기했던 것이다.

관동군 방역급수부가 초기에 주로 한 실험이 동상(凍傷) 연구였다. 동절기가 긴 중국 북부 지방이나 시베리아에서 장기간 전투를 치를 때, 동상을 어떻게 극복하느냐가 연구 목적이었다. 중국 국공군(國共軍, 장개석의 국민군과 모택동의 공산군)이나 소련과의 전면적인 전쟁을 대비하기 위해서도 그 연구는 필요했다. 러시아를 침공한 나폴레옹 군대의 패전 원인 중 하나가 군사력이나 병참 지원보다 동절기 추위로 인한 동상으로 전투력과 병사들 사기가 떨어진 데 있음을 일본군 수뇌부가 주목하고 있었다. 그래서 부대는 동절기에 마루타를 한 겹 옷만 입혀 영하 삼사십 도 혹한에 실외에서 얼마나 견디느냐를 실험했고, 여름에는 손발을 묶어 냉동실에 감금해 냉동실 온도를 조절해가며 인체를 얼리는 실험을 했다. 마루타의 신체가 냉동의 극한 상태를 견뎌내지 못해 사경을 헤맬 때 이를 해동시키려 신체 때리기, 온수를 부어 신체 녹이기, 열탕이나 증기탕에 넣기 등의 방법을 통해 살갗의 소생 여부에 따른 반응을 실험했다. 생체 실험에는 개개인의 건강 여부와 근육 조직 역시 연구 대상이었다.

간암 악화로 사망하기 한 달 전, 강치무는 자신의 죽음이 임박했음을 알고 있었다. 어느 날 밤, 그는 처를 앞에 앉혀두고, 누구든 한 사람에게만은 이 말을 하고 가야 편히 눈감겠다며 그동안 숨겨온 비밀을 털어놓았다. 강치무가 처에게 했다는 말을 풀어서 옮겨본다.

해삼위에서 당한 고문과는 판이한, 고문보다 수천 배 더 악랄한 야만의 극치, 사전을 찾아본들 그 어떤 단어도 없기에 저들이 사용한 용어대로 마루타라 하자. 인체 동상 실험이 그렇다. 취조 과정의 체형(體刑)은 고문자가 있으나, 마루타 경우는 영하 삼십 도가 넘는 기온이 고문을 시작해서, 군의관이 냉동인간 마루타를 치료 명목으로 다른 방법을 사용해 다시 고문을 자행했다. 박동지는 다른 마루타와 함께 그해 겨울 생체 동상 실험을 당했다. 혹독한 추위 속에 살과 뼈와 정신이 녹아났을 박동지가 당한 고통을 필설로 어찌 다 옮기리오. 인간이 견뎌낼 수 있는 고통의 한계를 어느 지점에 설정해야 할는지 모르지만, 나만이 그 냉동인간으로서의 고통을 용케 비켜났다. 살아남았기에 부끄럽다. 죽음을 극복할 수 없었기에 치욕스러운 살아남음이었다. 감히 고백하자면, 동상으로 죽어가는 박동지 숨을 내가 끊어주었다. 독찰조에 업혀 박동지가 감방으로 돌아왔을 때, 온탕을 통과한 듯 꺼멓게 변색된 썩은 살갗에서는 김이 올랐고 너덜너덜해진 채 부풀어 있었다. 숨을 목젖에 달아 할딱이며 괴로워했다. "강동지, 나를 죽여줘." 실낱같은 소리로 그가 그 말을 한 것 같기도 하다. 죄책감을 떨쳐내려는 내 착각일 수도 있고 환청으로 들었는지도 모른다. 마루타가 존재하지 않는 다른 세상으로 박동지를 보내주었다. 훗날, 해방된 고향으로 돌아가 불각 중에 박동지 처를 만났을 때 내가 어떻게 그 사실을 그대로 옮길 수 있었으리오.

박문일이 밤을 못 넘겨 숨이 끊어질 처지에 놓여 있었지만, 막상 그가 숨을 놓자 강치무는 동지를 죽였다는 공포에 휩싸였다. 그는 번뇌에 빠졌다. 1919년 밀양 시절 이후 십여 성상 생사를 같이 넘어온 고향 동지가 영원히 떠났다는 사실에 절망했다. 인간 이하가 되기로 결심했으나 아직도, 너는 인간이라고 주장하는 인자가 마음 귀퉁이에 꿈틀거리고 있었던 것이다. 그는 밤새도록 시신을 껴안고 울며 결심했다.

죄책감에 시달리던 당시 강치무의 심경을, 당신의 육성을 빌려 옮겨본다. 역시 조모 김덕순을 통해 들은 말이다.

나는 그 괴로움과 절망감으로 죽으려 했다. 진정 내가 죽을 차례라고, 죽음을 생각하게 되었다. 혀를 끊어 내 목숨마저 끊겠다고. 해삼위 헌병대에서 고문당할 때 자백하라고 윽박지르는 소리에 견딜 수 없어 혀를 끊으려 했던 적이 있었으나 그때는 실패로 끝났다. 박동지의 죽음을 확인하자 이제야 내 뜻을 이룰 수 있을 것 같았다. 칼이 없었기에 이빨로 혀를 잘라 뱉어버렸다. 순찰 돌던 독찰조가 시찰구로 시체를 안고 피를 흘리는 내 꼴을 보았고, 응급 지혈 조치를 받음으로써 자살은 실패로 끝났다. 나는 죽을 수도 없는 목숨이었다.

강치무는 혀가 반도막 나버려 혀짤배기소리를 하게 되었기에, 그 점이 그에게는 전화위복의 계기가 되었다. 그는 말을 제대로 할 수 없었기에 듣는 말을 남에게 제대로 옮길 수 없었다. 블라디보스토크 헌병대에서부터 글을 모르는 무식꾼으로 행사했기에 관동군 방역급수부로 이첩된 그의 신상명세서에도 문맹으로 기재되어 있었다. 그는 조선어를 읽고 쓸 줄 알았으나 무식꾼으로 취급당하는 게 차라리 편해 그렇게 행세했던 것이다. 반벙어리가 된 그는 남의 말을 제대로 읊을 수도, 글자로 옮길 수도 없었다. 노역만 하는 짐승이 된 것이다.

강치무는 말을 잃자 모든 생각의 연결 고리도 끊어져버렸다. 대한독립군 전사 시절의 장백산록, 자유시 참변을 겪은 뒤 중국으로 넘어와 우위안에서 한때를 보낸 머슴살이, 블라디보스토크에서 지하 독립운동원으로 암약하던 시절의 기억들이 남의 일 같게, 감정이 편승되지 않은 채 이따금 편린으로 스쳐가곤 했다. 시키는 일에만 허리 굽실거리며 충성을 바치는 개가 되었다. 그는 실제로 부대에서 정찰과 수렵을 위해 기르던 스무 마리 넘는 군용견 사육과 훈련에 동원되기도 했다. 비루하게, 겨우 살아남았다.

기밀을 유지하자면 인력을 써야 할 때 그런 자가 적격일 수 있다. 이케다 소위 눈에 들었던 강치무는 그의 돈독한 신임을 얻었다. 자기보다 삼십 센티미터는 더 큰 인간을, 말을 알아듣는 군용견보다 나은 인간을 수하로 부린다는 것은 유쾌하다. 이케다는 상부에다, '반도인(半島人, 조선인) 강치무는 내지인(內地人, 일본인)과 친화적이며 정신이 양순하고 체격이 장대한 아자(啞者, 벙어리)이므로 초병에 적격자'라며 추천장을 올렸다. 강치무는 그 상신에 뽑혀 초소 근무 초병 보조원이 되었다. 그는 초병이 되자 얼굴과 입

주위를 감추기라도 하듯 구레나룻을 길렀다.

1935년 들어 탈옥 사건이 발생했다. 중국인 마루타들이 그동안 은밀히 준비한 끝에 땅굴을 파선 부대 밖으로 빠져나간 것이다. 스무 개 마루타 감방 중에 삼, 사, 오, 육반이 탈주에 성공했는데, 도망자는 스물여덟 명이었다. 강치무는 초소에서 생활했기에 마루타의 계획을 몰랐으므로 이에 가담하지 않았다. 그즈음 그는 일본 관동군의 충실한 사냥개가 되어 있었다. 강치무는 탈주자를 쫓는 독찰조 일원으로 군용견을 끌고 탈주자 색출에 동원되었다. 그러나 허허벌판 만주 땅이라 계속적인 추적이 불가능했다.

탈옥 사건을 계기로 하얼빈 관동군 사령부는 방역급수부 위치가 하얼빈에서 거리가 멀어 추적을 위한 신속한 병력 이동이 불가능하고 수로(水路) 시설과 통신망 등, 부대 위치 선정에 하자가 있음을 인정했다. 관동군 사령부는 부대를 하얼빈과 가까운 평방진 지구로 옮기기로 하고 새로운 건설 공사를 시작했다. 1935년 초에 남강구 선화가 문묘의 관동군 방역급수부는 폭파되어 흔적조차 없어졌다.

*

2002년 여름, 중국 만주 지방 여행길에 오른 필자는 일차로 대한독립군 전적지를 둘러본 후 조선족 안내원과 함께 러시아 땅 연해주로 들어가 블라디보스토크의 신한촌 일대를 견문했다. 다시 만주로 넘어와 귀국에 앞서 마지막으로 찾은 곳이 하얼빈이었다.

나의 그런 여행 코스는 삼일만세운동 후 밀양에서 신흥무관학교를 찾아온 후의 강치무 이동 족적을 그대로 답습한 행로이기도 했다.

일본 관동군 731부대가 위치했던 곳은 하얼빈 시 다운타운에서 북쪽으로 이십 킬로미터 떨어진 평방진 지구에 있었다. 내가 그곳을 방문한 날은 여름 더위가 기승을 부리던 8월 중순 오후였다. 나는 호텔 측으로부터 소개받은 조선족 안내원을 달고 나섰다. 택시는 균열과 요철이 심한 포장길을 사십여 분 달린 끝에 현장에 내려주었다. 큰길 가에 있는 학교나 관공서 같은 이층 건물 앞이었는데, 정문 처마에 '侵華日軍第七三一部隊遺址(침화일군제731부대유지)'란 큼지막한 가로 입간판이 붙어 있었다. 이층 건물은 당시 부대 본부 건물로, 지금은 개축해 학교로 사용되고 있었다. 주변에는 신축한 오층짜리 서민 아파트가 들어서 있었다. 안내원 말로는, 1937년 일본군이 자행한 '난징대학살'과 함께 중국이 일본에 당한 가장 치욕적 현장인 이 유적지는 폴란드 아우슈비츠 유태인 수용소처럼, 하얼빈 관광지도에도 명기되어 이제 관광지로 탈바꿈되었다고 했다.

태평양전쟁에서 패색이 짙자 관동군은 퇴각에 앞서 증거 인멸을 위해 731부대의 주요 건물 대부분을 폭파했다고 알려졌다. 폐허화된 지 오십 년 만인 1995년에야 중국 정부는 일본이 저지른 만행의 역사적 보존 가치를 인식해 마루타 유적지에 기념관을 만들었다. 내가 그곳을 찾았을 때도 한더위를 무릅쓰고 인부들이 지난 몇십 년 사이 유적지 주변에 무허가로 들어선 민가를 철거하며 정지 작업에 한창이었다. 기념관 안 곳곳에 출금(出禁) 띠를 쳐놓고 발굴 작업도 진행하고 있었다.

일본이 서구 열강과의 세균전을 목적으로 생체를 실험한 현장과 생체 실험 과정을 재현해 보인 영상물을 보는 데 세 시간 남짓 걸렸다. 중국인, 일본인, 서양인에 섞여 한국 관람객들도 이따금 보였다. 죄증(罪證) 진열관의 전시물을 둘러보는 내 감회가 남달랐기에 내내 비감에 젖었다. 생체 실험 후 사망한 시신들을 대형 목재 함에서 끌어내리는 장면, 묻을 구덩이 앞에 겹으로 포개진 시신들…… 확대하여 윤곽이 흐릿한 사진 자료들은 당시의 참상을 잘 설명해주고 있었다. 각종 의료용 수술 도구, 족쇄, 수갑, 녹슨 총기류 따위도 진열되어 있었다. 생체를 해부하여 장기가 드러난 마루타를 수술대에 눕혀놓고 의료진이 지켜보는 장면을 재현하여 찍은 사진은 실제 장면이 아니었으나 충격적이었다. 관람객은 숨소리도 낮추어 침묵하는데, 휴대용 마이크로 설명하는 통역원의 목소리만 시끄러웠다.

형태가 비교적 예전 그대로 남아 있기는 731부대 본부 건물에서 백 미터쯤 떨어진 북쪽 끝에 있는 동력반(動力班) 건물이었다. 부대에 전기를 공급했던 일층 건물로 외벽이 견고했고 사각으로 쌓아올린 당시의 굴뚝 두 개가 높이 솟아 있었다. 본부 건물 뒤 왼쪽으로 작은 이층 건물이 있었는데 안내원 말로는 생체 실험용 쥐를 사육하던 건물이라 했다. 731부대가 실험용 쥐를 한창 많이 사육할 때는 수만 마리까지 되어 쥐 수용소를 방불케 했다 한다. 지상 건물은 붕괴되고 지하 구조물만 남은 세균 보관소 지하실로 내려갈 때부터 머릿속을 바늘로 찌르는 통증을 느꼈다. 허리에 찬 휴대용 백에서 약병을 꺼내 알부민 두 알을 얼른 입속에 털어넣었다. 지하실은 스무 평 남짓했다. 에어컨 시설이 없어 증기탕에 들어간 듯 온몸이 땀으로 멱을 감는데도 입 안은 바짝바짝 타 연방 마른 침을 삼켰다. 나의 그런 꼴을 본 안내원이, 체격이 크다 보니 더위를 많이 탄다며 생수 한 병을 사왔다. 단숨에 병을 비우고도 갈증이 풀리지 않았다.

당시에 무슨 용도로 사용되었는지 알 수 없는 부속 건물들을 둘러본 뒤, 731부대 건물 중 형태가 온전하게 남아 있는 남문 앞까지 왔다. 담장 앞 시멘트 축대 위에 큰 바위를 덩그렇게 올려놓고 한 면을 깎아 남문위병소(南門衛兵所)라 새겨놓았다. 개축한 듯 보이는 위병소 건물이 표석 뒤쪽에 있었다. 그 건물이야말로 조모 김덕순이 말한 "그 양반은 당시 남문 초병이었다"란 증언 그대로, 강치무가 초병 보조원으로 근무했던 현장이었다. 1935년에 이 건물이 세워졌다면 김덕순이 강치무와 처음 만나기가 이 위병소에서였다.

나는 골치가 너무 아팠고 더위에 지쳐 버드나무 그늘에 주저앉고 말았다. 내 눈에 위병소 건물이 아지랑이 뒤쪽에서 지진을 만난 듯 가뭇없이 흔들렸다.

*

두만강변 도시 회령에서부터 남쪽은 지형이 경사를 이루어 높드리 계곡을 따라 얼마 들어가지 않아도 큰키나무가 하늘을 가린 첩첩한 심산유곡에 이르렀다. 일대에서 가장 높은 산이 다섯 봉우리가 겹쳐진 오봉산으로 해발 천삼백여 미터였는데, 그 산자락 울울한 숲속에 서너 채씩 작은 마을이 흩어져 있었다. 층밭을 일구었을망정 땅이 비옥하여 짧은 여름 한철에 옥수수, 조, 귀리, 콩, 감자 농사가 잘되어 긴 겨울을 날 동안도 산골 사람들은 양식 걱정 없이 대대로 상부상조하며 살았다.

필자 조모 김덕순이 여덟 살 때까지 살았던 두메 가실리 이야기를 밤새워 들려주었다. 그 일부를 추려본다.

가리실은 하늘 아래 살기 좋은 고장으로, 태평성대를 누렸다고 다들 말했어. 철 따라 꽃이 피고 지고, 호랑이, 곰 등 뭍짐승들이 살았고, 긴긴 동절기에는 집채만큼 눈이 쌓이면 옆집과는 굴을 뚫고 내왕했지. 외지 사람 보기는 이따금 들어오는 포수가 고작이었어. 하늘 가리는 잣나무, 봇나무 숲길을 뚫고 산 넘고 물 건너 회령 읍내까지가 사십 리라. 조선이 망했다는 말이 산골로 흘러들어왔을 때, 어른들조차 그게 무엇을 뜻하는지 몰랐대. 밭농사 짓고 사냥해서 사는 무식쟁이 산골 사람들이라 그런 걸 안다고 형편이 달라지리라 생각을 못한 게지. 그러나 그런 바깥 사정이 첩첩한 산골까지 영향을 미쳐 천지개벽 시대를 맞게 되었지. 마을에 당꼬바지 입은 일본 병정이 말을 타고 나타난 게 그즈음이야. 일본 사람들이 그 산골까지 들어와선 조선인 인부를 부려 목재와 석탄을 실어 나르는 철도를 깐 게라. 부근에 광산이 생기고, 회령 가는 철길이 깔리게 되니 낯선 타지 사람들이 들어오기 시작하더군. 쓸 만한 남정네들은 모두 노무자로 뽑혀 나가자 마을에는 여자와 애들, 늙은이밖에 남지 않게 됐지. 우리 집엔 할머니, 엄마, 오라비와 손위 누이, 코흘리개 동생, 이렇게 다섯 식구가 남았어. 어느 해 가을, 벌목공으로 뽑혀 나가 집 떠난 지 한 해 만에 아버지가 두만강변 벌채장에서 도망쳐 피폐한 몰골로 집으로 돌아왔어. 그동안 바깥세상 소식에 귀가 텄는지 아버지 하시는 말씀이, 이렇게 살아선 안 된다며 신천지 북간도로 들어가자고 해서 황황히 정든 가리실을 떠나게 됐지.

김업보는 식솔을 이끌고 회령으로 나가 두만강을 건넜다. 삼합에서 삼십 리를 걷자 막아선 고개가 오랑캐령이었다. 거기서 다시 시오 리 길, 초저녁에야 봉창마다 등잔불이 밝은 반반한 마을을 만났는데 조선인들이 모여 사는 명동촌이라 했다. 회령과 종성에서 건너온 유학자 다섯 집안이 중국 관청으로부터 땅을 사서 개척한 그곳이야말로 개화된 별천지였다. 마을을 세우고 황무지를 개간하여 쌀농사를 짓기 시작한 지가 이십 년 넘어 쉰여 호로 불어난 마을은 집집마다 살림살이가 포시러웠다. 김업보는 거기에 주저앉아 김씨 집안네 땅을 빌려 소작붙이를 하는 한편 내 땅을 갖겠다며 개간 일에 아득바득 매달렸다. 덕순은 재봉틀이란 옷 깁는 기계를 그때 처음 보았다고 했다. 마을에는 초등과 중등 과정까지 가르치는 예수교 학교가 있었고, 병설로 여학교가 있어 여자 아이들도 너나없이 공부를 했기에 마침 입학 적령기라 그녀도 여학교 문전을 출입하게 되었다. 1908년 설립된 명동학교였다. 덕순이 여학교에서 네 해째 배울 때인 1925년 학교가 문을 닫았다. 명동촌에서 삼십 리 떨어진 대처 룽징(용정)에 있는 일본 총영사관이 명동촌은 불령선인 소굴이요 학교가 그 진원지라 하여 폐교 조치시킨 탓이었다. 학교를 세운 김약연을 비롯한 명동촌 유지와 학교 선생들이 조선인으로서 자긍심을 갖고 한결같이 민족운동에 앞장섰던 때문이었다. 명동촌 분위기가 그런지라 청소년들은 누구나 애국심에 불타 있었다.

김덕순의 오라비 범이가 그 영향을 받아 농사일을 걷어치우고 조선독립군으로 나서겠다며 부모의 반대를 무릅쓰고 야반도주한 게 만주사변이 일어난 1931년이었다. 이듬해 덕순의 손위 누이가 룽징에서 고무신 점방을 하는 집안에 시집갔는데, 집 떠난 범이는 그때까지 소식이 없었다. 1935년에 들어서야 룽징의 일본 총영사관에서 김업보에게 출두를 요청했다. 업보가 영문을 모른 채 관청에 가보니 아들 범이가 반만항일(反滿抗日) 죄를 범하여 오 년 형을 선고받고 하얼빈감옥에서 반성의 기간을 갖고 있다고 했다. 만주를 지배한 일본은 국력을 과시할 겸, 한편으로 이민족과의 위화감 해소 차원에서 수감 중인 자의 소식을 그 가족에게 통고했던 것이다.

일본이 만주 땅을 통치하자 일본 지배에 반기를 든 민족주의 세력이 곳곳에서 무장봉기했다. 1932년부터 이듬해에 걸쳐 조선독립군과 중국 호로군(護路軍) 지린성 자위대가 연합부대를 편성해서 일본군과 친일 괴뢰군대 만주군을 상대로 하얼빈 부근 일대의 군사적 거점 지역에서 여러 차례 전투를 벌였다. 1932년 7월, 대전자령에서 일본군을 상대로 벌인 전투에는 조선독립군 오백여 명, 중국군 이천여 명이 참가하여 승리를 거두었으나 9월, 둥링현 공격에서는 조선독립군이 막대한 손실을 입고 패퇴했다. 그 후퇴 과정에서 김범이는 일본군 포로가 된 것이다. 당시 조선독립군 총사령관은 지청천이었다.

1935년 4월, 해동기를 맞아 날씨가 풀리자 김업보는 아들 얼굴이라도 보려 하얼빈으로 나섰다. 소식을 몰랐다면 잊고나 지내겠는데 옥살이를 어찌 견딜꼬 하며, 부득부득 따라나서려는 처를 주저앉히고 업보는 옌지(연길)로 나가 거기서 기차를 타고 이틀 걸려 하얼빈에 도착했다. 그는 감옥소 앞 민가에 숙소를 정했다. 아들 면회를 신청해놓고 감옥소 정문 앞을 기웃거리기 이틀, 한밤중에 차 발동 거는 소리와 호루라기 소리를 들었다. 그가 밖으로 나가보니 활짝 열린 감옥소 정문 안에 여러 대의 군용 트럭이 시동을 건 채 대기해 있었고, 포승에 묶인 자들이 짐칸에 오르는 걸 보았다. 김업보는 짐칸에 오르는 무리가 죄수들이라 판단했다. 죄수들이 트럭에 실려 어디론가 이동하고 있었다.

김업보는 당국의 사정으로 당분간은 일절 면회가 안 된다는 감옥소 측 방침에 실망한 대신 주민들로부터 새로운 정보를 입수할 수 있었다. 하얼빈 근교 평방진 지구에 관동군이 새로 부대를 건설 중인데 주급(週給) 품삯꾼으로 많은 쿨리들이 노무자로 동원되고 있다고 했다. 업보는 아들이 죄수 신분으로 그곳에 노무자로 동원되어 갔음을 알고 아들을 만나려는 목적으로 하얼빈에서 북으로 오십 리 밖 평방진 지구로 나갔다. 공사판은 온통 난리였다. 트럭들이 목재와 돌을 실어 날랐고, 많은 노무자들이 토목공사와 건축공사에 동원되어 비지땀을 흘리고 있었다. 곳곳에 총 멘 일본군이 공사 현장을 감독했다. 김업보는 공사 현장에서 반 마장 떨어진 중국인 농가 헛간을 숙소로 삼고 날마다 그곳으로 나갔다. 장사가 될 만한 데는 용케 냄새를 맡아 좌판부터 벌이고 보는 중국인 장사치들이 쿨리들을 상대로 호떡과 술을 팔고 있었다. 그는 채석장에서 돌을 쪼는 만주인 노무자를 통해 죄수도 공사판에 동원되고 있음을 알았다. 그러나 그들은 일반 노무자들과 별도로 건물 지하실 만드는 땅 파기 작업을 하며 해가 지면 새로 지은 감방에 수감된다고 했다. 김업보는 평방진 지구 공사 현장을 기웃거린 지 사흘 만에야 아들 소재를 알아내어 연락을 취할 수 있었다. 아버지가 자기를 찾아왔음을 알고 범이가 쪽지 편지를 써서 인편에 전달했던 것이다. 부모님께 죄송할 뿐이며 건강에는 별 탈 없이 지낸다는 간단한 내용이었다. 농사철이 막 시작되고 있어 그는 후일을 기약하고 명동촌으로 돌아왔다.

*

아들을 못내 그리워하던 김업보의 처 샘골댁이 딸 덕순을 데리고 하얼빈으로 나서기는 찬 서북풍이 몰아치는 9월 중순이었다. 가을걷이가 끝나 일손을 턴데다 내다 판 추수거리로 돈을 쥐게 되자 아들 면회 길을 떠난 것이다. 샘골댁이 딸을 짝지 삼아 달고 나선 데는 그네야말로 무지한 산골 출신 아낙인 데 비해 딸은 야무지고 똑똑한데다 중국말은 물론 일본말도 조금 했기에 대처로 나가면 기차표 끊는 일이며 면회 신청에 앞세울 수 있었기 때문이다.

샘골댁과 김덕순이 하얼빈 외곽 일본군 막사 짓는 공사장을 찾았을 때는 지난여름 수백 명의 쿨리와 죄수를 동원하여 건설공사에 박차를 가한 결과, 외곽 담장과 본부 건물을 완성하고 막사와 별동 건물이 마무리 단계에 접어들 즈음이었다. 사람들은 이 부대를 '관동군 방역급수부'라 했다. 이층짜리 본부 건물 입구에 정문 위병소가 세워졌다.

후문 격인 남문 위병소는 열 평 남짓한 통나무 건물이 들어섰다. 정문에 비해 남문은 부대에 필요한 보급품을 실어 나르는 치중 차량이나 우마차가 출입하다 보니 검색과 통제가 다소 느슨했다. 보급창고, 식당, 병기창 건물이 남문 쪽에 배치되었다.

남문 밖은 전장(田庄)으로 야트막한 언덕을 끼고 민가가 흩어져 있었다. 방역급수부 건설공사가 한창일 무렵, 남문 앞에는 파리 꾀듯 장시가 섰으나 낮이 짧아지고 날씨가 추워지자 쿨리들이 일손 털고 떨어져 나갔다. 난전도 철수했다. 그동안 난전에서 좌판 벌여 호떡 장사를 했던 쉰 줄의 애꾸 사내가 우마차로 판때기를 날라오더니 인부 몇을 부려 며칠 만에 뚝딱뚝딱 막집을 지었다. 골방 한 칸과 마루도 깔지 않은 흙바닥 술청이었다. 애꾸 왕서방이 자잘한 일용품과 술을 파는 점방을 차린 것이다. 그의 생각으로 남문 앞에 점방을 내면 부대에서 떨어지는 떡고물을 맛볼 수 있고 부근 중국인 지팡살이(소작)며 수전(水田)을 일구던 조선인들로 그럭저럭 장사가 되리라는 계산이었다.

강치무는 남문 위병소 위병 보조원이었다. 일본군이 종 다루듯 함부로 부리기는 동족보다 이민족이 쉬웠다. 강치무의 일과란 게 보초를 서는 외 음식과 연료 나르기, 식기 닦기, 변소 청소 등 허드렛일이었다.

어디서 어떻게 수소문했는지 관동군 방역급수부 안에도 감옥소가 있다는 소문을 들었다며, 면회 오는 가족이 있었다. 그들이 위병소 창구 앞에서, 이런 자가 여기에 있지 않냐며 인적사항이 적힌 쪽지를 내밀었다. 설령 그런 자가 노무자로 차출된 죄수라 해도 면회가 될 리 없었다. 여긴 감옥소가 아니라며 묵살하거나 무작하게 돌려세우면 그뿐이었다. 관동군 방역급수부는 특별한 임무를 수행하는 세균학연구소였기에 내지인(일본인) 이외는 면회가 허가되지 않았다. 실제로 방역급수부의 인적 구성이 군복을 입긴 마찬가지였으나 의과대학 출신자 의무병과(醫務兵科) 요원이 일반병과 수만큼 많았다. 부대 근무자는 방역급수부의 구체적인 목적에 대해서는 절밀(絶密, 절대 기밀)을 지켜야 했다. 부대원이 출장 나갈 때도 부대 규칙 준수는 지상명령이었다.

갑자기 기온이 빙점 부근으로 곤두박질친 바람 심한 날이었다. 털목도리로 머리통을 감싸고 옷을 겹으로 껴입은 모녀가 어제부터 남문 위병소 앞을 서성이고 있었다. 외양부터가 조선족으로, 샘골댁과 그네의 열여섯 살 난 딸 김덕순이었다.

노무라 위병조장이 창구를 통해 그 모녀를 보더니 강치무에게, 어제 본 조센징 모녀라며 쫓아버리라고 말했다. 강치무가 장총을 들고 위병소를 나섰다. 그가 총구로 모녀를 훑으며 쫓는 시늉을 했다. 일본군 복장의 거구가 총으로 위협하자 샘골댁은 겁을 먹고 물러섰으나 김덕순은 기회라 여긴 듯 당돌하게 나섰다.

"사람을 찾으러 왔는데요." 또렷한 조선말이었다. 강치무는 소녀의 말을 알아들었으나 대꾸하지 않았다. "하얼빈감옥 죄수가 이 부대에도 있다면서요? 오라비 이름이 김범이에요. 한 번만 만나게 해줘요."

김덕순은 구레나룻 기른 장대한 그자가 섬나라 사람이 아닌 동포임을 알아보았다.

일본 꼭두각시 만주국이 성립하자 지난 두서너 해 동안 만주 전역에서 반만항일 무장투쟁이 격렬했다. 그러다 작년을 고비로 관동군과 만주군이 지린성과 쑹베이성 안의 봉기를 얼추 제압하여 평정을 회복한 터였다. 현대식 무기로 무장한 관동군에 비해 지방 군벌 세력인 호로군이나 조선독립군은 맞상대가 되지 못했다. 연전연패한 호로군과 조선독립군은 후일을 기약하며 중국 본토나 몽고, 소련 땅으로 뿔뿔이 흩어졌다. 관동군은 포로로 잡은 자가 너무 많아 이를 모두 처형하기에는 국제 여론과 장래의 만주 경영에 실익이 없다는 판단에서 목숨을 구걸하는 자는 은전을 베풀어 변방으로 추방하고, 끝까지 항명하는 자만 형식적인 재판을 거쳐 감옥에 수감했다. 문자를 해독하는 자가 대체로 수감되었다.

하얼빈감옥에 수감된 자들이 방역급수부 건설공사에 동원되었음을 강치무 역시 알고 있었다. 소녀가 찾는 오라비는 조선인 반만항일 불령선인으로 짐작되었다.

"가, 카!" 지난날 한 시절이 떠올라 강치무는 그 기억을 뭉개듯 소리쳤다. 그가 걸음을 돌려 위병소로 걷다 돌아보니 소녀가 땅바닥에 무릎을 꿇은 채 이쪽을 보고 있었다. 그날은 그쯤에서 끝났으나 이튿날 아침에도 모녀가 남문 위병소 앞에 나타났다. 강치무가 쫓아버리면 저만큼 물러났다가 어느새 슬금슬금 다가왔다.

관동군 방역급수부는 그동안 노무자로 부렸던 죄수 태반을 하얼빈감옥소로 원대 복귀시켰으나 '반일 정서가 강한 자' 서른 명 정도를 남겨 각종 연구소 내부 공사와 지하실 마감 공사에 부리고 있었다. 그들을 생체 실험 대상으로 점찍어 남겼던 것이다. 노무라가 인적과에 구내전화를 걸어 한참 뭘 묻더니, 용케 알고 왔다며 강치무에게 당장 쫓아버리라고 말했다.

그날로 모녀가 남문 위병소 앞을 떠난 건 아니었다. 다음날부터는 김덕순 혼자 위병소 앞을 서성거렸다. 이틀 뒤 야간 근무 때, 모주꾼 이치무라 상등병이 강치무에게 점방에서 독주 한 병을 사오라고 심부름을 시켰다. 그가 점방으로 가니 변발한 중국 사내 셋이 목로에 마작판을 벌였는데, 맷국 전 파오 입은 김덕순이 강치무를 보더니 반색을 했다.

"강씨가 조선족인 줄 알아요. 혀짤배기란 것두."

"머이?"

"엄마가 몹시 아파 북간도로 돌아갈 수도 없어요. 오라비 면회할 때까지 여기 일을 돕기로 했어요."

독감에 천식이 더해 샘골댁이 앓아눕자 김덕순이 점방 하녀로 나선 참이었다. 점방은 허드렛일 할 계집아이가 필요하기도 했다.

모녀가 숙식을 제공받는 대신 김덕순이 부엌일과 술청 심부름을 맡았다. 덕순은 마을로 들어가 물지게로 식수를 길어왔고 땔감으로 조개탄도 날랐다.

강치무는 소피를 보려 점방 뒤로 돌아갔다. 만주에는 집을 지을 때 변소를 두는 집이 드물었다. 대변도 집과 떨어진 한데에 쭈그려 앉아 적당히 해결하면 이틀이 못 가 굳어버렸다. 그가 언 땅에다 소피를 보는데 골방에서 조선말로, 나 죽는다며 고랑고랑 앓는 소리가 들렸다. 골방 문을 여니 컴컴한 방구석 한쪽에 샘골댁이 누더기 이불을 덮고 누워 있었다. 그네는 방문이 열린 것도 모른 채 앓고 있었다. 상기된 얼굴은 발진으로 거푸집이 생겨 병세가 심했다.

이튿날, 강치무는 부대 약국에 들러 해열제를 얻어선 김덕순에게 건넸다. 외부인에게 동정심 따위를 베풀어선 안 되는 규칙을 알고 있었지만, 둘의 인연은 그렇게 맺어졌다. 김덕순이 약을 받곤 고마워했고, 이를 계기로 가까워졌다. 사귐에는 그녀가 더 적극적이었으니 위병소에 근무하는 조선인이야말로 부대 사정을 알아내는 유일한 통로였다. 강치무는 비밀을 지켜야 한다고 다짐 받곤 김범이란 조선인이 부대 안에 수용 중임을 알렸다. 면회가 불가함을 알자 덕순이 오라비에게 편지를 썼다. 강치무는 그 편지를 김범이에게 몰래 전달했다.

그즈음 사정을 두고 필자 조모 김덕순이 이렇게 말했다.

점방에 달린 방이래야 골방 하나라 중국인 점장 내외와 같이 썼지. 교활하기 짝이 없는 왕서방이란 점장은 나이 쉰이 넘은 애꾸였는데 어디서 돈 주고 사왔는지 딸 같은 마누라와 같이 살아. 피둥한 마누라는 팔푼이라 부엌살림도 제대로 못해. 그런 참에 왕서방이 나를 보자 점방 일을 도와달라고 꼬신 거지. 퀴퀴한 골방을 함께 쓰는데, 왕서방이 색광이라 젊은 마누라를 밤새도록 찝쩍대는 통에 난 잠도 제대로 못 잤어. 당시 여자 나이 열여섯이면 혼기라 알 건 대충 알지. 명동촌 우리 집으로 매파가 들랑거렸으니깐. 엄마는 열이 높아 정신이 나갔다 들어왔다 하니 그런저런 사정도 몰랐구. 그이가 부대에서 구해준 약을 먹어도 엄마 병은 차도가 없었어. 오라비에게 편지로나마 소식을 전하고 쪽지를 받았으니 명동촌으로 돌아가려 해도 강추위에 길 나섰다간 엄마가 객사할 것만 같아 엄두가 안 나데. 왕서방이 추근대기까지 하니 하루하루가 지옥살이였어. 그런 나날에 그래도 위안이 있었다면 동포라구 그이가 우리 모녀를 보듬어준 거였어. 그럭저럭 한 달이 흘렀나봐. 혀짤배기 그이의 과거사를 알게 되자 남매같이 서로 딱한 사정을 위로하며 풋정이 들었지⋯⋯

아들 면회를 하겠다고 하얼빈으로 떠난 처자가 두 달이 가깝도록 소식조차 없자 동짓달에 들어 김업보가 하얼빈으로 나섰다. 그는 관동군 방역급수부 남문 앞 중국인 점방에서 처자를 만났다. 골방에 자리보전하고 누운 샘골댁은 머리털이 죄 빠졌고 해골이 다 되어 있었다. 김업보는 처를 이불로 감싸 들쳐 업고 점방을 나섰다. 김덕순은 강치무에게 북간도로 돌아간다는 인사말도 못 남기고 아버지를 뒤따랐다. 코를 떼어갈 듯 날씨가 차가웠다. 그들은 기차 편에 옌지까지 돌아와 사돈댁 고무신 가게에 들었다. 그때까지는 샘골댁의 숨길이 붙어 있었는데 따뜻한 아랫목에 뉘고 미염으로 기갈을 풀어주자, 그네는 숨을 거두었다.

이듬해 봄, 김덕순의 배가 차츰 불러왔다. 그녀는 아버지께 관동군 방역급수부 남문 위병소 위병으로 근무하는 조선인 강치무의 애를 가졌음을 이실직고했다.

"오라비가 전염병을 연구하는 그 부대에 남았는지 하얼빈감옥으로 보내졌는지 확인도 할 겸, 아무래도 강씨를 찾아가봐야겠어요."

그길로 김덕순은 보통이 싸들고 명동촌을 떠났다.

하얼빈 근교 방역급수부 남문 위병소를 다시 찾은 김덕순은 강치무를 만나자, 강씨 애를 뱃속에 가졌기에 이제 강씨를 가까이에서 보며 살 수밖에 없음을 알렸다. 그녀는 오라비 소식도 물었다. 김범이는 골수 반일분자로 지목되어 여전히 부대에 수감된 채 비행장 만드는 공사판에 노무자로 동원되고 있었다.

"나, 나느 조서이(조선인)으로, 고추가이(심부름꾼)다. 나느 가추우(가축)이다." 강치무는 김범이의 신상 문제에는 어떤 역할도 할 수 없음을 두고 토로했다.

김덕순이 남문 위병소 밖 중국인 점방 하녀로 주저앉게 되자 강치무를 자주 만날 수 있었다. 강치무가 점방의 조선족 처녀와 친

하다는 게 위병소 근무자들에게 알려지자 그는 그 자리마저 잃을까봐 어리석은 짐승 노릇에 더 충성을 바쳤다. 명령에 충실하고, 꾸지람을 달게 받으며, 놀림이나 비웃음을 인내로 버텼다. 혀짤배기라 침묵이 인내에 힘이 되었다.

1936년 가을, 김덕순은 점방 골방에서 몸을 풀었다. 이튿날 들른 강치무는 덕순이 아들을 낳았음을 알자 핏덩이를 두고, 천둥처럼 우렁차라고 아들 이름을 천동이라 지었다. 처녀가 애를 낳게 되니 이목도 있어 그녀는 부대 남문 앞 점방을 떠나 하얼빈 시내로 나갔다. 일자리를 옮기로 마음먹기는 사실 다른 이유가 있었다. 왕서방이 어디서 어린 여자애를 서넛 사와 일본군 상대의 사창(私娼)을 시작했던 것이다. 술청 뒤에 방 한 칸을 달아 내었는데 밤이면 그 방 앞에 일본 병정들이 줄을 섰다. 김덕순이 떠난 뒤 방역급수부의 규모가 확대되고 병력이 늘어날수록 그에 비례해 남문 앞도 민가가 촘촘히 들어서기 시작했다. 몇 년 뒤에는 집들이 계속 늘어나 어느덧 반점(飯店) 거리와 사창가를 형성했다.

하얼빈 시내로 나온 김덕순은 쑹화강변 아편굴의 중국인 식당 부엌데기로 취업했다. 강치무는 처와 아들을 보려 두세 달에 한 번꼴로 아편굴에 얼굴을 내밀었다 바람같이 떠났다.

이태 후 김범이는 부대 안 소각로에서 한줌 연기로 사라졌다. 페스트균 생체 실험을 당한 끝에 페스트균 감염으로 사망했던 것이다. 강치무는 그 과정을 알았으나 어린 처에게 말하지 않았다.

관동군 방역급수부는 해가 갈수록 그 규모가 방대해졌다. 부대 안에 비행장까지 갖추어 날마다 비행기가 뜨고 앉았다. 한창 인원이 많을 때는 상주하는 관동군이 팔천 명에 이르렀고, 여덟 개 부서를 두어 생체 실험을 통한 전염병 연구와 세균무기 개발에 박차를 가했다. 관동군 헌병사령부로부터 생체 실험 대상자를 속속 넘겨받아 마루타 수용자가 수천 명으로 늘어나자 그들을 수용하는 시설을 계속 증설해나갔다.

세월이 속절없이 흘렀다. 일본은 1937년 7월 중일전쟁을 일으켰다. 일본군은 그해 12월과 이듬해 1월에 걸쳐 난징 공격에서 삼십여만 명의 민간인을 무자비하게 학살하는 '난징대학살'을 저질렀다. 유럽 대륙도 전쟁의 광풍에 휘말린 끝에 1939년 9월, 독일군이 폴란드를 침공함으로써 제2차 세계대전이 포문을 열었다. 1941년 8월, '관동군 방역급수부'는 '관동군 제731부대'로 부대 명칭을 개칭했다. 12월에 일본의 하와이 진주만 기습 공격으로 태평양전쟁이 터졌다. 전쟁 초기에는 독일, 이탈리아, 일본이 주축이 된 동맹군이 연승하며 우위를 점했으나 1943년 들어 전세는 역전되기 시작했다. 1944년 6월, 미영 연합군의 노르망디 상륙작전 성공으로 파리를 해방시켰고, 11월에 들어 미군은 일본 본토 공습을 시작했다. 동맹군의 전세는 급격히 기울었다. 일본은 총동원령을 내려 사력을 다해 성전(聖戰)을 독려했으나 1945년 3월 일본 본토 최후의 방패막인 이오지마 섬(流黃島) 사수마저 미 해병대에 꺾이고 말았다. 일본 대본영(大本營)은 비로소 '성전 필승'의 환상에서 깨어났다. 7월에 들자 중국에서도 일본군은 국공합작 연합군에 패배하기 시작했다.

하얼빈 근교 관동군 731부대도 사태의 심각성을 깨달았으나 자력으로 어떤 결정도 내릴 수 없었다. 8월 9일, 일본 나가사키에 두 번째 원자폭탄이 투하된 날, 일본 육군성은 긴급 지령으로 731부대의 모든 시설을 파괴하라는 명령을 하달했다. 사령관인 이시이 시로 소장은 9일부터 나흘간에 걸쳐 생체 실험 대기자인 마루타 사백여 명을 독가스로 살해한 후 파놓은 구덩이에 밀어넣고 휘발유를 뿌려 불태웠다. 이어 공병대를 긴급 투입하여 잔류 병력이 사용할 본부 동을 제외한 주요 건물을 폭파했다. 이시이는 일반 증거 문건은 소각하고 생체를 실험한 극비 연구 자료만 지닌 채 비행기 편에 조선을 거쳐 일본으로 귀국했다.

731부대의 증거 인멸 차원에서 보자면 그때까지 남문 위병소에서 근무하던 조선인 강치무 역시 독가스 살해 때 희생되어야 마땅했다. 그러나 그는 십일 년 전 자신을 위병소 보조원으로 추천해준 이케다 덕분에 목숨을 건질 수 있었다. 소좌로 승진해 있던 이케다가 일본군 잔류 부대 방위대장으로 남아 있었다. 이케다 소좌는 강치무가 배신자가 아님을 인지하고 처리 대상자 명단에서 빼주었다.

강치무 역시 일본이 그렇게 쉽게 패전할 줄은 전혀 생각 못했다. 전세가 자국에 이롭게 전개되지 않는다는 쑤군댐이 돌 때도 위병들이 조만간 '반자이' 할 것임을 큰소리쳤듯, 국지전에서의 패배는 일시적이요 전세는 반전되리라고 믿었다. 그러나 본부 건물만 남긴 채 부대 건물들이 폭파되자, 이게 아니구나 싶었다. 강치무는 마루타들이 독가스실로 줄줄이 끌려가는 모습을 목격할 수 있었다. 부대는 대혼란에 빠졌다. 731부대는 잔류할 삼 개 중대만 남긴 채 철수 작전에 들어갔다. 지각이 있는 인간이라면 그 혼란 중에 기회를 엿보다 탈출할 수 있었으나 강치무는 그런 용기조차 없는, 판단력을 잃어버린 허수아비에 불과했다.

8월 15일, 라디오 방송을 통해 일본 천황이 항복을 공식 발표하자 남문 위병소는 통곡의 바다가 되었다. 소년병 출신인 오니시가 비분강개한 끝에 윗도리를 벗고 웃통을 드러내더니 천황 만세를 크게 외친 뒤 단검으로 복부를 갈랐다. 군국주의 사고에 세뇌된 그의 할복에 근무자 모두가 놀랐다. 강치무는 창자가 쏟아지는 오니시의 죽음을 보자 그제야 정신이 들었다. 나는 누구를 위해 죽을 수 있단 말인가? 하고 반문했으나 답을 얻을 수 없었다.

일전을 치를 각오로 부대 경비에 만전을 기한 일주일 동안 아무 일도 일어나지 않았다. 어떤 내침이나 약탈자도 없었고 부대 안은 정적만 감돌았다. 조만간 소련군과 팔로군이 하얼빈으로 들어온다는 소식이 알려지자 잔류했던 병력도 철수를 서둘렀다. 행장을 꾸리던 노무라 조장이 강치무를 불렀다.

"간상도 해방이야. 우리는 내지로 돌아간다. 당신도 고향으로 돌아갈 수 있겠지." 노무라가 가지라며 보루가미(마분지) 뭉치를 던졌다. 일본 돈과 만주 돈이 든 지폐 상자였다.

강치무는 해방이 실감나지 않았으나 자신의 소임이 끝났음을 알았다. 그길로 그는 민간복으로 바꾸어 입고 구레나룻을 밀어 없앴다. 륙색을 메고 하얼빈 시내로 나왔다. 해방을 맞은 시내는 치안 부재 상태였다. 일본인이 경영하던 회사와 상점은 약탈과 방화로 난리 북새통이었다. 강치무는 부두구 아편굴에서 처자를 만났다. 강치무는 처에게 지폐 뭉치를 넘겼다. 김덕순은 지폐를 보자기에 싸들고 유대인이 경영하는 전당포로 달려갔다. 그녀는 이를 금붙이와 교환했다.

*

강치무 자신의 고백대로, 그는 청소한 나이에 참전했던 장백산록의 대한독립군 시절을 기억에서 지워버린 채 관동군 731부대에서 십일 년 세월을 그들 하수인으로 복무했다. 김덕순 역시 그동안 북간도 명동촌 친정 식구와 그 땅을 찾지 않았다. 김덕순의 증언 그대로, '나도 세월에 떠밀려 어영부영 살았지만 그 양반이야말로 오직 살아남으려 놈들에게 충성을 바친' 세월이었다. 강치무는 매국노 소리를 들어 마땅하지만 필자 조모는 이를 이해한다고 했다. 평소엔 벙어리이듯 말이 없지만 어쩌다 뱉는 혀짤배기소리를 들을 때마다 꺼멓게 썩은 당신 심장을 보는 듯해서 연민으로 눈물부터 앞섰다는 것이다.

이를 두고 필자 조모 김덕순이 말했다.

부부로서 끈은 맺어졌지만 서방은 늘 부대에서 살았지. 한솥밥 먹지 않고 사는 게 어디 부부인가. 그러나 그 시절은 모두가 그랬어. 남정네들은 다들 집 떠나 있었으니깐. 관동군도 처자를 내지에 두고 거기까지 와서 병정 생활을 했구. 관동군 얘기가 나왔으니 하는 말이지만, 난 관동군이 우리 오라비를 비롯해 많

은 사람을 의학 연구 대상 삼아 실험을 했다지만 그 짓 안 보아
서 그런지 일본놈이라구 몽땅 나쁘다구 생각진 않아. 대부분이
나쁜 사람이라 해두 개중에는 착한 사람도 있어. 내가 일한 식
당의 단골손님 중에도 예의 바른 관동군 장교도 있었으니깐. 그
양반도 그 긴 세월을 수위 노릇 할 때 자기를 인정하고 도와주
는 병정이 있었으니 무사히 살아남았을 테구……

강치무와 김덕순이 하얼빈에서 보낸 세월을 필자는 연대기순으
로 조목조목 기록할 필요성을 느끼지 않는다. 강산도 변한다는 긴
세월 동안 강치무는 생체 실험 현장을 수시로 목격했을 것이다.
자신의 청춘기 한때를 의식에서 지워버렸다지만 일본군에 의해
동지들이 전염병 연구 대상이 되어 죽어가는 꼴을 목격한다는 것
은 인간으로서 차마 못 볼 짓임에 틀림없다. 그러나 그런 일상이
만성화되면 자각 자체가 마모되어 개 소 보듯 무덤덤해진다. 울증
이 잠재의식에 침윤되면 정신은 착각 현상으로 광기를 일으키거
나 그와 반대로 몽매에 빠져버린다. 강치무는 731부대에서 몽매의
시간대를 흘려보냈고, 종전(終戰)도 그런 상태로 맞았다. 그러나
살아 있는 기억의 실마디 끝에는 인간을 의학용으로 산 채 실험했
던 장면이 남아 있었을 텐데, 그는 이를 죽는 날까지 처 이외 어느
누구에게도 말하지 않았다. 필자의 조모 김덕순 역시 서방과의 약
속을 지켜 가족 이외 누구에게도 그 사실을 털어놓은 적이 없다고
했다. 아들 강천동은 아비가 대한독립군 출신이라 말했을 뿐 일본
군 근무는 목격하지 않았으므로 함구했다. 그러나 말년에 정신이

상을 보일 때야, 어릴 적 하얼빈 시절 일본군 복장을 했던 아비를 보았다는 말을 흘렸다.

할아버지 강치무는 평생 그 멍에를 지고 살았다. 그 유전자를 아비가 물려받았고, 필자의 피는 물론 머리카락, 손톱, 발톱에도 할아버지 유전인자가 존재할 터이다. 인간의 몸을 구성하고 있는 세포 수는 무려 일백조라고 하지 않던가.

어느 날 장맛비가 쉼 없이 따르던 밤, 필자 조모 김덕순은 자신의 하얼빈 생활담을 들려주었다.

내가 하얼빈 시내로 나가 중국인 식당에서 일할 땐 혹처럼 달린 천둥이가 문제였어. 식당 뒤 다락방에 눕혀두구 젖 먹일 때만 잠깐 들르곤 했지. 천둥이가 엉금엉금 기게 되자 다락방에서 떨어질까봐 발목을 기둥에 묶어두구 일 나섰어. 배고파 엄마 찾으며 얼마나 울었던지 내가 젖 주려 나타나면 눈이 부었고 목청이 쉬었어. 묶어둔 발목은 피멍이 들었구. 천둥이 아래로 막둥이가 태어나자 큰애가 해코지라도 할까봐 따로 묶어두었어. 그렇게 새끼 짐승처럼 가둬놓아도 애들이란 잘 크더라. 천둥이가 웬만큼 크자 그때부턴 동생을 업혀 길거리로 내보냈지. 제때 먹을 걸 챙겨주지 못하자 천둥이는 뒷거리 쓰레기통을 뒤지고 다녔구, 형제가 식당에서 얻어온 찌꺼기 음식이나 먹으며 자랐어. 부모 정이며 가정이 뭔지두 모른 채 큰 걸 생각하면 불쌍하기두 해. 종전이 됐을 때 천둥이 나이 아홉 살이었는데 그때까지 학교두 못 보냈으니. 모진 세월에 떠밀려 애를 그렇게 키웠으니 장차 온전한 인간이 되기를 바라는 부모 마음이야말로 헛꿈이지……

조모 김덕순은 저 북지 땅 애옥살이 하얼빈 시절을 회상하며, 그래도 당신 나이 꽃피던 시절이 묻힌 그곳에 다시 한번 가보고 싶다며 당시 하얼빈의 풍정도 들려주었다. 그 말을 듣자 나는 삼 년 전 안나가 아니라 할머니를 모시고 만주 여행을 갔어야 했다고 때늦게 후회했다.

사람들이 상상해서 말하는 천당과 지옥이 존재한다면, 당시 하얼빈 상류층 생활과 근교에 있던 731부대야말로 천당과 지옥에 다름 아니었다. 필자는 당시 하얼빈의 풍정과 악명 높은 관동군 731부대를 객관적 자료에 의거 요약함으로써 강치무의 하얼빈 시절을 마감하기로 한다.

우리나라 최초의 여성 서양화가인 나혜석은 만주 안둥현 부영사로 재직했던 남편 덕에 가족이 1926년부터 삼 년간 세계 일주의 호사 여행을 누렸는데, 「쏘비엣 로서아행」이란 수필에서 하얼빈에서 한여름 엿새간을 머물며 보았던 상류층 부녀 생활을 적고 있다. 아침 아홉시 기상하여 식구가 빵과 차 한 잔으로 조식한다. 식사후 주부는 시장으로 가서 우육(牛肉)을 중심으로 각종 식료품을 사와 열두시부터 오후 두시까지 가족이 식탁에 모여 한담하며 점심

을 진탕 먹는다. 이 시간에 상점은 문을 닫고 거리는 인적이 끊긴
다. 주부도 낮잠 자는 시간이다. 저녁은 점심에 남은 것으로 때우
고 화장을 한 후 외출하여 활동사진관, 무도장으로 가서 실컷 놀
다 새벽 다섯시에서 여섯시경에 귀가한다. 이어, 나혜석은 쑹화강
유원지의 나들이를 적고 있다.

수풀 위에 진미 있는 음식으로 가족 일동이 즐겨하는 것, 두
다리를 엇겨놓고 두 손을 한데 모아 정답게 속살거리는 연인 동
지, 포실포실한 나체로 배회하는 여자들, 소류(小柳) 사이로 종
횡무진히 삼삼오오 작반하여 거니는 자…… (중략) 실로 이 송
화강은 합이빈 시민에게 없지 못할 납량지다.

소설가 함대훈은 나혜석이 하얼빈을 거쳐간 십일 년 후인 1938
년, 하얼빈 일대를 견문한 「남북만주편답기(南北滿洲遍踏記)」를 이
듬해 7월『조광』에 발표했는데 그 일부를 옮긴다.

(전략) 인구 50만이나 되는 이 합이빈, 북만의 정치, 경제, 문
화의 중심, 문화도시로서 또 동양의 파리란 별명을 듣는 이 합
이빈, 더구나 내가 항상 동경하던 이 합이빈에 발을 내려놓으니
무엇부터 보고 어떻게 하여야 좋을지 두서를 차릴 수 없다. (중
략) 이 합이빈이란 원래 호시탐탐 만주 경략에 눈을 뜬 제정러
시아의 검은 배짱으로 만들어진 도시이거니와 이것이 일로전쟁
이래 여지없는 노국의 패배로 만주 경략은 일돈좌(一頓挫, 갑자기

꺾임)가 되고 노인의 세력은 점점 쇠잔하여 백계 노인 3만 1천여, 소련인은 6천여, 내지인(일본인) 3만 2천여, 만주인 38만 5천, 조선인 8천가량의 수로……

당시 러시아 적군에 쫓긴 나머지 시베리아를 거쳐 하얼빈까지 흘러들어온 부유층 유대인 수만도 이만 명에 이르렀다. 어디에 뿌리를 내리든 유대인은 상술에 뛰어나 하얼빈의 상권을 쥐고 있었다. 함대훈은 러시아어로 된 간판이 즐비한 유대인 상가가 밀집한 거리를 둘러보곤 조선인이 세운 동문학원(同文學院), 러시아인 공동묘지, '합이빈인의 가슴에 끝없는 로맨스를 남겨주는' 송가리강(쏭화강), 유녀(遊女)들이 유혹하는 유곽(遊廓)과 아편굴을 둘러본 일화를 적고 있다.

관동군 731부대가 저지른 마루타 행각은 필자가 '침화일군제731부대유지(侵華日軍第七三一部隊遺址)'를 견문하며 안내원으로부터 들었던 말과 인터넷 자료를 근거로 소개하면 다음과 같다.

필자가 밀양 시립도서관에서 조부 강치무 생애의 복원 작업에 열을 올릴 삼복 무렵, 2005년 8월 3일자『조선일보』에 이런 기사가 실렸음을 사서 주임이 보여주었다.

'日帝(일제) 생체 실험 한국인 6명 확인'이란 기사였다. '하얼빈 사회과학원 731부대연구소' 소장 진정민(金成民)이 이십여 년간의 노력 끝에, 관동군 731부대가 생체 실험 대상으로 삼았던 천사백

육십삼 명의 명단을 공개하며 한국인 여섯 명의 신상이 확인되었다고 했다. 진정민 소장 발표에 따르면, 일본 관동군 헌병사령부가 731부대에 생체 실험자로 보낸 천사백육십삼 명은 주로 지하공작원이거나 팔로군, 항일전사 등으로 활약했던 중국인, 한국인, 구소련인, 몽고인 등으로, 중앙 문서관과 헤이룽장성 문서관, 지린성 문서관이 보관한 일본군 문서 조사를 통해 찾아냈다고 밝혔다.

731부대가 초기에 실험한 방법은 마루타의 동상 실험과 각종 세균을 마루타 일용 식사에 섞는 일이었다. 밥과 요리, 과일과 음료수에 세균을 섞은 후 마루타에게 먹였다. 마루타가 이를 알고 먹기를 거부하면 묶어놓고 강제로 투약했다. 근육주사로 세균을 주입한 후 병변반응을 관찰하기도 했다. 다른 방법은 매입법 실험으로 마루타의 피부를 벗겨낸 후 균육에 세균을 주입했다. 가장 잔인한 방법은 '표본 채집'을 위한 생체 해부였다. 마루타는 각종 실험을 거친 다음 생체 해부를 받았는데 어떤 자는 마취 상태로 소각로로 보내졌고, 해부하여 절단해낸 장기나 피부는 병리연구 후에 표본 진열실로 보냈다. 병영 안에는 실신했거나 숨이 끊어진 마루타 전용 욕조가 수십 개 있었는데, 욕조에는 크레졸 냄새가 진동했다고 한다.

731부대는 대규모 세균전쟁을 준비하기 위해 페스트균에 대한 연구 외에도 상한(傷寒), 서역(鼠疫), 이질, 홍역, 매독 등 수십 종의 전염병균도 연구하여 생산량을 축적했다. 모든 설비를 가동하면 페스트균은 매달 삼백 킬로그램, 콜레라균은 칠백 킬로그램을 생산할 수 있었다. 페스트균 연구를 위해 동물 사육반을 설치하고 쥐를 대량으로 양식하는 한편, 대규모 쥐 사육실을 운영하기도 했다. 1941년 5월, 탄저균, 페스트균 수백 킬로그램을 제조했다.

전후에 일본 당국은 731부대 실상에 대해서는 증거가 없다며 묵비권으로 일관하지만, 중국 731부대연구소의 견해에 따르면 731부대에서 마루타로 희생된 자가 많게는 만 명으로 추정된다는 것이다.

*

1945년 8월 일본이 패망하자, 강치무는 비로소 본디 정신으로 돌아왔다. 가장 먼저, 큰 나라와 전쟁을 벌인 족족 패배를 몰랐던 막강한 일본도 질 때가 있다는 사실이 충격으로 다가왔다. 이어, 일본이 패망했어도 자신은 조국으로 돌아갈 수 없는 몸이란 사실이 말할 수 없는 수치심을 안겼다. 해방을 맞은 조국으로, 고향땅 밀양으로 돌아가고 싶은 마음은 간절했으나 어느 누구도, 심지어 고국산천마저도 자신을 받아줄 것 같지 않았다. 의기소침해 있는 강치무를 김덕순이 다독거렸다. 시대가 임자를 그렇게 만들었을 뿐 누구의 잘못을 따질 수 없다고 했다. 8월 하순, 강치무는 처의 의견에 따라 북간도 명동촌으로 들어가 정착하기로 했다. 낯 들고 귀국할 수 없다면 처가 동네가 나을 것 같았다.

강치무가 처자를 데리고 명동촌으로 들어가자 처가 식구는 일행을 반기지 않고 서먹하게 맞았다. 일본군 부대에서 근무했던 사위가 패잔병 신세로 돌아왔기 때문이었다. 김덕순은 집 떠난 지

아홉 해 만의 귀향이었다. 강치무는 처가에 얹혀 문밖출입을 않고 근신했다.

김업보 집안이 일본군과 싸운 혁명열사를 배출했다며 마을의 칭송을 받은 대신 또 다른 소문이 돌기 시작했다. 처가살이하는 강치무란 자가 일본 관동군 하얼빈 부대에서 초병으로 근무했다는 입소문이었다. 대한독립군 출신으로 청산리전투에도 참전했다는 건 사실인 모양인데 그 뒤 민족을 배신하여 일본군 앞잡이가 되었다는 말이 강치무 귀에까지 들렸다. 김업보 입장이 난처해졌다. 그는 사위에게 마을 사람들 앞에 나서서 무슨 해명이라도 하라고 말했다. 왜 혀까지 잘렸는지 밝히면 소문이 잠잠해질 거라고 했다. 혀짤배기 강치무는 아무 할말이 없다고 머리를 내저었다. 김업보는 딸을 불러, 명동촌은 혁명가를 많이 배출한 민족정기가 살아 있는 고장이라 여기서 눌러살기 어려우니 서방과 함께 옌지로 나가 고모 사는 동네로 거처를 옮기는 게 어떠냐는 의견을 냈다.

강치무는 고향을 두고 자신이 왜 이곳에서 동족에게 다시 눈칫밥 먹으며 살아야 하는지 의구심이 들었다. 밀양 땅에는 자신이 관동군 731부대에 근무한 사실을 아는 자가 없을 것 같았다. 삼일만세운동 후 동지 다섯 명과 함께 만주로 들어간 이십육 년 전 사실만 어렴풋이 기억할 터였다. 나라가 일제의 사슬에서 풀려 해방을 맞자 자신의 귀환을 오매불망 기다릴 부모와 동기들 얼굴이 봄풀인 양 새록새록 떠올랐다. 그는 갑자기 귀향하고 싶은 감정을 주체할 수 없었다. 10월에 들자 그는 환고향을 결정했다.

"드러가. 나 도라가. 고하아으르 도라가." 그는 처에게 말했다.

처가 따라나서지 않겠다면 처자를 북간도에 남겨두더라도 귀향하기로 마음먹었다.

김덕순이 처음은 부모와 동기간을 두고 서방 따라 조선 땅 저 남도로 들어갈 엄두를 못 내었다. 지닌 금붙이를 팔아 옌지에서 무슨 장사든 벌이면 네 식구는 먹고살게 될 텐데, 서방의 주장이 의외로 완강했다. 그네는 서방 고집을 꺾을 수 없어 출가외인 처지대로 서방을 따라나서기로 결정했다.

한추위 겨울이 닥치고 있었다. 보퉁이를 이고 진 네 식구는 오랑캐령을 넘어 두만강을 건넜다. 열차 편에 청진을 거쳐 원산까지 내려왔다. 거기서부터 철도가 끊겨 도보로 해안을 따라 걸었다. 양양을 못미처 삼팔선이 가로막고 있었으나 경비가 허술해 야밤을 틈타 다른 일행과 함께 넘는 데는 아무런 지장이 없었다.

강치무의 네 식구가 밀양에 도착하기는 11월 하순 무렵이었다. 강치무는 밀양강이 휘어 도는 읍내를 감개무량하게 바라보며 처에게, 자기가 하는 말을 마음에 새겨 죽는 날까지 그 말을 지킬 것을 약속받았다. 자신이 관동군 731부대에 초병으로 근무한 사실을 발설하지 말고, 혀짤배기가 된 것은 무단장 헌병대에서 고문을 받을 때 장백산록에서의 대한독립군 활동과 연해주에서의 독립운동을 자백하지 않겠다며 스스로 혀를 끊었기 때문이라고 말하라고 했다. 김덕순은 서방 마음을 이해할 수 있었다. 그렇다면 하얼빈에서 살았던 십 년 세월은 어떻게 둘러대냐고 서방에게 물었다. 강치무는 그 부분도 생각해두었다는 듯, 하얼빈감옥으로 넘어와 일 년 옥살이하고 석방된 후 해방이 될 때까지 역전에서 인력거꾼으로 살았다 말하라고 했다. 인력거 일을 시작할 때 중국인 식당에서 일하는 임자를 만나 천동이를 낳았다고 말하면 된다는 것이었다. 말귀를 알아듣는 큰아들 천동에게도, 아비는 대한독립군 출신으로 하얼빈에 와서는 인력거꾼이었다는 점을 누누이 강조했다. 밀양 시댁에 정착하자 김덕순은 시가 식구나 동네 사람들이 만주 생활을 물으면, 서방이 시킨 말을 그대로 옮겼다.

*

강치무가 고향에 돌아오니 부모는 이미 타계하고 없었으나 오래 헤어졌던 형제를 만났고 친인척으로부터 뜨거운 환대를 받았다. 징용이다 뭐다 하며 타지로 떠났던 많은 사람들이 해방을 맞아 환고향했으나, 읍민은 그를 달리 취급해 환대했다. 삼일만세운동 후 만주 신흥무관학교를 목표로 떠났던 다섯 명 동지 중 해방을 맞아 고향에 나타나기는 한봉근 형제와 강치무 셋이었다. 박문일은 731부대에서 생체 실험으로 희생되었다. 김상윤은 '자유시 참변' 뒤로 소식이 없었다. 윤세주와 한봉근·한봉인 형제는 김원봉을 따라 지안으로 가서 의열단에 가담했다. 윤세주는 의열단원으로 폭탄을 소지하고 국내로 잠입하다 일경에 체포되어 칠 년 형을 선고받고 복역 후 다시 중국으로 망명하여 김원봉과 함께 조선의용군에 가담했다. 해방이 되자 잠시 밀양을 다녀간 그의 처를 통해 1942년 일본군과의 태항산 전투에서 그가 순국했음이 알려졌다. 한봉근은 만주와 국내를 오가며 의열단원인 김시현과 황욱의 폭탄 투척 의거에 관여했고, 나석주의 폭탄 투척용 무기 운반을 도우는 등, 국내에 머물며 독립운동에 헌신했다. 한봉인은 밀양경찰서 폭탄 투척에 가담한 뒤 1925년부터 의열단 군자금 모집의 밀양 지방 지구책을 맡아 그의 활동은 암암리에 밀양에 알려져 있었다.

한봉근 형제는 주로 국내에 체류했기에 강치무의 자유시 참변 이후 소식을 모르고 있음이 다행이었다. "자네 소식은 박문일 댁으로부터 대충 듣긴 했네만 그 후로 일절 소식이 돈절됐으니 그동안 만주에서 뭘 했어?" 하고 물었을 정도였다.

신흥무관학교 출신 독립군 용사로 강치무와 한봉근 형제는 밀양에 그 이름이 드높아졌다. 강치무가 일본 헌병대 고문에 독립군 조직과 기밀을 팔지 않으려 혀를 깨물어 잘랐다는 소문은 부풀려져 읍내에 퍼져나갔다. 거기에는 해삼위에서 독립운동원으로 활동했다는 해삼위댁의 증언이 한몫을 했다. 강치무는 읍내 공회당에서 열린 '일제 만행 규탄대회' 행사에 산증인으로 한봉근 형제와 함께 환대받아 단상에 앉기도 했다. 말이 불편하다는 핑계로 연설은 한봉근 형제에게 미루고 사양했다. 길을 나서면 우람한 체격의 그를 알아보고 사람마다 말을 건네서 바깥출입을 삼가야 할 정도였다. 한봉근 형제는 해방된 조국에서 함께 일하자고 했으나 그는 자신의 뜻대로 칩거를 시작했다.

강치무 식구는 가곡동 본가에 사는 형 강치욱 집의 방 한 칸에 들어 겨울을 났다. 해동이 되자 그는 밀양강 건너 마암산 밑 예림리에 초가삼간을 지어 살림을 났다. 그가 지은 집은 산 아래 독가였다. 밀양강 바깥에 그렇게 떨어져 거처하면 읍내 출입이 힘들지 않느냐고 형 치욱이 말렸지만 치무는 오히려 그 점을 원했다. 논한 마지기에 밭도 한 두렁 사서 작인 신세를 면했다. 그 돈은 김덕순이 지닌 금붙이로 충당했다. 해방이 되자 삼팔선이 막혀 북쪽과 교역이 끊긴데다 그나마 남한 금광도 폐광 상태였다. 해방 덕에 골골샅샅마다 혼인 잔치가 열렸고 살 만한 집은 신부에게 예물로 금가락지를 보냈는데 금 품귀 현상으로 값이 폭등 일로였다.

강치무는 초야에 묻혀 있는 듯 없는 듯 살기로 마음먹었다. 세상일에 나서지 않기로 했고 자신의 존재가 잊히기를 바랐다. 입학 적령기를 놓친 천동이와 일곱 살에 든 막동이가 나란히 읍내 초등학교에 입학해 반 마장 넘는 길을 걸어서 다녔으나 그는 일절 읍내 출입을 하지 않았다. 5월에 들어 삼남지방에 호열자(콜레라)가 만연했다. 아들 둘이 고열과 설사로 사경을 헤매었으나 강치무와 김덕순은 멀쩡했다. 보름을 앓아누운 끝에 천동은 겨우 몸 털고 일어났으나 막동이는 끝내 희생되었다. 조모 김덕순은 그때 잃은 둘째 아들을 두고두고 서러워하며 자주 입에 올렸다. 덩치만 클 뿐 실속 없이 경중대는 제 형보다 막동이는 열 배로 총명해 학교에 들어가기 전에 한글을 좔좔 읽었다고 했다.

강치무를 이전투구의 세상으로 불러낸 것 또한 우연이었다. 1946년 9월, 약산 김원봉이 두번째 고향을 방문했을 때, 그는 그 소식을 듣지 못했다. 벼가 한창 익기 시작하는 논에 허수아비를 세우고 집으로 돌아온 점심참이었다. 천동이는 학교에 갔고 처는 읍내에 나가 집에 없었는데, 해삼위댁이 대청에 앉아 주인이 오기를 기다리고 있었다.

"김원봉 장군님을 만나고 오는 길이에요. 내리동 집에 선생을 만나러 온 사람들이 인산인해를 이루었습디다. 한봉근 형제분은 서울로 출타해 그 자리에 없구요. 원봉 선생께 인사드리니 지난번처럼, 박문일 동지 부인이구면요 하며 저를 알아봅디다. 장군님이 또 언제 밀양에 올지 모르니 천동이 아버지도 이번 기회에 인사 올리세요. 반가워하실 겝니다." 해삼위댁이 같이 나서자며 강치무를 졸랐다. 그네도 만주 류허현에 있던 신흥무관학교에서 서방과 강치무, 김원봉이 함께 훈련받은 걸 알고 있었다. 무관학교 시절 강치무는 김원봉을 형님으로 불렀다. 강치무 나이 이제 사십칠 세, 김원봉은 사십구 세였다.

강치무는 읍내에 나간 처가 돌아오면 오후에나 읍내로 들어가겠다고 말했다. 말은 그렇게 했으나 그는 김원봉을 만날 수 없었다. 지난 2월 김원봉이 고향을 처음 방문했을 때도 직접 대면만은 피했던 것이다. 김원봉이 하얼빈 731부대 위병소 초병으로 근무한 자신의 이력을 알고 있을 것만 같았다. 짧지 않은 열한 해를 그 부대 남문에 입초를 섰고 조선독립군도 마루타 신세로 잡혀왔으니, 구레나룻 기른 장대한 조선인 초병 하나가 남문 위병소에서 근무하는 걸 보았다는 말이 의열단이나 조선의용군에 흘러들어갔을 수도 있었다.

약산 김원봉은 밀양이 낳은 일제하 독립운동의 산증인으로, 그의 명성은 밀양뿐만 아니라 전국적으로 알려져 있었다. 김원봉은 신흥무관학교를 자퇴한 이십이 세에 만주 지린에서 '의열단'을 창단한 뒤 단원을 국내로 밀파해 일본 관청에 폭탄을 투척하여 여러 차례 성공했다. 최수봉의 밀양경찰서 폭탄 투척, 김익상의 조선총독부 폭탄 투척, 나석주의 식산은행과 동양척식회사 폭탄 투척이 모두 의열단원의 의거로, 일제의 간담을 서늘하게 한 바 있었다. 1932년 김원봉은 대일전선통일동맹을 결성하고 조선혁명간부학교를 설립하여 3기까지 졸업생을 배출시켜 항일전선에 투입했고, 1938년에는 조선의용대를 창설하고 대장에 취임했다. 열악한 조건 속에서도 조선의용군(광복군과 통합하여 1942년 조선의용대를 조선의용군으로 명칭을 변경함)은 1945년 해방의 날을 맞을 때까지 중국 대륙을 누비며 일본군을 상대로 중국 국공군과 협동하여 전투를 벌였는데, 김원봉은 팔로군으로부터 소장 대우를 받아 장군으로 불렸다. 임시정부 군무부장으로 해방을 맞은 그는 작년 12월 귀국한 뒤 자신의 정치적 노선을 선명히 하여 '민주주의민족전선(민전)' 공동의장으로 취임했다. 민전은 조선공산당, 조선인민당, 독립동맹, 전평(조선노동조합전국평의회), 전농(전국농민조합총연맹) 등 좌파 단체가 망라되었다.

　해방 정국의 바쁜 정치 일정으로 김원봉이 밀양에 첫걸음을 떼기는 고향을 떠난 지 이십팔 년 만인 지난 2월 하순이었다. 민전 홍보를 위해 전국 순회 강연차 대구를 들렀다 승용차 편에 고향으로 내려온 길이었다. 밀양 읍민의 환영은 대단했다. '김원봉 장군 금의환향 만세!', '조선 독립운동의 영웅 약산 김원봉 장군 귀향!'이란 각종 현수막이 읍내 거리에 내걸렸다. 밀양중학교와 밀양농잠학교 취주악대까지 환영식에 동원되었다. 고향을 방문한 이튿날, 김원봉은 영남루 아래 백사장에서 대중 연설을 했다. 강치무는 군중 속에 섞여 그 연설을 들었다.

일손이 잡히지 않아 오후 내내 손 놓고 있던 강치무는 어둠이 내리자 처에게 말도 않고 슬그머니 집을 나섰다. 집 밖으로 나가지 않겠다고 다짐해온 마음이 김원봉 형님 얼굴이라도 봐야 한다는 마음에 끝내 지고 말았다. 그는 밀양강 강둑길 따라 밀주교를 건너 읍내로 들어갔다. 소싯적 전홍표 교장 댁 심부름 아이로 있을 때 김원봉의 내이동 집을 출입했던 터라 그는 생가 위치를 알고 있었다. 강치무는 솟을대문 안으로 들어섰다. 후원을 돌아 들어가니 사랑채 쪽이 환했다. 사랑방 장지문과 되창문이 열려 있었고 방 안은 행세깨나 하는 읍내 유지들 차지였다. 사랑채 마루와 축담에도 사람이 웅기중기 모여 방 안 동정에 귀기울이고 있었다.

작년 12월 말에 발표된 모스크바 삼상회의의 조선반도 신탁통치안을 두고 아직도 찬반 여론이 식지 않고 있음을 기화로 김원봉이 강론 중이었다. 그는 외세의 간섭 없이 당장 주권국가를 건설하겠다는 반탁운동만이 능사가 아니라고 했다. 삼팔선으로 남과 북이 분단된 채 좌우파로 쪼개져 자중지란을 겪는 남조선 정세를 감안해볼 때 친탁운동도 현실적인 대안이라는 논리를 폈다. 이는 삼팔선 북쪽에서 노동당 정권을 세운 김일성의 노선을 그대로 따르자는 주장이기도 했다.

"그렇다면 김구 선생 등 임정 요인과 이승만 박사 측이 주도하는 반탁운동이 틀렸다는 말씀인가요? 반탁운동 대열에 서지 않는 자는 민족 반역자로 규탄받고 있지 않습니까? 약산 장군님은 임정 출신인데 반탁을 주장하다니요?" 밀양에서 천석꾼 소리를 듣는 대지주 한기필 씨가 불퉁한 목소리로 물었다.

"어르신 말씀에 저도 동감입니다." 경찰서장이 맞장구쳤다.

"나는 민심을 선동하는 반탁운동에 문제가 있다고 봅니다. 탁치 오 년 기간이 일제 식민지 시대로 돌아간다고 선동하는데, 이는 내일을 내다보지 못한 단견입니다. 지금 이 혼란스러운 정국을 보더라도 통일정부 출현이 가능하다고 봅니까? 소련 옹호 세력과 미국 옹호 세력이 붙으면 필경 피의 대숙청극이 벌어질 겁니다. 이 점은 우리가 우리 힘으로 일제를 이 땅에서 내쫓지 못했기 때문입니다. 그런 측면에서 우리 민족을 일제 사슬에서 해방시켜준 연합국 합의 결정을 존중해야 합니다. 자력으로 통일정부를 세우기 전 우선 정치적 노선부터 통일해야 합니다. 좌파니 우파니 이렇게 쟁투해서야 어디 나라 꼴이 제대로 서겠어요? 오 년 동안 민족 통일을 위한 자주 역량을 배가시킬 기회로 삼자는 거지요."

김원봉의 말에 아무도 나서는 자가 없었다. 이어, 김원봉은 미군정의 양곡정책 실패를 비판했다. 부족한 식량 문제를 해결한다는 명목으로 곡물 수집령을 공포한 후 강제 공출에 나서자 쌀 품귀 현상으로 가격이 백 배에 이를 정도로 폭등했다. 도시나 농촌의 영세한 근로대중은 기아 상태로 내몰려 아사자가 전국적으로 속출했다. 호열자가 만연하자 미군정은 곡물 이송마저 통제해 굶고 앉은 가구가 한둘이 아니었다. 폭동이라도 일어나지 않을까 민심이 극도로 흉흉했다.

"이천만 인민의 칠 할이 농민이요, 농민의 구 할이 자기 농토 없는 소작인 아닙니까." 김원봉이 무겁게 입을 열었다. "조선의 당면 과제는 토지 문제의 혁명적 개편으로, 전국 토지를 실 경작자인 농민에게 즉각 무상분배해야 합니다. 또한 민족 자주성을 세우기 위해 친일 부역자를 모두 잡아들여 그들이 지금껏 누려온 호사를 철저히 응징해야 하오." 이어 그는 민전의 실행 강령은, 만민 평등사회의 실현, 남녀평등권 인정, 자주적 민족통일 구현에 있으니 향토 읍민 여러분이 적극 도와달라고 말했다.

마루와 축담에 있던 사람들은 반탁이니 찬탁이니 하는 방 안의 설전에는 긴가민가했으나 토지의 무상분배란 말에는 귀가 트이는지, "김원봉 장군 말씀이 옳소!" 하며 박수를 쳤다. 강치무는 김원봉의 말을 듣고 있자니 해삼위 시절 독립운동은 분배의 정의에 입각한 이상적인 평등사회 건설을 기조로 깔고 추진해야 한다던 동지들의 주장이 생각났다. 이동휘계 공산주의 독립운동가들은 그 하나의 신념 아래 뭉쳐 있었다.

"강치무 선생 아닌가요?" 뜰에서 서성이던 젊은이가 인사를 했다.

어슴푸레한 불빛 아래 그는 안면이 없는 자였다. 젊은이가, 약산 선생을 뵈러 왔는데 민초는 인사드릴 기회조차 없다며 여기라도 앉자고 댓돌 한 자리를 강치무에게 권하고 자신도 앉았다.

"선생님 말씀 많이 들었습니다. 허허벌판 북지에서 풍찬노숙하며 그동안 고생 많으셨죠? 저는 단장면에 사는 정두삼이라 합니다. 지금은 면책을 보고 있지요."

면책이란 생소한 말에 강치무가 뚱한 얼굴로 젊은이를 보았다. 정두삼 말이, 단장면에도 지방 인민위원회가 조직되어 있고 자신이 책임자 자리에 있다고 했다.

"그거이 어더러하 조지이이가요?"

"어떤 조직요? 새 나라 건설의 주축이 되고자 하는 조선인민공화국 산하 지방조직체지요. 인민위원회는 농민의 지지를 받고 있습니다. 이를 시기하여 경찰이 지방 인민위원회를 빨갱이들 소굴이라 하는데, 그렇지 않습니다. 여운형 선생은 좌도 우도 모두 합심해서 자주적으로 새 나라를 세우자는 중도 통합주의잡니다."

정두삼은 인민위원회야말로 친일 협력자와 지주 계층을 받아들이지 않음으로써 인민의 절대적인 지지를 받고 있다고 했다. 강치무는 조선건국준비위원회 후신으로 조선인민공화국이란 정치단체가 작년 9월에 생겼다는 말은 기제사 때 형님 집에서 얼핏 들은 바 있지만 인민위원회가 밀양 면 단위 촌구석까지 진출해 있다는 게 놀라웠다.

"선생님도 위원회에 들어오십시오."

한 젊은이가 다가와, 학습 시간이 되었다며 정두삼의 소매를 끌었다. 인민위원회가 어디서 교양학습 모임을 가지는 모양이었다.

"선생님도 우리 모임에 참석해보시지요?"

"내, 내가요?" 강치무가 따라나설 듯 댓돌에서 일어섰으나 걸음을 떼지 않았다. "다, 다으으에 가보지요."

"그럼 조만간 선생님을 찾아뵙겠습니다. 마암산 밑 예림리에 사신다고 들었습니다." 정두삼은 강치무에게 인사를 하곤 동료와 함께 후원 밖으로 사라졌다.

정두삼이 가버리자 강치무가 결심을 굳힌 듯 되창문 앞으로 나서며 큰기침을 했다. 동저고리 바람의 거구가 되창문 앞에 나서자

방에 있던 이들 시선이 그에게 쏠렸다.

"혀어이, 저어 가아치무, 마아주 무과아하아교 시저으……" 강치무가 김원봉을 보며 혀짤배기소리로 더듬거렸다.

"아니, 이게 누군고?" 강치무를 알아본 김원봉이 벌떡 일어나 되창문 문턱을 넘어와 손을 잡았다. "자네가 고향에 있다는 말은 박문일 부인으로부터 들었어. 반가우네. 살아서 고향에 돌아왔군. 방으로 들어오게. 그동안 만주서 지낸 이야기나 듣세그려."

강치무는 자기 입을 가리키곤 손을 내저었다. "혀어니이 마아스으미 다 마아소" 하곤 김원봉에게 절을 하곤 자기 할 일을 마쳤다는 듯 걸음을 돌렸다.

"묻혀 있지 말고 한동지 형제처럼 나서라구. 해방된 조국을 위해 할 일이 많네. 자네 같은 일꾼은 향토를 위해서라도 특히 해야 할 일이 많아!" 대문간으로 걷는 강치무 등을 보며 김원봉이 외쳤다.

이튿날, 밀양 제일초등학교 교정에서 열린 김원봉의 시국 강연회는 근래에 없던 대성황이었다. 군민이 다 나온 듯 삼만여 명이 몰려 학교 뒤 언덕에까지 흰옷들로 들어찼다. 강치무도 거기에 나갔으나 김원봉을 만나 인사하지는 않았다.

9월 23일, 조선공산당의 사주 아래 부산 철도노동자 칠천 명의 파업을 시작으로 전평 산하 전국 노조가 총파업에 돌입해 미군정 병력, 경찰과 무력으로 충돌했다. 학생들도 동맹휴학을 선언하고 노조에 합세했다. 시국이 어수선한 가운데 '10월 사건'이 터졌다. 10월 1일, 대구 시민 만여 명이 시청으로 몰려가 배고파서 굶어 죽겠다며 농성을 시작한 게 시발이었다. 대구역에 모인 좌파 계열의 시위대가 경찰과 충돌, 경찰 발포로 사망자가 생기자 시민이 시위대와 합세했다. '대구 10 · 1 사건'은 농촌이 추수기를 맞아 '추수 봉기'로 이어져 전국에 확대되었다. 농기구와 죽창으로 무장한 농민들은 그동안 원망의 대상이었던 관공서, 지서, 지주 집을 습격했다.

밀양도 예외가 아니었다. 10월 8일 '밀양모직' 공장 종업원 이백여 명의 파업을 시작으로, 군내 농민들이 읍내로 몰려나와 무력시위에 돌입했다. 여기에는 각 면 인민위원회가 조직적으로 농민을 동원했다. 소수의 경찰 병력과 한 개 중대 미 군정청 병력만으로 데모대를 막을 수 없었다. 관공서와 읍내 유지 집이 시위대의 방화로 불탔다. 시위대는 경찰서와 서청(서북청년단) 건물의 기물을 파손하고 불을 질렀다.

이 읍내 시위에 강치무가 앞장섰다고 말하는 여러 증인이 지금도 밀양에 생존해 있다. 세상과 등지고 조용히 묻혀 살려 했던 강치무가 읍내 추수 봉기 때 군중 앞에 나섰다는 점은 약산 김원봉과의 만남이 심적 변화를 일으킨 직접적인 동기가 되었다는 해석이 가능하다. 가난한 작인 집안 출신인 그는 평소에도 내심 '무산자 해방'의 지지자였는데, 한순간에 그 응어리가 폭발한 셈이었다.

이를 두고 필자 조모 김덕순은 이렇게 증언했다.

그즈음 단장면 정두삼 패거리들이 우리 집에 자주 찾아왔어. 그 사람들이 찾아와 쑥덕대는 말이 대충 토지 얘기였어. 토지야말로 농민들의 목숨줄 아닌가. 그들 공론이, 토지를 모두 압수하여 농민들에게 공평하게 분배해야 한다, 그래야만 이 나라 농민들이 진정으로 해방된다는 게야. 그 양반은 묵묵히 듣고만 있더군. 그러던 참에 대구에서 난리가 났다고 정두삼 그 사람이 소식을 가지고 왔어. 대구 난리가 청도군, 창녕군으로 번지고 있다면서, 나라 꼴이 이러다간 불쌍한 농민은 다 굶어 죽는다며 들고일어났다는 거야. 10월 초아흐레지 아마. 성난 농민들이 들고일어나 밀양 읍내가 벌집이 된 게야. 그날 새벽, 그 양반이 짚신발에 감발하구선 내게 말도 않고 읍내로 들어갔어. 낮참에 큰집 성님이 쫓아와서 한다는 말이 데모대에 그 양반이 앞장을 섰다는 거야. 말이 났으니 하는 말인데, 그 양반은 그런 일이나 적성에 맞을까 애당초부터 착실히 가정을 꾸려갈 사람이 못 돼. 아내 다독거릴 줄도 모르고 자식 사랑도 몰라. 농사일도 내가 다 했지, 그 양반은 반거충이야……

토지 무상분배 즉각 실시, 친일 인사 타도, 미군정과 경찰 횡포를 성토하며 시작된 '추수 봉기'는 10월 말까지 삼남 지방을 휩쓸었다. 계엄령이 발동된 가운데 탱크를 동원한 미군과 경찰의 강력한 진압으로 11월에 들어서야 전국적으로 치안이 회복되었다. 추수 봉기를 배후 조종했다는 혐의로 좌익 소탕령이 내려져 일제 검거 선풍이 불었다. 밀양경찰서도 한청(대한청년단), 서청을 앞세워 추수 봉기를 선동했던 자들의 검거에 나섰다. 강치무도 경찰서로 연행되었다. 시위대를 선동했던 정두삼은 표충사 뒤 사자평 갈대숲에 숨어 검거를 면했다. 검거된 자들은 경찰서에서 난장질을 당한 끝에 숨지거나 불구가 되고, 재판정에서 중형을 선고받았다. 다행히 강치무는 대한독립군 출신이란 이력이 감안되어 대구형무소에서 다섯 달 옥살이하고 풀려나왔다. 그 정도로 그치기까지 힘써준 이가 있었다. 경찰 전신인 치안대 보안과장이었던 윤창하 씨가 음으로 양으로 그를 도왔던 것이다. 윤창하 씨는 윤씨 집안에 출가한 강치무의 누이 치순의 시숙이었다. 다섯 달 감방살이가 그의 신념을 더 확고히 한 듯, 그는 석방되자 곧 밀양군 인민위원회에 본격적으로 관여하기 시작했다.

1947년, 8·15 기념행사를 좌익과 우익이 서울운동장과 남산에서 따로 거행했고 기념식 뒤 가두 행진에서 두 패가 맞붙어 유혈사태를 빚자, 이를 계기로 좌익 인사에 대한 대대적인 검거가 시작되었다. 11월에는 조선공산당이 인민당, 신민당과 합당해 조선노동당으로 개칭되었다. 강치무는 조선노동당 밀양군당 군사반부책을, 정두삼은 단장면 면책을 맡았다. 좌익계 정당이 불법화되자 남한의 조선노동당(이때부터 북조선노동당과 구별하기 위해 남조선노동당을 줄여 '남로당'이라 칭했다)은 지하로 잠적했다.

인민의 지지를 업은 남로당은 전국적으로 조직을 강화하며 세를 불려나갔다. 미군정이 이를 방치할 리 없었다. 미군정은 좌파 유화정책에서 급선회하여 '법과 질서'의 보호라는 명분을 내세워 좌익 소탕에 나섰다. 북조선과의 연계를 차단하고 정치계, 경제계, 대학 사회는 물론 각계에 침투해 있는 좌익 인사 검거에 총력을 기울였다. 일제하 헌병대나 경찰서에 몸담아 반일 민족주의자 검거에 경력이 있던 친일 수사관을 대거 등용해 그 색출 작업에 앞장세웠다. 여기에는 일제 때 음으로 양으로 친일에 앞장섰던 극우 집단 세력이 한몫을 맡았다.

1948년 1월 7일, 남한 단독정부(단정) 수립을 앞두고 선거 참관 차 유엔 한국위원회 일행이 입국했다. 남로당은 단정 수립을 적극 반대하던 끝에 '2·7 구국투쟁'을 결정했다. 수사 당국에 쫓기다 보니 정상적인 대중투쟁을 할 수 없게 되자 중앙당이 궁여지책으로 내놓은 대안이기도 했다. 남로당 청년당원들은 지리산, 오대산, 태백산 등 산악지대로 들어가 입산투쟁에 나섰다. 남로당 밀양지부는 경남도당의 지시로 입산투쟁을 결정하자 나이 든 연령층은 현지 세포로 남겨두고 일백여 젊은 당원들이 용약 천 미터 고지 '영남의 알프스'로 전선의 길에 나섰다. 밀양군당의 중책을 맡고 있던 강치무가 그 대열을 선도했다.

4월 중순, 김원봉 장군이 가족과 함께 월북했다는 소식이 읍내 내수동 본가에 알려졌다. 읍내에서는 이제 누구도 '공산주의자 김원봉'이란 이름을 거론할 수 없었다. 자자했던 그의 명성도 지하로 잦아졌다.

강치무가 좌익전선 대열에 나서게 된 동기를 필자는 이렇게 해석해본다. 그는 일본군으로 복무함으로써 조국을 배신했다. 자기가 저지른 죄를 인정했기에 환고향한 뒤 참회의 심정으로 세상일에 나서지 않고 묻혀 살기로 결심했다. 그러나 김원봉의 격려가 그에게 힘을 실어주었고, 소극적인 은둔만이 능사가 아니라 조국을 위해 마지막 봉사할 수 있는 길이 있음을 깨달았다. 자신이 박문일과 함께 해삼위에서 몸담았던 고려공산당의 강령도 프롤레타리아 민족해방의 길이었다. 강치무는 그런 헌신만이 적극적인 속죄의 길이라고 믿었다.

당시 사회의 전반적인 분위기가 그랬다. 인민을 계급과 굶주림에서 해방시켜 복지국가를 건설하겠다는 사회주의 국가 경영이 해방 직후 이 나라 민중 다수의 지지를 받고 있었다. 1980년대 중반을 넘어서며 동구권, 소련, 중국의 사회주의 체제가 이상과 현실의 괴리를 극복하지 못해 좌초되고, 인민이 기아 상태로 신음하는 오늘의 북한 현실을 당시로서는 아무도 예측하지 못했다. 사회주의가 분배의 평등을 지상 목표로 내걸고 체제 고수에 매달릴 동안 자본주의는 개인의 창의력을 바탕으로 과학의 혁신, 생산력 향상으로 삶의 질을 혁신적으로 개선시켰던 것이다.

1948년 2월부터 1949년 동계 대토벌이 있기까지 일 년 반 동안 빨치산 또는 야산대, 무장대, 밤손님으로 불렸던 한 무리가 남한 각지 구중심처에 두더지처럼 존재해 있었다. 처음 입산투쟁의 길은 당당했으나 그들은 곧 어느 단체나 누구로부터도 지원받지 못한 고아로 전락해 도망자로 쫓기는 신세가 되고 말았다. 낮이면 토벌대에 쫓겨 산채를 헤매었고 밤이면 인공기를 앞세우고 마을로 내려와 인민해방을 외치며 보급투쟁으로 산짐승처럼 연명했다.

산간 지방에서 살아온 늙은이들은 지금도 그 시절 빨치산이 마을로 내려와 지서나 반반한 기와집을 습격하던 불안한 한 시절을 기억하고 있다. 민가에 들러 죽창 들이대며 양곡을 요구하던 그들은 산짐승처럼 헐벗었고 눈에 핏발이 서 있었다고 증언했다. 밤이면 그들이 지핀 봉홧불이 먼산 정상에서 타올랐고 그들이 부르는 인민해방의 애절한 노래가 꿈결이듯 아스라이 들려왔다고 했다.

그 시절을 회상하며 필자 조모 김덕순은 치를 떨었다.

　그 양반이 동패와 작당해 산으로 들어간 후, 밤만 되면 온몸에 소름이 끼쳐. 순사며 서청, 한청 패거리들이 불시에 들이닥쳐 경찰서로 끌고 가선 강치무가 집에 오지 않았냐며 매타작을 놓았지. 아닌 게 아니라 어느 날 서방이 밤중에 들이닥쳐선 사람을 보낼 테니 논밭 팔아 그 돈을 전해주라 하데. 부랴부랴 내가 그렇게 했어. 그걸 용케 경찰서에서 알아 나를 잡아들여 추궁하는데, 스무 날을 유치장에 갇혀 갖은 고문을 다 당했어. 매질에 까무라치면서도 한사코 입을 봉했지. 내 살아온 풍파를 되짚어보면 아녀자가 남정네보다 더 모진 데도 있어. 놈들이 삿매질할 때 서방이 당했다던 왜놈 헌병대 고문과 일본군에 사지가 찢겨 죽은 오라비를 떠올리곤 이빨을 앙다물었지. 전쟁이 터진 후까지도 우리 집엔 경찰이 상주하다시피 했어. 그 시절 천동이는 학교도 못 댕기구, 모자가 방에 늘어져 많이 굶고 살았어. 큰집도 우리 집에 양식 대어주었다간 빨갱이로 몰릴 판이라 출입을 완전히 끊었구. 모자가 죽기로 마음먹으니 세상 원망도 사라지고 두려운 그 무엇도 없더라……

이승만 정부가 국군과 경찰 병력을 동원하여 빨치산 토벌 작전에 본격적으로 나서기는 여순 국군 반란사건(1948년 10월)을 진압한 뒤, 겨울부터였다. 여순사건에 쫓긴 자들이 입산의 길을 택한 지리산과 태백산이 주 대상이었으나 각 지방마다 국군과 경찰의 합동 토벌대가 지방 빨치산을 토벌하기 시작했다. 여기에 가지산을 끼고 있는 밀양군도 해당되었다. 태백산맥 꼬리에 험준한 산세를 이룬 표충사 뒷산들이 빨치산의 은신처였다. 토벌대는 빨치산의 젖줄인 산간 지역 마을과 화전촌을 먼저 소개시켰다. 토벌대가 재약산 누비며 치고 올라오자 빨치산들은 신불산과 천황산으로 도주했고, 운문산에 입산해 있던 청도군당과 제휴하여 이리저리 가지산 산채 피신처를 옮겨다니기에 바빴다. 그해 초겨울부터 이듬해 봄이 오기까지 토벌대의 토벌에 대원 다수가 희생되었고 굶주림과 추위에 지쳐 사기가 떨어진 대원은 하산해서 자진 투항하기도 했다. 1949년, 녹음기가 오자 산에 남은 밀양군당 빨치산은 서른 명이 채 되지 않았다. 강치무와 정두삼이 남은 대원을 이끌었고 버티어냈다.

정두삼 씨 아들로 단장면에 사는 정세병 씨가 부친한테 들었다며 지방 빨치산(야산대) 쇠락 시기를 두고 이렇게 증언했다.

전쟁 나기 전해인 사십구년 여름은 그런대로 산중 생활을 이겨낼 만했다 했어. 만산홍엽의 가을을 넘겨 겨울이 닥치자 토벌대가 다시 들이닥치더래. 그때까지 남은 대원이 스무 명 남짓이었는데, 대책회의를 연 결과 입산투쟁은 더 이상 실효를 거둘 수 없다는 의견이 다수라 해산을 결정하고 각자 거취를 자유롭게 선택하도록 했대. 투항은 곧 죽음이라며 뿔뿔이 흩어져 산에서 내려갔겠지. 고향 마을에는 들를 수 없어 무작정 타지로 떠나거나, 잡힌 자들은 경찰서에서 맞아 죽거나 재판을 통해 중형을 선고받았어. 아버지도 그때야 집으로 돌아왔어. 뒷산에 구덩이를 파고 숨어 지냈고, 식구들이 몰래 밥을 날랐지. 강치무 선생도 그때 함께 하산했을걸. 뒤에 들은 말로는 치안대 윤창하 씨를 몰래 찾아가 목숨을 구걸한 줄 알아. 좌익질 했던 사람에게 나라에서 은전을 베풀어 조만간 자수 기간 설정이 있을 모양이라며, 그때 자수하면 목숨을 건질 수 있다는 말을 들었대. 오십년 일월, 정말 그런 기간이 설정되어 자수자들은 모두 보도연맹에 가입했지. 전국적으로 이삼십만 명은 됐을걸. 그러나 아버지는 그 말을 믿지 못한다며 전쟁이 날 때까지 내내 숨어 지냈어. 경찰 치안력이 제대로 못 미치는 산골짜기엔 숨을 데가 많잖아. 선견지명이 있었던지 선택을 잘한 셈이지. 아니나다를까, 전쟁이 나고 인민군이 내려오자 인공 세상이 되기 전 예비검속이 있지 않았나. 보도연맹 가입자들부터 추려내어 총살 대열에 세웠잖았어. 마을마다 광란의 살인 잔치가 벌어진 거야. 아버지는 보도연맹에 가입하지 않고 숨어 있어 겨우 목숨을 건졌는데, 그해 가을 집으로 돌아와 있다 검거되어 재판에서 이십 년 형을 받았지.

필자의 조부 강치무는 인민군이 충청도를 거쳐 경상북도로 밀고 내려오자, 이때다 싶었던지 월북 루트를 뚫으려 대구 출행이 잦았다. 그렇게 집을 비우는 통에 경찰이 보도연맹 가입자를 연행할 때 빠질 수 있었고, 구사일생으로 목숨을 건졌다. 낙동강까지 인민군이 내려오자, 그는 월북을 시도하려 가족을 데리고 대구로 나갔다. 김덕순은 어쩌면 고향땅을 밟을 기회거니 싶어 서방이 하는 짓을 적극 말리지 않았다. "말이 났으니 하는 말인데, 그땐 밀양경찰서에서 받은 고문이 하도 지긋지긋해 내 고향 북으로 갔으면 싶은 마음도 있었지." 조모 김덕순이 필자에게 그때의 심정을 말했다. 그러나 강치무는 월북 루트를 뚫지 못했다. 그는 처자를 이끌고 다시 밀양으로 되돌아오고 말았다. 7군단 인민유격대(일명 남도부부대. 부대원이 766명이라 하여 766부대라고도 불림)가 신불산과 천황산을 차지하고 앉아 기세를 올렸으나 버림받았던 야산대 시절의 고생이 되새겨졌던지 재입산은 생각지 않은 상태였다. 아니, 그들 역시 장차 남북 어느 쪽으로부터든 버림받을 존재가 될 것임을 늦게나마 짐작하고 있었다. 강치무가 좌파적 환상에서 처음으로 벗어나던 시기이기도 했다.

관동군 731부대에서도 그랬지만, 위급에 처할 때는 거짓으로 사죄하는 데 전력이 있던 강치무였다. 그만이 아니라 인간은 누구나 본능적으로 자기 살길을 찾아 보신책을 강구하기 마련이다. 강치무에게 든든한 후원자는 역시 윤창하 씨였다. 강치무는 살아남을 길이 보이지 않자 윤창하 씨 앞에 무릎 꿇어 살려달라고 조아렸음이 분명하다. 고모부가 이를 두고, 그분 명줄 하나만은 타고났다는 말을 내게 하기도 했다. 강치무는 밀양군 내에서도 후미진 단장면, 산내면 등 친척이나 친지 집을 떠돌며 숨어 지내다 1950년 그해를 가까스로 넘겼다. 중공군의 참전으로 중공군 포로가 생겨나자, 이듬해 거제도 포로수용소에서는 통역 요원이 필요했다.

중국어 통역원을 모집하니 해당자는 문관으로 우대한다는 공문이 밀양군청에까지 하달되었다. 군청을 무상출입하던 윤창하 씨가 이를 알고 산내면 동백리 윤씨 집에 머슴살이를 하며 숨어 지내던 강치무를 읍내로 불렀다. 자네는 아직까지 당국이 요주의 인물로 찍고 있으니 당분간 거제도로 가서 거기에 몸담아보라고 권했다. 강치무가 중국인과의 대화에는 불완전한 발음으로 소통에 애로가 있겠으나 중국말을 한국어로 옮겨 적기에는 지장이 없었다.

강치무는 1951년 4월부터 열 달간 거제도 포로수용소에서 근무를 마치고 고향으로 돌아왔다. 이제 그는 완전한 자유인이 되었으나, 마암산 자락에 들어앉아 별세하기까지 일곱 해를 밀양강이나 인근 저수지를 돌며 낚시질로 소일하며 세상사와 철저히 등지고 살았다.

9

아침에 밀양을 떠난 새마을호가 서울역에 도착하기는 정오쯤이었다. 나는 개찰구를 빠져나와 김영갑 부장 휴대폰에 전화를 냈다. 상경 중이니 저녁 여섯시에 신촌 '블랙립스'에서 만나자고 했다. 저녁까지는 쉬기로 했다. 상경할 동안은 찻간에서 내내 조증에 시달렸다. 다시 만날 기약 없이 헤어진 할머니와 종호 얼굴이 차창에 어른거렸고, 할아버지의 말년 밀양 생활이 거기에 겹쳐졌다. 되짚어보니 지난 두 달 반 동안 생소한 문필업으로 정신적 고역을 치러내기도 했다.

나의 반생과 할아버지의 일생을 저울에 올려놓고 경중을 비교해보았다. 살아온 자취가 달랐으므로 사실은 비교 대상이 안 되지만, 그런 마음이 든 것은 그분이 자기 생애를 통해 내 삶을 반성해보라는 무언의 압력을 넣었던 때문이다. 할아버지는 말년에 남한 단정 수립과 외세의 간섭을 반대하며 민족통일을 위한 투쟁 방법으로 입산을 선택했다. 그러나 그 많은 입산투쟁자들은 좌우 어느 쪽으로부터도 철저히 버림받았다. 한 사회나 집단으로부터 '버림받았다'는 사실만은 어느 정도 내 반생과 할아버지의 생애가 일치했다. 그래서 나는 밀양에 있을 때 할아버지의 입산투쟁 과정을 좀더 자세히 그리고 싶었다. 보충 자료도 충분했다. 그러나 시간이 허락하지 않아 약술에 그치고 말았다. 상경 길에 따져보니 할아버지 생애 정리 완결에 열정이 식은 것이 아닐까 싶었다. 만사를 제치고 그 일부터 끝내야 했다. 남은 작업을 허군에게 미루고 상경하게 되었으니 할아버지의 생애 기록이 미완으로 마무리될 수밖에 없는 형편이 되고 말았다. 어차피 인생이란 완성에 이르지 못한 채 미완으로 끝나는 것 아닐까? 그런 느낌과 함께 그동안의 작업이 만용의 헛수고였는지 모른다는 생각마저 들었다.

서울이 가까워질수록 무엇보다 용병(傭兵) 심정이 이렇지 않을까 싶게, 주어진 운명을 뿌리칠 수 없다는 사실이 나를 괴롭혔다. 할아버지가 그랬고, 아비 역시 발버둥쳤으나 주어진 운명의 올가미로부터 벗어날 수 없었다. 나 역시 남들처럼 평탄한 길을 순조롭게 걷지 못했으니, 내리막 돌멩이길만 내 앞에 펼쳐졌을 뿐이었다. 저 아래쪽에서, 네가 올 길은 이쪽밖에 더 있냐고 소리치는 아비의 환청이 기차 레일의 마찰음과 진동에 섞여 따라왔다. 뜬금없이 아비가 왜 갑자기 떠오르는지 알 수 없었다.

나는 정신적으로 탈진 상태였기에 역 부근 안마시술소를 찾았다. 지압사가 나를 뒤집어놓고 척추를 엄지로 누르자 순간적으로 신경을 바늘로 찌르는 통증을 느껴 사지를 틀며 신음했다. 어디가 아프냐고 지압사가 물었지만 식은땀에 젖어 아프다는 말도 못했다. 기신기신 수면실로 들어서자 중노동에서 헤어난 듯 침상에 쓰러져 잠에 떨어졌다. 내용이 뚜렷하지 않은 엽기적인 악몽에 시달리다, 구역질이 치받쳐 잠에서 깼다. 화장실로 가서 기찻간에서 점심으로 먹은 도시락 음식을 토해냈다. 음식이 상했거나 체했다기보다 위장의 신경성 거부반응 탓이었다. 과거에 우울증이 시작될 때면 구토를 수반하기도 했다. 나는 항우울제 프로작을 급히 입에 털어넣었다. 약도 떨어져 조만간 병원에 들러 처방전을 떼어야 했다.

깨어났을 때가 오후 다섯시였다. 몸이 나른했다. 모든 증상이 나상길 회장을 만나야 한다는 데 따른 심적 부담감 탓이었다. 나는 정해진 내 길대로 신촌으로 가는 택시를 잡았다.

블랙립스에 도착하기는 오후 다섯시 반이었다. 어두운 실내 장식은 전과 같았고 시간이 일러서인지 한산했다. 한참 뒤 안나가 나타났다. 생머리에 화장기 없는 얼굴이었고 진 차림이었다.

"검정 자켓이 어울리네. 그동안 머리 안 길렀군요."

가을 들자 입을 옷이 없어 밀양의 재래시장에서 청바지와 함께 자켓을 사 수리점에서 치수를 키운 옷이었다. 머리는 기르기가 싫어 이발관에서 이부로 깎은 맨숭머리였다. 안나가 내 목을 살폈다. 나는 전갈 목걸이를 하고 있지 않았다. 배낭 어느 구석에 박혀 있을 터였다.

"눈이 왜 그래요? 흰자위가 붉네요?"

"실핏줄이 터진 모양이지." 안마시술소에서 구토를 할 때 하도 용을 쓴 게 시신경을 자극한 모양이었다.

안나와 커피를 마시며 나는 그동안의 밀양 생활을 대충 지분거렸고, 안나는 지난여름을 어느 해보다 따분하게 넘겼다고 했다. 장사도 안 되고 시간 보내기가 지루해 몸 여기저기를 흠집 냈는데, 쌍꺼풀 수술을 하고 눈 밑 살을 제거했으며 유방을 뜯어고쳤다는 것이다.

"조금 젊어졌죠? 가슴도 볼륨이 생겼구."

안나가 불룩한 가슴을 폈다. 나는 심드렁히 웃었다.

"한번 난리를 치렀지요. 화이트하우스 창립 기념일이라 중역진이 여기 모인다는 정보를 입수하고 조폭들이 들이닥쳐 룸을 뒤졌는데, 우리 애들과 실랑이하는 참에 모두들 비상문으로 빠져나가 봉변을 면했어요. 문짝 몇 개와 술상이 박살나고 초청 가수며 애들이 좀 다쳤죠. 나도 여러 군데 찰과상을 입었구……"

"어디 애들인데?"

"R경비업체가 동원한 애들이라데요. 요즘은 사설 경비업체가 짱이래요. 강성 노조 손보는 데 사업주가 하청 내고, 시민단체 시위 막는 데 지자체가 용역을 주고, 전투 장면 영화에 엑스트라로 스크린에 뜨고, 살판났대요. 이 정부 들어서고 자영업이 망조가 들었지만 여기 립스는 폭력배가 들이치고부터 장사가 더 시들하구……" 안나가 재재거림 끝에 말했다. "밀양 갔다 온 김부장 말이죠. 우리 업소의 그만둔 계집애가 퍼뜨린 소문인데, 사실 여부는 확인이 안 됐지만."

나는 납작 되바라진 안나의 입술을 보았다.

"나회장이 밖에서 낳은 자식이라나요. 대학 다닐 때 불장난 끝

348

에 김부장을 낳자 집안 반대로 곧 헤어졌대요."

"빵에서 그런 얘기 나회장한테 설핏 들은 것 같아."

"김부장 엄마가 돈 많은 부잣집에 재취로 들어가, 김부장을 그쪽 호적에 올리고 반듯한 애로 키웠대요. 김부장이 대학에 들어가자 엄마가 비로소 아버지가 누구인지 비밀을 밝혔대요. 그리고 아들을 데리고 나가 나회장을 만났다지 뭐예요. 딸만 넷을 둔 나회장도 버린 아들을 열심히 찾던 참이었으니 잘 맞아떨어졌죠. 김부장이 알오티시로 제대하자 화이트하우스 직원으로 받아들였다잖아요. 나회장 본처는 이런 사실을 아직까지 감쪽같이 모른다지 뭐예요."

"티브이 드라마 같군."

"어쨌든 극적인 드라마잖아요. 그런데 김부장이 아버지께 바치는 효심이 그럴 수 없게 지극하대요. 죽기 직전 나회장이, 내가 키운 기업은 대물림하지 않고 유능한 후계자에게 넘긴다는 폭탄선언을 하구 화이트하우스 경영권을 김부장에게 넘길지 몰라요. 본처는 딸 넷을 줄줄이 낳았으니, 마지막으로 큰 사기 한번 치는 거지요. 요즘 애들 돈이라면 물불을 안 가리니 김부장도 상속 재산 독식하겠다고 충성을 바치는지도 모르죠."

"음지에서 키운 독버섯, 망하려 들면 하루아침이야." 말을 하고 보니 나 자신이 돌아보여 찔끔했다.

"그럴 수도 있겠죠. 그러나 김부장 그 사람, 부드러운 미소 뒤에 무서운 야망을 품은 젊은이예요. 피는 못 속인다는 말 있잖아요, 나회장 닮은 면이. 만만하게 보지 마세요."

소설 같은 이야기였다. 내 휴대폰에 신호음이 울렸다. 아니나 다를까, 김부장이었다.

"박사님, 거기 블랙립습니까? 왼쪽으로 내려오면 보이는 엘지 편의점 앞에 제 차를 대기시켰습니다. 기사가 여기로 데려다줄 겁니다." 김부장은 자기 말만 하고 전화를 끊었다.

"봉이 찾으니 가봐야지." 나는 벙거지를 쓰고 한쪽 어깨에 배낭 끈을 걸며 일어섰다.

내게 어떤 용역이 떨어질지 알 수 없었지만 이제부터 시작이었다. 앞으로 내가 어떤 일을 맡든, 감옥행을 담보할지라도 받아들이기로 했다. 이런 청부업은 이번이 마지막이다. 그렇게 다짐하며 블랙립스를 나섰다. 기분 조절은 마음먹기에 달렸다. 용병은 시키는 대로 임무만 수행하고 보수만 챙기면 된다.

"일 끝나면 전화 줘요. 내 한잔 살게." 안나가 문간에서 나를 배웅했다.

통행이 불편할 정도로 넘치는 젊은 애들을 헤집고 아랫길로 잠시 내려가자 깜박등 켠 검정 승용차가 길가에 대기해 있었다.

승용차가 나를 내려놓은 곳은 구로동을 지나 역곡역 부근의 중고차 거래소였다. 안나 말로는 나회장의 부동산컨설팅 회사 화이트하우스가 아직 압구정동에 있다고 했는데 변두리 역곡의 중고차 거래소로 미끄러졌다는 게 석연찮았다. 넓은 공지에는 각양각색 많은 중고차가 들어차 있었다. 중고차들에 둘러싸인 한가운데 큼지막한 철제 가건물이 사무실이었다. 기사가 앞장을 섰다. 사무실에는 맞춤 사무복을 입은 남녀 직원 몇이 있었다. 기사는 거기에서 대기했고 여직원이 쟁반에 녹차 캔 네 개를 얹어 나를 안내했다. 복도를 거쳐가자 안쪽에 문이 있었다. 별도로 꾸며진 응접실이 번듯했다. 바닥은 카펫을 깔았고 응접용 의자가 양쪽으로 다섯 개씩 나란히 놓였는데, 셋이 텔레비전을 보다가 나를 보자 엉거주춤 일어섰다. 나회장은 없었고 김부장이 나를 맞았다. 나머지 둘 중 한 녀석은 안면이 있었다. 검정 티 입고 밀양에 나타났던 말총머리인데 머리칼 잘라 젤로 세운 고슴도치 머리를 하고 있었다. 그가 나를 보곤 다시 뵙게 되어 영광이라고 말했다.

"박사님을 이런 데로 모셔 죄송합니다. 요즘 여기가 우리 임시 일텁니다." 김부장이 텔레비전을 끄곤 내게 맞은편 자리를 권했다. 그는 둘을 소개했다. "인사 올려. 앞으로 모실 강박사님이시다."

"박사는 무슨 박사. 회장님이 그런 농담 한다고 흉내내지 마시오. 김부장, 그냥 재필씨라 불러요. 아니면 형이라든지."

"저는 회장님 뜻에 따라 존경한다는 뜻으로…… 그럼 앞으로 형님이라 부르며 모시겠습니다."

잘 부탁한다며 둘이 각자 이름을 댔으나 가명일 터였다. 김부장이, 이번 일을 끝낼 동안 둘이 형님을 모실 거라고 말했다. 스물댓 살 전후의 두 젊은이가 흰자위 붉은 내 눈을 유심히 보았으나 아무 말도 하지 않았다. 녹차 캔을 따서 마시며 나는 앞으로 수하에 둘 두 녀석 관상을 뜯어보았다. 검은 양복 투 버튼짜리는 몸이 비대한 스모 선수 타입으로 빡빡머리에 덩치만으로도 위압적이었다. 고슴도치 머리는 강골형이었다. 김부장이 둘에게 밖에서 기다리라고 말했다. 둘이 나가자 녹차 캔을 날랐던 여직원이 디지털카메

라를 들고 들어왔다. 여직원이 나를 보고, 여권용 사진을 찍겠으니 이쪽 벽 앞에 잠시만 서라고 말했다. 여직원이 사진을 찍고 나갔다. 범죄자 리스트를 만들 때 경찰서나 교도소가 그랬다.

"우리도 당한 만큼, 이제 되갚는 일만 남았습니다." 둘만 남게 되자 김부장이 서두를 떼었다.

김부장이 옆자리에 둔 공공칠가방을 열고 서류철을 꺼내 펼쳤다. 첫 장은 사진을 확대한 복사판이었다. 무슨 총회장인지 단상 뒤쪽에 걸린 현수막 하단이 보이고 안락의자에 넥타이짜리 중년 여럿이 늘어앉아 있었다. 김부장이 그중 가운데 앉은 쉰 줄에 든 자를 지목했다.

"건설컨설팅 '기쁨자리' 조회장이지요. 다른 놈 관두고 이놈을 손 좀 봐야 합니다."

기쁨자리 조회장은 응접 의자에 앉아 만면에 웃음을 머금고 있었다. 김부장이 뒷장을 넘기며 사업 개요를 설명했다.

광명시 온사동 K지구의 이십 년 넘은 오층짜리 시영아파트 재건축 사업 건이었다.

건설컨설팅 업체 기쁨자리가 재개발조합 측 간부들에게 조합 설립에 따른 비용과 조합장 선출에 자금을 대주어 조합장을 꼭두각시로 만든 후, 반대급부로 이권과 커미션을 약속받았다. 시공권을 둘러싼 건설업체들의 과다경쟁으로 기쁨자리 측은 조합장과 조합 간부에게 수십억 원 리베이트를 제공하여 Y건설을 선정케 했다. 그 조건으로 기쁨자리가 Y건설과 결탁했다. 실제 총공사비는 이천육백오십억 원으로 책정되었으나 삼천육백억 원이 지출될 것처

럼 공사비를 허위로 부풀려 비자금을 조성키로 하고, 기쁨자리 측
은 Y건설로부터 오백억 원 리베이트를 받기로 사전 밀약했다. 거
기까지 진행시키자 기쁨자리는 사업 규모가 방대해져 화이트하우
스를 동업자로 끌어들였다. 화이트하우스로서는 수지타산이 맞는
사업이었다. 그때부터 두 컨설팅 회사의 동상이몽이 시작되었다.
Y건설은 조합원 간부와 아파트 부녀회 아줌마부대를 고깃집이나
단란주점으로 불러내어 퍼먹이고 선물과 일당을 찔러주는 등 수
억 원을 뿌렸다. 조합 인가와 사업 승인 등 인허가권을 쥔 지방자
치단체 공무원과 교수들로 구성된 환경평가단의 로비도 필수적이
다. 경찰, 세무공무원도 모른 체할 수 없으니 거기에 드는 비용까
지 합쳐 접촉에 따른 교제비가 총 이십억 원을 상회했다.

"……공사 현장 함바(식당) 이권만도 수억이 걸린 장삽니다."

"무슨 내용인지 대충은 알겠어요." 나는 나회장이 기쁨자리로
부터 배신당했다고 짐작했다.

"기쁨자리 조회장 요청으로 우리가 십팔억을 대고 리베이트 지
분 이십 프로를 받기로 했습니다. 우리도 열심히 뛰었지요. 그런
데 조합원들이 총회장에 몰려와 조합 비리를 폭로할 거란 정보가
떴어요. 기쁨자리가 총회장을 수습해달라고 동원 능력 삼백이라
는 R경비업체에 용역을 의뢰했지요."

"결론부터 말해주시오."

김부장의 지루한 설명에 조금 짜증이 났다. 안나 귀띔이 맞다면
나회장은 착실한 아들을 둔 셈이었다.

"용역회사가 협조하는 조건으로 하도급 공사 이권을 챙기는 공

생 관계야 업계 관례로 치더라도, 총회가 끝나자 경비업체 조직원들이 벌떼같이 몰려와 압구정동 우리 사무실을 친 겁니다. 우리가 정보를 줘서 총회장을 개판으로 만들었다면서. 검찰에 찌른 것도 우리 소행이라잖아요. 우리도 리베이트가 걸렸는데 왜 그런 치사한 짓을 하겠어요. 기쁨자리에 거세게 따졌습니다. R경비업체와 짜고 치는 고스톱을 당장 걷어치우라구. 그런데 그쪽이 한다는 소리가 착공도 하기 전에 검찰 수사부터 받게 되었으니 리베이트 이십 프로는 공수표라잖아요. 거기까진 또 좋았습니다. 우리도 동원할 조직이 있으니 선선히 나가떨어질 수야 없지요. 정보는 서로 뺏구 뺏기기 마련이죠. 그런데 사건이 다른 데서 터졌습니다. 한달 남짓 됐나, 신문에 난 것 압니까?"

"신문은 안 보우."

"회장님이 게임업계 친지들과 필리핀에 골프 여행을 떠났죠. 해외 출장 삼아 두어 달에 한 번은 나가곤 합니다. 나도 모셨죠. 십팔 홀을 도는데, 뒤 패 둘 역시 한국인입디다. 그런데 우리 쪽에 계속 야지를 놓지 뭡니까. 처음은 내가 가서 타일렀죠. 나이도 젊은데 자꾸 그러단 다친다구. 그런데 그게 아니었습니다. 시비가 붙었는데, 한 녀석이 설치며 바람 잡는 사이 다른 녀석이 골프채로 회장님 발목에다 풀 샷을 한 겁니다. 회장님이 그대로 풀썩 쓰러졌는데 발목에서 피가 뿜어져 나오지 뭡니까. 놈이 특수 제작한 클럽으로 쇠뭉치 끝에 칼날을 끼워넣고 휘둘러, 회장님 오른쪽 아킬레스건이 절단나버린 겁니다. 사고 친 녀석 둘은 뺑소니쳤구요. 해외 골프장에서 경쟁 관계에 있는 중소기업체끼리 세력 대결로 추태를 보였다고 신문에 났지만, 사실은 기쁨자리 측의 계획된 테러였습니다. 필리핀까지 따라와 그 짓을 벌인 거지요. 사고 친 녀석 둘을 뒤졌지만 아직 국내에 들어오지 않았구요. 처음엔 R경비업체를 의심했지만, 사고 친 한 놈이 조회장 전 경호원 출신이란 게 밝혀졌습니다."

"지금 나회장님은?"

"모처에서 요양 중입니다. 앞으론 평생 휠체어 신세를 져야 할 겁니다."

나는 서류철 첫 장을 펼치고 김부장이 지목했던 조회장을 유심히 살폈다. 이마가 벗어진 땅땅한 오십대 초반이었다. 굵은 체격에 안경을 꼈고 키는 중간치로 보였다.

"기쁨자리 회장인데 경매 입찰에서 시작하여 '국민의 정부' 때 기업부동산으로 치부했지요. 음지에 기생하는 독버섯과 같은 존잽니다."

나는 분당 노부부 납치 사건을 떠올렸다. 내가 입을 다물고 있자 김부장이 설명을 계속했다.

"형님 출감 날에 저를 보낸 건 필리핀 사건 전이라 형님을 팀장으로 기쁨자리 측과 협상 타결을 맡기려 했던 겁니다. 형님 지식이 해박하니 말발을 세울 거라는 계산이었지요. 그래서 빨리 올라오시라구 제가 자주 전화를 냈습니다." 담배 한 개비가 건너왔다. 김부장이 라이터로 불을 붙여주며 자기도 담배를 피웠다. "그런데 이제 기쁨자리와의 리베이트 문제는 핵심에서 비켜났다 이겁니다. 화이트하우스라면 이 바닥에선 성공한 케이스로 존경 받아왔는데 기쁨자리가 우리 회장님 면상을 긁은 거지요. 이제야말로 칼에는 칼, 이에는 이로, 조회장을 가만두지 않겠다는 겁니다."

"그래서 부랴부랴 밀양까지 내려왔어요?"

"그렇습니다. 거기서 설명드리려 했는데 판이 깨졌기에……"

"내가 조회장 손보고 두 놈 잡으러 필리핀으로 원정까지 가란 말인가요?"

"필리핀에 있는 놈은 사람을 보내 따로 쫓고 있어요. 형님은 조회장 처리만 맡아주세요. 회장님 뜻입니다."

김부장이 서류철 뒷장을 넘겼다. 강남 역삼동 초고층 아파트타운 사진이었다. 뒤 여러 장은 아파트 외관 풍경과 일층 입구와 홀, 복도 사진이었다.

"조회장은 골든탑 이천팔호에 삽니다. 경비업체가 경비를 맡아 입구부터 신분 조사가 철저하지요. 출입자 일거수일투족이 시시티브이로 관찰됩니다. 분당 사건 때처럼 개인 저택이 아니지요." 김부장이 서류철 뒷장을 넘겼다. 건물 사진이었다. "테헤란로 현대백화점 뒤에 있는 기쁨자리 본사인 장강빌딩입니다. 조회장이 여기로 출근하지요."

테헤란로 빌딩가 뒷거리 먹자골목의 한 코너를 차지한 팔층 빌딩이었다. 일층은 '北海島'란 글자를 대형 네온사인으로 치장한 일식점이었다. 이층은 당구장과 피시방 간판이 걸려 있었다. 코너를 돌아 건물 옆면을 찍은 사진에는 공인중개사무소와 편의점, 지하로 연결된 주차장 입구가 보였다.

"필요하다면 사람을 더 붙이겠습니다."

"골든탑에 사는 가족이 몇이오?"

"출가한 딸 가족이 함께 있습니다. 사위가 기쁨자리 전무지요."
내가 침묵하자 김부장이 지갑에서 현금카드 한 장을 꺼냈다. "어
디서든 마음대로 그으십시오. 비밀번호는 공공공칠, 공 세 개에
칠번입니다."

주머니를 다 털어야 현찰이 오만 원쯤 남았을까, 카드는 챙기고
볼 일이었다. 감옥에 갔다 온 삼 년 사이 세상이 많이 달라져 대중
식당에서 점심 한 끼 먹고도 카드로 지불했다. 카드를 받는 순간,
나는 맡겨진 작전에 이미 깊숙이 발을 내딛고 있었다. 내리막길
저 아래에서 아비가 혀를 차며, 이놈아, 용병이라면 챙길 돈부터
흥정해야지 하며 고무손을 흔들어댔다.

"화이트하우스 총괄 본부장 역할로 수고가 많구려. 나회장님이
정말 사람은 잘 봅니다." 나는 김부장을 치켜세웠다.

"다음 만날 때 필요한 건 복사해서 드리겠습니다." 김부장이 서
류철을 공공칠가방에 담았다. "애들이 밖에서 기다리니 저녁식사
나 함께하시죠. 형님 숙소는 걔들이 안내할 겁니다."

김부장은 회장님을 뵈러 가야 하기에 자리를 같이할 수 없어 미
안하다며 내일 아침 열시에 여기서 다시 만나자고 했다.

배낭을 들고 사무실로 나오자 남자 직원 하나만 남았을 뿐 소
개받은 두 녀석은 보이지 않았다. 나는 외등이 밝은 사무실 밖으
로 나섰다. 어둠이 내려 있었고 선선한 바람이 불었다. 가건물 앞
에 있는 중고차의 뒷문이 열리더니 아까 본 두 녀석이 튀어나왔다.
덩치가 내 배낭을 받아 쥐었다. 배낭 배는 불렀으나 할머니가 챙

전갈 357

겨준 속옷 따위가 고작이었다. 그들과 함께 수위실을 나서다 힐끗 뒤돌아보았다. 이제부터 어디서든 주위부터 살펴야 했다. 김부장이 사무실을 나선 참인데 가건물 주위의 중고차 여러 대에서 검은 양복짜리들이 나와 그를 에워쌌다. 중고차가 보디가드 은신처로, 화이트하우스의 김영갑 부장 무게를 실감케 했다. 그 역시 R경비업체나 기쁨자리의 테러를 염려하고 있었다.

"어디 가서 배 좀 채웁시다." 덩치의 어깨를 치며 내가 말했다. 녀석 이름은 천봉수라 했다.

주위를 살폈으나 주차 중인 택시나 승용차는 없었다. 감시의 눈이 우리를 지켜보고 있을지 몰랐다. 셋은 역곡역 부근 먹자거리로 갔다. 고깃집으로 들어가서 자리를 정하고 우선 생등심 오 인분에 소주를 시켰다. 불판 위에서 등심이 지글지글 타자 울산에서 밀양으로 넘어올 때 언양에서 먹은 갈비가 생각났다. 불과 두 달 반 전인데 꽤 오래된 일인 듯 그 장면이 그려졌다.

"부장님한테 대충 말씀 들었는데, 형님만 오시면 곧 착수한다던데요?" 내 잔에 술을 치며 강골형이 물었다. 그의 이름은 신군도라 했는데, 김부장 따라 나를 형님으로 호칭했다.

"술자리서 사업 이야긴 안해야지."

셋이 소주 다섯 병을 비울 동안, 기쁨자리 조회장은 화제에 오르지 않았다. 둘은 맞짱 상대가 기쁨자리란 걸 대충 알고 있었으나 조회장을 찍고 있는 줄 아직은 모르는 모양이었다. 우리는 서로 개인 이력만 대충 주워섬겼다. 천봉수는 강간, 사기로 감방을 드나들었고, 신군도는 두 차례의 폭력 전과가 있었다. 내가 출감

한 지 얼마 안 된다는 말을 들었던 터라 둘은 내 전력에 대해서도 알고 싶어했다.

"밀양에서 중학 졸업 후 상경해선 주로 혼자 놀았지요. 화이트하우스에 들어오기 전까지 조직원 생활은 안해봤고."

나회장을 감방에서 만난 인연으로 조직에 들어왔는데 결과적으로 삼 년을 빵에서 살았고, 합이 칠 년 넘게 빵에서 보냈다는 내 말에 천봉수가, 이 바닥 대선배님이시군요 하며 감탄했다.

사실 나회장을 만나기 전까지 내 전공은 재력가의 집털이였다. 나는 누구의 도움도 받지 않는 단독범으로 일을 끝냈고 큰돈을 만졌다. 안나가 내 이력을 대충 알고 난 뒤, 정신병자는 다들 혼자 꼬무작거리는 론리 맨 아녜요? 하고 빈정댄 적이 있었다. 그 말이 맞았다. 나는 들이칠 개인 주택을 찍으면 며칠 집 주변을 탐색한 뒤, 경비용 전화선을 끊고 담을 넘어선 천사회 시절 회원들과 암벽이나 빙벽을 탔던 경험을 살려 스파이더맨처럼 빗물받이 물통이나 가스관을 이용해 이층 안방을 덮쳤다. 흉기를 소지하지 않았고 절단기와 드라이브, 손전등, 노끈 정도가 고작이었다. 협박은 했을망정 사람을 해친 적은 없었다. 그들 역시 사회적 명성에 누가 될까봐 털린 장물을 경찰에 신고하지 않았다. 그들은 몸 안 다치는 게 중요했지 도둑맞은 물건이래야 재력에 비추어 새발의 피였다. 따지고 보면 분당 노부부 납치 사건도 공범이 있어 들통난 셈이다. 이번에도 실패한다면 앞에 앉은 두 녀석 탓일 거란 생각이 들었다.

이 정도 양으로 어떻게 체력을 유지하느냐는 천봉수 말에 따라 갈비 삼 인분을 더 시켰을 때, 안나 전화가 걸려왔다. 나는 역곡역 부근 고깃집에 있다고 말했다. 내가 찾아올 것을 지레 짐작한 안나가, 원룸을 갈아탔다며 그쪽으로 찾아가면 허탕이라 했다. 블랙립스 뒷골목에 카페 '머니와인'이 있는데 그리로 와서 전화를 달라고 일방적으로 말했다. 안나는 매사가 자기 본위였고 그런 결점을 자신은 몰랐다. 화이트하우스 근황을 좀더 자세히 챙기자면 안나를 만나야 했다.

고깃집 계산은 내 카드로 했다. 큰길로 나서자 천봉수가 부근에 아는 룸살롱이 있다고 했다.

"형님, 아까 약속하시는 것 같던데요?" 신군도가 물었다.

"숙소가 어디요?"

"앞으로 말씀 놓으세요. 양평동입니다. 한강 둔치가 가깝죠." 천봉수가 말했다. "오실 때 제 휴대폰으로 연락 주십시오. 기사한테 양평동 네거리 건강약품 앞으로 가자면 됩니다."

천봉수가 내 휴대폰을 받아 둘의 전화번호를 입력해주고, 내 번호를 자기네 휴대폰에 등록했다. 나는 택시 편에 신촌으로 빠졌다.

신촌 뒷거리에 'MW'란 붉은 네온 간판이 보였다. 안나가 먼저 와서 담배를 꼬나물고 와인을 홀짝거리고 있었다.

"한 건 맡기로 했어요?" 와인을 내 잔에 치며 안나가 물었다.

"화이트하우스 사무실이 압구정동에 있잖아. 나회장이 변두리로 진출해서 헌 차 장사도 하나?"

"지금 기쁨자리와 한판 붙었잖아요. 압구정동은 너무 노출되어 안전지대가 못 되나 봐요. 역곡 쪽 재개발사업에 뛰어들다 눈에 띄는 중고차 거래소를 인수했다고 들었어요." 안나가 건배하자며 와인 잔을 부딪쳤다. "기쁨자리 치는 건수 맡은 것 맞죠?"

"내게 무슨 힘이 있다고 그 큰 기업체까지 쳐?"

"어쨌든 뭘 맡아도 맡았겠죠. 심심한데 나도 껴붙을까. 삥땅 뜯어야지." 안나가 눈웃음쳤다.

"요즘은 아무 놈팡이도 없어?"

"내 눈이 높은가봐. 아무한테나 주긴 싫구."

"일 끝내고 봐. 그때까지 내가 살아 있을지 모르지만."

공연히 화가 나서 잔을 비워내자 와인이 빈 병이었다.

"지난번 출감 턱도 못 냈는데 오늘은 입성 턱 해야지." 안나가 양주 한 병과 야채를 시켰다.

"이거로 현찰이나 좀 빼와." 나는 주머니에서 현금카드를 꺼냈다. "잔고 있는 대로. 비밀번호는 공 셋에 칠번이야."

*

침대 아래 벗어둔 바지에서 휴대폰이 연방 울렸다. 어젯밤 양평동으로 가지 않았기에 나를 기다렸을 두 녀석의 안부 전화일 터였다. 눈을 뜨니 베란다 쪽 창으로 들어오는 아침 햇살이 눈부셨다. 어젯밤 블랙립스와 가까운 안나 원룸으로 찾아들었음이 생각났다. 방으로 들어오자마자 서로 옷을 벗겨가며 두 몸이 엉겼다. 침대 네 귀를 돌며 이층집을 번갈아 지었고, 땀범벅이 되자 샤워 물에 두 몸을 밀착시켜선 분탕질 쳤다.

여자가 아침부터 전화 받기가 무엇하다며, 세번째 걸려온 전화라고 안나가 말했다. 벽시계를 보니 아홉시가 넘었다.

"어젯밤 전화 연락도 없어서……" 천봉수였다.

"미안허이. 술에 너무 취했어." 열시에 김부장과 만나기로 약속했으니 중고차 거래소에서 보자며 전화를 끊었다.

"남자 위해 아침상 보기가 오랜만이네." 싱크대 앞에 선 안나가 말했다.

냄비 물이 끓었고 안나가 인스턴트 북엇국 봉지를 뜯고 있었다. 건너편 벽 앞 받침대에 텔레비전과 직사각형 수족관이 얹혀 있었다. 관상용 금붕어 어항이 아니라 모래와 흙, 돌멩이와 나무뿌리를 넣은 어항이었다. 바지를 입고 가까이 가서 유리 상자를 살폈다. 돌멩이 사이에 무언가 대가리를 처박고 꼼짝을 않았다. 전갈 두 마리였다. 치켜든 꼬리 끝에 날카로운 독침이 보였다.

"어쭈, 키우기까지."

"인터넷 쇼핑에서 분양받았죠."

"이것들이 여기 갇혀 뭘 먹어?"

"육식성이라 바퀴벌레, 파리, 개미, 귀뚜라미, 모든 곤충은 다 먹어치워요. 주문하면 택배로 보내줘요."

"전갈을 애완동물로 키운다?"

"그리스 신화에 나오는 거인 사냥꾼 오리온 알아요? 대단한 미남이었대요."

"그런 이름의 과자가 있잖아." 정수리를 바늘로 찌르는 통증이 왔다.

"거기 별자리 책 있죠? 오리온 한번 찾아봐요."

"뭐 할 일 없다고 책까지 뒤져."

북엇국에 데운 햇반을 말아 먹으며 나는 줄곧 기쁨자리 조회장 처리 방법만 생각했다. 김부장이 조회장을 손보아야 한다고만 말했지, 살인 청부인지 병신으로 만들라는 건지 아직은 알 수 없었다. 김부장 만나면 내 몫 리베이트 문제도 결론지어야 했다. 아침밥은 늘 거른다며, 안나가 커피 한 잔과 바나나 하나를 들고 식탁 앞에 앉았다.

"뭘 그렇게 골똘히 생각해요?"

"한 놈 보낼 생각."

"오이노피온 왕이 오리온을 장님으로 만들자, 복수하러 나선 오리온 같네." 안나가 커피를 홀짝거렸다.

"장님이 된 처지에 왕을 복수한다고? 내가 그렇게 보여?"

"전갈자리 신화예요. 신탁을 받은 오리온이 시력을 회복해선 복수하러 나섰다가 여신 아르테미스의 설득으로 마음을 바꾸었죠. 아르테미스의 오빠가 아폴론인데, 누이가 미남 오리온을 사랑하게 될까봐 전갈을 보내 누이를 지키게 했는데, 오리온이 전갈 독침에 죽었죠."

"아침부터 기분 잡치는 얘긴 접어."

숟가락을 놓고 시계를 보았다. 열시가 가까웠다. 역곡까지 가자면 어차피 지각이었다. 벙거지를 눌러쓰고 배낭을 걸쳤다.

"전갈을 조심해요. 내가 준 목걸이가 부적인 셈인데……" 안나가 문간까지 따라나와 말했다.

"오리온이 전갈 독침에 죽었다며 전갈 목걸이를 걸라고?"

"물린 독사의 독이 최고 치료제라잖아요."

"그래? 나는 오리온이 아니고 전갈이다."

원룸을 나섰다. 큰길로 나와 택시를 타고 역곡 중고차 거래소로 갈 동안 전화가 두 통 왔다. 한 통은 김부장 전화였는데 회장님이 기다린다고 했다. 나회장까지 출두했다니, 마음이 바빠졌다. 한 통은 명희 누나 전화였다. 밀양으로 전화 냈더니 서울로 갔다고 해서 어디에 거주하는지 확인하는 참이라고 누나가 말했다. 밀양에 두고 온 종호를 걱정하는 말에 나는 아무 말 않고 전화를 끊었다. 신경이 머리끝까지 뻗어 있는데 자식 걱정하게 됐냐 싶어 전화를 끊자 자형 교회 이메일이 생각났다. 허군이 이메일로 할아버지의 거제도 활동과 마지막 밀양 생활을 정리해서 이메일로 보내겠다고 했던 것이다. 제어장치가 고장 난 차처럼 내리막길로 치닫는 지금 내 처지에 할아버지 생애 정리인들 무슨 의미가 있을까 하는 허망한 생각이 들었다. 며칠 전까지만도 기를 쓰고 매달렸던 그 작업이 까마득한 저쪽 세월, 어느 책상물림의 한가로운 족보 정리이듯 여겨졌다. 시간은 열시 반으로 치닫고 있었다.

중고차 거래소 수위실의 제재를 받았으나 나는 택시를 공터 안까지 몰아넣게 했다. 사무실 앞에 서성거리던 어깨 넓은 젊은이들이 택시 쪽으로 뛰어왔으나 김부장 기사가 나를 알아보고 그들을 제지했다. 급히 사무실로 들어섰다. 여직원이 나를 응접실로 안내했다. 문을 열었다. 건너편 정중앙에 나상길 회장이 지팡이를 쥔 채 휠체어에 앉아 있고 김영갑 부장이 휠체어 뒤에 서 있었다. 응접 의자에 한쪽으로 셋씩, 모두 여섯 명이 일제히 내 쪽으로 고개를 돌렸다. 마초파 시절의 아는 얼굴도 있었다. 나회장이 나온 자리라 화이트하우스 중역진이 출동한 모양이었다. 여태 나를 기다린 듯 분위기가 침묵 속에 숙연했다.

"강재필이 왔습니다." 나는 벙거지 벗고 나회장에게 머리를 숙였다.

"얼마 만인가. 강박, 반갑네."

나회장의 쉰 목소리는 힘이 없었다. 안나를 꿰차고 만주로 떠나기 전에 보고 처음 본 회장 얼굴은 삼 년 사이 많이 수척해진 모습이었다. 희끗한 머리칼에 뺨이 패었다.

"뭘 쓴다던데 끝을 보았나?"

"끝내지 못하고 올라왔지요."

"그 안에 있을 때 정신병에 관한 책을 많이 읽었더랬지."

"그랬지요."

"나는 강박이 큰 그릇이라구 여기 애들한테 늘 말했지. 학식 있고 의리 있는 남자라구. 강박은 치밀하고 다이나믹한 데가 있지." 나는 잠자코 있었다. "삼 년 동안 나를 원망했지?"

"아닙니다." 갑자기 머리가 패었다.

"조부가 일제 때 행세깨나 해서 동대문 밖에 늘린 땅이 많았지. 부친이 해방 후 정치판에 뛰어들어 원남동 서른세 칸 집까지 날렸으니……" 나회장이 느직하게 회고담을 늘어놓았다. "군인들 세상이 되자 집안이 아주 기울었어. 그래서 밖으로 겉돌게 된 내 청소년 시절, 나도 적잖게 고생깨나 겪었지."

나회장이 조부가 친일파라고 대놓고 말하지 않으나, 그의 말이 내게는 충격적이었다. 나는 나회장 부친 이야기를 감방에서 들은 적 있었으나 조부 이야기는 처음 듣는 셈이다. 나의 할아버지는 나회장 조부가 영화를 누렸던 식민지 시절에 무엇을 했던가. 나회장과의 인연이 어떤 숙명으로 맺어졌다는 느낌이었다. 찬물을 뒤집어쓴 듯 눈앞이 어리벙벙했다. 분노가 아닌 비애가 마음을 서늘히 적셨다.

"따지고 보면 나도 죄 많은 놈이야. 요즘 들어서야 그런 생각이 부쩍 들어. 조상 잘못 둬서인지 못할 짓도 많이 했구……" 나회장이 말꼬리를 늦추었다. "명동 바닥 사보이호텔을 무대로, 김상사파 밑에서 배짱 키워온 세월이 까마득하구먼. 나도 나이 먹었구 운이 다했어. 여기 나 믿구 따라온 식구들 한 살림 차려주고 난 아주 물러앉을까봐."

"회장님, 무슨 그런 말씀을요. 어떻게 일으킨 사업이신데. 시장경제가 지배하는 한, 우리 기업은 계속 성장할 겁니다." 나회장 가까이에 앉은 작달막한 쉰 초반이 말했다.

"사방에서 돌팔매질하는데 성장 중이라구? 무슨 쓸데없는 소리." 나회장이 짚고 있던 지팡이로 바닥을 쿵쿵 쳤다. "자네들 다 나가 있어!"

나회장 말에 여섯이 목례를 하곤 물러났다. 방을 나서는 그들 걸음걸이가 조심스러웠다. 나회장, 김부장, 나만 남았다.

"강박, 듣자 하니 독립운동 한 조부에 대해서 뭘 쓴다며?"

"그랬습니다."

"그런데도 내 일 맡을 수 있어?"

나는 잠자코 있었다.

"다 지난 일이야. 지나고 보면 세상일이 다 그래. 피도 물에 섞이면 물이 돼. 당대에는 원수라도 다음 대에선 화해하구, 혼사가 맺어져 양가 피가 섞이구……" 나회장이 한숨을 깔았다. "강박, 요즘도 불면증 앓아? 뽕은 안하구?"

"그건 벌써 끊었습니다."

"이번 일 생각하면 통 잠을 이룰 수 없어. 이리 오게. 강박 손 한번 잡아봄세."

배낭을 벗어놓고 나회장 앞으로 다가갔다. 그가 휠체어에 앉아 있으니 키가 큰 나는 무릎을 꿇을 수밖에 없었다.

"이번 일을 꼭 자네에게 맡기고 싶어 김부장을 밀양까지 보냈지." 나회장이 떨리는 목소리로 물었다. "나를 위해 이번 일을 맡아줄테지?"

문득 영화 「대부」가 생각났다. 휠체어 탄 말론 브랜도 앞에 아들 알 파치노가 무릎 꿇어 사업을 전수받는 꼴이었다. 안나 말이 사실이라면 김부장이 언젠가 그런 장면을 연출하게 될 터였다. 내 처지는 사업이 아니라 청부살인 교사였다. 나회장은 중역들 앞에서 자신의 삶을 반성하며 인생의 허무함을 읊조렸지만, 잠시 죽은 좇처럼 가사(假死) 흉내를 냈을 뿐이다. 그는 불면증에 시달리며 다른 한편으로 비수를 갈았다. 내 피를 속일 수 없듯 나회장 역시 피를 속일 수 없었다. 따지고 보면 삶 자체가 연극인지 모른다. 나는 모순의 한 단면을 본 셈이다.

"회장님은 형님을 누구보다도 신임합니다." 뒤에 선 김부장이 말했다.

"안 맡으면 몰라두 자넨 한다면 반드시 해내지 않는가?"

"무슨 말씀인지 알겠습니다." 일어서며 내가 말했다.

"김부장, 준비한 그 가방 줘."

김부장이 응접 의자 뒤에 둔 공공칠가방을 테이블 위로 옮겨선 버튼을 눌러 뚜껑을 열었다. 액면가 오천 원짜리 빳빳한 경품용 문화상품권 다발이 담겨 있었다.

"현찰과 다름없네."

"일억 천입니다. '바다이야기' 교환소에서 현찰로 바꿔줍니다. 십 프로 공제액 천을 보탰습니다." 김부장이 말했다.

"강박 얼굴 봤으니 됐어. 그럼 일 끝내고 또 봄세. 앞으로 자네가 내 못 쓰게 된 다리 구실을 해줘야지. 나 그만 가겠네."

나회장 말이 떨어지자 김부장이 휠체어를 밀었다. 사무실로 나가며 나회장은 뒤에 선 나를 향해 지팡이를 흔들었다. 지팡이를 들어 흔들 수 있는 것으로 보아 그는 두 다리로 활보할 수 없을 뿐 건강 상태는 양호해 보였다.

그날 낮, 나는 김부장, 화이트하우스의 중역인 금융팀의 이 상무, 건설팀의 장이사, 중고차 거래소 점장 김소장과 역곡역 앞 일식집 룸에서 점심을 먹었다. 푸짐한 활어회에 맥주부터 한 잔씩 걸쳤다. 식사로는 복매운탕을 주문했다. 우리는 기쁨자리의 비리와 오너 조회장의 배신에 대해, 온사동 재개발사업의 검찰 수사 진행에 대해, 각 경찰서 지능팀이 총동원된 게임오락장과 피시방 단속에 대해 여러 이야기를 나누었다. 이상무는, 사채업이 신용불량자에겐 연 이백이십삼 프로까지 이자를 부과하자 정부가 연 육십 프로로 이자제한법을 만들겠다고 하는데 그게 현실성이 있냐고 성토했다.

"상호저축은행 금리 수준에 맞추겠다지만 사설 금융시장이 철시하면 담보 없는 사람은 어디서 급전을 빌려. 연 삼백 프로 고율의 지하 금융이 활개칠 거란 걸 바보가 아닌 다음에야 정부도 알 것 아냐?"

"결과적으로 경기 침체가 금융시장까지 불어닥친 겁니다. 그러니 증권 환치기, 주가 조작, 벤처회사의 불법 기업 인수합병 등, 지능형 금융 비리가 속속 터지는 거지요." 김부장이 말했다.

그런 딱딱한 얘기 끝에 장이사가, 회장님이 강박을 너무 사랑해서 질투가 날 정도라며 너털웃음을 웃었다. 허우대만 컸지 아는 게 있느냐고 내가 말하자, 그가 한물간 분당 노부부 납치 사건 이야기를 꺼냈다. 장이사는 마초파 시절에는 부장이었는데 삼 년 사이 직함이 이사로 올랐다.

"강박이 처리를 말끔히 했잖아. 한명수의 시아게(마무리)가 서툴렀지만." 장이사는 이번에도 내가 어떤 역할을 맡게 될 것임을 넌지시 암시했다.

"장이사 눈엔 늘 제가 저격수지요." 내가 눈매를 세웠다.

"아니야, 아니라구. 그냥 해본 소리야." 장이사가 황급히 발뺌했다.

식사가 나오자 김소장이 군침을 삼키며, 가을바람 불면 복 맛이 제철을 찾는다고 말했다.

"복어 독은 독 중에 맹독이라던데, 이 집은 복어 전문 요리사를 뒀겠지." 장이사가 복 살점을 앞접시에 건져내며 말했다.

"여기로 오기 전에 독소는 다 들어내지요. 독은 피와 알집, 내장에 잠복한대요. 특히 봄철엔 독이 강해서, 사월 들면 복 요리를 피하죠." 김소장이 아는 척했다.

화제가 독으로 풀리자 아침에 안나가 말했던 전갈 독침이 생각났다. 어릴 적 엄마와 함께 갯뜰 외갓집에 가면 외할머니가 끓여준 복국을 자주 먹었다.

식사가 끝나자 이상무와 장이사, 김소장이 약속이나 한 듯 바쁘다며 자리를 떴다. 김부장과 나만 남았다.

"눈이 왜 그렇습니까?"

"열이 많은가 봐요. 터졌어."

김부장이 잠시 침묵 뒤 본론을 꺼냈다.

"기쁨자리한테 손해 본 우리 몫은 따로 대책을 강구 중입니다. 조합 총회에서 새 건설업체가 선정되더라도 우리 리베이트는 유효하다고 봐요. 형님은 조회장만 손보면 됩니다."

"알겠는데, 어떻게?"

"회장님이 당한 만큼만 손봐주면 됩니다. 조를 아주 보낸다면 필경 형님과 우리 쪽도 다칩니다. 회장님 말씀도 그 선에서 마무리짓겠다구……"

"병신으로 만들라?"

"본인 외 가족은 절대 다치게 하지 말라고 하셨어요."

필리핀 골프장에 김부장이 있었으나 기쁨자리 하수인이 김부장까지 치지는 않았다. 보복의 악순환인 이 세계에서도 가족은 보호되고 있었다. 최소한의 의리치곤 치사한 발상이다.

"이번 일은 저와 형님밖에 아무도 모릅니다. 끝내는 데 필요한 시간을 얼마로 잡을까요?"

"글쎄……" 나는 아직 어떤 계획도 세워두지 않았다. "모르긴 해도 열흘이나 보름 정도?"

일에 착수하자면 우선 아침부터 밤까지 조회장 이동로부터 파악해야 한다. 조회장은 혼자 움직이지 않을 터이다. 비서가 따르겠지만 요즘은 경호원까지 붙었는지 모른다. 일을 치자면 그들을 따돌리고 조회장에게 바싹 접근해야 한다. 일 끝낸 뒤 내 안전 역시 고려하지 않으면 안 된다.

"여권과 항공권을 준비하겠습니다. 요즘 베트남 호치민이 한국 관광객들 쉬기가 좋다던데요."

일 끝내고 지명수배가 내리기 전 국내를 탈출하라는 김부장의 암시였다.

안나를 달고 만주로 튀던 생각이 났다. 세상의 이목에서 벗어나 사건이 잠잠해질 동안 해외에 머물 생각을 하자 내가 밟고 있는 땅이 공중에 떠버리는 느낌이었다.

"가방 챙기십시오. 그 가방 비밀번호도 공공공칠입니다."

김부장이 할말 다 했다는 듯 일어섰다. 나는 애들에게 할 얘기가 있으니 김부장 먼저 나서라고 말했다. 김부장이 자기 공공칠가방에서 서류 봉투를 꺼내더니, 어제 보여준 서류 중 몇 장을 복사했고 참고할 다른 내용도 들어 있다고 말했다. 그가 떠나자 나는 휴대폰으로 천봉수에게, 신군과 함께 일식집으로 오라는 전화를 냈다. 둘이 올 동안 들춰보려 김부장이 주고 간 봉투의 내용물을 꺼냈다. 참고용은 에이포 용지 두 장으로, 기쁨자리 조회장의 사업 비리를 열거한 것이었다.

1998년 6월, 수원시 매탄동 철거를 맡은 업체의 재건축 공사를 포기케 할 목적으로 기쁨자리 측이 경비업체 폭력배를 동원하여 시공사 사장을 납치한 후 흉기로 무릎을 찌르고 협박해 오억 원을 갈취했다. 철거업체 선정에 철거권 삼억 원을 수수했다.

2000년 4월, 수도권 재개발 의정부 용현동 주공아파트 재시공을 맡은 건설회사로부터 조합원 총회에 도움을 주었다는 명목으로 십일억 원을 갈취했다.

2003년 10월 정릉 2, 3지구 재건축 사업에서 기쁨자리 측이 시공사와 짜고 공사 내용을 변경했다. 건축 세대주는 천오백칠십 세대였는데 무상지분율을 백십칠 프로로 하여 무상지분율과 건축 세대수를 대폭 줄여 분양 평수를 대형화한다는 조건으로 가계약해선 사백억 원의 추가개발 이익금을 챙겼다. 그 외에도 오륙 년 사이 두 건이 더 있었다. 화이트하우스는 밀대(내부 제보자)를 통해 이런 정보를 빼내었고, 기쁨자리 측 비행을 검찰 당국에 고발했을 터였다. 검찰 당국은 업체 간 과열 경쟁으로 빚어지는 상대방 업체 고발이나 찬밥 신세가 된 내부자 고발을 통해 정보를 확보하는 반대급부 이득을 챙기는 셈이다.

나는 웃고 말았다. 따지고 보면 나회장이나 조회장의 치부 이력은 막상막하였다. 시장경제의 그늘이야말로 먹고 먹히는 약육강

식의 세계다.

천봉수와 신군도가 왔다. 내 앞에 둘이 자리를 잡자 나는 부름이 벨을 눌렀다. 둘은 김부장 기사와 함께 점심을 먹었다고 했다. 여종업원이 오자 정종 한 주전자에 복 수육 삼 인분을 시켰다.

"기쁨자리 사옥 알아?" 여종업원이 나가자 신군도에게 물었다.

"테헤란로 이면 도로변에 있지요. 일대가 유흥갑니다."

"일층이 일식집 '북해도'더군. 조회장 말이야. 북해도에도 자주 출입하겠지. 조에게 복국 대접 한번 해봤으면 좋겠어. 천봉수, 네가 이따바(熟手)로 나서면 될 텐데, 어때?"

"독 안 뺀 복국 말씀이죠?"

"말하면 뭘 해." 신군도가 받았다.

"독을 살짝 간 치면 국 맛이 일품이라던데?" 내가 말했다.

"숙련공이 아닌데 일식집 주방 취업이 어디 쉽겠습니까." 천봉수가 고개를 갸우뚱했다.

복 수육 접시와 정종이 왔다. 복 껍질 무침도 따라 나왔다.

"그냥 해본 소리야. 자, 먹자고."

셋은 앞으로의 작전 성공을 위해 건배를 들었다. 내가 말이 없자 둘도 내 눈치만 살피며 술잔을 주고받았다.

"조회장 손 좀 봐야겠어." 수육 접시가 비워질 때쯤 내가 우리 셋의 일을 두고 정곡을 찔렀다.

"어떻게요?" 눈을 껌벅이며 천봉수가 물었다.

녀석은 멍청한 데가 있었다. 앞에 내세우면 덩칫값으로 공갈은 먹힐지 모르나 뭘 맡겼다간 일 그르치기 십상이었다.

"봉수 군, 할 수 있지?"

"해, 해야겠지요."

"아무래도 자넨 바람 잡는 역할밖엔 못 맡기겠어." 나는 신군도를 지목했다. "조가 강남 골든탑 이십층에 산다는데, 먼저 거기 경비가 어느 수준인지 알아야겠고, 다음은 조 하루 일과야. 장강빌딩에 몇 시에 출근해서 얼마쯤 머물며, 점심은 주로 어디서 먹고, 저녁 시간은 어떻게 보내다 몇 시쯤에 골든탑으로 귀가하는지 알아야겠어. 물론 조 옆에 붙는 비서나 경호원도 파악해야겠지."

"무슨 말씀인지 감 잡았습니다." 신군도가 말했다.

"내일부터 나흘이다. 나흘간 여유를 준다. 나흘 후 저녁 같이 먹자고." 나는 배낭에 든 백만 원에서 반을 잘라 신군도에게 넘겼다. "사진도 웬만큼 찍어둬. 돈이 더 들면 자네들 카드로 끊고 내게 영수증 넘겨. 사흘 동안은 내 옆에 붙을 필요가 없어. 나도 그동안 생각 좀 해야겠으니 찾지 마."

또 연락하기로 하고 나는 일어섰다.

오늘 밤은 어디서 주무실 거냐고 신군도가 물었다. 전화로 연락하겠으니 기다리지 말라 하곤, 둘에게 당조짐을 놓았다.

"이런 일엔 경험이 있어 날 돕겠지만 지금부턴 입조심해. 말 안 새도록. 누구한테 칼침당할지 모르니깐 앞뒤 잘 살피고. 특히 밤엔 조심해. 그리고 열심히 뛰어. 뛰는 만큼 성공 확률이 보장돼. 실패하면 알지? 전과가 있으니 최소한 오 년은 썩는다."

*

374

나는 나흘 동안을 혼자서 보냈다. 잠은 안마시술소나 스물네 시간 영업하는 사우나탕 수면실을 이용했다. 그새 눈에 섰던 핏발은 가셨다. 그동안 나는 우선적으로 종로구와 중구 길바닥에 널린 '바다이야기' 상품권 환전소를 돌며 문화상품권 다발을 쪼개어 현찰로 바꾸었다. 내가 감옥에 있을 때인 작년부터 부쩍 생겨났다는 성인오락실 바다이야기는 황금알을 낳는 거위로 인기는 대단했다. 상업지구 대로변이나 이면도로에 박힌 바다이야기는 칠팔십 평 내외의 객장에 칠팔십 대 내외의 게임기를 갖추어, 서민 도박꾼들로 늘 만원이었다. 천장과 벽, 게임기에 요란하게 부착된 색색의 깜박등, 경쾌한 사이키 음악, 자욱한 담배 연기 속에 종업원들이 안내방송을 통해 연방 바람을 잡았다. "삼십일번 손님, 축하드립니다. 아싸, 쌈바 쌈바! 드디어 터졌습니다." "오십이번 손님, 고래가 지나갑니다. 대박이 들어오고 있습니다. 아싸, 브라보! 여러분, 오십이번 손님을 축하해주세요." "칠십이번 사장님이 대박 쏘셨습니다. 십이만 원짜리, 파이팅! 연타 시작입니다. 거금 이십오만 원 터질 순간 개봉 박두! 다른 사장님도 뽀찌 한번 돌리세요."

나는 예전부터 도박에는 별 관심이 없었다. 평소에도 자주 머리가 아픈데 노름판에서 남의 패 읽느라 골 썩일 필요까지 없었다. 환전을 끝내자 나는 은행으로 갔다. 팔천만 원을 삼 년짜리 만기 적금으로 은행에 예치했다. 천만 원은 달러로, 천만 원은 여행자용 수표로 환전해 배낭에 담고, 공공칠가방은 폐기 처분했다. 이제야말로 '갱생'의 길로 들어서는 참인가? 문득 그런 생각이 떠올랐으나 쥔 돈이 땀 흘려 번 돈이 아니라 꺼림직했다.

한 건물에 여러 병원이 입주해 있는 병원 전용 빌딩의 신경정신과를 찾았다. 간호사에게 건강보험증이 없는 사정을 설명했다. 전문의는 내 나이 또래였다. 나는 어릴 적부터의 병력을 설명하고 복용하다 남은 프로작 몇 알을 보이며, 교도소에서 석방될 때 타나온 약이 떨어졌다고 말했다. 의사는 그래프로 표시되는 몇 가지 임상 테스트로 나를 진찰했다. 의사는 교도소 전력의 덩치 큰 사내의 진료에 신경이 쓰이는지 별다른 의견 없이 처방전 한 장을 끊어주었다. 나는 처방전을 들고 약국으로 가서 프로작과 노르트립틸린 각각 두 달분을 구입했다.

그런 일을 대충 마무리짓자 사흘 낮 시간 동안 1987년 상경 후 내가 거쳐온 땅을 다시 밟고 다녔다. 비루한 삶의 자취였던 서울역과 남대문시장, 명동 바닥을 거닐었다. 을지로 3가의 체육관도 찾았다. 국가대표급 권투 선수와 레슬링 선수들이 있던 도장이었다. 명보극장 뒤의 체육관은 없어졌고, 운동을 마치고 땀을 씻거나 감량한다며 사우나를 들락거렸던 부근 목욕탕은 모텔로 바뀌어 있었다.

내가 장물을 턴 적 있던 성북동과 장충동 부자촌의 한적한 골목길도 어슬렁거렸다. 어떻게 저 담을 넘었지, 하며 감시용 시시티브이와 경보 장치가 곳곳에 설치된 높은 담장을 올려다보았다. 당시 신흥 부자들이 한강 넘어 내려와 살던 청담동에서도 한 번 털이한 적이 있었는데 그 일대를 둘러보는 김에 테헤란로 현대백화점 뒤 장강빌딩과 도곡동 골든탑 고층 아파트를 구경했다. 골든탑에서부터 테헤란로까지, 조회장 승용차가 거쳐갈 큰길을 따라 걸어보기도 했다. 장강빌딩은 엘리베이터를 이용해 층층마다 둘러보았는데 엘리베이터는 육층까지만 가동되었을 뿐 칠팔층은 강판 유리문으로 막혀 있었다. 기쁨자리가 칠팔층을 쓰고 있었는데, 신분 확인용 전자카드 없이는 출입이 불가능했다. 유리문 옆에는 '기쁨두배 기쁨자리'란 로고 아래 '(주)건설컨설팅 기쁨자리'란 금분 올린 철제 간판이 걸려 있었다. 마침 낮 시간이라 나는 북해도 일식점의 조리대 앞자리에서 복매운탕으로 점심을 해결했다. 룸 빼고 객장 오십 석이 찰 정도로 일식점은 손님으로 붐볐다.

도곡동 골든탑은 말 그대로 경비가 삼엄했다. 입주자 가족이 아닌 경우는 정부청사 출입처럼 경비실에 주민등록증을 제시한 뒤 방문신청서를 써내고, 방문자를 들여보내도 좋다는 입주자의 허락이 떨어져야 검사대를 통과해 엘리베이터를 탈 수 있었다. 나는 거기 식당가에서 한식으로 저녁을 먹었고 술도 한잔했다.

나흘 동안을 나는 그렇게 나만의 시간을 보내며 줄곧 조회장을 손보는 방법과 내가 살아남을 길, 때로는 죽음과 옥살이에 대해서 생각했다. 살아간다는 게 지겹도록 허무했고 기분은 늘 멜랑콜리한 상태였다. 나흘 동안 여러 군데서 내 휴대폰으로 전화가 왔다. 수시로 걸려온 천봉수와 신군도의 전화 외에도, 김부장의 안부 전화가 한 차례 있었다. 김부장에게는, 내가 연락하기 전에 전화를 걸지 말라고 일렀다. 안나는, 오늘은 무슨 일을 했고 어디서 잘 거냐며 저녁마다 물어왔다. 나는, 이런저런 생각에 시달려 기분이 좋아서 안나 만나기를 피했다. 명희 누나도 안부 전화를 했기에 그제야 자형 교회의 이메일을 물었다. "여기저기 직장을 알아보고 있지. 헬스클럽 강사 같은 거. 안정이 되는 대로 종호를 불러야지." 나는 누나에게 그 정도로 말해두었다.

사흘째 밤, 명보극장 부근 예전에 자주 찾았던 '은성족탕'이 아직 그 자리에서 영업을 하기에 족 수육을 시켜놓고 소주잔을 기울일 때, 밀양의 허군이 전화를 해왔다. 그는 내 안부를 물었다.

"일자리를 물색 중이지."

"거제도 부분은 대충 마무리했어요. 거제도에 가봐야 그 당시 인민군 포로라면 몰라도 중공군 포로에 대해 증언해줄 사람이 어디 있겠어요? 완성된 그 부분은 노병직 교수님께 이메일로 보냈습니다."

그러곤 허군은 내가 받아볼 수 있는 이메일을 물었다. 쓴 원고를 보내주겠다는 것이다.

"허군, 미안하네만 밀양 부분까지 완성하면 한꺼번에 보내주게. 지금 내가 그걸 읽고 자시고 할 처지가 못 된다네." 내 심정을 솔직히 말했다. 자형 교회 이메일을 수첩에 적어두었으나 귀찮아 말하지 않았다.

할아버지의 거제도에서의 생활은, 작고한 부친이 통역 자리를 알선해주었다는 윤순욱 씨의 언급과 거제도에 열 달쯤 있다 돌아왔다는 할머니의 말 이외 아무런 자료가 없는 상태였다. "만주서 썼던 중국말 많이 써먹었겠다고 말해도 그 양반은 거제도 생활을 한마디도 꺼내지 않더라. 하루뼹 보초병 시절처럼 생각조차 하기 싫었던 모양이야." 할머니가 내게 그렇게 말했다. 그런 사정으로 미루어, 두 사람의 간단한 증언을 토대 삼아 할아버지의 거제도 생활 열 달을 허군이 적당하게 창작을 해버렸으리라 짐작되었다.

사실인즉 할아버지가 정두삼 씨를 어떤 계기로 만나 이념적 물꼬를 트게 되었느냐에 대해서도 증언자가 없었다. 이를 두고 고심하다 허군이, 할아버지가 김원봉을 만나러 내이동 본가를 찾았을 때 거기서 우연히 정두삼 씨를 만나게 만들자고 제안했다. 두 사람이 그런 장소에서 만나 동지 관계로 발전할 수 있었겠으나 이는 허군의 창작이었다. 허군 말은, 그렇게 만나게 해야만 이야기를 쉽게 풀어갈 수 있다고 했다. 그렇지 않다면 다른 장면 역시 허구로 만들어야 한다는 것이다. 나는 허군 아이디어를 찜찜한 마음으로 받아들였다. 박문일이 마루타로 희생되었다는 사실과 할아버지가 스스로 혀를 끊은 장면도 실인즉 그렇게 창작되었다. 따지고 보면 할아버지의 고백이나 할머니의 증언도 마찬가지이다. 그들은 나름대로 기억의 재생 과정에서 자기가 사는 시대를 저울질하며 기억을 미화하거나 왜곡할 수 있다. 그런 증언에 의지해야 할 기록자도 나름대로의 선입관으로 진실이 아닌 허위에 편승하기도 한다. 그렇게 볼 때, 자서전이나 전기란 게 어디까지가 진실이냐에 대해 회의하지 않을 수 없다. 역사 자체가 진실을 은폐하며 얼마쯤은 위장되어 있고 진실도 세월이 흐르면 시대에 따라 굴곡을 겪게 마련이다.

내가 그런 회의에 젖어 기분이 하강되어 있을 동안에도 허군 말은 이어졌다.

"……이제 조부님이 거제도에서 돌아와 밀양에서 보낸 마지막 부분을 써야지요. 그 부분은 할머니를 비롯하여 증언자가 많아 충실하게 그려질 것 같습니다."

"그분에게 생애 마지막 밀양은 그리 중요하지가 않지. 허구한 날 낚시질로 소일하며 침묵의 세계 속에서 살았을 테니깐. 인생 경영에 실패한 낙오자로서 말이야. 증인이 많으면 뭘 해……" 필요한 부분에는 진실에 근거한 증인이 없고, 남기나마나 한 부분은 증인이 넘친다는 모순으로 내 목소리가 허탈했다.

"참, 거제도 포로수용소 관계 자료를 찾으러 시립도서관에 갔다가 최주임을 만났지요. 거기서 책상 차지하고 앉아 숫자 쓰기 공부를 하던 종호를 봤습니다."

"종호를 도서관에서?"

"종호 말이, 아주머니가 집으로 데리러 온다네요. 아주머니 자전거 뒤에 타고 도서관에 와선 그림책 보고 공부도 한대요. 아주머니가 점심밥도 사준다고 자랑합디다. 도서관 인연이 부자지간으로 이어지나 봅니다."

"……" 나는 할말을 잃었다.

할머니한테 맡겨진 부모 없는 애가 어떻게 지내는가 싶어 어느 날 최주임이 예림리 집을 방문했을 것이다. 아래채 애들과 놀고 있는 종호가 제 이름조차 쓸 줄 모름을 알고는 딱하게 여겨 공부를 가르치기로 한 모양이다.

"선배님, 그럼 또 연락드리겠습니다."

휴대폰 폴더를 닫고 나는 잠시 멍해졌다. 자식을 못 둔 미망인이기에 종호에게나마 정을 붙이려는 걸까? 아비 노릇 제대로 못하는 나 자신이 측은했다. 서울로 올라온 뒤 나는 딱 한 번 최주임을 떠올렸다. 조회장을 손본 후 도피 생활로 들어간다면 최주임의 전남편이 공부했다는 재약산 후미진 곳 오두막집이 어떨까 하고 생각한 적이 있었다. 거기로 피신해선 할아버지 생애의 마지막 부분을 정리해도 괜찮겠다 싶었던 것이다.

천봉수와 신군도를 만나기로 한 날 오후 세시, 나는 안나에게 전화를 냈다. 안나가 전화를 받으며, 바다이야기에서 십만 원째 쪽쪽 빨리고 있는 중이라고 했다.

"고래 지나가면 대박 터진다던데, 안 지나가?"

"털려야 우리 업소니 잃어봐야 본전이죠."

심심풀이겠으나 낮부터 도박으로 시간을 보낸다니 알조였다. 안나가 그렇잖아도 할말이 있다며 곧 달려올 듯, 거기가 어디냐고 물었다.

"테헤란로 현대백화점 뒤 먹자골목으로 오면 북해도란 일식점이 있어. 그 맞은편은 '태능갈비'고. 그 갈비집에서 혼자 마셔."

나는 장강빌딩이 길 건너에 보이는 대형 유리창 가에 자리 잡고 있었다. 시간이 어중간해 손님은 나뿐이었다. 나는 생등심 이 인분에 소주를 반 병째 비우고 있었다.

삼십 분 뒤, 지하철이 빠를 것 같아 두 번 갈아타고 왔다며 안나가 나타났다.

"북해도 저 빌딩이 기쁨자리 건물이야." 창밖을 내다보며 말했다.

"이층에 당구장도 있네. 우리 업소 친 애들이 저기서 놀겠군요."

안나가 소주 한 잔을 비우며 작은 소리로 말했다. "그사이 나흘 지 났네요. 그동안 어디 박혀 알 깠나, 왜 연락도 없이……"

"한 놈만 손 좀 보래. 아주 보내진 말고."

"조회장? 그래서 날마다 여기 앉아 빌딩만 지켜봐요?"

"할 얘기는 뭔데?"

"형님 안 들렀냐며 어제 두 애가 와서 한잔했어요. 고슴도치 머리 있잖아요. 오빠 소식 물으며 날마다 블랙립스로 전화 넣어요. 김부장에게 일일보고 임무를 맡은 것 같아요. 내가 술자리에 합석해서 감 잡았죠."

"믿을 놈이 어딨어. 내 몸에 달린 손도 내 손이 아냐. 양손이 서로 감시하는 거지."

따지고 보면 아비의 고무손이 그랬다. 안나 역시 양쪽 물에 한 발씩 담그고 있는지도 몰랐다. 나만의 정보는 아낄 필요가 있었다.

"조회장 뜨면 빌딩으로 쳐들어갈 거예요?"

"너도 부장에게 날마다 보고해야 돼?"

"날 그렇게 봐요?"

"참, 차 없지?" 잔을 들다 물었다.

"빌리면 되죠. 토낄 때 이용하려구?"

"내가 빌딩에서 일 벌이고 튈 때, 대기하는 차가 있어야지."

"내가 맡지 뭘. 영흥도나 거제도쯤에 횟집 열고 숨어 있지. 오빠는 책 읽고, 나는 횟감 뜨구."

"세상이 갱 영화처럼 호락호락하지 않아. 술이나 먹자고."

내가 소주 한 병 반, 안나가 한 병을 비웠다. 오후 다섯시가 되자 우리는 갈비집을 나섰다. 안나는 저녁 장사를 하러 가야 했고 나는 천봉수와 신군도를 부르기 전에 한 시간쯤 머리 식히며 쉬고 싶었다. 한길로 나서자 안나가 발그레한 뺨에 볼우물을 파며, 어디서 한 시간만 쉬었다 가자고 말했다. 백 미터 저쪽, 종합운동장으로 빠지는 길가에 모텔 간판이 보였다.

"큰일 앞두고 그럴 순 없어."

"부정 타?"

"내 또 연락할게. 차 빌릴 데나 알아봐 둬."

안나와 헤어져 모텔 '아비뇽'에 들었다. 나는 카운터에서, 비상계단 쪽 이층 방을 달라고 말하곤 하루 방값을 냈다. 룸에 들자 천봉수에게 전화를 걸어, 여섯시 반까지 이백십이호로 오라며 모텔 전화번호를 일러주었다. 욕조에 찬물을 채워선 여섯시까지 욕조 안에 늘어져 있었다.

천봉수와 신군도가 약속한 시간에 룸으로 왔다. 둘이 나흘 동안 조사하고 탐문한 내용을 보고했다. 기쁨자리 조회장의 행동반경, 골든탑 경비 상황, 장강빌딩 내부 구조 등에 대한 설명이었다. 내가 부탁한 대로 사진도 필름 한 통 분량을 인화해왔다. 어느 층인지 모르지만 골든탑 내부의 복도, 장강빌딩 주변과 내부, 주행 중인 조회장과 사위의 승용차 사진이었다.

"조회장은 월, 수, 목, 세 차례만 사무실로 출근합니다. 오전 열시 반경에 출근해서 오후 퇴근은 대중없다고 들었습니다. 화요일은 골프장 행차, 주말에는 집에서 쉬며 가족과 보낸답니다." 신군도가 말했다.

"출근할 때 조회장 차에는 비서가 동승하구요, 선도하는 사위 차에는 경호원인지 비선지 한 놈이 늘 타고 있어요." 천봉수가 말했다.

"골든탑과 장강빌딩에서 일 치르기는 힘들 것 같구, 출근길에 접촉 사고를 낸 후 쇼부 보는 게 어떨까요?" 신군도가 말하며 사진 한 장을 집어냈다. 거리 사진이었다. "경기고 입구 네거리 통과 때가 적당할 것 같습니다."

"저쪽이 기사 합쳐 여섯이니 우리 쪽도 애들 댓은 필요할 것 같은데요? 길목에 대기시켰다 서로 연장 들고 설칠 때 우리가 조회장을 치지요. 형님은 나서지 않아도 될 것 같습니다." 천봉수가 말했다.

"무슨 말인지 알겠어. 조를 죽여선 안 돼. 회장님 당한 만큼만 보복해달라는 주문이야. 나머지 녀석들은 손볼 필요가 없어."

"조회장 다리를 작살내겠습니다." 신군도가 말했다.

"결정은 내가 한다. 나가서 저녁이나 먹자고."

나는 자켓을 걸쳤다. 배낭은 침대 아래 쑤셔두었다.

"너무 치밀하면 오히려 바람 빠져. 이런 일 오래 끌면 안 돼. 속전속결이다." 복도로 나서며 내가 말했다.

셋은 밖으로 나와 장강빌딩 반대쪽으로 걸어 '묵호 횟집'으로 들어갔다. 광어회에 복분자주로 한잔 걸치고 저녁식사는 초밥으로 먹었다. 그동안 셋은 조회장에 대해 말하지 않았다. 이차 한잔 하자며 나는 애들 데리고 나서서 부근 단란주점을 찾았다. 둘에게 도우미를 붙여주고 폭탄주를 돌렸다. 천봉수는 노래를 잘 불렀고, 신군도는 춤 솜씨가 날렵했다. 양주 두 병을 폭탄주로 비우자 모두 취했다.

"재미들 보고 오전 열한시쯤에 내 방으로 와."

카드로 계산하고 단란주점을 먼저 나섰다. 그길로 모텔 내 방으로 돌아와 곯아떨어졌다.

이튿날, 약속한 시간에 둘이 나타나자 내 계획을 털어놓았다.

"작전 개시다. 종로 오가 농약 판매점에 가면 제초제로 그라옥손이 있어. 그거 한 병 구입해. 값도 싸다고."

"어디에 쓰게요?" 천봉수가 물었다.

"실패하면 자살용으로." 나는 웃었다.

"무슨 그런 불길한 말씀을." 천봉수도 따라 웃었다.

"자살자는 주로 그라옥손을 애용해. 한 모금만 마시면 끝장 나. 독성이 목구멍에 닿으면 핏줄이 터지고 핏줄로 독성이 스며들면 호흡부전 현상으로 사십팔 시간 내 사망하지. 조회장에게 그라옥손을 한 방 먹일 거야."

한때 나는 자살용으로 그라옥손을 소지한 적이 있었다.

"적당히 손본다 하잖았습니까?"

어리둥절해하는 천봉수 말을 나는 무시했다.

"주사기도 하나 구입해야겠어. 주사기는 포도당용 오십 시시짜리 대짜로. 그리고 불꽃놀이 때 쓰는 폭죽 있지? 그걸 다발로 사고. 애완동물 센터에서 개나 고양이도 한 마리 구해놔. 테스트해볼 참이니." 나는 침대 밑에서 배낭을 꺼내어 나갈 채비를 했다. "이제부터 시작이다. 오늘 밤은 양평동에서 자겠어. 거기 갈 때 전화로 연락하겠다."

오후 시간을 나는 블랙립스에서 안나와 노닥거리며 보냈다. 가능한 한 평상심을 유지하려고 했고 골 때리는 생각은 하지 않으려 애썼다. 안나와 반주 없이 저녁밥만 먹고 헤어져 택시 편에 양평동으로 갔다. '건강약품' 건물 앞에 천봉수가 마중 나와 있었다. 둘이 쓰는 원룸으로 가니 그새 그라옥손 한 병, 주사기 하나, 폭죽한 다발, 애완견 치와와 한 마리를 구해놓았다.

나는 주사기로 그라옥손을 뽑아냈다. 신군도에게 치와와를 옴 짝달싹 못하게 잡게 하고선 놀라 뜬 개 눈을 주삿바늘로 겨냥해 그라옥손을 쏘았다. 치와와가 비명을 지르며 버둥거렸다. 어릴 적 봉대산 산동네에서 아비가 개를 사육했을 때, 개들이 짖지 못하게 아비는 개 귀에다 농약을 주사했다. 이제 내가 바로 그 시절 아비였다.

"너무 잔인합니다." 천봉수가 말했다.

"너도 한 방 맞을래?" 내 목소리가 아비를 흉내내고 있었다.

이튿날 아침, 현관에 묶어둔 치와와를 살피니 머리 빠뜨린 채 골골 앓으며 떨고 있었다. 구둣주걱으로 치와와를 건드리자 반응이 없었다. 시력이 가버렸음을 알았다.

"디데이는 글피, 수요일 오전이다. 조회장이 장강빌딩에 들어섰을 때 우리 셋만으로 작전을 수행한다. 조는 내가 처리한다."

나는 그제야 작전 계획 전모를 털어놓았다.

엘리베이터 앞에 조회장 비서와 사위, 경호원이 선다. 엘리베이터를 이용할 다른 승객이 있을 수도 있다. 엘리베이터 문이 열리기 직전, 대기하던 신군도가 폭죽 다발을 터뜨린다. 혼비백산한 사람들 시선이 그쪽으로 쏠리는 순간, 천봉수가 엘리베이터 앞을 막아서고 내가 조회장만 엘리베이터 안으로 밀어넣는다. 조의 멱살을 틀어쥔 채 육층 버튼을 누른다. 엘리베이터 안으로 따라 들어서려는 놈은 천봉수가 처리한다. 엘리베이터 문이 닫히면, 안주머니에서 주사기를 뽑아 조의 부릅뜬 눈에 그라옥손을 먹인다.

"너들은 알아서 튀라고. 난 비상계단을 이용할 테니. 블랙립스 안마담이 차를 가지고 비상구 쪽 골목에 대기하기로 했어."

"무슨 말씀이신지, 이제 확실하게 감 잡았습니다."

"실수 없게 최선을 다하겠습니다."

천봉수와 신군도가 자신 있게 말하며 고개를 숙였다.

그날 오후, 나는 김부장에게 전화를 냈다. 작전 결행일을 수요일 오전으로 잡았다고 말했다. 그는 '수요일 작전'을 이미 알고 있었다.

"형님이 세운 계획 들었습니다. 방법이 좋군요. 여권과 항공권을 신군 편에 보내겠습니다. 항공권은 오픈으로 해놓았구요."

*

디데이 하루 전, 화요일 출근 시간대에 나는 모텔 아비뇽을 나섰다. 배낭만 멘 가뿐한 차림으로 택시에 올랐다. 이제 화이트하우스와 기쁨자리의 구정물 튀길 생사가판(生死可判)은 저들 몫이지 나와는 아무런 상관이 없었다. 목적지는 인천공항이었다. 최소한 삼 년 동안 나는 귀국하지 않고 해외에 체류할 참이다. 이천만 원을 밑천 삼아 열심히 살 것이다. 지구 어디로 가나 사람 모여 사는 데는 몸 숨겨 누울 곳이 있게 마련이다. 그쪽에서도 허군 이메일은 받을 수 있다. 택시가 올림픽대로로 들어섰다.

열시 삼십분 베트남 호치민행 대한항공 여객기에 승차하기 위해 마지막 검색대를 통과할 동안 나를 제지하거나 주목하는 사람은 아무도 없었다. 비행기에 탑승하여 지정된 창가 내 자리를 찾아 앉자, 그동안 긴장으로 조바심 친 탓인지 바늘로 찌르듯 머리가 아팠다. 여승무원에게 냉수를 청해 프로작 한 알을 목구멍에 털어넣고 등받이에 기대어 눈을 감았다. 몸이 축 늘어졌다.

아비와 할아버지는 생의 마지막을 자기 의지대로 결정내지 못했다. 그래서 그들은 운명의 섭리에 자신을 맡겨버렸고, 잊혀진 존재가 되어 고단했던 지상의 삶을 끝냈다. 지금 이 순간, 나는 운명을 내가 결정할 수 있음을 자각했다. 기내 텔레비전으로 보여주는 항로 표시에 비행기는 제주도를 벗어나 동지나해를 날고 있었다. 구름 위 하늘은 더없이 쾌청했다.

백 년 동안의 우울

김형중(문학평론가 · 조선대 교수)

1

『전갈』은 고작 한 권 분량의 장편소설에 불과하지만 '대하소설'
(이 장르 개념에는 이견이 있을 수 있다)을 능가하리만큼 거대한 스
케일의 작품이다. 우선 작품이 다루고 있는 시간대가 3대 100년에
걸친 가족사를 압축하고 있을 뿐만 아니라, 김원일 소설에서 자주
그렇듯이 그 가족사가 다시 한국 근현대사 전체를 작품과 매개한다.
개인의 이야기가 가족의 이야기로, 다시 가족 이야기가 한국 현대
사 전체의 이야기로 확대되는 형국인데, 그러다 보니 한 권 분량
의 장편에 담을 수 있는 평균치를 훌쩍 초과하는 어마어마한 양의
서사소들이 촘촘하고 복잡하게 얽혀 읽는 이를 압도한다. 읽는 내
내 독자를 사로잡는 감정은 여러 권으로 이루어진 대하소설을 읽
고 있는 듯 묵직한 충격과 감동, 그리고 '장엄한 비애'다. 비애라

고 했거니와 이 감정은 대체로 '이 나라 사람들이 이런 어마어마한 날들을 살아냈구나'라는 말로밖에는 차마 달리 표현할 수 없는 성질의 것이다.

그런데 김원일은 어떻게 저 많은 이야기소들(얼추 가늠해도 이 작품에 등장하는 다양한 에피소드들은 식민지 시기 간도 고려인 이주로부터 재중(소) 독립운동, 밀양과 울산 지역 도시형성사, 일본군 731부대의 마루타 실험, 거제도 포로수용소 사건, 한국전쟁 직전의 빨치산 운동, 그리고 70년대 개발독재에서 2000년대 중반 '바다이야기'에 이르는 풍속들의 변천까지를 두루 아우른다)을 고작 한 권 분량의 작품 안에 담아낼 수 있었던 것일까? 그 비밀을 푸는 열쇠는 일차적으로 작가가 오랜 숙고 끝에 고안해낸 것임에 분명한 작품의 '구성 방식'에 있는 것으로 보인다. 일단 『전갈』의 전체 서사를 화자, 혹은 시점에 따라 구분해보면 크게 다음의 세 부분으로 나뉜다.

1) 주인공 강재필이 일인칭 화자 '나'로 등장해 자신의 연대기를 서술하는 부분.
2) 3인칭 전지적 시점의 서술자가 강재필의 아비 강천동의 삶을 서술하는 부분.
3) 강재필이 초고를 작성하고 작중 소설가 지망생 허문정이 퇴고한 강치무의 액자 속 일대기. 이때 화자는 강재필을 대칭하는 '필자'다.

1)의 서사를 통해서는 70년대 이후 최근까지 한국 사회 변동의

추이가, 2)의 서사를 통해서는 전후부터 70년대까지, 개발독재 치하 한국 근대화 과정의 이면이 제시된다. 그리고 3)을 통해서는 식민지 시대부터 한국전쟁까지의 비극적 근대사가 강치무의 삶을 중심으로 요약된다. 특히 1)의 서사 안에서 액자 형식을 취하고 있는 3)은 주목을 요하는데, 강재필에 의해 재구성된 조부 강치무의 일대기는 다양한 사료들(역사적 사료들, 문학적 사료들, 그리고 어떤 경우 허구적으로 창작된 사료들까지를 포함한)과 여러 증언들(다종의 여행기들, 작중 허구적 인물들의 증언), 그리고 문학작품이나 보도 기사들을 자유자재로 콜라주함으로써 엄청난 양의 역사적 정보들을 고도로 압축된 형태로 제시한다.

이와 같은 구성에서 흥미로운 점은 조부 강치무의 삶을 복원해가는 작중 강재필이란 인물이 전문적인 작가나 역사가가 아닌 것으로 설정되어 있다는 사실이다. 그는 교도소에서 우연한 기회에 할아버지의 삶에 관심을 갖게 된 아마추어 향토사가다. 따라서 그가 수집한 강치무와 그의 시대에 관한 자료들이 미학적 규제나 역사학적 엄밀성 없이 자유롭게 나열되더라도 전체 작품의 일관성에는 하등의 손상이 가지 않는다. 개연성을 해치치 않으면서도 그토록 많은 서사소들이 한 권 분량의 작품 안에 자연스럽게 포괄될 수 있었던 비밀이 여기에 있다. 아마 작가로서도 엄청난 양의 서사소들을 제한된 분량의 지면에 담아내기 위해 이보다 더 적절한 구성을 찾기는 힘들었을 터인데, 『전갈』의 방대한 정보량과 육중한 감동은 이와 같은 구성상의 이점에서 비롯된다.

이처럼 절묘하게 고안된 구성상의 치밀함과 자유로움 속에서 안수길 이후 한국문학사에서는 이례적으로 연해주 지역 고려인들의 역사가 복원되고, 재중(소) 독립운동사가 빛을 보게 되며, 무엇보다도 731부대의 행적에 대한 상세하고도 박진감 넘치는 고발이 가능해진다. 특히 731부대에 대한 소설적 형상화 시도는 그 희소성 측면에서나 시의성(이즈음 문단과 학계 초미의 관심사인 '생명정치'의 문제틀 속에서 바라볼 때) 측면에서나 이후 한국문학에 막대한 과제 하나를 던져주고 있는 것으로 보이는데, 아마도 이에 대한 논의를 위해서는 따로 더 길고 엄밀한 지면이 필요할 듯하다.

2

물론 이처럼 구분 가능한 세 개의 독립적 서사 단위들 간에 인과 관계가 없는 것은 아니다. 인과 관계는 주로 주인공인 강재필이 자신의 아비 강천동, 그리고 조부 강치무에 대해 품고 있는 감정의 거리에서 기인한다. 강재필은 자신의 생물학적 부친인 강천동을 단 한 번도 아비로 인정하지 않은 채, 끝까지 증오로 일관한다. 가령 강재필이 기억하는 유년기 강천동의 이미지들을 상기해보는 것도 좋겠다. 그의 기억 속 가장 오래된 곳에서 아비는 "얼굴만 아니라 눈동자와 대문니만 빼곤 새까맣지 않은 데가 없었다."(134쪽) 게다가 항상 몸에서 수채 구멍의 "악취"를 풍기고 다녔으며(56쪽), 한밤 공동묘지에 자신을 보초 세우거나 자랑스러운 듯 면전에서 개를 몽둥이로 패 죽이기도 했다. 강재필에게 강천동은 시각적으로는 어둠, 청각적으로는 비명, 후각적으로는 악취의 영역에 속해 있다.

　반면 그가 할아버지 강치무에 대해 취하는 입장은 사뭇 다르다. 강재필이 최초로 할아버지의 존재를 인지한 것은 집안 관혼상제 때 "어쩌다 찍은" 사진 속에서이다. "이상하게도" 생전에 뵌 적조차 없는 "수수께끼 같은 존재"인 할아버지, 그 실체에 의문을 품기 시작했던 시기도 이미 이때부터였다. 말하자면 할아버지의 삶에 대해 그가 보이는 집착적인 관심에는 필연적인 이유나 근거가 없었던 셈이다. 그럼에도 강재필은 고백한다. "아마 마약 중독으로 헤매던 때부터였을 것이다. 더 윗대까지는 따지지 않더라도 할아버지 그분을 알게 되면 나라는 실체도 알 것 같았다", "할아버지 족적을 따라가자 차츰 내 마음이 변해갔다. 내가 변하고 있음을, 나는 그 변화를 감지했다. 출감하면 어머니 무덤과 밀양을 둘러보기로 마음먹었다."(20쪽) 출소하자마자 강재필이 역겨운 수채 냄새로만 기억되는 고향 밀양에 다시 발을 들여놓는 것도 이런 이유 때문이다. '그분'(그는 강천동을 두고는 단 한 번도 존칭을 쓰지 않는다)의 삶을 재구성해내는 일, 그 일이 그에게는 자신을 사로잡고 놓아주지 않는 광기와 우울증에서 벗어날 수 있는 유일한 방책인 것처럼 여겨졌던 것이다. 만약 자신이 그토록 혐오해마지 않던 '가족'을 복원하고, 스스로 가장(종호의 아버지)의 책임을 떠맡을 수 있게 된다면, 그 출발점 또한 바로 거기이리라.

　두 사람에 대한 강재필의 이처럼 상반된 태도가 극명하게 드러나는 장면이 하나 있다. 여기 두 개의 묘비 앞에 강재필이 서 있다.

항일전선 독립군 전사 강치무 묘(1900년 생, 1958년 몰)

울산공단 건설 노동자 강천동 묘(1936년 생, 1994년 몰) (156쪽)

독자들도 이미 알다시피 저 묘비명들의 내용은 둘 다 부분적으로만 사실이다. 할아버지 강치무는 물론 독립군 전사였지만, 일본군 731부대 초소 보조원이기도 했고, 충동적으로 입산한 빨치산이기도 했으며, 보도연맹에 가입해 겨우 연명했고, 생애 후반부에는 넋 나간 산송장의 삶을 살았다. 아버지 강천동 역시 물론 한때 조국 근대화의 기수 울산공단 건설 노동자였지만, 팔을 잃은 이후 굴뚝청소부였고, 개백정이었으며, 생애 후반부에는 그냥 '개'였다. 그러나 저 공히 왜곡된 두 묘비명 앞에서 강재필은 지극히 편파적인 모습을 보인다. 할아버지 묘 앞에서 그는 "절을 하며, 할아버지 생애를 간략하게나마 정리해보겠다고 입속말로 읊"는다. 그러나 "아비 묘가 할아버지 묘 옆에 있지만 찾지 않"는다. "아비는 묘를 남기지 않았어야 옳았다"(156쪽)고 그는 생각한다.

다소 에둘러 온 듯하지만 탁월한 역사소설로서의 『전갈』이 그 이면에 '가족소설'의 구조 또한 감추고 있었음이 드러나는 지점이 여기다. 그리고 이때의 '가족소설'이란 말은 상식적인 수준에서 『전갈』이 가족사를 소재로 하고 있다는 사실만을 지시하지 않는다. 엄밀하게 말해 프로이트가 '가족소설(family romance)'에서 추출해 낸 서사 구조가 『전갈』의 이면에 숨어 있다.

3

일찍이(1989) 김현은 김원일의 몇 작품을 로베르의 『소설의 기원, 기원의 소설』에 비춰 분석하면서 이런 말을 한 적이 있다.

그런 프로이트의 설명은 김원일의 다섯 편의 소설이, 가족소설의 소설적 변용이라는 것을 타당성 있게 받아들이게 한다. 아버지는 범법자이지만, 운동가이기도 하며, 어머니는 거칠지만 자상하기도 하다(부모를 낮추면서도 높이고 싶은 욕망). 나는 집안의 기둥이다라는 자부심·부담(위대해지고 싶은 욕망). 아버지가 없으니, 어머니와 여탕에 들어갈 수밖에 없다. 깨끗하게 몸을 씻으려는 욕망은 더러운 마음을 감추려는 욕망이다(근친상간을 피해 가는 시도). 막내에게 어머니를 빼앗긴 뒤의 부아 끓음(형제간의 경쟁). 김원일의 소설에는 프로이트가 든 거의 모든 동기가 산적해 있다. 그는 그 어떤 동기에 의해서이건, 가짜 아버지에 대한 이야기를 계속 꺼낸다.*

김현의 저와 같은 언급에 따라 『전갈』을 읽어보면, 김원일의 많은 작품들이 그랬듯이 이 작품의 기원에도 프로이트가 말한 '가족소설'의 구조가 숨어 있음을 감지하기는 어렵지 않다. 아버지(개같은 아비 강천동)는 내 친아버지가 아니라는 부인 의식, 그래서 친아버지(독립운동가였던 할아버지 강치무)를 찾아 여정에 오르는 문제

* 김현, 「이야기의 뿌리, 뿌리의 이야기」, 『김원일 깊이 읽기』, 권오룡 엮음, 문학과지성사, 2002, 234~235쪽.

적 주인공, 그리고 그 아비 찾기의 과정이 곧 스스로 아비 되기(강종호의 아버지인 나 강재필)의 과정이 되는 아이러니, 그 와중에 발생하는 어머니에 대한 양가감정(내게 정신병을 물려준, 그러나 아비의 박해로 죽어간 이필순)과 누이(또 다른 어머니였으나 YH 사건으로 다리를 절게 된 명희)에 대한 동정과 연민, 이 모든 인물과 사건들이야말로 바로 프로이트가 말한 '가족소설'의 구성 요소들에 다름 아니기 때문이다.

앞서 『전갈』의 전체 서사를 이루는 부분 서사들의 인과 관계가 주로 주인공 강재필의 아비와 할아버지에 대한 감정의 거리에서 기인한다고 말했던 이유도 여기에 있다. 강재필의 심리를 중심으로 놓고 볼 때, 2)의 서사는 부인하고픈 의부의 행적에 해당하고, 3)의 서사는 새로이 찾아 나선 친부의 행적에 해당한다. 그리고 알다시피 '가족소설'에서 부인하고픈 의부(실은 친부)의 행적은 폄하되기 마련이고 찾아 나선 친부(실은 의부이거나 부재하는 부친)의 행적은 과장되고 이상화되기 마련이다. 저 두 묘비 앞에서 강재필이 보였던 편파적인 태도의 이유, 그리고 (예비 소설가 허문정과의 협의 아래) 조부의 삶을 미화하기까지 했던 그의 기이한 행동은 이렇게 설명 가능해진다. 강재필에게는 조부 강치무가 강천동을 대신할 새로운 아비였던 것이다.

4

그런데 여기서 한 가지 주의를 요하는 점이 있다. 강재필의 우울증이 그것인데, 그에게는 새로운 아비로서 강치무의 삶을 추적하고 복원해나가는 과정(곧 가족소설의 서사)이 곧 자신의 우울증을 치유해나가는 과정이기도 하다. 『전갈』은 이렇게 읽을 때 한 우울증자의 자기 치유 과정을 서사화한 심리소설로도 읽힌다. 오랜 세월 우울증자였던 강재필은 말한다.

지난 세월 동안 우울증 치료는 운동밖에 없다며 기를 쓰고 매달려왔다. 이제는 할아버지 생애 정리가 운동을 대신하게 된 셈이다.(173쪽)

내 병의 원인을 규명하자니 할아버지의 하얼빈 시절 유전자 뿌리에 우울증 박테리아가 기생을 시작하지 않았을까란 의심이 들었다. 울산에서 보낸 아비에 얽힌 기억이 내 병의 시원이라고 생각해온 진단에 수정이 필요했다. 할아버지는 그 시절부터 스트레스성 우울증에 시달렸을 것이다.(235쪽)

물론 두번째로 인용된 강재필의 말은 과학적으로 맞는 말이 아니다. 획득형질(강치무의 우울증은 선천적인 것이 아니라 일제 시대의 가혹한 경험을 통해 획득된 것이다)은 유전하지 않고, 더욱이 박테리아는 전염될 수는 있을지언정 대를 거듭해 물려받는 것이 아니기 때문이다. 그러나 저 말들은 '심리적으로는' 사실(프로이트는 종종 객관적 사실보다 심리적 사실을 우선시한다. 설사 그것이 실제로 일어난 일이 아니었다 할지라도)에 가까운데, 그는 자신의 기원을 단연코 개백정 강천동이 아닌 독립운동가 강치무에게서 찾고 싶기 때문이다.

첫번째 인용문의 경우도 과학적으로는 맞는 말이 아니다. 정신분석학적인 견지에서 보아 우울증은 운동을 통해 그 증상이 잠시 완화될 수는 있을지언정 완쾌될 수는 없고, 또 상상적으로 복원된 새로운 부친에 대해 자신의 감정을 '전이'할 수도 없는 '정신증' 혹은 '나르시시즘적 신경증'들 중 하나이다. 프로이트에 따르면 우울증적 주체는 자신의 리비도를 '자가성애기' 곧 자신의 신체(그것도 분절되지 않은 채로) 외에는 타자를 인지할 수조차 없는 단계로 퇴행시킨다. 타자와 완전히 차단되어 영원한 고립 속에 존재할 위기에 처한 존재, 그가 바로 우울증자다. 타자에 대한 감정의 전이가 불가능하므로 그는 상담 자체가 불가능하고 치료도 되지 않는다. 따라서 할아버지의 생애를 복원하는 작업 속에서 자신의 우울증이 치유되고 있음을 감지하는 강재필의 생각은 틀렸다. 결국 만약 그가 밀양에서 강치무의 삶을 복원하는 와중에 우울증을 털어내고 있다면 그 이유는 다른 데서 찾아야 하는 셈이다.

이 지점에서 역사소설이자 가족소설이고, 동시에 심리소설이기도 한 『전갈』에 또 다른 숨은 차원 하나가 다시 열린다. 글쓰기에 관한 소설, 곧 '메타 소설'로서의 『전갈』이 그것이다. 강재필이 치유되어가는 이유는 그가 독립운동가 강치무를 자신의 새로운 대타자로 구성해내는 데 성공했기 때문이 아니다. 그가 '글쓰기'의 주체였기 때문에, 그는 서서히 치유된다.

5

『전갈』의 서사를 다른 방식으로, 이를테면 '글쓰기'를 중심으로 요약하는 것도 가능하다. 그럴 때 이 작품은 파란만장한 한국의 현대사를 온몸으로 겪어내며 살았던 강치무라는 사내의 연대기가 완성되어가는 과정에 대한 이야기가 된다. 물론 그 연대기를 완성해가는 자는 그의 손자이자 우울증자인 강재필이다. 그리고 그가 글 한 편을 완성해가는 과정은 그대로 그의 우울증을 치유해가는 과정과 완전히 겹친다. 그런데 어떻게 그런 일이 가능할까? 만약 우울증이 타자에 대한 전이가 불가능해서 치유도 불가능한 정신증이라면 말이다.

그러나, '글쓰기'라면 가능하다.『전갈』에서 잘 드러나고 있는 바, 글쓰기야말로 고립된 동일자에게 타자들과의 관계를 도입하는 가장 위력적인 절차 바로 그것이기 때문이다. 실은 강재필은 혼자서 할아버지의 일대기를 완성하지 않았다. 우선은 도서관에서 근무하는 친구 영배가 있었고, 영배가 소개해 육체 관계까지 맺은(소설 말미에서는 아들 종호를 돌봐주고 있는 것으로 암시된) 사려 깊은 여성 최주임이 있었다. 게다가 글재주 없는 자신의 초고를 매끄럽게 완성한 것은 예비 소설가 허문정이었고, 퇴고된 글의 진위를 감수해준 것은 퇴직 사학자 안병직 교수였다. 그는 할아버지의 일대기를 혼자서 쓴 것이 아니라, 여러 타인들과 함께, 일종의 글쓰기 공동체를 이루면서 썼다.

　그뿐만이 아니다. 글의 내용을 채워나가는 데에서도 그는 이루 셀 수 없이 많은 타인들과 연루된다. 할머니 김덕순과 누이 강명희의 증언, 강치무의 빨치산 동지 정두삼의 아들 정한기 씨와 정세병 씨, 『청산리의 혼』을 저술한 것으로 되어 있는 허구 속의 소설가 김동심, 강치무의 은인 윤창하의 아들 윤순욱 씨, 독립군 동지 박문일의 아들 박한수 씨, 그리고 심지어 강재필에게 당시의 소련과 중국 사정을 알게 해준 실존 소설가 나혜석과 현경준, 함대훈, 등등…… 따라서 강재필이 본인의 말대로 서서히 우울증에서 벗어난 것이 사실이라면, 그것은 그가 친부를 부인하고 다른 상징적 대타자를 아버지로 세우는 데 성공했기 때문이 아니다. 그것은 그가 글쓰기를 통해 무수히 많은 타인들과 연루되고, 그들의 도움과 배려를 받고, 그들과 함께 만든 일종의 공동체에 노출될 수 있었기 때문이다.

　그렇게 읽을 때, 소설 『전갈』은 지상에 더 이상 어떠한 공동체도 존립 불가능할 것 같은 오늘날, '글쓰기'라는 사업이 여전히 어떤 공동체적인 이상과 필연적으로 연루될 수밖에 없음을 여실히 보여주는 '지극히 윤리적인 메타 소설'이 된다. 그리고 아마도 이 지점이 대작가 김원일이 작품 『전갈』에서 최종적으로 우리에게 제안하는, 한국현대사 그 '백 년 동안의 우울'에 대한 가장 적절한 문학적 애도 방식일 것이다.

초판본 작가의 말

젊은 날 한때는 그 시대의 중심부에 서 있었으나 열외자의 길로 들어선 끝에 잊힌 존재로 생을 마감한 할아버지와 아버지 세대의 고단한 생애를 손자 대의 시점에서 따라가보았다. 유년기에 겪은 악몽으로 우울증을 앓는 주인공 손자 역시 이 사회의 일탈자로 살아갈 수밖에 없다. 그들 삼대가 당대 사회에서는 소수집단으로 분류될지라도 그들의 발자취야말로 우리 현대사의 한 부분을 담당했던 그림자와 같은 존재였다고 생각했기 때문이다.

지난 일 년 반 동안 서사구조로 큰 틀만 짜놓고 자유연상으로 줄거리를 확장해나갔다. 오전에 내용을 조금씩 진척시킨 뒤 오후에는 동네 어린이놀이터 벤치에 앉아 아이들의 놀이를 구경하며 앞으로 써야 할 부분을 구상하곤 했다. 그런 기술 방법이 날마다 첫 줄을 쓴다는 긴장감은 있었으나 일차 작품을 매듭지으니 다시 다듬어야 할 데가 많았다.

책이 나오기까지 김영현 형과 실천문학사의 배려가 고맙다. 그 도움이 소설을 완성하는 데 힘이 되었다.

2007년 3월
김원일

작가의 말

『전갈』을 문학 계간지에 연재하던 2006년 여름 화창한 주일 아침, 그날도 아침밥 숟가락을 놓자 곧장 서재로 가서 컴퓨터 앞에 앉아 집필 때의 버릇대로 줄담배를 태우며 소설 연재 원고 집필을 계속했다. 그러다 시계를 보니 식구가 모두 교회로 가버려 집 안이 비었고 시간은 11시에 가까웠다. 이러다간 예배 시간에 늦겠다 싶어 컴퓨터를 끄고 의자에서 일어나는데, 자신도 모르는 사이에 다리의 힘이 풀려 의자에 털썩 도로 주저앉고 말았다. 다시 일어나려 했으나 현기증을 느꼈고 술 취한 듯 몸의 균형이 잘 잡히지 않았다. 그러나 미련하게도 나는 그런 내 몸의 현상을 별 대수롭지 않게 여겨 출발을 서둘렀다. 골목길을 걸을 때 다리가 풀려 허둥댔고, 내가 갈지자 걸음을 걷고 있음을 알았다. 나는 식구들과 다른 교회에 출석했기에 전철을 타고 삼십 분, 주일예배를 어떻게 마쳤는지도 모른 채 허둥지둥 집으로 돌아왔다. 저녁밥을 먹을 때야 가족이 모였고, 나는 가족 앞에서 하루 동안 닫고 있던 입을 처음으로 떼었다. 당신 발음이 왜 그러냐고 처가 물었다. "내 바음이 어데서?" 내가 한 말인데 나는 내 말이 어눌해졌음을 깨닫지 못했다. 온몸에 힘이 풀렸고 어질증이 심해 평소 식성 좋은 내가 밥조차 제대로 먹을 수 없었다. 그제야 오전에 내가 순간적으로 느꼈던 내 몸의 증상이 뇌졸중 초기 증세가 아니었을까 하는 자가진단을 내렸다. 다음날 아침에 정기적으로 혈압약을 타먹는 병원에 가보기로 했다. 이튿날 나는 정밀 신체검사를 받았고, 일주일간 입원했다. 병원에서 퇴원 후 나는 평소의 건강을 잃고 말았다. 발음이 여전히 어둔했고, 활달한 걸음을 걷지 못해 신을 끌듯 걸었고, 숙면을 할 수 없었고, 기력이 예전 같지가 못했고, 우울증은 더 심해졌다. 그러다 보니 삶의 질이 떨어질 수밖에 없었다. 그러나 연재 중인 소설을 병을 핑계로 중단할 수가 없어 그해 연말에야 가까스로 소설을 마칠 수 있었다.

『전갈』은 어두운 소설이다. 집단학살, 살인, 폭력세계, 신체학대, 정신병(조증), 강간 등, 우리가 살아온, 지금 살고 있는 세계가 얼마나 냉혹하고 살벌한지를 낱낱이 들여다본 소설이다. 3대가 거쳐온 시궁창에서 기식하는 벌레 같았던 삶을 그리다 보니 '한국 근현대사의 이면'이 그대로 드러났다. 시점도 일인칭에서 삼인칭을 옮겨다니며, 증언자의 르포와 구술까지 혼용했다. 충동적인 폭력과 여성 학대가 주요 주제였던 초기의 단편 세계를 재현하고 있음을 깨달았고, 이런 소재가 육순을 넘긴 나이에 내 마음에서 숨쉬고 있다는 데 놀랐다. 인간성 속에는 선과 악이 공존하며 서로 충돌하고 있음을 나 스스로가 느끼는 나날 속에, 열심히 자료를 적 발림해가며 집필을 이끌었던 것이다. 이번 전집을 묶으려 『전갈』을 재독했을 때, 이런 위악적(僞惡的)인 내용의 소설을 쓰기가 뇌졸중 발병의 원인이 되지 않았을까란 의문이 떠올랐다. 용량이 한 정된 나라는 그릇에 너무 많은 것을 담으려 과욕을 부렸다면 충분히 그럴 수도 있었겠다는 반성이 뒤따랐다. 그러나 지금에 와서 그 점을 수긍한들 이미 늦었고, 이 소설은 8년 전 당시 내 진솔한 마음이었기에, 그동안 내가 쓴 많은 소설 중에 한 편임을 인정할 수밖에 없다.

2014년 6월
김원일